전생했더니 슬라임이 었던건에 대하여 ②

Regarding
Reincarnated to Slime

그의 눈에 비치는 것은 언제나 고뇌하는 왕의 모습.

굶주리는 동료들을 생각하는. 그러면서도 아무것도 할 수 없어 고뇌하는 왕의 고독한 모습.

대지가 메말라 작물이 결실을 맺지 못하면서 대기아가 발생했다.

조금만 경계를 넘어가면 풍요로운 나라들이 있다.

하지만 그곳으로 가는 것은 불가능하다. 왜냐하면 그곳은 마왕의 영토이니까.

그 경계를 넘어가는 것은 마왕에 대한 명백한 반역 행위.

굶주려 죽어가는 것을 기다릴 필요도 없이 모두 몰살당하고 말 것이다.

그들이 사는 토지는 세 개의 영토와 숲으로 감싸여 있다.

세 사람의 마왕이 다스리는 영토는 그들과 같은 하등한 마물에게는 절대 불가침의 영역이었다.

그렇다면 남은 길은 하나이다.

조금만 경계를 넘어가면 풍요로운 숲이 있다.

왕이 그곳에서 활로를 찾아낸 것은 지극히 당연한 흐름이었다.

배가 고팠다──.

뭐든지 좋으니까 먹을 걸 먹고 싶다──.

말로는 들리지 않는 목소리를 지르면서 쓰러지는 동료들.

하지만 그 수는 줄기는커녕 몇 배로 늘어나고 있었다.

생존 본능을 자극받아 태어나는 아기가 늘어난 것이 원인이었다.

그 사실이 사태를 더욱 심각하게 만들어간다.

왕이 웃음을 보인 것을 본 적도 없다.

자신의 몫인 식량까지도 자그마한 아이들에게 나눠주는 왕.

하지만 내일이 오면 그 아이들도 죽어 있을 것이다.

그 정도로 야위고 쇠약하여 살아갈 힘을 잃은 것처럼 보였으니까…….

그리고 왕은 금기를 범했다.

자신의 마지막 아이에게 자신의 피와 살을 준 것이다.

누구도 말리지 못했을 것이다……. 그 너무나도 허망한 바람을.

왕은 그저 자신의 아이가 살아남기를 바랐던 것뿐이다.

그 행위를 간언하여 만류하지 못했던 것이, 죄.

먹어도, 먹어도 채워지지 않는다.

그리고 매일 밤 꿈을 꾼다.

그 처참한 왕의 모습과 아무것도 모르고 내장을 탐하는 아기의 모습을.

누군가가 구원해주었으면 좋겠다.

──이 언제 끝날지 모르는 영겁의 아귀 지옥에서.

이 이루어지지 않을 소원을 가슴에 품은 채 오늘도 하루가 시작된다.

제1장

소란의 시작

Regarding Reincarnated to Slime

격렬한 분노를 품고 란가가 포효한다. 그걸 비웃듯이 검은 머리와 푸른 머리의 오거가 뛰어올랐다.

한순간 늦게 충격파가 지면을 파고들었고 대량의 흙먼지를 공중에 흩뿌린다.

마력을 담아서 발사한 란가의 보이스 캐논(성진포, 聲震砲)이다. 고블린 정도라면 일격에 가루로 만들 수 있을 정도로 강력한 위력이 담겨 있지만 피해버리면 의미가 없다.

하지만 란가는 아주 냉정했다. 자신 있는 공격을 상대가 피했는데도 당황하지 않고 가볍게 지면을 박차고 뛰어오른다.

검은 머리와 푸른 머리의 연계 공격을 막는 것이 란가의 노림수였던 것이다. 그리고 란가의 공격을 회피하기 위해 뛰어오른 한쪽── 검은 머리의 오거를 향해 단숨에 공격을 가했다.

그를 노린 이유는 단순하다. 란가가 보기에 검은 머리가 약해 보였기 때문이다. 한쪽을 무력화시키면 연계를 취하지도 못하게 될 테니까.

란가의 목적이 반은 달성되려 하고 있었다.

단, 상대가 두 사람뿐이었다면 말이다.

란가가 뛰어오른 순간, 그 앞으로 갑자기 불꽃의 벽이 솟아오른다.

샤면(주술사)의 〈정령마법〉과 비슷하지만 계통으로 따지자면 다른 것이다. 그것은 요술이라고 불리는 것으로, 〈환각마법〉이라는 마법계통에 속한다.

이런 마법을 습득하고 있다는 사실이야말로 오거가 상위 종족이라는 것을 증명하는 것이다. 힘에만 의존하는 본능에 따라 사는 것이 아니라, 인간과 마찬가지로 학습할 수 있는 지혜가 있다는 뜻이니까 말이다.

지금 란가의 노림수를 저지한 것은 환각마법 : 플레임 월(불꽃의 방벽)이었다.

이 마법은 공격력 자체는 높지 않지만, 딱 한 번 적의 공격을 막아내는 효과가 있다. 또한 쫓아오는 적 앞에 출현시킴으로써 그 시야를 막는 효과도 기대할 수 있는, 시간 벌이에 아주 적당한 마법이다.

그래서 란가도 목표를 놓치고 말았다. 이래선 일단 지면으로 돌아가 착지할 수밖에 없다.

란가에게 있어선 짜증 나는 적이었다.

허점을 찔러 공격할 뿐, 결코 정면에서는 싸우려들지 않는 것이다. 자랑거리인 '초후각'도 전투가 시작되었을 때 환각마법 : 컨퓨전(혼수(昏睡)의 향기)에 당해 쓰지 못하게 된 상태이다. 마법 본래의 효과인 혼수상태에 빠지지 않은 것이 그나마 다행이었다.

같이 싸우는 동료들은 이 마법에 레지스트(저항)로 대응하지 못하면서 혼수상태에 빠지고 말았으니까.

레지스트에 성공하여 버텨낸 것은 경비대장인 리그루와 부장인 고부타뿐이다.

사냥에 나선 부대로부터 긴급 연락을 받고 달려온 수십 명의 고블린들은 파트너인 람아랑들과 함께 남김없이 혼수상태에 빠져 기절해버린 것이다.

란가는 불쾌한 기분으로 불꽃의 벽 너머를 바라본다.

동료들을 쓰러뜨린 마야(요술사)인 연분홍색 머리의 오거 여자를.

적은 여섯 명.

하지만 쥬라의 대삼림에 사는 상위 종족인 오거.

그 전투력은 결코 얕볼 만한 것이 아니었다.

지금 란가가 상대하고 있는 검은 머리와 푸른 머리도.

리그루가 상대하고 있는 보라색 머리의 여자 오거도.

고부타가 상대하고 있는 흰 머리의 늙은 오거도.

가장 번거로운, 전황을 유리하게 이끌기 위해 마법을 구사하는 연분홍색 머리의 여자 오거도.

그 연분홍색 머리 옆에 서서 전장을 지켜보는 붉은 머리의 오거도.

누구 하나 방심할 수 없는 자들이다.

그걸 증명하듯이 지혜 없는 마물이라면 절대 취하지 않을 연계 공격으로 란가 일행을 상대하고 있었다.

대충 감안해도 적어도 B랭크 이상의 실력자들이다. 리그루와 고부타로는 오래 버티지 못할 것이다.

적어도 주인인 리무루 님이 계셨다면——.

란가는 그렇게 생각하다가 스스로를 비웃는다. 주인에게 의지하다니, 그야말로 언어도단이다.

그리고 자신의 나약함을 떨쳐내버리려는 듯이 물러서지 않겠다는 결의를 담아 포효했다.

●

마을에는 평화가 돌아와 있었다.

이플리트(불꽃의 거인)가 날뛰었던 사건에도 불구하고 홉고블린들은 동요하지 않았다.

무엇보다 놀라웠던 것이 고블린 킹으로 임명한 리그루도가 자신이 상상했던 것 이상으로 훌륭한 통솔력을 보인 것이다.

자신이 시즈 씨를 간병하던 사이에 마을 건설을 재개하고 있었다.

카이진이랑 드워프 3형제, 네 명의 고블린 로드와 함께 잘해내고 있는 것 같이 보였으며, 각각 역할을 분담시켜 효율 좋게 마을 주민들을 부리고 있었다.

내가 한 일은 그저 상담에 응해준 것 정도뿐이다.

식량 조달은 경비대장이 된 리그루가 겸임하고 있으며,

의류 제작은 드워프 3형제 중 장남인 가름이,

도구 제작은 드워프 3형제 중 둘째인 도르드가,

주거 건설은 드워프 3형제 중 막내인 미르드가,

각자 책임자가 되어 담당하고 있다.

카이진은 생산관계의 총책임자를 맡고 있으며, 고블린 로드 중 하나인 리리나가 완성된 생산물을 관리하고 있는 모양이다.

생산 담당 장관 카이진. 관리 담당 장관 리리나. 그런 식으로 분담 체제를 이루고 있다.

남은 고블린 로드인 루그루도, 레그루도, 로그루도 세 명이 각각 사법, 입법, 행정을 관장하는 장관이 되어, 리그루도의 통치를 보조하는 식으로 흐름이 만들어져 있었다. 사실 입법이니 뭐니 거창하게 말은 해도, 내가 적당히 한 말을 모아서 정리하는 간단한 일일 뿐이지만 말이다.

강자를 따르는 마물들이라 다투는 일도 그렇게 많이 일어나질 않으니, 일단 지금은 큰 문제가 없을 것 같다.

그런 구조가 만들어진 덕분에 새로운 나라의 건설도 순조롭게 진행되고 있었다.

그건 그렇고 인간의 신체를 손에 넣게 되었으니, 언제까지나 모피만 두른 채로 있을 수는 없다.

서둘러 내 새로운 옷을 만들기로 했다.

슬라임의 신체는 편리하긴 하지만 결점이 있다. 그건 장비에 관한 문제다. 특수한 매직 아이템 말고는 장비를 할 수가 없는 것이다.

뭐, 추위랑 더위는 느끼지 않으니까 곤란한 점은 없지만, 방어면에선 불안한 점이 있었다.

슬라임의 신체는 우수하지만 뾰족한 것에 찔릴 때가 있다. 숲속에는 뭐가 있을지 모르기 때문에 나뭇잎이나 가지에 베이는 상처가 날 수도 있다. 독이나 세균이 몸으로 들어올 수도 있으니까 단단히 대비해둬서 나쁠 건 없다. 불의의 일격을 막을 수 있도록, 나도 입을 수 있는 장비가 필요한 것이다.

운 좋게 매직 아이템이 들어오지 않는 이상 포기할 수밖에 없을 거라 생각하고 있었지만 인간의 모습으로 변화할 수 있게 된 지금이라면 이야기는 다르다.

드워프들도 최근에는 고블린들이 사냥해 온 마물을 소재로 여러 가지 물건을 제작하고 있는 모양이다.

일단 어린아이 사이즈의 옷을 한 벌 준비하게 하자. 그렇게 생각하여 가름이 있는 곳으로 향했다.

어느샌가 만들어진 작은 통나무 건물 안이 바로 의복 관계의 제작 공방이었다.

건물 안에선 가름이 고블리나(여성 고블린)에게 지시를 내리면서 의류를 만들고 있었다.

"여어, 가름 군. 내 옷을 좀 만들어줬으면 하는데?"

"어라, 나리. 무슨 말을 하는 겁니까? 어떻게 입으려고요? 입을 수가 없잖아요?"

"후후후, 후하하, 하――앗핫핫하! 날 얕보지 말라고. 내가 언제까지나 슬라임 모습 그대로 있을 거라고 생각한다면 그건 큰 착각이야! 하압――!!"

"뭐, 뭐야아?! 나리의 몸이 점점 커지……는 건 아니군요. 어린아이――입니까요?"

"쳇, 그다지 놀라질 않는군……. 뭐, 됐어. 어른으로도 변할 수는 있지만 이 모습이 제일 편하거든. 일단은 이 모습으로 입을 수 있는 옷을 부탁하네."

"예, 예. 그럼 사이즈를 좀 재겠습니다. 이봐, 하루나. 나리 치수를 좀 재봐줘!"

나는 옷을 만들고 있던 여성 중 하나인 하루나를 통해 치수를

졌다.

물론 알몸이었지만 부끄럽지도 않다. 어찌 됐든 어린아이 모습인 데다 성별도 없으니까.

"어머나! 리무루 님, 귀엽게 바뀌셨네요."

하루나가 그렇게 말하며 얼굴을 붉히더니, 기쁜 표정으로 치수를 재줬다.

귀엽다고? 내 기준으로 귀엽긴 하지만 고블린의 미적 감각으로 봐도 귀여운 건가.

마물에게도 미적 감각이 있다는 게 더 놀랍지만.

고블린도 원래는 요정이었다고 하니, 미적 감각은 인간과 같을지도 모르겠군.

치수를 재는 게 끝나자 더는 할 일이 없었다. 며칠 뒤에 완성된다고 하니, 예전에 획득해둔 스킬을 확인해보기로 했다.

＊

차분하게 스킬을 시험해보려면 아무도 오지 않는 장소가 좋다. 텐트에서 하는 실험은 제한이 있기 때문에, 위력이 높아 보이는 능력을 시험해볼 수가 없었던 것이다.

나는 리그루도에게 나가겠다고 전한 뒤에 아무도 따라오지 않도록 명령하고는 장소를 옮겼다.

마을 중심부에서 봉인의 동굴로 향한다.

베루도라와 만났던 장소다.

그곳에는 광대한 지하 공간이 있는데, 상당히 튼튼하며 아무도 오지 않는다. 동굴의 마물들조차 베루도라를 겁내어 지하 공간에는 가까이 오지 않는 것이다.

목적지에 도착하자마자 곧바로 시험해보기로 한다.

이번에 시즈 씨를 먹어서 얻은 것은 유니크 스킬인 '변질자'와 엑스트라 스킬인 '화염조작'이다. 그녀의 마음이 담겨 있는 능력이다.

그리고 이플리트의 '분신체, 염화(炎化), 범위결계'를 획득한 상태다. '분신체'는 자신의 모습을 확인하느라 써봤지만 문제없이 사용할 수 있을 것 같았다.

무엇부터 시험해볼까? '분신체'를 시험해봤으니 이플리트의 능력을 한번 보도록 할까.

우선은 '염화'를 시험해본다.

그렇지만 아쉽게도 슬라임 상태에선 발동이 되지 않았다. 이런 식으로 뭔가가 원인이 되어 쓰지 못하는 스킬도 있긴 한데, 무엇이 원인인 걸까?

《해답. 이플리트는 정령이며 정신 생명체입니다. 이플리트의 '염화'라는 것은 자신의 신체를 에너지(마력요소)로 변환하여 해방하는 능력이므로 물질체인 상태에선 사용할 수 없습니다.》

으음? 즉, 내가 육체를 가지고 있기 때문에 사용할 수 없다는 말인가? 그렇다면 검은 안개로 만들어내는 마체(魔體)라면 '염화'를 쓸 수 있다는 이야기가 되는데…….

당장 시험해본다.

이플리드로 변신하여 사용한다. 그러자 문제없이 '염화'가 발동했다. 단, 내 본체가 있는 핵 부분은 변화하지 않는 것 같다.

역시 생각대로 마체에만 사용할 수 있는 모양이다. 하지만 그렇다면 굳이 이플리트 상태에서만 사용할 수 있다는 뜻은 아닐 것이다. 그렇게 생각하여 어른 상태로 변신한 뒤에 '염화'를 실행해봤다. 그러자, 손발 끝만 불꽃으로 변화했다.

생각한 대로인 것 같다. 본체 부분에선 발동할 수 없지만 가짜 몸인 마체라면 불꽃으로 변할 수 있다는 사실을 확인했다. 그 온도는 이플리트와 동등한 1,200도에 가까운 고온이다. 그걸 부분적으로 집중시켜서 더욱 고온으로 만드는 것도 가능하며, 그것만으로도 엄청난 위력을 가진 공격 수단이 될 것 같았다.

하지만 이 '염화'라는 능력은 결계 내에서 쓰지 않으면 에너지 유출이 너무 크기 때문에 당장 마력요소가 바닥나버리게 된다. 조정이 어려우므로 연습이 필요하다.

다행히도 동시에 획득한 엑스트라 스킬인 '화염조작'이 있으므로 그런 문제도 해결할 수 있을 것 같다.

정령이 물질세계에 짧은 시간밖에 나타나지 못하는 것은 마력요소의 소비가 너무 크기 때문임이 틀림없다.

내게는 본체가 있으니 '화염조작'으로 조절도 가능하다. 연습하기에 따라서는 위력 조절도 잘해낼 수 있을 것 같다.

뒤이어서 시험해본 것은 '범위결계'다.

이 스킬은 불꽃의 열을 결계에 가두어 열에너지의 유출을 막는 것이 목적인 듯 보인다. 조금 전에 내린 추론인, 정령이 출현하는 조건을 충족하기 위해서 마력요소의 유출을 막기 위한 능력일 것으로 생각했다.

또 하나의 특징으로는 물리적인 강도도 갖추고 있다는 점을 들수 있겠다. 대상을 결계에 가둬야 하기 때문에 나름대로 강도가존재하는 것이다.

그렇다면 '범위결계'를 사용하여 배리어처럼 이용할 수도 있지않을까?

나는 그 사용법에 관해 생각해봤다.

범위 지정은 최대 직경 100m의 반구. 지면 아래에는 효과가없다.

최소 범위로는 자신의 몸을 덮을 정도로까지 축소할 수 있었다. 효과는 다르지 않다. 단지, 크기를 변화시키는 것으로 마력요소의 소비량이 적어졌다.

어느 정도 자유롭게 조작할 수 있는 것 같으며, 엷은 가죽을 한장 덮는 것 같은 느낌으로 발동할 수 있었다.

덧붙이자면 이 상태에서 '염화'하면 마력요소의 유출을 억제할수 있을 것 같다. 단, '범위결계' 밖으로는 열이 전달되지 않는 것같으니 의미는 없을 것 같지만 말이다.

열의 유출이 에너지를 소비하는 것이자 마력요소를 소비하는원인이 되는 걸까?

《해답. '염화'라는 것은 열량을 유지하기 위해 마력요소를 소비하여 열을 발생시킵니다. 마력요소를 열량으로 변환시키기 때문에 열의 유출과 마력요소의 유출은 같은 뜻이라고 말할 수 있습니다.》

그렇군, 조금이나마 이해가 되었다. 만들어낸 열을 가둬두면 새롭게 불꽃을 만들 필요가 없으니까 에너지를 소비하지 않고 넘어갈 수 있다는 뜻인가. 왠지 물리법칙이 근간을 이루는 세계와 다른 것 같은 느낌이 들지만 그건 마력요소라는 마법적인 물질이 존재하기 때문일 것이다.

불꽃을 완전히 가둬둔다거나, 산소를 소비하지 않아도 된다거나 하는 생각을 하기 시작하면 끝이 없으므로, 깊게 생각하지 않기로 한다. 깊게 생각하면 지는 것이다.

어찌 됐든 지금 중요한 것은 '염화'가 아니라 방어 수단으로써 사용할 '범위결계'다.

이 최소 상태의 '범위결계'를 줄여서 '결계'로 부르기로 한다.

과연 그 강도는?

그걸 시험해보기에 딱 좋은 능력이 있다. 그렇다, '분신체'다.

지금까지는 자신에게 대미지가 올 것이 두려워서 다양하게 시험해보지 못했지만 '분신체' 덕분에 그 문제도 해결되었다.

어떻든 간에 '분신체'는 자신과 같은 능력을 가지고 있으니까.

제한은 있다. 유니크 스킬만큼은 본체밖에 쓰질 못하는 것이다.

가까이 있으면 본체와 마찬가지로 쓸 수 있지만 본체인 내가 인식할 수 없는 거리까지 떨어져버리면 전혀 사용할 수 없게 되는 것 같다.

'포식자'만큼은 슬라임의 본능에 따르는 것인지, 약간은 사용할 수 있는 것 같았다.

1㎞ 이내라면 내 뜻에 따라 움직일 수 있지만 그 이상 떨어지면 단순한 명령을 실행시키는 것 외엔 불가능한 느낌이다. 단, 시각

은 공유할 수 있으며 '사념전달'로 기존의 명령을 취소하고 다른 명령을 내리는 것도 가능하다. 정찰을 보내기에는 더할 나위 없이 좋은 능력이다.

일단 위에서 열거한 것은 이번 실험에선 관계가 없다. 내성을 조사하는 것뿐이라면 본체와 동등하니까 말이다.

분신을 만들어서 '결계'를 펼치게 했다.

그 '결계'를 향해 '수인(水刃)'을 날린다.

강렬한 기세를 띤 '수인'이 분신 앞에서 튕기더니 사라져버린다. '결계'에 의해 막혀버린 것 같다.

생각했던 대로 그럭저럭 강도가 있어 보인다.

하는 김에 '결계'를 펼친 채로 '수인'을 쏠 수 있는지가 궁금해서 시험해봤다.

이건 생각했던 것보다 간단했다. 손 앞에 자그마한 사출구를 만들어서 '수인'을 쏴봤는데, 그대로 '결계'에 감싸진 채로 발사된 것이다. 비눗방울이 분리되는 것 같은 이미지라고 말하면 이해하기 쉬울 것이다. '결계'로 감싸지면서 사정거리와 위력이 올라간 것은 생각 못 한 오산이었다.

그렇다면 '독무 브레스'에 '마비 브레스'는 어떨까 하는 생각에 연달아 시험해본다.

판명된 것은 대미지를 입으면 마력요소를 소모한다는 것이었다.

분신에게 나눠준 마력요소는 '마비 브레스'라면 대미지를 받지 않아서인지 소모되지 않았지만, '독무 브레스' 때는 단번에 마력요소가 소모되면서 사라짐과 동시에 파괴되어버렸다.

거꾸로 말하자면 맨 처음에 나름대로 에너지(마력요소)를 보급해 두면 버텨낼 수 있다는 것을 의미한다.

대량의 마력요소를 나눠준 뒤에 분신에게 재차 결계를 펼치게 했다.

그리고 실험해본 결과, '독무 브레스'에 의한 공격에도 장시간 버텨내는 데 성공한 것이다.

내가 사용한다면 좀 더 오랜 시간 동안 버텨낼 수 있을 테니, 실질적으로 말해서 '독무 브레스' 정도의 공격은 통하지 않는다는 뜻이 된다. 멋진 방어 수단을 손에 넣은 것이다.

그리고 오늘의 마지막 실험, '범위결계'와 병용하여 '염화'를 발동해봤는데……

그 결과는 상당히 끔찍한 것이었다.

역시 A랭크 오버의 능력.

플레어 서클(염화폭옥진, 炎化爆獄陳)이라는 결계 내에서의 염화 공격은, 결계 내의 생물을 수천 도의 고열로 불태운다. 한정 공간 속에서 '염화'의 위력이 높아지기 때문이다.

공기가 연소하면서 무산소 상태가 된다. 그 이전에 호흡한 순간에 폐가 타버리기 때문에 폐호흡을 하는 생물이 이 안에서 생존한다는 것은 절망적일 것이다.

나는 폐호흡을 할 필요가 없는 데다 '열변동내성'이 있었기 때문에 문제가 없었지만, 기본적으로는 절대적인 필살기가 되었을 것이 틀림없다.

내가 이플리트에게 이길 수 있었던 것은 실로 상성이 좋았기 때문이라는 생각이 들면서 안도의 한숨을 쉬었다.

이 기술도 위력이 너무 높아서 쓸 곳이 마땅찮으니 검토를 필요로 한다.

하나 더 언급하자면, 이플리트와 동화하고 있었기 때문인지 시즈 씨에겐 '염열공격무효(炎熱攻擊無效)'라는 내성이 있었던 모양이다. 이 스킬 덕분에 화염 공격이나 초고열 속에서도 무사했던 것 같다.

내 '열변동내성'은 냉기에 대한 내성도 있지만 '염열공격무효'에는 그런 것이 없다. 그러나 고온에 대해선 훨씬 더 상위의 내성을 부여해주는 것 같다. 아마도 '내성' 스킬 중에선 '무효'가 상위에 위치하는 모양이다. '열변동내성'만으로도 엑스트라 급의 성능이 있는지라 충분히 대단하다는 생각이 들긴 하지만 말이다.

생각했던 것보다도 충실한 실험 결과였다.

이런 실험은 텐트에선 할 수가 없다. 순식간에 주위를 다 불태워버릴 테니까.

나는 만족하면서 마을로 돌아갔다. 잘 필요는 없지만 마력요소를 회복시킬 필요는 있다. 그러려면 역시 휴식이 제일이다. 슬립 모드(저위활성상태)가 되는 건 사양인 데다, 무슨 일이든 지나친 것은 좋지 않다. 시간은 충분히 있으므로 서두를 필요는 없는 것이다.

⋅*

다음 날, 가름이 있는 곳으로 가서 옷을 시험 삼아 입어보기로 한다.

아직 가봉 단계라 주문품은 만들어지지 않았지만 양산품인 옷과 방어구를 하루나가 준비해주었기에 착용해봤다.

"어머나! 정말 잘 어울리세요, 리무루 님."

옷 갈아입히기 인형이 된 듯한 기분도 들었지만 하루나를 비롯한 여러 사람들이 기뻐하는 것 같으니 참기로 하자.

준비된 장비 중에서 내게 딱 맞는 사이즈가 있기에 그걸 입어본다.

마을의 홉고블린들이 입는 것과 같은 것이지만 의외로 착용감이 좋았다. 역시 가름이 만든 물건이다.

"완성도가 좋군. 움직이기도 쉬운 데다 튼튼한 것 같고."

"하하하, 그렇게 말씀해주시니 기쁘군요. 나리 전용으로 만들고 있는 것도 기대해주십시오."

내가 칭찬하자 가름은 기쁜 표정으로 그렇게 말했다. 이건 기대할 수 있을 것 같다. 아랑족 보스의 유품인 모피를 건네줬으니 성능은 탁월할 것이다.

완성되기를 즐겁게 기대하면서 가름의 공방을 나왔다. 오랜만에 옷을 입었기에 슬라임으로 돌아가지 않고 어린아이 모습을 유지하기로 한다.

수상하게 여기지 않을까 생각했지만, 만나는 자들은 모두 날 보자마자 길옆으로 비키면서 인사를 해줬다.

보아하니 어린아이 모습을 하고 있어도 나라는 것을 알아보는 모양이다.

이 반응에 의문을 느끼고 있으려니, 시찰 중인 리그루도가 눈에 들어왔다.

"여, 리그루도. 순조로운가?"

"이런, 이런, 리무루 님. 모든 것이 순조롭습니다! 이것도 전부 리무루 님 덕분입니다."

내가 말을 걸자 만면에 미소를 지으며 대답하는 리그루도.

역시 어린아이 모습이 되었어도 알아보는 것 같다.

"슬라임 모습이 아닌데 알아보겠나?"

"하하하, 당연하고말고요. 리무루 님에겐 기품이 느껴지기 때문에 못 알아볼 리가 없습니다."

그런 대답이 되돌아왔다.

이번에는 오라(요기)를 그대로 내뿜고 있다는, 그런 이유가 아니라 내 기척을 구분할 수 있게 된 모양이다. 이건 모두에게 해당하는 것인지라, 어쩌면 이름을 지어준 것과 관계가 있을지도 모르겠다.

뭐, 이유야 어쨌든 좋은 일이다. 수상하게 여겨서 착각하는 일이 없다면 문제는 없는 것이니까.

마음에 걸리던 것이 하나 사라졌으니 어제의 실험을 계속하기 위해 동굴에 가기로 한다. 긴급한 일이 아니면 부르러 오지 말도록 리그루도에게 지시했다.

어제 실험에서도 생각한 것이지만 오늘도 강력해 보이는 스킬을 시험할 예정이기 때문이다. 누군가를 휩쓸리지 않도록 하려면 가까이 오지 않게 하는 것이 제일이었다.

"잘 알겠습니다! 그런데 오늘도 식사 준비는 필요하지 않으십니까?"

그 말을 듣고 나는 자신도 모르게 리그루도를 바라보고 말았다.

그렇군, 왜 그걸 잊어버리고 있었지?!

모처럼 인간으로 변할 수 있게 되었는데, 맛있는 음식을 먹어보지 않았잖아!

"잠깐, 오늘부터는 나도 같이 식사를 하겠다."

"그렇습니까?! 그렇다면 오늘은 연회를 열어야겠군요? 맛있는 요리들을 준비하도록 리리나에게 분부해놓겠습니다!"

리그루도가 기쁜 표정으로 파안대소했다. 무섭게 보이는 표정이지만 웃고 있는 것이겠지.

나도 기쁘다. 공복감은 없지만, 오랜만에 하는 식사는 아주 기대가 된다.

마을을 나왔을 때, 리그루와 고부타를 만났다.

"여, 오늘은 연회가 있다고 하니까 맛있어 보이는 사냥감을 잡아서 리리나에게 갖다 주도록 해라. 나도 식사를 즐길 수 있게 되었으니 호화롭게 즐겨보고 싶구나!"

"오오, 리무루 님. 그게 정말입니까? 그렇다면 최고급 소사슴을 준비하도록 하겠습니다!"

내가 그렇게 말하자, 리그루가 기쁜 표정으로 대답했다.

소사슴? 소와 사슴이 합쳐진 것 같이 생긴 마수라고 하는데 맛은 좋다고 한다.

너무나도 기대가 된다.

"그건 그렇고 리무루 님, 그 모습은 어떻게 된 일입니까요?"

"후후후, 보는 센스가 있구나, 고부타 군. 슬라임 모습도 편해서 좋지만 이 인간의 모습도 의외로 나쁘지 않더란 말이지. 일단 오감이 슬라임보다 뛰어나니까 말이야. 특히 미각이 있다는 게 대단해. 게다가 인간의 모습을 하고 있는 게 너희들과 더 어울리기도 쉽고 말이지."

실제로 미각 이외는 슬라임 상태에서도 재현할 수 있지만 전에 인간이었던 나로서는 인간의 모습이 더 익숙하고 친숙하다는 느낌이 든다. 어느 쪽이 편하냐고 묻는다면, 사실은 슬라임 형태가 더 편하긴 하지만.

그런 생각을 하고 있으려니, 내 대답을 어떻게 착각하여 받아들였는지 고부타가 멍청한 소리를 뱉었다.

"그렇습니까요! 저도 리무루 님과 친하게 어울려보고 싶습니다만…… 굳이 말하자면 나올 곳은 나오고 들어갈 곳은 들어간 쪽이 더 취향입니다요!"

"이 멍청아! 그런 뜻으로 어울린다는 게 아니야!!"

나는 이 멍청이에게 뒤돌아차기를 선사했다. 내 뜻대로 몸이 움직이면서 깔끔하게 고부타의 명치에 오른발이 파고든다.

기절하는 고부타. 하지만 바보에겐 좋은 약이 되었겠지.

"죄송합니다, 리무루 님. 고부타에겐 따끔하게 교육을 시켜놓겠습니다."

"음, 그렇게 마음에 두고 있지는 않지만 말이지. 그보다 사냥 쪽을 잘 부탁하겠네."

"물론입니다. 최근에는 숲 안쪽에서 이동해 온 마수가 많으므로 사냥감은 풍부합니다. 기대해주십시오."

"무슨 일이 있었나?"

"가끔 있는 일이지만 환경의 변화 등으로 마수가 이동하는 일이 있습니다. 큰일은 아니라고 생각합니다만 경비 태세는 강화해두고 있습니다."

문득 신경이 쓰였다. 아마 별일은 없겠지만 만일의 경우라는 것도 있으니까.

나는 란가를 소환하여 리그루 일행과 동행시키기로 했다. 무슨 일이 있어도 란가가 있다면 대응할 수 있겠지.

내 소환에 응하여 란가가 내 그림자에서 출현한다.

나도 란가의 소환이 가능하게 된 것이다. 고부타가 할 수 있는 일을 내가 못 한다는 것은 자존심이 용서하지 않았다. 몰래 연습한 것이다.

"부르셨습니까, 리무루 님?"

"음, 란가. 리그루 일행과 같이 숲으로 동행해다오. 아무 일도 없겠지만, 만약의 경우에는 리그루 일행을 부탁한다."

"잘 알겠습니다. 맡겨주십시오, 리무루 님."

내 명령을 받는 게 기쁜지 얌전한 표정의 얼굴과는 달리 꼬리를 크게 휘두르고 있다.

지금은 보통 사이즈——라고 해도 2m에 가까운 크기지만——이므로 풍압으로 모래먼지가 날리진 않는다. 예전에 내게 꾸중을 들은 것이 효과가 있었는지 확실하게 기억해둔 것 같다.

"조심해라, 란가. 리그루도 무슨 일이 있으면 연락을 주고."

"하하하. 걱정하지 않으셔도 됩니다, 리무루 님. 그보다 사냥

결과를 기대해주십시오!"

리그루가 웃으면서 말했다.

그러게, 확실히 걱정이 지나쳤는지도 모른다. 지금의 란가의 강함은 B+랭크 이상이다. 어쩌면 A-랭크에 도달해 있을지도 모른다. 쥬라의 대삼림 중에선 상위 클래스에 속하니 괜찮을 것이다.

오늘 먹을 고기를 너무 기대하다 보니 지나치게 민감하게 생각해버린 모양이다.

"기대하고 있지. 나는 동굴에 있을 테니까 무슨 일이 있으면 연락을 주도록 하고."

나는 리그루에게 고개를 끄덕여 보이고는, 작별 인사를 하고 그 자리를 뒤로했다.

들뜬 기분으로 동굴에 도착했다.

오늘은 오랜만에 구운 고기를 먹을 수 있다. 홉고블린의 요리는 기대할 수 없지만 고기랑 산채를 굽기만 하는 거라면 문제는 없을 것이다. 양념은 소금뿐일지도 모르지만 그건 어쩔 수 없는 일이다.

잠깐? 지금까지 미각이 없었기 때문에 신경을 쓰진 않았지만, 저 녀석들, 양념은 제대로 치고 먹는 건가? 소금 정도는 사용하고 있겠지? 만약을 대비해 암염을 찾아서 스스로 준비해두는 것도 좋을지 모르겠군.

'대현자'의 '해석감정'으로 염분을 포함한 바위를 찾는다. 그리고 '포식자'로 집어삼킨 다음 소금 성분만 추출하고 나머지는 버렸다.

엄청나게 편리하다.

과연 이런 일에 써도 되는 능력일까? 그런 생각이 든다.

괜찮다, 문제없다. 이용할 수 있다면 뭐든지 이용하는 게 좋은 법이다.

자, 목적인 소금도 손에 넣었으니…… 아니, 진짜 목적은 능력을 검증하는 거였지. 식사를 할 수 있다는 사실에 들뜬 나머지, 나도 모르게 그만 목적을 착각하고 만 모양이다.

나는 마음을 다잡고 어제의 지하 공간으로 향했다.

*

오늘은 엑스트라 스킬인 '염열조작'을 시험해볼 생각이다.

이 스킬은 말하자면 불꽃을 다루는 능력이다.

체온이나 주위의 열을 손바닥 위에 모으거나, 그걸 손가락 끝 한곳에 집중시키거나, 또는 장작불의 불꽃 등을 임의로 조작할 수 있는 것이다.

하지만 그것뿐이다. 결국은 엑스트라 스킬, 그렇게까지 고성능은 아닌 것 같다.

손가락 끝에 불꽃을 붙인다거나 손바닥에서 불꽃을 발생시킨다거나 하는 일은 할 수 없다.

손가락 끝에 열을 집중시켜서 발사하는 블래스터(열선포) 같은 사용법은 쓸 수 없을까를 생각해봤지만 기대가 빗나갔다.

시즈 씨가 했던 것처럼 폭발을 일으키는 건 아예 논외다. 아마도 그건 마법과 융합시켜서 독자적인 기술을 만들어낸 것이리라.

응? 마법과…… 융합…………?

문득 떠오른 것이 어제의 '염화'다.

어제는 어른으로 '변신'하여 마체 부분을 '염화'시키는 사용법을 써봤었다. 그러나 하룻밤 생각해서 떠오른 것이 마체가 아니라 마력요소를 그대로 '염화'시키는 방법이다.

정신 생명체인 정령이 자신을 에너지의 파동으로 바꾸는 것이 '염화'이다. 그러나 우직스럽게 굳이 그런 방법만 고집할 필요는 없다고 생각한다.

예를 들면 마력요소를 방출하여 그것을 마체로 변화시키는 과정에서 그대로 '염화'를 시킨다면…….

그리고 그렇게 만들어낸 불꽃을 '염열조작'으로 조종한다면…….

《해답. 유니크 스킬 '포식자'의 '변신'과 '염화'와 엑스트라 스킬 '염열조작'을 유니크 스킬 '변질자'에 의해 통합시키는 것은 가능합니다. 실행하시겠습니까?

YES/NO》

씨익. 내가 생각한 대로다. 당연히 YES다.

아니, 나중에 검증하려고 생각했던 유니크 스킬 '변질자'에 생각도 못 한 효과가 있는 것 같아서 놀랐다. 위험한 취미에 눈을 뜬 사람 같은 어감이 느껴져서('변질자'란 단어는 일본어에선 '변태', '이상 성욕자'라는 의미를 갖고 있음) 좋은 인상이 없었지만 생각했던 것보다도 고성능의 능력일지도 모르겠다.

《알림. '염화'와 엑스트라 스킬 '염열조작' 및 '수조작(水操作)'이 통합되면서 소실. 새로이 '흑염(黑炎)'과 엑스트라 스킬 '분자조작'을 획득했습니다. 뒤이어서 '열변동내성'이 '열변동무효'로 진화했습니다. 이에 의해 '염열공격무효'는 소실되었습니다.》

내 명령에 의해 '대현자'가 능력을 통합해주었다. 그 결과로서 생각한 것 이상으로 간단하게 새로운 능력을 획득할 수 있게 된 것 같다. 엑스트라 스킬 '수조작'까지 사라진 건 오산이었지만 엑스트라 스킬 '분자조작'으로 같은 작업을 할 수 있기 때문에 그랬을 것이다.

곧바로 새로운 능력을 검증해본다.

'흑염'이라는 것은 내가 마력을 담아서 정신을 집중하면 몸에서 불꽃을 낼 수 있게 되는 능력이다. 마체를 만들어서 그걸 불꽃으로 변환시키는 단계를 날려버리고 직접 불꽃을 만들어낼 수 있게 됐다.

마력의 강약에 따라 온도 조절도 가능하다.

상대의 머리를 붙잡은 뒤 불꽃이 일어나게 하는, 그런 위험한 일도 하려고 마음만 먹으면 할 수 있을 것이다.

손바닥 위에 불꽃을 집중시켜서 쏘는 것도 가능하다. 이건 마력으로 마력요소를 한곳에 모아서 그걸 연소시키는 이미지에 가깝다. 그리고 '수인'과 같은 요령으로 마력요소를 방출하는 것이다.

실제로 시험해보니 목표로 삼은 바위에 맞은 순간, 바위가 불타올랐다.

바위의 표면이 녹아내리는 것으로 봐서 생각해보건대, '염화'와 동등하거나 그 이상의 온도인 1,500도까지는 올라가는 것 같다. 이거 참, 엄청난 공격 수단을 손에 넣은 셈이다.

이 스킬은 내 마력에 따라서 온도를 높이는 것도 가능하고, 확산시켜서 폭발 계통으로도 만들 수 있을 것 같다. 나중을 대비해서 연습이 필요하다.

어렵게 생각하지 않아도 자연스럽게 불꽃을 조작할 수 있는 것은 '분자조작' 덕분인 것 같다.

마력요소를 조종함으로써 분자를 조종하여, 그 마찰에 의해 열을 발생시키는 것이다. 조작하는 힘이 마력이며, 움직이는 대상이 마력요소이기 때문에 내가 마력을 높이기만 해도 그 온도가 상승하게 되는 것도 납득이 간다.

쉽게 획득한 '분자조작'이지만 무서울 정도로 성능이 높다.

'대현자'가 이 능력에 대해 내가 이해하지 못할 이론을 길게 설명해주려 했지만 사양했다. 들어도 이해를 못한다면 시간 낭비인데다가 그런 건 알아서 맡겨둬도 된다고 생각한다.

그보다도 신경이 쓰이는 것은 대기 중의 분자조차 조작할 수 있게 되었다는 점이다.

'흑염'은 마력요소를 불꽃으로 변화시키는 방법으로 초고열을 발생시키는 것으로 이해했다. 그렇지만 분자를 마찰시키는 것으로 열을 발생시킬 수 있다면, 마찬가지 방법으로 전기도 발생시킬 수 있는 건 아닐까?

그래, 예를 들자면――'검은 번개'와 '분자조작'을 링크시킨나면……

《해답. '검은 번개'와 엑스트라 스킬 '분자조작'을 링크시키는 것은 가능합니다. 링크시키겠습니까?
YES/NO》

역시 생각했던 대로인가. YES를 생각했다. 그러자 새로운 스킬인 '흑뢰(黑雷)'를 획득할 수 있었다.

이 '흑뢰' 덕분에 템페스트 스타 울프(흑람성랑, 黑嵐星狼)로 변신하지 않으면 쓸 수 없었던 '검은 번개'를 언제든지 쓸 수 있게 된 것이다. 그것도 어느 정도 위력 조절이 가능해졌다는 부가 기능까지 덤으로 같이.

템페스트 스타 울프는 두 개의 뿔로 위력을 조절하고 범위를 지정하는 것 같았지만, '흑뢰'는 그런 걸 필요로 하지 않고도 생각한 대로 번개를 조작할 수 있다.

지금도 검지와 엄지 사이에 청백색으로 방전하는 번개를 발생시키고 있었다. 사람을 마비시킬 수 있을 정도의 약한 전류부터 모든 것을 태워버릴 정도의 번개까지. '흑염'과 마찬가지로 마력의 크기와 마력요소의 양을 얼마나 많이 담느냐에 따라 자유자재로 조절할 수 있게 된 것이다.

솔직히 말해서 '분자조작'이란 굉장한 만능 스킬이라고 생각했다. 이것 자체만으론 쓸 만해 보이지 않지만 다른 능력과 병용하면 엄청난 것으로 바뀐다.

　──아니, 엄청난 것은 이걸 만들어낸 유니크 스킬인 '대현자'
와 시즈 씨가 남겨준 유니크 스킬인 '변질자'의 통합 덕분이려
나…….

　애초에 이 '변질자'란 건 어떤 능력일까?

《해답. 유니크 스킬 '변질자'의 효과──.》

　'대현자'의 설명에 의하면 '변질자'의 능력은 크게 둘로 나뉜다.
　통합 : 서로 다른 대상들을 하나의 것으로 변질시킨다.
　분리 : 대상이 갖고 있는 서로 다른 성질을 다른 것으로 분리한다.
　　　　　（분리된 대상이 실체를 가지지 못하는 경우는 소멸하는
경우가 있다.）
　이렇게 나뉜다고 한다.
　시즈 씨의 마인화는 이 유니크 스킬의 효과였던 모양이다. 정
령과 인간이라는 서로 다른 존재가 완전히 통합되어 있었다. 이
플리트가 시즈 씨의 몸을 차지하려고 했던 것이 먼저일까, 아니
면 시즈 씨 자신이 몸을 뺏기는 걸 막기 위해 만들어낸 것이 '변
질자'인 것일까.
　어느 쪽이든 이제 와서는 그 사실을 확인할 방법은 없다. 확실
한 것은 이 능력이 생각했던 것 이상으로 응용할 수 있는 곳이 많
다는 사실뿐이다.
　'통합'을 스킬에도 적용할 수 있다는 것은 이미 체험을 끝낸 바
이다. 그건 즉, 다양한 능력을 통합할 수 있음을 의미한다. 어쩌

면 마법에도 적용해서 '불꽃'과 '바람'을 합체시켜서 '폭풍(爆風)'을 만들어낸다거나, 마법 효과를 무기와 통합시켜서 마력을 불어넣기만 해도 효과가 발동하는 매직 아이템(마법 무기)을 만들어내는 것도 가능하지 않을까.

솔직한 감상을 말하자면 이 '변질자'는 무시무시할 정도로 내 스킬과 상성이 좋다고 생각한다.

땀을 흘리는 기능 같은 건 없는 슬라임의 몸이지만, 식은땀이 흐르는 것 같은 느낌이 들었다.

지금 시험해본 것만으로도 '분자조작'이나 '흑염'을 손에 넣은 데다 '흑뢰'도 다룰 수 있게 되었다.

그 외에도 마물을 잡아먹어서 얻은 능력이 잔뜩 있는 데다, 앞으로도 획득할 예정이다.

혹시나 적이 갖고 있는 스킬을 없애는 것이 가능하진 않을까?

《해답. 상황에 따라 다릅니다. 단, 영혼에 새겨진 능력의 소멸이나 분리는 불가능합니다.》

그렇게까지 만능은 아닌 모양이다.

하지만 상황에 따라서는 가능하단 말인가. 당연하겠지만 상대의 능력을 이해하는 것이 전제 조건인 것 같지만.

그래도 뭐, 이 능력의 본질은 분리가 아니라 통합일 것이다.

앞으로도 여러 마물로부터 능력을 빼앗을 생각이니, 그걸 통합해보는 즐거움이 생겼다.

모든 것은 유니크 스킬 '대현자'가 있기 때문에 가능한 것이겠지만, 유니크 스킬 '포식자'와 '변질자'의 상성은 무시무시할 정도로 좋다.

정말이지, 시즈 씨가 남겨준 '변질자'——이름은 좀 그렇지만 참으로 훌륭한 능력이다.

오늘의 마무리로 '열변동무효'를 시험해보기로 했다.

열변동이란 것은 불꽃이나 냉기에 대한 내성이 높다는 뜻이리라. 이플리트의 초고열도 견뎌낼 수 있었던 '열변동내성'의 상위 버전 같은 데다, 대부분의 공격도 무효화할 수 있을 것 같다. 그렇다곤 해도 태양에 돌진한다면 역시나 녹아서 죽어버리겠지만.

구운 고기가 기다리고 있으므로 빨리 끝내고 싶지만, 자신의 목숨과 직결된 방어력은 파악해두지 않으면 안 된다.

중요할 때에 문제가 생기는 건 싫은 데다, '대현자'가 어이없어하는 반응을 보이는 것도 내키지 않으니까 말이지.

나는 어제와 마찬가지로 어느 정도 마력요소를 부여하여 '분신체'를 만들었다.

당연히 슬라임 모습으로 말이다.

아무리 그래도 미소녀로밖에 보이지 않는 알몸의 '분신체'를 공격하는 것은 찜찜한 느낌이 있으니까. 익숙해지면 장비를 복제하여 입힌 상태로 만드는 것도 가능할 것 같지만, 옷을 입고 있다고 해서 괜찮은 문제인 것도 아니다.

슬라임도 귀여워서 약간 마음이 아프지만 꾹 참고 실험을 개시한다.

'수인'을 '결계'로 막아내는 건 어제 시험한 대로이다.

이번엔 '흑염'으로 공격을 시험해본다. 같은 에너지(마력요소)양으로 '흑염'과 '결계'가 서로 부딪히자 '결계'는 완전히 열을 차단해냈다. 역시 플레어 서클이라는 이플리트의 초고온 공격조차도 봉인해냈던 만큼 효과는 훌륭하다. 그뿐만이 아니라 아이시클 랜스(수빙대마창, 水氷大魔槍)와 같은 냉각계의 공격조차도 막아내는 걸 볼 때 가열, 냉각, 양쪽에 다 대응하고 있는 것 같다.

《해답. '열변동무효'와 '범위결계'가 링크하고 있기 때문에 열계통 공격은 무효가 됩니다.》

과연, 예상대로다.

시즈 씨도 '염열공격무효'를 가지고 있었으며, 당연히 이플리트도 그걸 가지고 있었다. 그 능력으로 그 열량을 억누르는 게 가능했던 것이리라. 보아하니 고온을 봉인하는 것에 최적화된 모양이다. 그리고 내 '열변동내성'과 통합되면서 냉각계에 대한 내성도 완전히 갖추게 된 것이다.

시험 삼아 링크를 해제하여 '흑염'을 시험해봤더니 '결계' 그 자체는 순식간에 파괴할 수 있었다. 하지만 내 '분신체'는 무사하다.

즉, '열변동무효'라는 것은 '결계'만이 아니라 육체에도 적용되고 있다는 것이 증명된 것이다.

부가적인 대미지인 충격 같은 것도 '물리공격내성'으로 어느 정도는 흡수할 수 있는 것 같다.

각종 내성과 '결계'가 있으면 방어 면에선 상당히 안심할 수 있을 것 같다. 그 이전에 모든 내성을 '결계'와 링크시키는 걸 잊으면 안 된다.

《알림. '범위결계'와 각종 내성의 통합을 완료했습니다. '다중결계'로서 발동하시겠습니까?

YES/NO》

보아하니 여러 개의 목적을 하나의 '결계'에 통합하는 것은 불가능했던 것 같다. 그러나 개별로 발동시키는 것은 문제없는 모양이다.

나는 망설임 없이 YES라고 생각한다. 그 순간 얇은 가죽 한 장만큼도 되지 않는 두께의 무색투명한 피막이 내 몸을 덮은 것을 알 수 있었다.

이래 보여도 여러 개의 '결계'를 한데 모은 '다중결계'이겠지만, '마력감지'로 확인해도 거의 보이지 않을 것 같은 피막이었다. 소비 마력은 그렇게 많은 양을 필요로 하지 않는다. 한 번 펼쳐두면 유지하기 위한 마력의 소비는 신경 쓸 필요가 없을 정도다. 기본적으로 회복량이 더 많으니까 말이다.

오늘도 훌륭한 성과를 얻었다.

지금 있는 능력을 조합해서 새로운 능력을 만들 수 없는가에 대한 것 등등, 검토해야 할 점은 아직 많이 남아 있다. 하지만 지금은 이걸로 충분했다.

공격과 방어 수단이 늘어난 것에 만족하면서 나는 지하 공간을 나왔다.

*

　지상으로 이어지는 동굴을 헤매는 일 없이 걸어가면서 어떻게
든 오라(요기)를 억제할 수 없을까를 생각해봤다.

　내 몸에서는 극소한 마력요소가 오라처럼 방출되는 일이 있다.

　의식하면 막을 수는 있지만 가끔씩 무의식적으로 나와 버리는
일이 있었다. 게다가 이플리트를 먹어버리면서 내 에너지(마력요
소)양이 대폭 증가하는 바람에 숨기는 게 어렵게 되어버렸다.

　지금도 지네랑 마주쳤지만 슬쩍 보기만 해도 도망쳐버렸다.

　다른 동굴의 마물들도 내 모습을 보자마자 재빨리 도망치게 되
었다.

　내게도 겨우 관록이 붙었나 생각했지만 그건 틀림없이 나도 모
르게 새어 나오는 오라 탓이다.

　'다중결계'를 펼침으로써 오라를 크게 숨길 수는 있지만 그래도
약간이나마 새어 나오고 있었다. 새어 나온다고 하기보다 '다중
결계' 그 자체가 힘을 방출하고 있다는 느낌이다. 그렇다고 해서
'다중결계'를 쓰지 않으면 오라가 훨씬 더 많이 새어 나오니 어쩔
수가 없다.

　이걸 어떻게든 처리해야만 내가 마물이라는 걸 들킬 걱정이 없
을 텐데…….

　문득 떠오르는 생각에 나는 품에서 어떤 물건을 끄집어냈다.

　그건 하나의 아름다운 가면.

　시즈 씨의 유품인 '항마의 가면'이었다. 한 번 부서진 가면 조각

들을 '포식자'로 삼킨 뒤에 재생시킨 것이다.

어쩌면 이 가면으로 그걸 막을 수 있지 않을까?

이 가면은 실은 매직 아이템(마법 도구)이었다. 부여되어 있는 기능은 '마력 저항, 독 중화, 호흡 보조, 오감 증강'의 네 가지 효과다. 상당히 귀중한 가면이라고 생각한다.

시즈 씨가 대량의 화염을 만들어내는 폭발마법을 사용해도 호흡이 가능했던 건 이 가면 덕분일 것이다. 주위에서 산소가 사라져도 '호흡 보조'가 있으면 문제가 없다. 호흡을 할 필요가 없는 나에게는 무의미한 효과이긴 하지만.

폐를 재현하려고 하면 만들 수는 있지만 폐호흡을 할 필요가 없는데 굳이 만들 필요는 없다. 그러나 가면을 쓰는 것으로 호흡하고 있지 않다는 사실을 숨기는 건 가능할 것이다. 지금은 그런 짓을 할 필요가 없지만, 인간과 만났을 때는 유용하게 쓰일 것 같다.

다른 효과인 '독 중화'나 '오감 증강'도 효과는 클 것 같았다. 모험자에게는 필수적인 마법이겠지만 내게는 필요 없다.

내게 필요할 것으로 보이는 것은 '마력 저항'이다. 이 효과는 적의 마법에 대항하는 효과도 있지만 자신의 마력을 은폐하는 효과도 있다.

가면을 장착해봤다. 신기하게도 차분해지는 느낌이 든다.

착용감에 위화감은 없었다. 그리고 가면을 장착함과 동시에 새어 나오던 오라를 완벽하게 은폐하는 것에도 성공했다.

좋아. 오늘부터 밖에 나갈 때는 이 차림으로 나가자.

문제가 하나 정리되면서 나는 만족했다.

게다가 돌아가면 구운 고기가 기다리고 있다.

나는 들뜬 마음으로 지상으로 향했다.

……………….

…………..

…….

오랜만의 고기――그러나 그건 얕은 생각이었던 모양이다.

동굴에서 나온 순간, 나는 누군가가 싸우고 있는 기척을 감지했다.

마치 대기를 뒤흔드는 것처럼 마력요소가 흐르고 있었던 것이다.

구운 고기가 날 부르고 있지만 이 사태를 방치할 순 없다.

나는 포기하고 마력요소가 미친 듯이 거칠게 진동하고 있는 방향을 향해 질주를 시작했다.

그리고――.

그곳에선 격렬한 전투가 펼쳐지고 있었다.

＊

전장에 도착하자 절규가 들렸다.

고부타다.

흰 머리의 늙은 오거와 칼을 맞대면서 힘껏 싸우고는 있지만, 상대가 너무 안 좋다. 나이가 있다 보니 힘이 떨어지고 움직임은 둔해져 있을 게 분명한 늙은 오거였지만, 보법부터 칼을 든 자세까지, 아무리 봐도 상당한 실력자이다.

반면 고부타는 그야말로 초보자. 용케도 지금까지 살아남아 버티고 있다고 칭찬을 해도 될 지경이다.

과장스러운 움직임으로 계속 회피하면서 그럭저럭 상대를 해온 모양이다. 그러나 그런 행운도 상당히 차이가 나는 실력 앞에선 시간문제였다.

순간적으로 간격을 좁힌 흰 머리의 늙은 오거의 일격을 맞으면서 가슴을 크게 베여버린 것이다. 내 눈앞에서.

"꺄아━━, 아픕니다요! 나, 나 죽어. 이대로 있다간 전 죽습니다요!!"

데굴데굴 구르면서 허풍스럽게 소리치는 고부타.

그 정도로 시끄럽게 굴 수 있다면 괜찮겠지. 애초에 내가 보기에는 죽일 생각으로 공격한 건 아닌 것 같기도 하고.

흰 머리의 늙은 오거는 내가 온 걸 알아차리고 먼저 고부타를 무력화시켰을 뿐이었다.

"진정해, 상처는 깊지 않아."

"아, 리무루 님 아니십니까요. 제가 걱정이 되어서 와주신 거군요?!"

"아아, 그래. 별 이상은 없어 보이니 회복약은 필요 없을 것 같구나."

"엄청 필요합니다요! 농담을 지껄여서 죄송합니다요!"

정말로 별 이상이 없는 것 같다. 야생의 본능에 따라 스스로 넘어져서 작은 상처만 입고 만 것으로 보인다.

시끄럽게 아우성치는 것도 귀찮아서 고부타에게 회복약을 뿌려준다. 한 개로 10분 만에 다 나았다.

고부타를 치료하는 동안 흰 머리의 늙은 오거는 움직이지 않았

다. 나를 관찰하고 있는 것 같다. 쉽게 얕봐서는 안 된다는 느낌이다.

주위에는 다수의 홉고블린 전사들과 람아랑이 쓰러져 있다. 죽은 자는 없는 것 같지만 이 정도의 수를 상처 하나 없이 제압한다는 건 쉬운 일이 아니다. 아마도 마법을 썼으리라.

조금 떨어진 곳에서 보라색 머리의 여자 오거와 리그루가 싸우고 있는 것이 보인다.

이 싸움도 우리 쪽이 불리하다.

강철 덩어리 같은 철제 곤봉——메이스를 휘두르는 여자 오거는 괴력을 지녔는지 리그루가 든 검이 일그러지기 시작하고 있다. 나무 방패는 이미 부서진 상태이니 치명상을 입는 것도 시간문제로 보인다.

내가 온 걸 알아차린 란가가 옆으로 달려왔다.

"리무루 님, 죄송합니다. 제가 있었음에도 불구하고 이런 꼴사나운 모습을——."

란가가 사죄의 말을 하려는 걸 도중에 막았다. 이건 란가가 잘못한 게 아니라 상대가 안 좋았을 뿐이라 할 수 있다.

쥬라의 대삼림에 사는 상위 종족. 그 이름은 오거.

홉고블린 따위는 비교도 되지 않는 강자들이니까.

"싸움을 멈춰라."

리그루 일행에게 조용히 명령한다.

리그루는 날 알아보고 즉시 검을 거뒀다. 보라색 머리의 여자 오거는 리그루에게 추가타를 날리지도 않고 나를 흥미 깊은 눈으로 바라보기 시작했다.

커다란 체구에 근골이 든든했지만 균형은 잡혀 있었다. 가슴이 솟아오른 걸로 봐서 여성으로 봐도 틀림없을 것이다. 의외로 생각했던 것보다 단정한 이목구비를 갖추고 있다.

란가에게 명령하여 힘이 다한 리그루를 회수한다.

오거들은 나를 경계하는 건지 방해하려고 하지는 않았다.

"리, 리무루 님……. 죄, 죄송합……."

리그루는 만신창이에 숨도 가쁘게 쉬고 있었다. 저 보라색 여자 오거를 상대로 해서는 B랭크가 될까 말까 한 정도의 리그루에겐 승산이 없었을 것이다.

"안심해라. 나머지는 내게 맡기고 푹 쉬어라."

그렇게 말하면서 리그루에게도 회복약을 건네줬다. 큰 상처를 입진 않았으니 금방 회복할 것이다.

"란가, 주위에 쓰러져 있는 자들은 어떻게 된 거지?"

"네, 그게——."

란가의 설명에 의하면 마법에 당한 모양이다. 혼수마법으로 보이는데, 레지스트(저항)에 실패하여 잠들어버렸을 뿐이라고 말한다. 혼란마법 같은 게 아니라 다행이다.

혼란에 빠져 동료들끼리 싸웠다면 최악의 결과가 나왔을 테니까.

그건 그렇고 마법이라니…….

귀찮은 상대가 찾아온 셈이다.

나는 차분하게 상대를 관찰한다.

수는 여섯 명.

내가 가지고 있던 오거라는 종족에 대한 이미지를 완전히 박살내는, 신기한 집단이었다.

낙오 무사 같은 꼴을 하고 있으면서도 차림새는 제대로 갖춰 입었다. 상반신은 알몸이고 호랑이 모피를 허리에 감은 이미지를 상상했지만 전혀 달랐다.

몸집이 큰 것은 이미지와 같다. 다들 나름대로 체격이 좋다. 그러나 모두 제대로 옷을 갖춰 입고 있다는 게 놀라웠다.

마물이라고 해도 오거는 무장을 하고 다닌단 말인가. 그 말은 즉, 지혜가 있다는 뜻이다. 게다가 마법까지 사용할 줄 안다면 인간들보다도 위험하다고 할 수 있다.

같은 계급을 놓고 비교한다면 지혜가 있고 없고의 차이에 따라 위험도는 크게 달라지는 것이다.

하물며 상대는 상위 종족이다.

안 그래도 B랭크에 해당하거나 그 이상으로 강한 마물인데, 무장한 상태에서 연계 공격까지 취할 수 있다면 란가라고 해도 그대로 당할 우려가 있었다.

오거들이 가지고 있는 무기도 마음에 걸린다.

고블린조차도 드워프와 거래를 하고 있다. 오거가 무기를 들고 있어도 이상할 건 없다. 그러나 그 무기가 칼이라면 얘기는 다르다. 왜냐하면 드워프가 만드는 무기는 두들기거나 찍어서 베는 것을 목적으로 하는 서양검이니까.

고부타와 대치하고 있던 흰 머리의 늙은 오거가 들고 있는 것은 아무리 봐도 일본도였다.

그 범상치 않은 움직임은 틀림없이 검술을 익힌 몸이다.

오거의 힘에 인간의 기술. 그리고 마법. 더 생각할 것도 없이 위험하다.

연분홍색 머리의 여자 오거가 마법을 구사하는 것 같은데, 보아하니 가장 호화로워 보이는 의상을 입고 있다.

잘 보니 아주 단정한 이목구비를 갖추면서도 가련한 얼굴을 하고 있다. 그 의젓한 몸가짐과 동작에선 기품에 가까운 것이 느껴지는 오거였다.

오거들 중에서도 각별한, 오거들이 섬기는 공주나 아가씨라고 부르기에 적합한 위치에 있는 자인 것 같다.

하지만 그보다도 위험한 것은 붉은색 머리의 오거다.

"어떻게 이런 사악한 마물이 있을 수 있담?! 여러분, 다들 조심하세요!"

내가 오거들을 관찰하고 있으려니, 연분홍색 머리의 여자 오거가 그렇게 소리쳤다.

그러나 그 표정은 겁먹은 것처럼 긴장하는 빛을 띠고 있다.

그 시선이 확실히 나를 바라보고 있는 것을 보면 날 말하고 있는 것이겠지만…….

"이봐, 이봐, 잠깐만. 내가 사악한 마물이라고?"

"시치미를 뗄 생각이냐? 거기 있는 사악한 자들을 부리는 건 평범한 인간이 할 수 있는 재주가 아니야. 외모를 가짜로 꾸미고 오라도 억제하고 있는 것 같지만 어설픈 속임수야! 우릴 속일 수 있을 거라고 생각했어?!"

"아가씨의 눈은 속일 수 없지. 정체를 드러내라!"

"흑막이 스스로 나오다니 바라 마지않던 바로군. 이렇게 적은 수라면 우리에게도 승산은 있지."

아가씨라고 불리던 연분홍색 머리의 여자 오거가 내 말을 끊고 나선다. 아가씨의 말에 검은 머리와 흰 머리의 오거가 각각 동조하면서 소리쳤다.

아무래도 내 말을 들을 생각은 없는 것 같다.

그 후에도 한동안 오해임을 역설했지만 소용이 없었다.

끝까지 나를 수상한 자라고 주장하는 바람에 대화가 전혀 성립되지 않았던 것이다.

결국 끝내는——.

"이제 됐다. 솔직하게 말할 생각이 없다면 힘으로라도 자백하게 만들어주지. 우리 동포들을 습격한 그 사악한 돼지 놈들과의 관계를 말이야!!"

붉은 머리가 분노가 담긴 기운을 내뿜으면서 소리쳤다.

무슨 뜻인지 전혀 알아들을 수가 없었지만 아무래도 전투는 피할 수가 없는 것 같았다.

상대가 그럴 생각이라면 받아들일 수밖에 없다. 나 혼자라면 여기서 도망치는 것도 간단하지만 주위에는 아직 잠들어버린 홉고블린이랑 람아랑들이 있다.

이 녀석들을 내버리고 도망칠 정도로 나는 매정하지 않다.

"리무루 님, 어떻게 하시겠습니까?"

란가가 물었다.

상처를 이제 막 치료한 리그루와 고부타로는 어차피 큰 도움이 되지 못한다. 지금 싸울 수 있는 것은 나랑 란가뿐이다.

란가에겐 마법사라고 하는 연분홍색 머리의 여자 오거를 맡기기로 했다.

"너는 저 연분홍색 머리의 여자 오거를 상대해라. 아무래도 우리가 모르는 사정이 있는 것 같으니 얘기를 들을 필요가 있다. 그러니까 절대로 죽이지 마라, 알겠지? 마법을 사용하면 귀찮으니까 방해만 하지 않도록 만들면 되니까. 나머지는 내가 쓰러뜨리겠다."

"하지만 그러면 리무루 님이 오거 다섯 마리를 상대하게⋯⋯."

"문제없다. 아니, 질 것 같지가 않구나."

내 말을 듣고 오거들이 긴장하기 시작한다. 그러나 딱히 신경쓸 일은 아니리라.

"──알겠습니다!"

내 명령에 따라 란가가 질주를 시작했다. 그걸 허용할 수 없다는 듯이 오거들이 흩어진다.

내 쪽은 지금 오거들을 어떻게 상대할까 한창 생각 중이었다.

질 것 같지 않다는 느낌이 드는 건 사실이다. 방금 전까지의 실험 결과를 통해 나는 스스로가 상당히 강해졌다고 생각하고 있다. 어찌 됐든 그 이플리트가 A랭크 오버였으니, 그걸 잡아먹은 나도 A랭크 정도는 되었을 테니까.

그에 비해 리그루도에게서 들은 오거의 계급은 잘해야 B~B+에 가까운 느낌이었다. 눈앞의 오거들은 상위자의 품격을 띠고 있는 걸 봐선 어쩌면 A− 정도의 강자일지도 모르지만⋯⋯그래도 이플리트 정도로 위협적이라는 생각은 들지 않았던 것이다.

죽이기만 하는 거라면 간단하다고 생각하지만 아무래도 오해가 있는 것 같다는 게 마음에 걸린다.

명확하게 적대 행위를 취했다면 얘기는 다르지만, 내 동료들은 누구 하나 살해당하지 않았다. 오해로 인해 이야기를 듣지는 못했지만 머리를 한 번 식히기만 하면 대화도 성립될 것이다.

란가를 대비해 흩어진 오거들 중 하나인 검은 머리의 오거를 향해 나는 재빨리 접근했다.

내 몸은 가볍게 내 의사를 반영해 자유롭게 움직인다. 이제 막 인간의 형태로 변했을 뿐인데 불편함은 일절 느껴지지 않았다.

시점의 높이 차이도 문제가 되지 않는다. 애초에 내 시야는 '마력감지'에 의해 전방위를 망라하고 있으니까.

내가 접근한 걸 알아차린 검은 머리의 오거가 놀란 표정으로 눈을 크게 뜨면서 자세를 취했다.

그러나 늦다.

"너도 쉬고 있어라!"

나는 그렇게 말하면서 왼쪽 손바닥을 검은 머리의 오거에게 날렸다.

거기서 출현하는 작은 입. 놀란 표정을 짓는 검은 머리를 향해 그 입에서 안개가 발생한다.

지네 마물에게서 빼앗은 '마비 브레스'이다.

자유롭게 몸을 움직이는 단계에서 쓸 수 있을까 하고 생각했지만 역시 가능했던 모양이다.

——내가 포식한 마물들의 필요한 부분만을 따와 변신하는 변칙 기술이.

《알림. 유니크 스킬 '포식자'의 변신과 유니크 스킬 '변질자'의 통합 분

리가 합성된 능력으로서 엑스트라 스킬 '만능변화'를 획득했습니다.》

성공과 동시에 예상 못 한 능력을 획득한 모양이다.

유니크 스킬 '변질자'에 통합과 분리라는 능력이 있다면 각 마물의 특징만을 부분적으로 재현할 수 있지 않을까? 그런 생각을 떠올리고 있었다.

실전에서 시험 삼아 사용해봤지만 예상 이상으로 성과가 좋은 것 같다.

이 능력을 획득한 결과, 보아하니 여러 가지 마물로 자연스럽게 변신할 수 있게 된 모양이다.

그뿐만이 아니라 임의로 마물의 부위를 선택하여 동시에 여러 마물의 외모적 특징을 만들어낼 수 있게 된 것이다.

흑랑과 검은 뱀을 기초로 변신하면 아무리 봐도 키메라(합성수) 같이 변해버리지만 인간의 모습을 베이스로 삼아 변신하는 것도 가능해 보인다.

이 능력의 최대 특징은 모든 능력을 제한 없이 자유자재로 다룰 수 있다는 점이다.

즉, 내 공격 수단이 대폭적으로 증가했다는 뜻이 되는 것이다.

검은 머리의 오거는 안개를 온몸으로 뒤집어쓰고는 경련한다.

그리고 그대로 몸이 굳어버린 것처럼 땅바닥에 쓰러지더니 제대로 움직이지도 못하게 된 것 같다.

역시 랭크B+에 해당하는 지네 괴물의 능력, 제법 강력했다.

하지만 오거들도 만만하지 않다.

검은 머리를 쓰러뜨린 날 향해 동시에 둘이 공격해 온 것이다.

쇳덩어리 같은 메이스를 휘두르면서 보라색 머리의 여자 오거가 내게 달려온다. 그 뒤에 숨다시피 한 채로 푸른 머리의 오거가 날 향해 기습을 노리고 있었다.

그건 연계가 잘 잡힌 숙련된 움직임이었지만 '마력감지'를 지닌 내게는 뻔히 다 보였다. 이걸 습득했을 때 기습을 막을 수 있게 된다는 베루도라의 말은 정말 맞는 말이었다.

보라색 머리의 여자 오거의 단정한 얼굴에 존재하는 길고 날카롭게 찢어진 눈이 날 노려보고 있다. 그 여자 오거가 메이스를 휘두르는 순간을 노리고, 왼쪽 손가락 끝에서 사출한 '끈끈하고 강한 거미줄'로 둘둘 감아버렸다.

이플리트의 괴력조차 막아내면서도 유연성이 강한 '끈끈하고 강한 거미줄'은 유니크 스킬 '변질자'의 통합에 의해 더욱 강력하게 개량되었다. 들러붙는 거미줄에 묶여서 도롱이 같은 모습이 된 여자 오거가 아무리 힘을 주어도 탈출할 수 없을 정도로 말이다. 말 그대로 평소 하던 수련의 성과라고 할 수 있을 것이다.

그런 자화자찬을 하고 있는 내게 발밑의 사각(死角)에서 칼이 날아든다. 내 심장부를 노리고 푸른 머리의 오거가 칼을 찌른 것이다.

그러나 나는 당황하지 않는다. '마력감지'로 미리 인식할 수 있었기 때문에 대처도 생각해두고 있다. 오른팔을 방패 대신 삼아 날 찌른 칼을 튕겨낸 것이다.

금속이 단단한 것과 부딪히는 둔한 소리가 울려 퍼지면서 푸른 머리 오거의 칼은 멋지게 부러졌다. 놀라서 눈을 크게 뜬 푸른 머리의 오거에게 나는 직격타를 먹였다. 비늘로 덮인 오른팔로 그대로 정권 찌르기를 날렸다. 도마뱀 마물의 '신체장갑'을 주먹에서 팔까지 발동시킨 것이다.

강철과 같이 경질화된 주먹은 푸른 머리 오거의 가슴 보호대를 아주 쉽사리 파괴했다. 나는 딱히 주먹에 통증을 느끼는 일도 없이 푸른 머리의 오거를 무력화시키는 데 성공했다.

추가로 언급하자면 '물리공격내성'과 링크시킨 '다중결계'만으로도 대미지를 제로로 만들 수가 있었기에 통상 스킬인 '신체장갑'은 그다지 필요가 없었던 것 같다. 뭐, 만약을 대비한 것이니까 문제는 없겠지.

자, 이제 세 명의 오거를 무력화시키는 데 성공했다.

나머지는 란가가 상대하고 있는 연분홍색의 여자 오거와 리더인 양 구는 붉은 머리의 오거. 그리고 방심하지 않고 서 있는 늙은 흰 머리의 오거뿐.

"내 실력은 잘 알았겠지? 얘기를 들어볼 마음은 생겼나?"

"닥쳐라. 오히려 더 확신하게 됐다. 네놈이야말로 재앙의 원인이라는 걸. 우리 마을을 멸망시킨 사악한 돼지 놈들을 조종하고 있었던 것도 네놈의 동료들이지? 기껏해야 그런 오크 놈들 따위에게 우리가 질 리가 없다. 모든 건 네놈들, 마인의 짓이 아니냐!!"

응? 네놈들, 마인의 짓, 이라고? 완전히 착각을 하고 있는 것 같은데.

그건 그렇고, 돼지들이라는 건 오크를 말하는 것이었나. 분명 루그루도 일행이 내게 의탁하러 왔을 때 숲의 패권을 둘러싸고 분쟁이 벌어졌으니 어쨌느니 하는 말을 했던 것 같은 기억은 나지만……

"잠깐, 그건 오해——."

붉은 머리 오거의 착각을 바로잡으려 했을 때, 등 뒤에서 느껴지는 기운에 오한이 일어났다.

힐끗 보니 흰 머리의 오거가 보이지 않는다. 길게 얘기를 하고 있었던 건 내 시선을 다른 곳으로 돌리기 위해서였나?

나는 당황하면서 뒤로 돌아 등 뒤에서 다가오는 일격을 오른팔로 받아낸다. '마력감지'의 빈틈을 파고들어 순식간에 등 뒤로 다가오다니 놀랍다. 그러나 유니크 스킬 '대현자'는 '사고가속'에 의해 지각 속도를 천배로 높여준다. 순간적인 속도로 거합베기를 시전한 흰 머리 오거를 상대로 겨우 늦지 않게 대처할 수 있었다.

그러나——,

내 오른팔에 느껴지는 위화감. '통각무효' 덕분에 아픔은 느껴지지 않았지만 팔이 깔끔하게 절단되고 만 것이다.

이 흰 머리의 오거는 노령이면서도 엄청난 실력을 갖고 있었다. 내 '다중결계'와 '신체 강화'를 너무나도 쉽게 파괴해버렸으니까.

"으음, 나도 늙은 모양이군……. 머리를 베어버렸다고 생각했는데……."

늙었다니, 웃기지도 않는 농담을. 신체 능력은 아까 상대한 푸른 머리랑 보라색 머리의 오거에 비하면 훨씬 떨어지는 늙은 몸이면서 그 움직임은 훨씬 더 빠르다. 쓸데없는 동작이 없는 것이다.

외모에 속긴 했지만 아주 위험한 자였던 모양이다.

나는 절단당한 팔을 회수하면서 일단 거리를 벌린다.

"리무루 님?!"

"나는 괜찮으니까 방심하지 마라!"

란가가 놀라면서 달려오려는 걸 막기 위해 나는 소리친다. 살의를 내뿜는 흰 머리의 오거는 위험한 데다 란가로서는 상대가 되지 않는다는 사실을 깨달았기 때문이다.

란가는 한순간 망설임을 보였지만 나를 믿기로 한 모양이다. 명령대로 연분홍색 머리의 견제에 다시 임한다.

"다음엔 놓치지 않겠다."

흰 머리의 오거가 칼을 칼집에 넣으면서 다시 거합베기의 자세를 취했다.

이젠 더 이상 이자를 늙은이라고 얕볼 수 없게 됐다. 이 흰 머리의 오거는 전력을 다해 싸워야 할 적이다.

그렇게 내가 흰 머리의 오거에게 의식을 집중하고 있다는 걸 예상한 것처럼 "죽어라, 동족의 원수!!"라는 목소리와 함께 옆에서 날아든 큰 칼에 베이고 말았다.

"흥! 한 손을 잃었으니 이젠 끝이지? 확실히 네놈은 강했다만 혼자서 우리를 상대하려고 한 그 오만함이 네놈의 패인이다."

지당한 말을 하면서 계속 나를 노리는 붉은 머리의 오거.

붉은 머리의 오거도 또한 독특한 이동 방법을 통해 순간적으로 내 인식 범위를 넘어서 움직인 것 같다. 일체의 방심과 망설임이 없는 칼 공격으로 내 급소를 똑바로 노린다.

내가 위협적인 존재라는 걸 인정하고 산 채로 붙잡으려는 얕은 생각은 이미 버린 모양이다.

달인급인 오거들의 연계는 아주 번거로웠다. 엄청나게 높은 신체 능력을 얻은 탓에 방심하고 있었지만 나는 싸움에 관해서는 초보자인 것이다. 기껏해야 의무교육을 통해 무술을 잠깐 맛 본 것 말고는 경험이 없다.

이런 초보를 상대로 진지하게 덤비다니, 달인 주제에 너무나 어른스럽지 못한 녀석들이다. 그러나 질 것 같지 않다고 말하면서 먼저 상대를 도발한 건 내 쪽이다. 자업자득이니 불평은 할 수 없다.

어찌 됐든 이 위기는 속임수를 써도 좋으니, 무슨 수를 써서라도 모면해야만 할 것 같다. 크게 거리를 두고 회피하면서 생각한다.

한 손으로 달인 두 명을 상대하는 건 너무나 힘들다. 회수한 팔을 유니크 스킬 '포식자'로 포식한다. 전에도 대미지를 입었을 때 '슬라임'의 고유 스킬인 '자기재생'과 유니크 스킬 '포식자'의 보조로 회복한 적이 있다. 이번에는 부위 손상이지만 회복할 수 있으면 좋겠는데…….

《알림. 유니크 스킬 '포식자'의 변신과 '슬라임'의 고유 스킬 '용해, 흡수, 자기재생'을 유니크 스킬 '변질자'로 통합한 결과, 엑스트라 스킬 '초속재생'을 획득했습니다. 이로 인해 '슬라임'의 고유 스킬 '용해, 흡수, 자기재생'은 소실되었습니다.》

내 의사를 받아들여 새로운 스킬인 엑스트라 스킬 '초속재생'이 생겨났다. 그 능력을 만들어내느라 슬라임의 고유 스킬은 사라지고 말았지만 문제는 없다. 왜냐하면 쓰지 않는 스킬이니까. 전부 유니크 스킬 '포식자'로 해결할 수 있으니 전혀 곤란할 게 없는 것이다.

엑스트라 스킬 '초속재생'을 발동시켜서 오른팔을 재생하도록 머릿속으로 명령했다. 그러자 집어삼킨 오른팔이 분해되면서 순식간에 내 본체로 흡수된다.

그리고 순식간에 내 오른팔이 재생한 것이다. 이전의 회복력과는 비교할 수도 없이 엄청난 재생속도이다. 말 그대로 '초속재생'이다.

이런, 내가 놀라고 있을 때가 아니지. 모처럼의 기회이니 속임수에 이용해보기로 한다.

"큭큭큭. 하━━앗핫핫핫하! 한 손을 잘라낸 것 정도로 날 이겼다고 생각했나? 안 됐군. 하지만 난 분명 너희들을 얕보고 있었던 것 같군. 잠깐 진지하게 상대해주지."

그렇게 말하면서 가면을 벗어 품 안에 넣는다.

내 팔이 순식간에 회복한 걸 보고 당혹스러워하던 오거들은 가면을 벗은 날 보고 굳어버렸다. 억제하고 있던 오라(요기)를 개방한 탓에 머리카락이 위로 떠오르고 있다.

그런 나를 보면서 위기감을 느꼈을 것이다.

"이 괴물 자식, 네놈은 내가 전력을 다해서 죽여버리겠다! 불태워라, 오거 플레임(귀왕(鬼王)의 요염(妖炎))!!"

붉은 머리의 오거가 비장의 수로 보이는 염열공격을 가해 왔다. 천몇백 도, 아니 어쩌면 2천 도까지도 육박할 것 같은 불꽃의 소용돌이가 내 전신을 둘러싼다.

하지만━━,

"소용없다. 그 정도의 불꽃 따위로는."

내가 아니었으면 순식간에 타버리고 말았을 고온이었다. 하지만 내겐 '열변동무효'가 있기 때문에 아무런 고통도 느껴지지 않는다.

필살의 수가 통하지 않는 것을 보고 붉은 머리의 오거가 처음으로 겁먹은 표정을 보였다. 하지만 그 공포를 강한 의지로 억누르면서 결의가 담긴 눈으로 날 노려본다. 아직 마음이 꺾이지 않은 모양이다. 적이면서도 훌륭한 마음가짐을 갖고 있지만, 죽이고 싶지 않다고 생각하고 있는 내 입장에서는 빨리 패배를 인정하기를 바라는 바이다.

지금이 최대의 찬스일 것이다.

오거들은 날 경계하느라 움직임을 멈춘 것 같으니, 큰 기술을 한번 보여주는 것으로 싸울 의지를 꺾어버리는 방법을 선택한다. 만약 실패하여 내 이야기를 들으려는 뜻을 보여주지 않는다면, 그때는 아쉽지만 처치할 수밖에 없겠지.

제발 이걸 보고 패배를 인정해다오. 그렇게 속으로 빌면서 나는 마지막 도박에 나섰다.

"잘 봐라, 진짜 불꽃이 어떤 건지 보여주마."

그렇게 말하면서 왼쪽 팔에 '흑염'을 일으켜 맴돌게 만든다.

내가 생각해도 지나치게 연출 냄새가 난다고 생각했지만, 상대를 겁먹게 만드는 것이 목적이니 어쩔 수 없다.

"오, 오라버니……. 저건, 저 불꽃은…… 오라버니가 부리는 환요술(幻妖術) 같은 게 아니에요!"

란가가 상대하고 있던 연분홍색 머리의 오거가 내 '흑염'을 보고 공포가 담긴 표정을 짓는다.

보아하니 제법 놀란 모양이다. 붉은 머리의 오거가 사용했던 것은 오라를 불꽃으로 바꾸는 식의, 요술에 속하는 기술이란 뜻인가. 내 불꽃은 능력으로 만든 것이지, 기술적인 것이 아니므로 놀라는 것도 이해가 되지 않는 건 아니다.

그렇다면 '흑뢰'를 보여준다면······.

"후후후후후, 그 말이 맞다. 하지만 불꽃보다도 더 재미있는 걸 보여주지."

그런 말을 하면서 이번에는 오른손에 '흑뢰'를 발생시켰다.

이걸 보고 질린 나머지, 일단 내 이야기에 귀를 기울이도록 만들어야만 한다.

힘을 줄일 필요는 없겠지. 하지만 마력요소를 다 써버려선 얘기가 안 된다.

나는 3할 정도의 출력이 나오도록 마력을 조정하면서 '흑뢰'에 마력요소를 주입한다.

그리고——,

"잘 봐둬라, 이게 내 진짜 힘이다!"

그렇게 소리치면서 적당해 보이는 큰 바위를 향해 '흑뢰'를 발사했다.

소리는 조금 늦게 들렸다.

순식간에 큰 바위는 증발했고 그 자리에는 재조차 남지 않았다. 전에 시험해봤을 때와 비슷하거나 그 이상의 위력이다.

너무 위험하잖아!

이건······ 힘을 적당히 주고 말고 할 위력이 아니다.

전에 시험해봤을 때보다 마력요소의 양을 적게 들인 것이다.

뭐가 어떻게 된 건지 모르겠다.

사용한 마력요소는 분명 3할로 제대로 억제한 데다가, 연사하려고 생각하면 그것도 가능하긴 하지만…….

《해답. '검은 번개'에 비해 '흑뢰' 사용 시의 에너지 효율은──.》

부탁하지도 않았는데 '대현자'가 해설을 해줬다. 이건 쉽게 말해서, 범위를 좁히면서 명중도가 훨씬 높아졌기 때문에 위력도 올라간 것이라고 한다. 범위를 좁혔으니 당연히 사용한 마력요소의 양이 대폭 줄어든 것이라고 말해준다. 예전보다 적은 마력요소로 위력이 올라간 건 그런 까닭이 있었던 모양이다.

아니, 그 전에 이 '검은 번개'는──아무래도 특수한 스킬일 가능성이 있다. '흑염'도 그렇지만 가볍게 쓰는 것은 생각해봐야 할지도 모르겠다.

사용한 내가 다 가슴이 두근거린단 말이다.

함부로 나 자신에게 써보지 않았던 게 다행이라고, 진심으로 그렇게 생각했다.

이 정도의 위력이라면 '다중결계'도 과신할 수는 없을 테니까.

자, 오거들은 이제 어떻게 나올까?

"……굉장하군. 슬프지만 우리는 네놈에겐 도저히 상대가 안 될 것 같다. 하지만 나도 힘을 지닌 종족인 오거의 차기 두령으로서 길러진 긍지가 있다. 원통하게 사라진 동료들의 원한을 갚지 못하는 주제에 무슨 두령이란 말인가. 상대가 되지 않는다 해도 상처 하나쯤은 남겨놓고 죽겠다!"

"……도련님, 이 몸도 함께 하겠습니다!"

역효과였던 모양이다.

비장감이 감도는 눈빛과 함께 망설임이 사라진 표정을 짓는 붉은 머리와 흰 머리의 오거. 단단히 각오를 굳히고 나와 동귀어진을 할 속셈인 것 같다.

이럴 생각은 없었지만 각오를 단단히 한 이자들을 죽이지 않고 제압하는 건 힘들어 보인다.

어쩔 수 없나…….

오해라고는 해도 놓아 보내줬다간 재앙의 근원을 낳는 꼴이 된다. 미안하다고 생각하지만 잘못 착각한 자신들을 원망하도록 해라──. 내가 그렇게 생각했을 때 "기다리세요!"라는 가련한 오거 아가씨의 목소리가 그 자리에 울려 퍼졌다.

오거 아가씨──연분홍색 머리──가 오빠인 붉은 머리 오거 앞에 서서 양손을 벌리고 제지하면서 큰 소리를 지른 것이다.

"오라버님, 냉정하게 생각해주세요. 이 정도의 힘이 있는 마인분이 지저분한 수단을 동원해서 오크들에게 우리 마을을 습격하도록 시켰다는 건 부자연스러워요. 왜냐하면 혼자서라도 우리들을 몰살시킬 수 있을 테니까요. 이분이 이질적인 건 틀림없지만 아마도 마을을 습격한 자들과는 관계가 없는 것 아닐까 하는 생각이 들어요……."

"뭐라고?! 하지만 네 말을 들어보니……."

연분홍색 머리의 오거에게 설득된 붉은 머리의 오거가 당혹스러운 표정으로 날 봤다.

"그러니까 처음부터 오해라고 말했잖아! 이젠 사람 말을 들을 생각이 좀 들었나?"

증발한 바위가 있던 장소에서 증기가 올라오고 있다. 그 참상은 연분홍색 머리의 말을 뒷받침할 수 있는 설득력으로서 충분한 효과가 있었다.

한 번 더 나랑 연분홍색 머리의 오거를 교대로 보고 난 뒤 붉은 머리의 오거는 나를 향해 한쪽 무릎을 꿇었다.

"미안하오. 아무래도 너무 쫓기다 보니 착각을 하고 만 모양이군. 부디 사과를 받아주길 바라오."

보아하니 착각을 인정하고 사과를 할 마음을 먹은 모양이다.

이걸로 오해도 풀렸으니 일단은 안심이다.

"뭐, 여기서 얘기하는 것도 그러니까 일단 마을로 돌아갈까. 당신들도 같이 가지. 식사 정도는 대접해줄 테니까."

내 말에 붉은 머리의 오거가 고개를 끄덕였고 연분홍색 머리와 흰 머리도 동의했다.

이렇게 이유도 모른 채 시작됐던 싸움은 끝을 맺은 것이다.

*

연분홍색 머리의 오거가 혼수마법을 풀었는지 홉고블린들이 눈을 뜨기 시작한다.

그 굉음 속에서도 눈을 뜨지 않았으니 마법으로 건 혼수상태는 정말 대단하다 할 수 있겠다.

나도 보라색 머리 오거의 '끈끈하고 강한 거미줄'을 풀어주고 기절 중인 푸른 머리 오거에게 회복약을 뿌려줬다.

마비되어 있던 검은 머리의 오거를 어떻게 할까 고민했지만 마비 효과도 유니크 스킬 '변질자'로 쉽게 분리할 수 있었기에 문제는 해결됐다.

원래는 마법으로 해제하거나 치료약이 필요했던 모양이다. 아무 생각 없이 '마비 브레스'를 써버렸지만 이후에는 대처법도 파악한 뒤에 사용해야 할 것 같다.

나는 속으로 몰래 반성했다.

큰 상처를 입은 자는 없었기에 다 같이 마을로 귀환했다.

나가기 전에 잔치를 벌이겠다고 선언했던 대로 그날은 호화로운 식사가 준비되어 있었다.

역시 리그루도, 이런 준비는 빠짐없이 확실하게 처리해준다.

나는 공복감을 느끼진 않았지만 아침부터 줄곧 기대하고 있었던 것이다.

적당히 운동도 했고 오랜만에 맛을 즐길 수 있다는 점까지 더해지면서 점점 더 기대가 커진다.

그리고 막 구운 고기를 한 입.

맛있어!!

감동으로 눈물이 나올 것 같았다.

양념에 대해선 조금 걱정하고 있었지만, 몇 종류의 과일즙을 취향에 맞춰 짜낸 뒤 진득하게 만든 것이었다. 홉고블린으로 진화했을 때 미각도 발전한 모양이다. 지금은 시행착오를 겪으면서 여러 가지로 시험하고 있는 중이라고 할까.

분명 소사슴이라는 마수라고 했었지? 양념을 하지 않고 그대로 구운 것만으로도 충분히 맛있는 고기였지만 여러 과즙과 조합하니 또 다른 맛을 즐길 수 있었다.

과즙이 고기 냄새를 없애주기 때문에 아주 맛있게 먹을 수 있는 것이다.

식량의 비축을 관리하는 고블린 로드인 리리나랑 요리 담당인 하루나가 그렇게 설명해주었다.

나는 두 사람이 권하는 대로 계속 고기를 입에 밀어 넣으면서 오랜만의 식사를 즐겼다.

추가로 내가 채취한 소금을 건네주자 뛸 듯이 기뻐해줬다. 지식으로선 알고 있었던 것 같지만 너무 고급품이라 손에 넣긴 어렵다고 생각하여 포기하고 있었던 모양이다. 확실히 살아가는 것만으로 벅찼던 고블린에겐 맛과 연관된 조미료 같은 건 평생 인연이 없었을 것이다.

사냥감의 피와 고기로 염분을 보충하고 있었다고 하니, 생사에 관련된 일 외엔 다른 생각을 할 여유도 없었던 것 같다. 염분을 너무 많이 섭취하는 것도 좋지 않으니 그 점만 주의를 해두었다.

마물이 염분을 너무 많이 섭취한다고 해서 고혈압이 되는지는 모르겠지만 말이다.

그리고 생각도 못 한 곳에서 연분홍색 머리의 오거가 도움이 되었다.

각종 약초나 향초에 대해 자세히 아는지라 고기 냄새를 없애는 데 쓸 수 있는 야생초를 준비해준 것이다.

"이 정도 일로 저희가 범한 무례에 대한 사과가 될 수 있다면야 다행이죠."

그러게 말하면서 솔선하여 식재료를 먹을 수 있게 준비하는 걸

도와주고 있다.

역시 상위 종족, 이제 막 진화를 이룬 홉고블린과는 비교가 안 될 정도로 적절하게 움직이고 있었다.

또 하나의 여성인 보라색 머리의 오거는 다른 오거와 마찬가지로 먹기만 하고 있을 뿐이었지만…….

여자가 반드시 요리를 하는 게 아니라, 잘 하는 사람이 요리를 한다는 풍습이 있는 건지도 모르겠군. 뭐, 맛있기만 하다면 아무 상관 없다.

기본적으로 굽거나 삶는 것밖에 몰랐던 고블리나들은 금방 연분홍색 머리의 오거와 사이가 좋아진 모양이다. 앞으로는 자신들의 힘만으로도 해낼 수 있도록 열심히 배우려고 노력하고 있는 것이리라. 실로 좋은 일이라 할 수 있다.

이렇게 내가 기대했던 구운 고기와 함께 벌이는 대잔치는 무사히 열렸고, 생각 이상으로 성황리에 진행되었으며, 다 같이 먹고 마시면서 하룻밤을 지새우게 되었다.

제2장

진화와 직업

Regarding Reincarnated to Slime

오거(대귀족, 大鬼族)들과 만난 다음 날, 차분히 얘기를 듣게 되었다.

장소는 고기를 구웠던 장소에 세워진 통나무집이다.

드워프 형제 중의 막내인 미르드는 내가 목판에 적은 설계도를 멋지게 재현해줬다.

왕년에 건설 회사에 다닌 샐러리맨으로서의 경험을 통해 도면 정도는 나도 그릴 수 있었다. 숯으로 목판에 치수 같은 세세한 부분까지 그려서 미르드에게 건네준 것이다. 이걸 가능하게 했던 건 내 뜻대로 움직이는 육체와 유니크 스킬 '대현자'이다. 드워프들이 가져온 제도 도구를 가지고 컴퓨터로 제도하는 것보다 더 세세한 도면을 그려낼 수 있었으니까.

이런 간소한 통나무집뿐만 아니라 고층 빌딩의 도면도 시간을 크게 들이지 않고 제도해낼 수 있을 정도였다.

미르드도 도면을 바라보면서 알기 쉽다고 감탄했다. 이 세계의 제도 작법보다도 내가 그리는 방법 쪽이 효율 좋게 상대에게 전달되는 것 같다.

그야 뭐, 자조적으로 고층 빌딩의 정글이라고까지 표현되는 예전 세계의 도시에 비하면, 이쪽 건물 같은 건 어린애 속임수 같은 것이니까.

드워프 왕국도 멋진 건물이 여러 개 있었지만 기술적으로는 아직 모자란 부분이 많았다. 언젠가 이 장소에 고층 빌딩을 세워보는 것도 재미있을지 모르겠군.

이런, 이야기가 엇나갔다.

내부 인테리어도 주문대로 되었음을 확인하면서 응접실로 오거들을 안내했다.

오거들도 얌전히 따라온다. 신기한지, 실내를 돌아보고 있는 것 같다. 그렇다고 해봤자 아직 장식은 아무것도 없는 막 지은 집이라 크게 흥미를 끌 부분은 없을 테지만.

응접실에는 큰 테이블이 준비되어 있었고 그 주위를 둘러싸듯이 목제 의자들이 나란히 놓여 있다.

이 자리에 집합한 것은 리그루도와 네 명의 고블린 로드. 그리고 드워프의 대표 자격으로 카이진이 앉아 있다. 나를 포함하여 전부 열세 명이었다.

왜 리그루도와 다른 사람들을 불렀냐고?

그건 오거들의 이야기가 상당히 중요하다고 판단했기 때문이다.

쥬라의 대삼림에서 이변이 일어나고 있는 거라면 그건 결코 남의 일이 아니기 때문이다.

중요한 안건을 나 혼자 맡아봤자 곤란하다.

나는 어디까지나 '군림하되, 통치하지 않는다'라는 원칙을 관철하고 싶은 것이다.

하루나가 모두가 마실 차를 준비하여 가져왔다.

실수 없이 차를 전부 내온 후에 인사를 하고 응접실을 나간다. 보아하니 아직 어색하긴 하지만 예의범절을 몸에 익힌 모양이다. 놀라운 진보라 할 수 있다.

차를 슬쩍 입에 대본다. 쌉쌀하지만 맛이 없지는 않다.

자잘한 맛의 차이에는 그다지 신경 쓰지 않는 나였지만, 염원하던 미각을 얻은 뒤로는 맛에 신경을 쓰게 된 모양이다.

말차(抹茶)와도 비슷한 쌉쌀한 맛이 내 혀를 즐겁게 해줬다.

따뜻함도 느껴진다. 열무효의 능력을 가지고 있지만 따뜻함은 느끼는 것이다.

나름대로 재미있다.

오거들도 차를 음미하는 것 같다.

분위기가 가라앉기를 기다린 후 얘기를 듣기로 한다.

애초에 왜 이런 곳까지 온 것인가? 그렇게 생각하여 물어보니 재기를 노리고 도망쳐 왔다고 한다.

재기를 노린다는 시점에서 분위기가 심상치 않다. 아무래도 얘기가 길어질 것 같았다.

오거를 격파할 정도의 세력이라면 우리에게도 위협이 된다고 생각해도 틀리지 않다.

개별적으로도 B랭크 이상에 해당되는 마물들인 것이다. 어제의 싸움에서도 그걸 증명했었다.

특히 이자들은 상당한 실력자들이었다.

숲의 패자. 이 숲의 최상위에 있는 존재라고 들었는데…….

어쨌든 얘기를 들어보기로 하자.

*

오거들의 얘기를 종합해보면──.

전쟁이 일어났다. 그리고 오거 부족이 패배했다.

단지 그뿐이었다.

마침 이 마을에서 내가 이플리트(불꽃의 거인)랑 싸우고 있었을 때 오거들도 전쟁에 휩쓸렸던 모양이다.

숲의 상위 종족인 오거에게 싸움을 걸다니 대체 누가? 그것도 이기기까지 했다니…….

이야기를 들은 자들도 충격을 받은 듯해 보인다.

단번에 표정이 굳어진다.

"녀석들은 갑자기 우리 마을을 습격했소. 압도적인 전력으로……. 녀석들── 그 저주받을 돼지 놈들, 빌어먹을 오크족 놈들!!"

붉은 머리의 오거가 마치 피를 토할 것 같은 분노의 감정을 담아 소리쳤다. 오거의 마을을 습격한 건 오크 군대였던 것이다.

마물에게는 인간과 달리 선전포고를 한다거나 하는 규칙은 없다. 그러므로 불시에 기습한 것을 비난받을 이유는 없는 것이다.

하지만 오크가 오거에게 싸움을 건다는 것은 이상한 일이라고 한다.

이유는 간단한데, 종족끼리의 강함에 따른 격차 때문이다.

오크의 랭크는 D랭크이다. 고블린보다는 강하지만 베테랑 모험가의 적은 되지 않는 존재다.

그에 비해 오거는 B 이상. 일반적이라면 싸우기 전부터 이미 승패가 난 상태다.

그런데도 약자가 강자에게 싸움을 걸다니, 거기다가 이기기까지 하다니…….

더 자세하게 얘기를 들었다.

오거의 거주지는 일반적인 마을보다는 약간 크며 소수의 부족이 모여 살고 있었다고 한다.

B랭크의 마물로 구성된 총 300명 정도의 전투 집단이다.

그건 일개 소국의 기사단에 필적하는 전력이 된다. B-랭크 정도로 단련된 기사 3천 명에 해당하는 전력인 셈이다.

평소에도 부족 간에 전투 훈련을 벌일 정도로 전투광이라 다른 종족끼리의 분쟁에도 조력자로 참전하기도 한다고 한다.

마왕이 일으킨 전쟁에서 선두를 누비는 등, 시대마다 활약하는 일족도 있다고 하는데, 이자들도 그런 오거의 피를 이었다고 말한다.

말하자면 용병과 같은 일을 생업으로 삼아 살고 있다고 할까.

이 세계의 오거란 건 내가 가지고 있던 판타지적인 이미지를 정면으로 박살 내는 것 같은 존재였다.

뭐, 그건 그렇다 치자.

문제는 그런 전투 종족을 하위 종족인 오크가 습격했다는 점이었다.

모두 하나같이 있을 수 없는 일이라는 표정을 짓고 있다.

마을에 살던 자들은 그들을 제외하고 모두 살해당했다고 한다.

마을의 수장이 이끄는 전사단이 오크 부대를 막고 있는 틈에 붉은 머리의 오거가 여동생을 데리고 탈출한 모양이다.

역시 내가 생각했던 대로 연분홍색 머리의 오거는 오거들이 섬기는 아가씨였다.

오거 부족을 결속시켜주는 무녀로서 그 어떤 것보다도 소중한 존재라고 한다.

"나한테 좀 더 힘이 있었다면……."

붉은 머리의 오거가 힘없이 신음했다.

마지막에 본 광경, 그것은 마을의 수장이 검은 갑옷을 입은 오크에게 살해당하는 장면.

거대한 오크였으며, 이상한 오라를 발산하고 있었다고 한다.

그리고 또 한 사람.

흉악한 오라(요기)를 숨기려고도 하지 않는, 분노한 표정의 광대 같은 가면을 쓴 인물.

"그건 틀림없이 마인이었어요. 오라버님조차도 맞서볼 수 없을 정도의 상위 마인이었습니다."

연분홍색 머리의 오거가 단언한다.

"우리가 착각을 하고 만 건 그자를 봤기 때문이외다. 영락없이 당신도 녀석의 동료인 줄 알았지……."

뭐, 뭐라고? 이 귀여운 날 보고도 그런 사악한 녀석과 혼동하다니.

할 말이 있고 안 할 말이 있지, 무슨 그런 소리를! 그렇게 생각했지만, 잘 생각해보니 그때는 가면을 쓰고 있었다.

그 마인이라는 자도 광대처럼 보이는 가면을 쓰고 있었다고 하니 착각을 해도 이상할 게 없는 건가.

분명 지혜가 있는 마물을 총칭하여 마인이라고 한다고 했다. 그렇다면 오거도 마인이라 할 수 있을 것이다. 그런 오거가 봐도 상위의 존재라고 단언하는 걸 보면 어지간히 강한 자인 모양이다.

마물이 지혜를 가지면 번거로운 존재가 된다는 것은 오거를 보면 잘 이해가 된다. 어찌 됐든 인간과 마찬가지로 마법을 쓰고 무기를 가지고 있으니까 말이다. 인간보다도 뛰어난 신체 능력을 지닌 것도 모자라, 그걸 활용한 무기와 도구를 가지게 되면 인간의 몸으로 상대하는 건 너무나 어려운 일이 될 것이다.

그리고 상위 마인이 되면 아예 재앙 급이 된다. 적어도 A랭크의 힘을 가지고 있다고 생각해도 틀림이 없을 것이다. 너무나 번거로운 존재가 나타난 것이다.

덧붙여서 고블린은 아인(亞人)이다 보니, 진화해서 홉고블린이 된다고 해도 마인이라고 부르진 않는다.

오거들의 얘기는 계속되었다.

그 검은 갑옷을 입은 오크에게 필적하는 존재가 달리 세 명 더 있었다고 한다.

그 네 명에게 마을의 정예인 전사들이 모두 살해당했다. 그리고 그 틈에 오크 병사들이 물밀 듯이 쏟아져 들어와 유린이 시작되었다고 한다.

그 수는 수천. 이건 그들이 센 것이 아니라 그 정도일 것이라고 느낀 수이지만, 그래도 정말 터무니없는 수이다.

모든 오크가 인간이 착용하는 것 같은 풀 플레이트 메일을 입고 있었다고 하며, 그런 갑옷을 입은 무리가 숲을 가득 채웠다고 한다. 그게 사실이라면 오크들만 움직이고 있다고는 생각할 수 없다.

오크도 아인이지만 고블린과 마찬가지로 하위 마물로 취급받고 있다. 그런 오크가 그렇게나 많은 고가의 무기와 방어구를 준비할 수 있을 리가 없는 것이다.

게다가 쥬라의 대삼림에는 그 외에도 힘이 있는 마물들이 서식하고 있다. 그 모든 마물들의 눈을 속이고 침공한다는 것은 아무리 생각해도 부자연스러웠다.

어떤 나라와, 인간의 나라와 손을 잡은 것이라고 생각하는 게 타당할 것이다.

목적을 알 수 없다는 것도 기분 나쁘다.

그 정도 규모의 침공이라면 오거를 멸망시키는 것이 목적이라고는 생각할 수 없다. 그야말로 이 쥬라의 대삼림을 제패라도 하려는 생각인 걸까?

"아니——어쩌면 '마왕'의 세력 중의 하나인지도 모르겠군."

카이진이 그렇게 중얼거린다.

마왕이라고? 내 뇌리를 시즈 씨의 얼굴이 스쳐 지나가면서 유언이 다시 떠오른다.

마왕 레온——내가 쓰러뜨려야 할, 적.

그럴 가능성도 있는 건가. 아무리 그래도 지금의 내 힘으론 마왕에게 이길 수 없을 것 같은 느낌이 들지만…….

기본적으로 마왕은 이 숲에는 손을 대지 않는 걸로 생각하고 있었다.

숲을 빠져나오면 그 끝에는 마대륙(魔大陸)이 펼쳐져 있다.

그곳은 비옥한 대지이며, 대량의 전쟁 노예나 골렘(마력 인형)을 부려 생산을 하고 있다고 들었다.

그렇기 때문에 마대륙에 있는 마왕의 나라에는 굶주림이 없으며, 마왕들은 인간에게 흥미가 없다.

전쟁 노예라고 해도 여러 대를 거치면서 지금은 일반적인 주민과 다를 게 없다고 한다. 인간의 나라에선 어떻게 생각하고 있는지 확실하지는 않지만 쥬라의 대삼림에 사는 마물의 입장에서 보면 마왕의 나라는 기본적으로 평화롭다고 한다.

그렇기 때문에 영토에 대한 욕심을 갖고 있는 존재라면 더더욱 인간 쪽일 가능성이 높은 것이다.

하지만 그중에는 흥미 본위나 심심풀이로 전쟁을 일으키려는 마왕이 있어도 이상할 게 없다는 얘기도 들린다.

쥬라의 대삼림의 수호자인 '폭풍룡' 베루도라의 소멸은 그런 마왕에 대한 억지력이 감소했다는 뜻이 되기도 하는 것이다.

그렇군, 그렇게 생각하면 이 숲의 방위도 좀 더 제대로 생각해야만 하겠군.

어쨌든 지금 판명된 것은 오크의 군세가 숲을 침공 중이라는 것뿐이었다.

*

자, 그럼 어떻게 할 것인가…….

모두의 의견을 들어보았다.

"오크들은 이 숲의 지배권을 노리고 있다고 여겨집니다."

눈으로 신호를 주고받다가 리그루도가 대표로 대답했다.

내 눈치를 살피고 있다.

싸울 것인가, 도망칠 것인가, 그 밑으로 들어갈 것인가.

오거들도 내 대답에 따라서 다시 적대하게 될 것이라는 사실을 깨달은 모양이다.

급속히 높아지는 긴장감. 하지만 나는 신경 쓰지 않는다.

"일단 차를 한 잔 더 마시도록 할까."

그렇게 말하면서 차를 새로 준비하게 했다.

다른 사람들도 차를 입에 대면서 긴장된 공기가 완화된다.

그럼, 어디.

"그렇다면 당신들은 지금부터 어떡할 건가?"

오거들에게 묻는다.

"어떡할 거냐니?"

"그러니까 이후의 방침을 묻는 거네. 재기를 위해 도망칠 것인지, 어딘가에 숨어 살 것인지. 도망친다고 해도 갈 곳은 있는가 싶어서 말이지."

"그야 당연하지. 틈을 봐서 힘을 키운 뒤에 다시 도전할 뿐이다!"

"그렇고말고. 두령님의 원수를 갚지 않으면 안 되지!"

"저도요! 지금은 아직 힘이 모자라지만 오크들을 살려둘 수는 없어요!"

"""저희들은 도련님과 아가씨를 따르겠습니다!!"""

망설임 없이 대답하는 오거들.

흠, 각오는 이미 해둔 상태라는 뜻인가.

내게 덤벼들었을 때의 눈을 떠올려보더라도, 한 점의 망설임도 없었던 것 같다.

죽을 것을 알면서도 말이지……. 하지만 싫지는 않은 사고방식이다.

그런 절박하게 몰린 상황임에도 불구하고 홉고블린들을 죽이지 않았던 그 기량.

죽는 걸 그냥 보고만 있는 건 왠지 불편한 기분이 들 것 같다.

"당신들, 내 부하가 될 생각은 없나?"

"뭐? 대체 무슨 말을……."

"무슨 말이냐니, 그 말 그대로의 의미다. 용병을 업으로 삼고 있다면 날 따라도 문제는 없을 텐데? 당신들이 주인을 위해 싸운다면 내가 당신들을 고용하겠다고 말하고 있는 거야."

"그 말은——."

"당신들이 힘을 키우고 싶다면 내 제안을 받아들이는 게 좋지 않을까? 내가 지불할 것은 의식주의 보장뿐이지만."

"하지만 그렇게 하다간 이 마을까지 우리의 복수에 같이 휩쓸리게 될 텐데……."

"그것에 대해선 아무 문제 없소. 우리는 모두 리무루 님을 따를 뿐이니까. 리무루 님이 결정을 내리신다면 누구도 이론을 제기하지는 않을 것이오."

"그리고 말이지, 어차피 휩쓸리게 될 것 같은데? 그 정도로 많은 오크들이 움직이고 있다면 이 부근도 결코 안전하다곤 할 수 없으니까 말이야."

"그렇겠군요. 우리가 살던 마을에서도 리저드맨의 정찰대와 접촉이 있었습니다. 당시에는 그게 무슨 뜻인지 이해가 안 됐지만,

아마도 어떤 움직임을 포착하고 있었던 것이겠지요. 그렇다고 한다면 이곳도 전쟁터가 될 우려가 있습니다. 서로 협력하는 게 좋으리라 생각합니다."

리그루도랑 카이진, 고블린 로드들까지도 줄줄이 찬성의 뜻을 밝힌다.

흥. 어차피 고블린들의 전력만으로는 부족한 상황이다. 오크가 공격해 올 거라면 적어도 전력은 많은 편이 좋다.

"당신들이 나를 주인으로 받들겠다면, 당신들의 소원을 이뤄줄 수 있을 거라 생각하는데?"

"무슨 뜻이지?"

"간단해. 내 부하가 되겠다면 무슨 일이 생겼을 때는 나도 같이 싸울 것을 맹세하마. 나는 동료를 저버리진 않는다. 당신들이 내게 고용되겠다면 나도 당신들을 도와주겠다고 말하는 거다."

"그렇군, 우리들이 이 마을을 지키는 걸 도와주는 것과 동시에 우리도 또한 이 마을에 의해 보호를 받는다는 건가. 나쁘지 않은 제안이다. 오히려 생각해보지도 못했던 얘기로군. 이 마을을 거점으로 오크들에 대한 저항 세력을 모을 수도 있겠군……."

"뭐, 어차피 싸우게 될 것 같으니까 말이지. 겸사겸사야."

"계약 기간은 오크의 수괴를 죽여서 쓰러뜨릴 때까지면 될까?"

"그거면 충분해. 오크를 처리한 뒤에는 마음대로 해도 상관없어. 우리와 협력해서 나라를 만들어도 되고, 여행을 떠나도 된다. 어떤가?"

내 질문에 잠시 생각에 잠기는 붉은 머리의 오거.

그런 붉은 머리의 오거를 신뢰하고 있는 건지, 다른 오거들은 잠자고 있었다.

붉은 머리의 오거는 눈을 한 번 감고는 다시 눈을 떴다.

"받아들이겠습니다. 우리들은 모두 당신의 휘하에 들어가도록 하겠습니다!"

내 제안을 받아들여 부하가 되어 협력하는 길을 선택한 모양이다.

잘됐다.

이쪽도 큰 도움이 되는 일이니까.

*

무사히 오거들도 동료에 가담하게 된 것이 무엇보다 잘된 일이었다.

용병을 업으로 삼고 있다면 휘하로 들어오는 것에 기피감을 느끼지 않을 거라는 생각은 했지만 정답이었던 모양이다. 수천 마리나 되는 오크들을 상대하는 거라면 이쪽도 수를 갖춰야 할 필요가 있으니까.

오크 군대가 어느 정도의 전력인지 불확실한 이상, 동원할 수 있는 자들은 많은 쪽이 좋다.

계약상이라고는 해도 나를 따르겠다고 맹세한 이상, 지금부터 이 녀석들도 동료이다.

그렇게 되었으니 우선은 불러야 할 이름을 제대로 생각하지 않으면 불편하겠지.

"좋아! 그러면 너희들에게 이름을 지어주마."

"응? 대체 무슨 말을······?"

"무슨 말이냐니······ 이름 말이다, 이름. 없으면 불편하잖아?"

"아니, 우리들은 의사소통이 가능하니 딱히 불편하진 않는데······."

"허허, 확실히 인간은 이름을 가지지만 마물에겐 필요 없는 것이긴 하지요."

"바보냐. 의사소통이 되니까 필요 없다느니 하는 너희들 의견 따윈 관계없어. 내가 너희들을 부르는 게 불편하기 때문에 필요하다고 말하는 거야."

"아니, 그렇지만······."

"잠깐만요! 원래 이름을 지어주는 건 대단히 큰 위험을 동반하기 때문에, 그건 말 그대로 고위의──."

붉은 머리의 오거가 난처해했고, 연분홍색 머리의 오거가 뭔가를 말하려 한다.

위험이란 건 그걸 말하는 거지? 그 마력요소를 너무 많이 써버린 탓에 잠에 빠지는 것. 한 번에 너무 많은 이름을 짓지만 않는다면 괜찮을 것이다.

"됐어, 됐어. 그 정도는 괜찮다니까!"

나는 연분홍색 머리 오거의 말을 흘려들으면서 바로 이름을 생각한다.

오거들은 당혹스러워하고 있는 것 같지만 상관하지 않는다.

그리고 늘 하던 대로 이름을 지어주었다.

이번의 나는 조금 다르다.

오거들의 머리색이 각각 다르기 때문에 쉽게 이름이 떠오른 것이다.

붉은 머리의 오거는 '베니마루(홍환, 紅丸)'.

젊은 무사 같은 느낌도 들면서 예리하고 사나운 분위기가 잘 어울린다.

아가씨 오거에겐 '슈나(주채, 朱菜)'.

연분홍색 머리에 야생초에 관한 해박한 지식. 꽤 잘 어울리는 이름이지 않을까 싶다.

흰 머리 오거는 '하쿠로우(백로, 白老)'라고 지었다.

나이가 든 중신 같은 느낌도 드는 데다, 나이가 많은 것도 보다시피 사실이니까.

푸른 머리의 오거는 '소우에이(창영, 蒼影)'가 어울리려나.

그림자 속에 숨어들 듯이 내게 해 오던 공격은 위협적이었다. 내가 아니었다면 위험했을 것이다.

보라색 머리의 오거는 '시온(자원, 紫苑)'이 좋겠다.

뒤로 넘겨 하나로 묶은 머리카락이 찰랑거리는 모습을 보면서 꽃과 같은 인상을 받았던 것이다.

검은 머리의 오거는 '쿠로베(흑병위, 黑兵衛)'로 지었다.

무뚝뚝해 보이는 분위기 속에서도 왠지 미워할 수 없는 느낌이 좋은 인상을 주었다.

이상이 각자에게 지어준 이름이다.

내가 생각해도 잘 지은 이름이라고 만족했다. 고민하지 않고 떠오른 것이, 마치 하늘의 계시 같지 않은가.

그런 식으로 만족한 내게, 급격한 허탈감이 덮친다.

어라? 이 감각은――.

그렇게 생각했을 때는 이미 늦었다.

나는 슬립 모드(저위활동상태)에 빠져버린 것이다.

아니, 겨우 여섯 명에게 마력요소를 전부 빼앗기다니, 이건 대체……?

그런 의문을 가슴속에 품으면서 내 몸은 슬라임으로 돌아간다. 육체를 제어하는 힘도 잃어버리면서 인간 형태도 완전히 풀려버린 것 같다.

"어, 슬라임?!"

"설마! 당신은 슬라임이었단 말입니까?!"

그런 목소리가 들리지만 대답을 할 수가 없었다.

경악하는 목소리를 내고 있던 오거들도 남의 일이 아닌 것 같은 반응을 보였다.

나와 마찬가지로 급격한 피로를 느낀 것처럼 차례로 쓰러지기 시작한 것이다.

대체 무슨 일이 일어난 거지?

그 의문을 해소하기 위해서는 마력요소가 회복되기를 기다려야만 했다.

*

하룻밤이 경과했다.

이번의 슬립 모드는 지난번보다 더 심한 것이었다. 의식은 있지만 꿈을 꾸는 듯한 느낌을 받았던 것이다.

기억도 애매했고, 뭔가 부드러운 것이 나를 누르는 감촉이 느껴졌으며, 좋은 향기에 감싸인 채 둥실둥실하는 부유감 속에서 부드럽게 나를 만져주는 것 같은 느낌도 들었지만, 그 모든 것을 확인할 방법은 없다.

아마도 그냥 내 착각이겠지.

"시온, 언제까지 리무루 님을 품에 안고 있을 건가요? 이제 슬슬 교대할 시간이라고요!"

"슈나 님, 무슨 말씀을 하시는 겁니까?! 교대라니, 무슨 뜻인지 모르겠군요. 리무루 님은 제가 돌볼 터이니 슈나 님은 편안히 쉬도록 하십시오."

"시온! 적당히 하세요. 제가 그분을 돌보겠다고 말하고 있잖아요!"

그런 다툼이 있었던 것 같은 기분이 들지만, 그것도 내 기분 탓임이 틀림없다.

그때 두 사람이 내 몸을 잡아당긴 것 같은 느낌도 들었지만 틀림없이 내 착각일 것이다.

그렇게 생각하자.

그건 그렇고 대체 무슨 일이 일어난 것일까?

눈을 떴을 때 내 앞에 대기하고 있는 여섯 명을 보면서 그 대답을 깨달았다.

가장 앞에 대기하고 있는 건 타오르는 불꽃 같은 진홍색의 머리카락을 가지고 있는 미남자다.

머리카락과 같은 진홍색의 눈동자가 흔들림 없이 똑바로 날 바라보고 있었다.

누구지, 이 녀석은? 그런 생각을 하면서 자세히 보니 도련님이라 불리던 오거——베니마루였다.

흑요석보다 아름다운 빛을 내뿜는 칠흑의 뿔 두 개가 진홍색의 머리카락 사이에서 튀어나와 있다.

상아와 같은 두꺼운 뿔이었는데 지금은 세련되게 연마한 예술품처럼 가느다랗고 아름답다.

전에는 커다란 몸집을 하고 있었을 텐데 키가 180㎝ 정도 되었으며, 몸매도 날씬하면서 근육이 탄탄하게 잡혀 있다.

그러나 그 안에 담긴 에너지(마력요소)양은 어제와는 완전히 다른 사람이었다.

이플리트까지는 미치지 못하지만 나름대로 힘을 느끼게 했다.

어쩌면 A랭크 오버까지도 가능하지 않을까.

이름을 붙여준 것만으로 설마 이렇게까지 진화할 줄이야…….

그게 지금의 내 본심이었다.

그다음.

베니마루의 옆에 숨어 있듯이 아름다운 소녀가 서 있었다.

아마 슈나인 것 같다.

원래부터 가련한 외모를 가지고 있었지만 진화했더니 더 대단해졌다.

이게 뭐야? 대체 어느 나라의 공주님인 거야?

아니, 아니, 그 정도의 레벨이 아니라고!

연분홍색의 살짝 웨이브가 진 긴 머리카락을 하나로 모아 뒤로 묶었다.

백자 같은 두 개의 뿔. 하얀 살결에 담홍색의 입술.

진홍색의 눈동자가 젖어들 것 같은 색기를 띠면서 나를 바라보고 있었다.

이런 미소녀가 있다니!! 2차원 캐릭터가 오히려 밀릴 정도다.

키는 자그마한 것이 155㎝ 정도 될까? 지켜주고 싶어지는 오라를 발산하고 있었다.

늙은 오거였던 하쿠로우는 상당히 젊어진 것처럼 보인다.

언제 죽어도 이상하지 않을 것 같은 노인이었지만, 지금은 초로에 접어든 정도로밖에 보이지 않는다.

다리와 허리도 제대로 회복되어 있으며, 쇠했던 기력도 어느 정도 돌아온 것 같아 보이지 않나? 그 몸가짐이 쉽게 방심할 수 없도록 변해 있었다.

흰 머리에 검은 눈인 것은 예전 그대로이지만 눈빛은 날카롭게 변한 것 같았다.

길어진 머리카락을 뒤로 빗어 넘겨 묶었으며, 이마 좌우에 작은 뿔이 보이고 있었다.

무인이라는 느낌이 드는 것이, 지금 싸운다면 내가 이길 수 있을지 의심스러워지는 느낌이 들었다.

또 한 사람의 여성, 시온을 보자면.

정성을 들여 머리를 감고 빗질을 한 것인지, 뒤로 묶은 머리카락은 윤기 있는 스트레이트 헤어를 이루고 있다. 보랏빛 광택을 발산하는 머리카락은 아름다우면서 포니테일에 잘 어울리고 있었다.

정면에서 보면 이마에 돋아난 흑요석 같은 뿔 하나가 머리카락을 좌우대칭으로 나누고 있었다.

보라색의 눈동자가 똑바로 날 바라보고 있다.

하얀 피부에 진홍색의 입술. 약간 화장을 한 것인지 야생미가 줄어들면서 엄청난 미인이 되어 있었다.

키는 170㎝ 정도 될 것 같다.

모델 같은 늘씬한 체형이지만, 자기주장이 아주 격렬한 어떤 부위가 있다. 아무래도 시선이 자꾸 그곳에 못 박히는 것은 전생이 남자였던 본능 때문일 것이다. 지금은 슬라임 형태인지라 상대가 내 시선을 읽지 못하는 게 다행이었다.

슈트를 입으면 잘 어울릴 것 같다. 그리고 내 비서가 되어주면 좋겠다.

진심으로 그렇게 생각했다.

소우에이는 베니마루랑 비슷한 연배다.

약간 검은 피부에 흑청색의 머리카락.

순백의 뿔 하나가 이마 중심에서 돋아나 있었다.

감청색의 눈동자는 의지가 강하다는 것을 느끼게 했고 약간 검은 피부에 잘 어울렸다.

베니마루와는 분위기가 다른 미청년으로 키도 비슷한 느낌이다.

그러나 베니마루도 그렇고, 소우에이도 그렇고 굉장하다는 느낌이 들 정도로 미형이었다. 불과 물, 동(動)과 정(靜)이라는 느낌이 들 정도로 타입이 다른 아름다움이 있다.

완벽한 미형이라니, 사람 놀리나 싶은 생각이 자신도 모르게 드는 건 어쩔 수 없는 일이다.

쿠로베는 장년.

좋게 말하면 댄디, 나쁘게 말하면 수염이 덥수룩한 아저씨다.

미남미녀들만 있는 오거들 중에서 혼자만 붕 떠 있었다.

검은 머리에 검은 눈, 그리고 갈색 피부.

그 평범해 보이는 외모에 가장 친근한 느낌이 들었다.

미형인 두 사람을 보고 난 뒤다 보니, 쿠로베의 수수한 얼굴에 안심한다.

나이도 가깝고 하니, 친하게 지내자는 생각이 들었다.

뭐, 대충 이렇게 여섯 명이다.

변화한 것은 외형만이 아니다.

베니마루 일행은 오거(대귀족, 大鬼族)이기 때문에 키진(귀인, 鬼人) 족으로 변화해 있었다.

고블린이 상위 종족인 홉고블린으로 진화한 것처럼 오거도 키진으로 진화한 것이다.

보기에는 가냘파졌지만, 반대로 그 강함은 엄청나게 증가해 있었다.

모두가 A랭크 오버까지 올라가 있었다.

잘못 본 게 아닌가 생각했지만 모두 A랭크 오버였다.

그 정도였으니 순식간에 마력요소를 뺏겨버린 것도 당연하다고 할 법하다.

아무래도 상위의 마물에게 이름을 지어준 경우에는 그에 걸맞은 마력요소를 가져가 버리는 모양이다.

마물의 진화는 사용된 마력요소의 양에 비례한다는 귀중한 실험 데이터를 얻은 셈이다.

하지만 이건 자칫하면 마력요소 고갈로 인해 내가 위험해질 가능성이 있었다는 의미이다. 얕게나마 꿈을 꾸는 것 같은 상태가 될 정도로 내 마력요소가 사라져버렸다는 뜻이 되니까 말이다.

앞으로 이름을 지어줄 때에는 조심하면서 적당하게 하는 편이 좋을 것 같다.

나는 여섯 명의 변화에 감탄하면서 내심으로는 아주 조금 반성했다.

그건 그렇고, 이 정도라면 배신을 당할 경우에는 장난이 아니겠는데…….

그런 식으로 내가 생각했을 때 베니마루가 입을 열었다.

"리무루 님, 부탁이 있습니다! 부디 저희들의 충성을 받아주십시오!!"

내 걱정을 비웃기라도 하는 것 같은 예상외의 대사였다.

"응? 뭘 그리 요란스럽게 구는 거람. 용병이라고 해서 굳이 충성까지 맹세할 필요는 없지 않나?"

"아니, 그런 뜻이 아닙니다. 저희들을 모두 가신으로 받아주시길 바라는 것입니다!"

뭐라고?! 이번 건은 일이 다 정리되면 좋을 대로 해도 된다고 얘기했는데, 베니마루 일행은 내 가신이 되는 길을 선택했다고 밝힌다. 다 같이 상담한 결과 모두의 의견이 일치했다고 한다.

"""부디 저희들의 바람을 받아주십시오!!"""

그렇게 말하면서 내 앞에 일제히 무릎을 꿇는 베니마루와 다른 오거들.

거절할 이유는 없다.

의식주를 제공해주는 것만으로 정말 만족하려나, 이 녀석들? 그런 소심한 불안감은 있었지만 본인들이 바라는 것이니 괜찮을 거라 생각하고 믿어보도록 하자.

이렇게 나는 새로운 동료들을 얻은 것이다.

──조금 지나치게 강력해서 두려움을 느낀 것은 누구에게도 말 못 할 비밀이다.

*

다시 잘 살펴보니, 모두 용모가 무시무시하게 변화했다.

전체적으로 신체 사이즈는 줄어든 것 같아서 입고 있는 옷이 살짝 커 보였다. 그걸 느끼지 않게 하려는 듯이 옷매무새를 조절해 얼버무리고 있다.

정말 아름다운 외모는 얻는 게 많다니까.

쿠로베는 제대로 얼버무릴 수 없다고 생각했는지 카이진에게서 옷을 빌려 입은 것 같다. 이건 이것대로 잘 어울렸다. 뿔이 없었다면 드워프로 착각했을지도 모를 정도다.

하쿠로우만 변화를 하지 않은 건지 평범하게 예전에 입은 것과 같은 복장이었다.

위험한 건 시온이다. 그 풍만한 가슴이 큰 사이즈의 옷에서 쏟아져 나오려고 하고 있다.

이건 안 돼! 빨리 무슨 수를 써야겠다.

가름에게 부탁해서 옷을 준비하게 할 필요가 있을 것 같다.

나는 몰래 시온의 가슴을 계속 응시하면서 그런 생각을 했다.

시온뿐만 아니라 소우에이의 가슴 보호대도 엉망으로 망가진 상태였다.

……뭐, 내가 박살 내긴 했지만 말이다.

마침 좋은 기회이다. 나는 키진으로 진화한 베니마루 일행에게 새로운 옷과 장비를 마련해주기로 했다.

의식주의 편의를 제공해주기로 약속했던 데다, 망가진 장비를 그대로 착용하고 있다간 여차할 때 곤란하게 될 테니까.

모두를 데리고 가름이 있는 곳으로 향한다.

"여, 나리. 그자들이 새로이 동료가 됐다던 오거들인가? 아무리 봐도 오거로는 보이지 않는데…… 정말 오거가 맞나?"

바쁘게 움직이고 있던 가름이었지만 날 보자마자 웃는 얼굴로 말을 걸어왔다. 그리고 내 뒤를 따르는 베니마루 일행을 보고 놀란 표정으로 눈을 크게 뜨고 있다.

그 시선은 시온의 가슴 부근에 못 박혔다.

"음. 이름을 지어주었더니 더 이상 오거가 아니게 된 모양이야. 키진이라고 하는 종족으로 진화한 것 같더군."

"키진이라고?! 그건 오거 중에서 아주 드물게 태어난다고 하는 상위 종족인데……."

"그런가? 뭐, 이미 진화는 해버렸으니 이제 와서 새삼 따질 필요는 없겠지. 그것보다 이자들의 옷과 방어구를 준비해줬으면 좋겠는데."

"어, 응. 알았네."

가름은 납득이 가지 않는 것 같은 느낌이었지만 그 이상은 아무 말도 하지 않고 안쪽 방으로 베니마루 일행을 데려갔다. 치수를 잰 뒤에 전용 옷을 만들어주겠지.

하쿠로우는 자신의 옷이 있는 데다, 쿠로베는 어제 카이진에게서 옷을 빌렸을 때 다른 옷도 몇 벌 받았다고 한다. 작업복 같은 옷이지만 본인은 만족하고 있는 것 같다.

그러고 보니 아무리 봐도 일본풍의 복장인 건 대체 어떻게 된 일일까?

"그러고 보니, 너희들의 무기는 좀 특이한걸?"

신경이 쓰여서 물어보자 하쿠로우가 대답해줬다.

놀랍게도 400년 정도 전에 갑옷을 입은 무사 집단이 오거의 마을에 온 적이 있다고 한다. 숲에서 조난당한 것인지 상처를 입고 꼴이 엉망이었다고 한다.

그 당시부터 전투 집단이었던 오거는 지금보다도 마물에 가까운 존재였다고 한다. 그러나 약한 자들을 습격하는 짓은 하지 않았다. 숲의 상위자이며, 먹을 것에도 곤란을 겪지 않았기 때문에 찾아온 무사들을 돌봐줬다고 한다.

그 일에 고마움을 느낀 무사들이 오거에게 전투 기술을 가르쳐주고 무기랑 방어구를 넘겨줬다고 한다.

집단 중의 한 사람이 일본도를 제조하는 법을 알고 있기도 해서 시행착오 끝에 일본도를 양산하게 된 것이다.

"그 무사들 중의 한 사람이 제 조부에 해당합지요. 제 기술은 조부가 철저하게 절 붙잡고 가르쳐주신 것입니다."

"난 대장장이 기술을 배웠소."

하쿠로우는 오래 살았기 때문에 직접 지도를 받았다고 한다.

그리고 쿠로베는 가업으로서 대장장이 기술을 계승한 것이라고 한다.

"그럼 그 무기는 스스로 직접 만들 수 있단 말인가?"

"저는 검을 휘두르는 것밖에는 모르지만, 검을 손질하는 방법 정도는 기본적으로 배워놓았습니다. 그리고 쿠로베는 모두의 무기를 점검해주는 역할을 맡고 있습니다."

"모두의 칼은, 내가 만든 거요. 나는 싸우는 건 잘 못하지만 칼 만드는 건 잘하오."

세상에! 설마 일본도를 만들 줄 아는 자가 있을 줄이야. 확실히 쿠로베는 다른 자들에 비하면 약했다. 그러나 생각도 못 한 기술을 가지고 있었던 것이다.

400년 전의 갑옷 무사 집단은 어쩌면 이세계에서 전이해 온 자들이었을지도 모르지만, 이제 와선 확인할 방법이 없다. 중요한 건 계승되고 있는 기술인 것이다.

"그렇다면 쿠로베는 무기 전문인 '칼 대장장이'로서 일해주길 바라네."

"리무루 님, 맡겨만 주시오! 나도 노력하겠소."

쿠로베는 호쾌하게 허락해줬다. 이런 행운을 만났으니 당장 카이진과 대면시켜주기로 한다.

카이진과는 어제 만났기 때문에 이야기는 빨리 진행되었다.

쿠로베와 카이진은 의기투합하여 곧바로 새로운 무기 제작에 관한 의견 교환을 시작했다.

그리고 뭔가 수상한 연구를 시작한 모양이다.

그 때문인지 아닌지는 불명이지만 쿠로베가 유니크 스킬 '연구자'를 획득한 것 같았다.

내 유니크 스킬 '포식자'와 비슷하다. 그 능력은 '만물해석, 공간수납, 물질변환'으로 제작에 특화되어 있었다. 이 중에서 '공간수납'은 내 '위장'과 비슷한 것 같으며 '물질변환'이란 것은 '공간수납'을 거친 물질을 변화시킬 수 있는 능력 같다. 예를 들면 파쇄를 대량으로 수납하여 철괴로 만드는 것이 가능하다. 내 '포식자'의 카피(복제)와 비슷한 일도 가능한 것 같다.

보아하니 쿠로베에게 필요하다고 생각되는 능력만을 전부 모은 것 같은 스킬이 유니크 스킬 '연구자'인 모양이다.

그 밖에도 '염열조작'이나 '열변동내성'까지 획득했다.

B랭크 정도의 에너지(마력요소)양으로 감소되었지만 전투력으로 생각해도 충분히 위협적이지 않을까?

애초에 본인은 '칼 대장장이'로서 무기 제조에 목숨을 바칠 생각인 것 같지만 말이다.

하지만 이것으로 홉고블린들의 무기와 방어구의 대량생산에 대한 희망적인 전망이 서게 됐다.

그 전에 나랑 베니마루 일행의 칼을 먼저 만들어줬으면 좋겠다.

나는 쿠로베에게 대량의 '마강괴'를 건네주고 무기 제작을 의뢰했다.

"내가 반드시 훌륭한 칼을 만들어 보이겠소!"

쿠로베가 아주 의욕적인 모습을 보였기 때문에 나도 너무나 기대가 되었다.

*

베니마루와 소우에이가 치수를 재는 걸 끝마치고 모피로 만든 옷을 입고 밖으로 나왔다.

멋진 남자는 뭘 입어도 잘 어울리는 것 같다. 정말 부럽다.

"어라? 슈나와 시온은?"

"으, 음. 그게 말입니다……."

말을 흐리면서 베니마루가 설명해줬다.

슈나와 시온은 모피로 만든 옷이 만족스럽지 않았던 모양이다.

확실히 슈나가 입고 있던 옷은 호화로웠고 소재도 고급스러운 느낌이었다.

모피는 따끔거린다고 말하면서 자신의 옷을 직접 고치고 있다고 한다.

"슈나 님은 직녀라고 불릴 정도로 바느질을 아주 잘하시니까요."

소우에이가 그렇게 말하면서 베니마루의 설명을 보충해준다.

슈나랑 시온이 입고 있던 옷은 비단과 비슷한 소재를 가공해서 만든 것이라고 한다.

놀랍게도 오거들의 마을 부근에 서식하는 헬모스(지옥나방)라는 마물의 유충이 번데기를 만들 때 채집할 수 있는 실을 얽어 만든 것이라고 한다. 고농도의 마력요소를 포함하여 높은 방어력을 지닌다고 말해줬다.

삼베와 비슷한 소재로 만든 옷은 본 적이 있었다. 고블린이 얼기설기 만든 옷의 소재도 삼베 계통이다.

서식 환경이 같지 않으니까 엄밀하게는 다를지도 모르지만, 삼베로 인식해도 틀리지 않을 것이다.

목화와 같은 꽃도 군생하고 있었기 때문에 슈나라면 가공할 수 있을 것 같다.

면마(綿麻)로 만들어서 양산하는 것도 좋을 것 같다.

그리고 비단. 방어력을 지니고 있다면 그걸로 전투복을 만들어 주면 좋겠다.

방어구는 가름이 준비해줄 것이기 때문에 그 안에 입을 수 있을 만한 옷이 필요하다.

베니마루 일행을 안내한 뒤에 나온 가름에게 상담한다.

"과연, 직물로 옷을 만들잔 말입니까……."

"그래. 비단으로 옷을 만들 수 없을까 해서 말이지."

"비단이라고요?!"

가름의 놀라는 모습에 내가 놀랐다.

드워프 왕국에서도 직물은 초고급품이었던 모양이다.

삼베나 면으로 만든 옷은 자주 볼 수 있지만 비단은 그리 쉽게 유통되지 않는다. 제조법조차 불명이라 소재를 입수하는 것이 어렵다고 한다.

"그렇다면 소재를 모으는 건 저희에게 맡겨주십시오."

소우에이가 자진하여 맡아주었다.

헬모스는 날개 가루로 현혹 효과를 일으키는 흉악한 B랭크의 마물이지만 변태할 때는 무방비가 된다. 성충이 되기 전의 번데기를 발견하여 수집했다고 한다.

번데기를 수집하는 일은 고블린 기병들에게 의뢰했다. 소우에이가 장소를 알고 있다고 하니 동행하도록 하면 안심이다.

나중에는 유충 상태에서 포획한 뒤에 마을에서 사육하는 시설을 만들고 싶다. 누에를 양식하는 법은 잘 모르니까 시행착오를 반복하게 되겠지만.

옷 수선을 끝내고 슈나와 시온이 나왔다.

가름과 할 일이 없어 보이는 도르드를 불러서 슈나를 소개한다.

"어머나! 제가 리무루 님의 도움이 될 수 있단 말이군요!"

내가 설명과 함께 도와줄 것을 요청하자, 슈나는 만면에 미소를 지으면서 기쁘게 받아들였다. 보아하니 내게 도움을 줄 수 있는 것이 기쁜 모양이다.

슈나는 키모노 같은 고급 의류와 섬유계 의류의 제작을.

가름은 비단으로 전투용 의상을.

도르드는 만들어낸 직물이나 키모노의 염색을.

각자 역할을 정해주고 미팅을 가졌다. 이걸로 입기 편한 의류도 생산할 수 있을 것 같다.

문득 생각이 나서 '끈끈하고 강한 거미줄'을 쓸 수 없을까 하여 넘겨줬다. 내 특성인 '열변동무효' 효과가 있기 때문에 웬만한 염열공격은 막아줄 것이다. 적어도 옷이 불에 잘 타지는 않을 거라 생각한다.

"감사합니다, 리무루 님! 분명 멋진 옷을 준비해드릴 수 있을 거예요."

슈나가 유달리 의욕 넘치는 모습을 보였다.

부탁한다! 라고 슈나에게 말하자 "맡겨만 주세요, 리무루 님!" 하고 얼굴을 새빨갛게 물들이면서 대답했다.

귀엽다. 자신에게 맡겨주는 것이 어지간히 기쁜 모양이다.

오거의 공주에 해당하는 아가씨로, 재봉이 취미였다고 한다. 그 취미를 일로 활용할 수 있다는 사실에 아주 의욕이 넘쳤다.

드워프 형제도 귀여운 아가씨랑 같이 제작할 수 있다는 것을 기뻐하고 있다.

부탁이니, 이상한 짓은 하지 말아다오…….

그 아이는 보기와는 달리 무시무시할 정도로 강하니까.

아마 엉덩이라도 만지는 날에는 이 두 사람은 다음 날 해를 보지 못하는 몸이 되어버릴 것이다.

이 두 사람은 살짝 야한 걸 밝히는 면이 있어서 걱정이다.

뭐, 성욕이 없어진 나라서 할 수 있는 걱정이라 하겠지.

성욕이 있었다면 남보다는 나 자신을 걱정해야 할 것이다.

뭐니 뭐니 해도 엄청나게 귀여우니까 말이다.

말 그대로 귀신(키진)의 공주.

꼬시는 것도 목숨을 걸고 해야 할 것이다.

장난삼아 일러스트를 몇 개 그려봤다.

종이 같은 게 없으니 나무 조각에 목탄으로 그리고 있다.

변함없이 생각한 대로 움직여주는 몸 덕분에 이미지에 맞게 완성됐다.

전에 살던 세계의 슈트 같은 디자인이다.

남자 옷과 여자 옷을 각각 몇 개씩, 베니마루 일행의 이미지에
맞춰서 그려본 것이다.

미남미녀니까 이런 옷도 잘 어울릴 것 같다.

특히 시온.

당당한 분위기에 자세가 좋은 시온이라면 남자용 슈트도 잘 어
울릴 것이다.

"재미있어 보이네요. 부디 제가 만들어볼 수 있도록 해주세요."

시온의 옷은 이걸로 정해진 모양이다.

내가 평상시에 입을 옷으로, 쉽게 말해 진베이(길이가 짧으며 앞에
서 여미어 끈으로 매는 여름용 옷) 같은 옷도 만들어주길 부탁해뒀다.

사실은 트레이닝 복을 갖고 싶었지만 지퍼 부분은 만들기 어려
울 것 같다. 일단 '사념전달'로 소재랑 착용감의 상세한 이미지를
전해두었기 때문에, 나중에는 만들어주지 않을까 하고 기대한다.

그렇게 몇 가지 주문을 한 후에 우리들은 슈나를 남겨두고 그
자리를 뒤로했다.

●

쥬라의 대삼림 중앙에 위치한 호수인 시스.

이 시스호의 주변에 펼쳐져 있는 습지대.

그곳은 리저드맨이 지배하는 영역이다.

호수 주변에 무수히 존재하는 동굴. 그곳은 천혜의 미로로 만
들어져서 안으로 들어온 자를 현혹시킨다.

그 미로 깊숙한 곳에 리저드맨의 근거지인 지하 대동굴이 존재

했다.

그런 지형의 이점에 보호받으면서 리저드맨은 호수의 지배자로 군림했던 것이다.

하지만 그날 리저드맨에게 닥쳐온 나쁜 소식이 그들의 미래를 좌우할 중대한 사태의 서막이 되어버렸다.

오크의 군대가 시스호를 향해 진군을 시작했다는 보고를 받고도 두령은 당황하지 않고 명령한다.

"전쟁 준비를 하라! 돼지 같은 놈들, 박살을 내주마!!"

그렇게 기세를 올렸다.

두령에게는 절대적인 자신이 있었다. 그러나 그 자신감에 취해 가만히 앉아 있지는 않는다.

전쟁 준비를 명령함과 동시에 오크 군대의 정확한 정보 수집도 명한다.

우선은 적의 수를 알아야만 한다.

흉포하면서 육식성인 리저드맨은 개체별로 따져도 C+랭크.

전사장(戰士長) 클래스는 B−에 해당하며, 그중에는 B랭크에 해당하는 개체도 있는 것이다.

리저드맨의 전사단은 그 수가 1만.

부족의 반수가 전사로서 참가한 숫자이긴 하지만 그 전투력은 아주 높다.

통상 일반적인 약소국의 기사가 완전무장한 상태의 강함이 C+랭크에 해당한다고 여겨지고 있다. 각 나라의 인구 비율로 봐서 군대가 차지하는 비율은 많아도 5% 이하이며 전쟁 중이 아닌 한은 1% 정도로 끝나는 게 보통이었다.

리저드맨 특유의 연계를 선보이며 단결된 모습으로 싸우는 1만이나 되는 대군은 인구수 백만에 미치지 못하는 약소국의 국가 전력을 가볍게 능가할 정도이다.

하물며 자신들에게 유리한 토지에서의 싸움.

질 리가 없다. 그렇게 두령은 확신한다.

그러나 불안하게 느껴지는 점도 있다.

오크란 것들은 원래 약자에겐 강하게 나오지만 강자에겐 거역하지 않는 종족인 것이다.

리저드맨은 결코 약자이지 않다. 오히려 강자에 위치하는 종족이다.

고블린 정도라면 모르겠지만 왜 리저드맨을 두려워하지 않는 걸까?

그런 의문이 자그마한 불안의 씨앗이 되어 두령의 마음에 박힌다.

호방한 성격이긴 하지만 신중함도 갖추고 있다. 그런 호기와 준비성을 둘 다 갖추었기 때문에 두령은 리저드맨의 무리를 통솔할 수가 있었던 것이다.

그런 두령의 불안은 최악의 형태로서 적중했다.

'오크의 군대, 총 인원수 20만!!'

정찰 부대의 보고는 두령과 그 측근인 부족장들이 모인 지하의 대동굴에 엄청난 충격을 가져왔다.

리저드맨의 전사가 끊어질 듯 가쁜 숨을 쉬면서 보고한 내용을 듣고 그 자리가 얼어붙는다.

"말도 안 돼. 그럴 리가 있나!!"

전사장 중 한 명이 그렇게 소리친다.

두령도 같은 심정이었으며, 주위에 아무도 없었다면 같은 말을 외쳤을 것이다. 그러나 두령이란 자리에 있는 자는 동요를 보여서는 안 된다. 섣불리 동요하지 않고 리저드맨의 전 부족을 다스려 나가야 할 책무가 있는 것이다.

있을 수 없는 일이라고 부정하고 싶어도 그것은 허용되지 않는다. 사실이라면 그걸 인정하고 대책을 세울 필요가 있으니까.

"사실인가?"

"제 목숨을 걸고 사실이라 말씀드릴 수 있습니다!"

두령의 질문에 전사가 대답했다.

"물러가서 쉬도록 하라."

대범하게 고개를 끄덕이면서, 밤낮을 가리지 않고 계속 달려왔을 그 전사를 치하하듯이 두령은 휴식을 명령했다.

전사는 평소와 다름없는 두령을 보고 안심했는지 잠시 마음을 놓은 모양이었다. 그대로 그 자리에서 기절하고 만다. 그 모습은 보고가 사실임을 무엇보다도 확실하게 증명하고 있었다.

(20만이라고? 그런 말도 안 되는 일이…….)

동료 전사들의 부축을 받으며 나가는 모습을 눈으로 좇으면서 두령은 인식을 다시 할 수밖에 없었다.

분명 오크는 성욕이 강하고 번식능력이 왕성한 종족이긴 하다. 그러나 20만이나 되는 군대를 준비할 수 있을 것이라는 생각은 들지 않는다.

(그 말도 안 되는 수의 배를 어떻게 채워줄 수 있단 말이냐?)

그 정도나 되는 수의 군대가 조직되면 식량을 조달하는 것도 엄청난 수고가 들어간다. 하물며 그걸 운반하는 데도 노력이 필요하게 되며, 조직력이라고는 없는 하등한 마물인 오크 따위가 그런 일을 할 수 있을 거라는 생각은 도저히 들지 않는 것이다.

"자신밖에 모르며 본능에 따라서만 움직이는 오크들을 어떻게 하나로 뭉치게 만들었단 말이지?"

측근 중의 하나가 그렇게 중얼거렸다.

그렇다. 그게 정말 수수께끼이다. 수령은 그렇게 생각한다.

적어도 통솔력이 뛰어난 자가 오크들을 절대적으로 지배하지 않는 한, 20만이라는 수를 뭉치게 만드는 건 불가능했다. 그러나 아무리 힘이 있는 개체라고 해도 잘해야 1천 정도의 수를 지휘하는 게 한계일 것이다.

오크는 D랭크 정도의 마물로, 인간과 비교하면 지능이 떨어진다. 눈앞의 것밖에 생각할 수 없는 종족이다. 상호 협력 같은 건 불가능한 어리석은 종족인 것이다.

두령조차 총 인원수 2만인 모든 부족을 다스리는 게 한계였다. 협조성이 높은 리저드맨을 통솔하는데도 말이다. 20만이라는 건 너무나도 상식을 초월하는 숫자다.

"상당히 뛰어난 개체가 여러 명 나타나서 연계라도 하고 있단 말인가?"

두령은 자신의 의도와는 달리 그렇게 중얼거리고 있었다.

"불가능합니다……. 지휘를 할 수 있을 정도의 개체라면 유니크 몬스터 급일 겁니다. 그런 존재가 동시에 여러 명 발생한다는 이야기는 들어본 적도 없습니다…….”

“그렇습니다. 두령과 같은 유니크 몬스터가 오크 놈들 중에서 여러 명이 태어나다니…… 생각할 수도 없는 일입니다.”

그 말을 들은 측근들이 머리를 가볍게 저으면서 유니크 몬스터의 다수 발생설을 부정한다.

두령은 그 말에 고개를 끄덕이면서 생각한다.

(확실히 그건 말이 안 된다. 하지만 부정해도 어쩔 수가 없어. 보고가 맞다고 가정한다면 오크들의 행동을 가능하게 만드는 요인은 뭐란 말인가?)

가령 두령과 같은 유니크 몬스터가 여러 명 존재한다고 해도, 그자들이 뜻을 같이하여 서로 협력할 것인가? 전대미문이라고 할 수 있는 대규모의 통솔을 가능하게 하려면 그런 우수한 유니크 몬스터들을 다투지 않게 유지하면서 뭉치게 하는 존재가 필요하게 된다.

그런 카리스마를 지닌 유니크 리더라면 하등한 오크라고 얕볼 수는 없다. 오히려 전에 없던 위협이라고 생각해야 할 것이다.

(아니, 그런 자가 태어났다고 생각해야겠지. 과연 오크에 그런 자가——.)

설마……?!

두령은 거기에 생각이 미친 순간, 아연실색한다.

스스로 그 생각을 부정하고 싶다고 생각하면서.

그 정도나 되는 수를 지배하는 존재. 그건 수백 년에 한 번 태어난다고 하는 전설의…….

"실마 오크 로드가 태어났다는 말인가……?!"

두령이 중얼거리는 목소리는 낮았다.

그러나 신기할 만큼 잘 들리는 목소리였기 때문에 소란스러운 분위기를 띠고 있는 회의장에 자연스럽게 침투한다.

그 말의 의미를 정확하게 이해한 자들이 침묵하게 되면서 지하의 대동굴은 차츰 고요함에 휩싸였다.

"오크 로드……."

"아니, 하지만……."

"허나 만일 그렇다고 한다면……."

두령의 측근들, 리저드맨의 각 부족 대표를 맡고 있는 부족장들이기 때문에 더더욱 그 가능성을 머릿속에서 부정하지 못한다.

전설에 나오는 오크 로드라면 20만이나 되는 대군을 통솔하는 것도 가능하리라는 생각이 들었기 때문이다.

생각하면 생각할수록 그 존재 외에는 다른 이유가 없을 것 같다.

"만약에, 만약에 오크 로드가 탄생했다고 한다면 오크들의 대군이 하나로 뭉칠 수 있게 된 이유는 설명이 됩니다만……."

"하지만 그 목적은?"

"그런 건 지금 어찌 됐든 상관없소! 문제는 이길 수 있는가 아닌가 하는 것이오!!"

회의장은 다시 소란스러워졌고, 측근들이 격렬하게 의견을 제시하면서 싸우기 시작한다.

(이길 수 있는가 아닌가란 말인가…….)

평원에서 싸우는 것이라면 수가 적은 리저드맨에게 불리하다. 그러나 습지대는 자신들의 안마당이다. 덫을 설치하고 신중하게 행동한다면 승산은 충분히 있다.

──아니, 있었다고 해야 할까.

상대가 단순한 오크의 무리였다면 싸울 방법은 얼마든지 있었다. 하지만 정말로 오크 로드가 태어났다면 승리하긴 힘들 것이다.

수적으로 따져서 압도적으로 지고 있는 이상, 적군을 각개격파하면서 높아진 사기로 상대를 압도할 필요가 있었다. 지리적 이점을 갖고 있으니만큼 그런 전술이 가능하리라 생각하고 있던 두령이었지만, 오크 로드가 상대라면 그 작전은 통하지 않을 것이다.

왜냐하면 오크 로드는 아군의 공포심조차도 먹어치우는, 말 그대로 진짜 괴물이니까 말이다.

오크 로드를 상대로 평범하게 싸우다간 지는 게 당연하다.

승리하기 위해서는 정면에서 박살 낼 수 있는 전력이 필요한 것이다. 그러기에는 병사들의 수가 절대적으로 부족했다.

두령은 생각한다.

어떻게 하면 이 궁지를 탈출할 수 있을까.

오크 로드의 출현이라는 생각이 기우였다면 차라리 그게 더 낫다. 하지만 결전이 시작되기 전에 쓸 수 있는 수는 다 써야 한다고 두령은 생각했다.

원군을 요청해야 할 것 같다.

두령은 그렇게 결단을 내리고 휘하의 한 사람을 불러오게 했다.

그자의 '이름'은 가비루.

이 소란에 새로운 불씨를 가져오게 될 인물이다.

사려 깊은 리저드맨의 두령도 그 정도로까지 미래를 예상하는 일은 불가능했던 것이다.

●

고블린족장들은 서로 창백해진 얼굴을 바라보면서 집회를 열고 있었다.

예전보다 모인 수가 줄어든 상태다.

그도 그럴 것이, 도망친 것이다.

──쥬라의 대삼림을 격렬하게 뒤흔드는 미증유의 위기를 맞이하면서…….

애초에 그 시작은 아랑족의 습격이었다.

그때 네임드 전사가 소속되어 있던 마을을, 많은 고블린들이 저버린 일이 발단이 된 것이다.

포기하고 저버린 그 동족들은 멋지게 아랑족을 물리쳐서 승리를 거뒀다.

그 마을에 구세주가 나타난 것이다.

생각도 못 한 강력한 힘을 지닌 그 존재는 동족들을 보호해줬다고 한다.

위기를 돌파한 것도 모자라 지금은 아랑족까지 부리면서 부흥을 이룩하려고 하고 있었다.

당시의 집회에서 그들을 저버리지 않고 같이 싸워야 한다고 주장했던 마을들은 지금은 그 마을의 산하에 가담하고 있다.

왜소한 고블린은 무리를 지어서 서로 돕지 않으면 살아갈 수 없다. 그렇다고 해서 동족을 저버린 고블린들은 이제 와서 동료로 끼워달라고 부탁하는, 그런 부끄러움도 모르는 짓은 할 수가 없었을 것이다.

아니, 본심은 그렇게 하고 싶다. 현재 그렇게 주장하는 사람이 있는 것도 사실이다.

하지만 이제 와서 그 마을의 산하에 들어간다고 해도 노예 같은 취급을 받게 될 것이다. 그렇게 생각하면 결단을 내릴 수 없는 게 현재의 실정이었다.

다행히도 그 마을의 구세주는 주변 마을들을 병합할 의사는 없는 것 같았다.

그렇다면 이대로 얌전히 살고 있으면 지금까지와 마찬가지로 살아갈 수 있을 것이다.

그러나 현실은 그렇게 만만하지 않다.

어느 날 갑자기 풀 플레이트 메일을 몸에 두른 오크 기병들 몇 마리가 마을을 찾아왔다.

"우리는 오크 나이츠의 기사들이다! 오늘 이 시간을 기점으로 이 땅을 위대한 오크 로드 님이 통괄하시는 땅으로 정하겠다. 너희 같은 벌레들에게도 살아갈 찬스를 주겠다. 며칠 안으로 모을 수 있는 만큼의 식량을 준비하여 우리의 본진을 찾아와라. 그렇게 하면 노예로서 그 목숨만은 살려주도록 하겠다. 단, 거역하겠다면 용서하지 않을 것이다. 우리는 적대하는 자의 항복 따윈 허용하지 않는다. 잘 생각해보고 행동해라. 그하하하하하!"

그렇게 일방적으로 선언하고는, 오크 기사들은 큰 웃음소리를 남기고 사라졌다.

　분노는 일지 않았다. 그 압도적인 힘을 눈으로 봤기 때문이다.

　그 오크 기사 한 마리면 마을을 몰살시킬 수도 있다는 것을 확신했기 때문이다.

　그런 자가 여러 마리나 있다면 아예 승부조차 되지 않을 것이다.

　원래 오크는 D랭크에 해당하는 마물이다. 고블린보다 강하기는 해도 한 마리가 그렇게까지 압도적으로 강하다는 건 이상한 일이다.

　비정상적인 무슨 일이 쥬라의 대삼림에서 일어나고 있다. ──모두가 그렇게 확신한 것이다.

　그리고 그것은 그 마을만의 이야기가 아니라, 주변 일대의 마을 전체에도 찾아온 예고였던 모양이다.

　각 마을에서도 비슷한 상황에 처해 있다는 보고가 족장들의 집회에 전해졌을 때 그들의 절망은 더욱 심각해졌다.

　그때 모두는 어디로도 도망칠 곳이 없다는 걸 깨달은 것이다.

　오크들이 노리는 것은 고블린들이 식량을 준비하게 만드는 것으로 보인다. 징용할 수고를 덜기 위해 고블린들이 직접 운반해 오도록 시킨 것이다. 그게 아니면 고블린의 마을들은 유린당했을 것이고, 이미 불에 타서 사라졌을 것이 틀림없다.

　목숨은 살려주겠다고 오크들은 말했지만, 마을의 식량을 모두 바친다면 결과는 마찬가지다.

　살해를 당하느냐 굶어 죽느냐. 확실한 죽음이냐 운이 좋으면 살아남을 가능성에 거느냐의 차이다.

　그러나 모든 고블린들이 뭉쳐서 저항한다 해도 전멸하는 미래밖에 없을 것이다.

싸울 수 있는 고블린들의 총 인원수는 1만에도 미치지 못한다.

족장 회의에 참가하지 않은 미개의 땅의 동족들은 아예 연락할 방법조차 없다.

아무런 방법이 없었다.

그때 다급함을 알리는 보고가 날아들었다.

리저드맨의 사자가 마을을 찾아온 것이다.

이건 어쩌면 희망이 아닐까? 지푸라기라도 붙잡는 심정으로 족장들은 리저드맨의 사자인 전사장 가비루라고 이름을 밝힌 남자를 맞이한다.

'네임드' 전사장의 방문에 족장들의 분위기는 다시 들끓었다.

이 궁지를 구하고 고블린들을 도와줄 구세주로 생각한 것이다.

구세주는 말했다.

"내게 충성을 맹세해라. 그렇게 하면 너희들의 미래는 밝을 것이다!"

그 말을 믿어보자, 족장들은 그렇게 판단을 내린다.

의지할 자가 없는 약자이기 때문에 범하고 마는 과오.

리저드맨의 휘하에 들어가기보다는 동족의 휘하에 들어가는 것이 더 낫다고 주장하는 자도 있었다. 그러나 다수결에 의해 결국은 가비루의 휘하에 가담하기로 했다.

이 판단이 나중에 고블린들의 운명을 결정하게 된다는 것을 모르고……

리저드맨의 전사장 가비루는 직속 부하 100명을 이끌고 습지대를 나왔다. 두령으로부터 특명을 받았기 때문이다.

그렇지만 가비루는 기분이 좋지는 않았다.

자신이 '네임드 몬스터'임에도 불구하고 이름도 없는 두령이 자신을 턱으로 부리는 것이 참을 수 없었던 것이다.

그게 비록 자신의 친아버지라고 해도…….

자신은 선택받은 존재이다. ──그게 가비루의 긍지이며 자신감의 근원이다.

그렇다, 가비루는 선택받은 것이다.

어떤 마족과 습지대에서 만나서 '이름'을 부여받았으니까.

"너는 소질이 있구나. 언젠가 내 한쪽 팔이 되어줄 수 있을 것 같다. 또 만나도록 하자!"

그렇게 말하면서 가비루라는 이름을 지어준 것이다.

가비루는 지금도 뚜렷이 떠올린다.

그 마족, 게르뮈드에 대해서.

가비루는 이름을 지어준 게르뮈드를 자신의 진짜 주인이라고 생각하고 있었기 때문이다.

(비록 아버지라고 해도 내가 그런 이름 없는 마물에게 언제까지나 명령을 받고 있을 순 없지! 게르뮈드 님을 위해서라도 내가 모든 리저드맨을 지배할 필요가 있다!)

가비루는 생각한다. 이대로 있어도 괜찮은 건가? 괜찮을 리가 없다, 라고.

그런 마음은 엄격한 아버지이면서 위대한 리저드맨의 두령이기도 한 그에게 인정받고 싶다는 바람의 반동이지만, 가비루는 그것을 깨닫지 못한다.

비대해져버린 가비루의 프라이드가 그의 지배욕을 자극하는 것이다.

(자, 이제 어떻게 할까…….)

두령에게서 받은 밀명은 고블린의 마을을 돌아다니면서 협력관계를 맺는 것이다.

약간의 위협 정도는 해도 된다고 허가를 받았지만, 반감을 사지 않도록 조심하라는 엄명을 받았다.

어설프다고 가비루는 생각한다. 하등한 고블린 따위야 힘으로 지배하면 되는 거라고 생각한다.

자신의 힘을 과신하고 모든 것이 생각대로 되리라 여기고 있는 것이다.

(그렇다! 하등한 오크 따위를 두려워하는 나약한 두령 따윈 필요 없지 않은가. 바로 내가 리저드맨을 지배할 수 있는 찬스다!!)

가비루는 이 기회에 단번에 동족을 지배할 생각을 품는다.

하지만 강력한 존재이면서 끈끈한 연대감을 지닌 리저드맨의 생각을 뒤집는 것은 쉬운 일이 아니다. 두령의 지배력은 말단까지 닿아 있기 때문에 반기를 드는 자의 수는 적을 것이라 예상할 수 있다.

그럼 어떻게 해야 할까?

이 기회를 이용하여 스스로 부릴 수 있는 병사들을 준비하면 된다고 가비루는 생각했다.

하등한 고블린들이라고 해도 살아 있는 방패 역할은 해줄 것이다. 죄다 긁어모으면 잔챙이들이라 해도 상당한 숫자가 된다. 수는 곧 힘이므로, 1만이나 모은다면 나름대로 써먹을 곳이 있을 것이다.

"리저드맨 최강의 전사인 내 힘이라면 오크들 따윈 상대도 안 되지. 그리고 이 기회에 아버지도 은퇴하시도록 만들고 말겠다!"

"가비루 님. 그럼 드디어 가비루 님의 시대가 오는 것입니까?"

"음? 후하하하하하. 그 말이 맞다!"

"오오!! 저희들은 모두 끝까지 가비루 님을 따르겠습니다!!"

부하들의 말을 듣고 가비루는 만족스럽게 고개를 끄덕였다.

가비루의 뇌리에는 리저드맨의 위대한 지도자로서 자신이 새로운 두령이 되는 미래가 그려지고 있었다. 그때야말로 가비루가 아버지에게 인정받는 날이 될 것이라고 꿈꾸면서.

그러기 위해선 지금은 신중하게 행동해야 한다.

신중하게, 그리고 방심하지 않고 기회를 살피면서 그때를 기다린다.

우선은 전력을 증강하는 것이 필요하다.

가비루는 고블린의 마을들을 목표로 했다.

그리고 차례차례로 고블린들을 자신의 휘하에 가담시킨다.

오크와 먼저 접촉한 것으로 보이는 고블린들은 가비루를 구세주로 떠받들었다.

그게 점점 가비루를 우쭐거리게 만드는 결과를 가져오면서, 사태는 생각지 못한 방향으로 움직이기 시작한다.

(역시 나야말로 영웅임이 틀림없다!)

가비루는 그렇게 확신했고, 그의 행동은 점점 대담함을 더해 간다.

가비루의 커져버린 야심, 그것이 탄생시킨 갈증을 채우기 위해…….

●

며칠이 지났다.

새로운 동료가 된 베니마루 일행이 다른 자들과 잘 지낼 수 있을지 걱정도 되긴 했지만 아무래도 기우였던 모양이다.

홉고블린들에게 있어서도 오거는 원래 서열상으로도 상위에 있는 존재이다. 받아들일 수 있는 바탕이 기본적으로 존재했던 것이다. 오거는 약한 자를 공격하지 않는 종족이었으므로, 고블린의 입장에서 보면 숭배의 대상으로 여겨지고 있던 것도 큰 이유가 되었다.

쿠로베는 칼의 제작

슈나는 의류 재봉.

소우에이는 헬모스의 번데기 회수.

각자 자신의 역할을 맡으면서 모두와 잘 융화되었다.

베니마루와 하쿠로우는 수행이라는 명목으로 내가 가르쳐준 지하 공간으로 갔다고 한다. 진화한 능력을 확인해보는 것도 훌륭한 임무라고 할 수 있을 것이다.

그들의 소식을 가르쳐준 시온은 나랑 같이 건설 중인 도시를 보면서 돌아다니고 있었다.

좀 더 정확히 말하자면 시온의 풍만한 가슴에 안긴 채 도시를 돌아보고 있는 중이다.

시온은 내 비서를 자청하고 나섰다. 나에게는 거절할 이유가 없었기 때문에, 이렇게 란가 대신 내 다리가 되어주고 있는 것이다.

인간으로 변신할 수 있지만, 역시 슬라임 상태가 편해서 좋다.

결코 가슴의 감촉이 기분 좋아서라거나, 그런 불순한 동기는 존재하지 않는다.

건설 중인 도시라고 했지만 실제로 마을이라는 레벨은 넘어선 상태다. 앞으로의 일을 생각해서 상당히 넓은 범위를 개발 중인 것이다.

그렇다고는 해도 아직 배수 관계나 지하 시설을 건설 중이므로 상층부가 완성되는 건 꽤 나중의 일이 될 것이다. 미르드가 열심히 일해주고 있으므로 훌륭한 도시가 완성될 것 같다는 기대를 하고 있다.

도시 안에는 가설이긴 하지만 건물이 밀집한 구역이 있었다.

공업 구역이다.

모아들인 소재를 보관하는 창고에 인접한 곳에 무기랑 방어구를 만드는 공방과 의복류를 만드는 공방인 작은 통나무집이 나란히 서 있었다.

쿠로베 쪽은 완전히 안에 틀어박힌 채, 카이진과 실없는 농담을 해가면서 뭔가를 제작 중이다. 방해하면 안 될 것 같으니, 완성한 후에 알아서 갖고 나오기를 기다릴 수밖에 없을 것 같다.

그래서 슈나가 있는 건물로 향했다.

"어머나, 리무루 님!"

나를 보자마자 슈나가 만면에 미소를 짓는다.

그리고 재빨리 시온으로부터 날 빼앗듯이 안고는 자상한 손길로 쓰다듬어주면서 공방 안의 작업 상황을 설명해줬다.

즐겁게 일하고 있는 것 같아서 정말 다행이다.

잠시 슈나와 잡담을 하면서 불편한 점은 없는가를 확인한다.

문제는 없는 것 같다. 소우에이가 재료를 가지고 돌아오는 대로 비단 제작을 시작할 것이라고 한다.

삼베나 면은 이미 제작에 들어갔다고 한다.

빠른 일처리에 그저 놀랄 뿐이었다.

"이것도 리무루 님 덕분이랍니다."

그렇게 말하면서 슈나는 기쁜 표정으로 설명해줬다.

놀랍게도 슈나는 내 해석 능력을 특화시킨 유니크 스킬인 '해석자'를 획득하고 있었다. 내 유니크 스킬인 '대현자'의 '사고가속, 해석감정, 영창파기, 삼라만상'을 이어받은 모양이다. 단, 감정 능력만큼은 아주 우수하여, 나처럼 '포식'하지 않아도 '마력감지'만으로 해석이 가능하다고 한다.

편리한 기능을 획득한 것이다.

이 능력에 의해 다양한 실험을 단기간에 끝내는 것이 가능해졌다고 한다.

단, 유니크 스킬을 획득한 탓인지 에너지(마력요소)양은 대폭 감소한 상태였다. 보아하니 B+랭크 정도로 되돌아간 모양이다. 그래도 진화 전에 비하면 강해진 상태라서 문제는 없어 보이긴 하지만.

"리무루 님. 슈나 님은 하실 일이 있습니다. 방해하는 건 좋지 못하니 그만 돌아가시죠."

슈나와의 대화가 일단락되었을 때 시온이 입을 열었다. 내 비서답게 다음 예정을 정해놓은 모양이다.

"어머나? 리무루 님을 착실하게 잘 돌보고 있네요?"

"당연하죠! 리무루 님은 제가 잘 돌봐드릴 테니, 아무 걱정하실 것 없습니다."

시온이 그렇게 말하면서 슈나와 나를 떼어놓았다.

"우후후. 제가 리무루 님을 돌봐드릴 수도 있는데 말이죠?"

"아니요, 슈나 님. 그럴 필요 없습니다. 제가 확실하게 돌봐드릴 테니까요!"

슈나와 시온의 사이에서 불꽃이 튀는 듯한 환각이 보인 것 같다.

분명 내 착각이겠지.

아니, 사실은 날 돌봐줄 필요는 없다.

혼자 사는 시간이 길었기 때문에, 나 자신에 대한 일은 웬만하면 다 처리할 수 있기 때문이다.

그러므로 이참에 몰래 탈출하자.

그렇게 생각했지만…….

"리무루 님! 리무루 님은 저랑 시온 중에 누가 더 리무루 님을 곁에서 모시는 일에 어울린다고 생각하시나요?"

날 놓아주지 않았다.

"그, 글쎄. 슈나는 비단을 지어야 하는 일이 있잖아? 나중에 여유가 생기면 부탁해보기로 할까?"

대체 뭘 부탁한다는 건데? 나 자신도 잘 모르겠다.

"알겠습니다! 제게도 부탁을 하시겠단 말씀이군요!!"

슈나는 혼자서 납득하더니 기쁜 표정으로 미소를 짓는다.

응, 그래. 그런 걸로 해두자.

"그 말이 맞아. 잘 부탁할게!"

내 말에 방긋 웃으면서 고개를 끄덕인다. 귀엽다.

"맡겨만 주세요! 저는 리무루 님의 무녀로서 언제든지 곁에서
모실 테니까요."

"무녀?"

"네. 리무루 님을 받들어 모시는 '칸나기(巫女姬, 신을 섬기는 일
을 직업으로 하는 사람)'로 인정해주셨잖아요."

뭐?! 내가 언제 인정했단 말이지?! 하지만 그 말을 하는 건 위
험할 것 같은 예감이 든다.

"그, 그랬었지. 앞으로도 내 '칸나기'로서 열심히 임해주면 좋
겠군."

"네! 맡겨만 주세요."

슈나의 얼굴에 꽃이 환하게 피어나는 것 같은 미소가 돌아왔다.

귀여움은 정의. 슈나의 귀여움에 모든 것을 용서할 수 있을 것
같다.

"그럼 리무루 님은 제게 맡겨주시죠!"

그런 분위기를 깨기라도 하는 것처럼 시온이 나랑 슈나 사이에
끼어들어 얘기를 중단하듯 나를 안아 들었다.

"──잘 부탁드릴게요."

"네에, 잘 알았습니다!"

굳은 표정으로 미소를 짓는 슈나를 향해 왠지 이긴 듯이 의기양양한 얼굴을 한 시온이 대답한다.

이야기는 잘 정리된 모양이다.

한순간, 주변의 온도가 내려간 것 같았지만, 기분 탓이겠지.

세상에는 기분 탓이라는 한마디 말로 넘기는 게 좋은 일도 많은 법이다.

다음은 베니마루와 하쿠로우의 상황을 보러 간다.

새로운 능력을 얻었다면 확인해보는 것은 기본 절차인 데다가, 그들이 어떤 능력을 얻었는가를 들어두고 싶다.

지하 공간으로 가자 베니마루와 하쿠로우가 칼로 대련을 하고 있었다.

베니마루가 든 목도가 무슨 이유인지 흰빛을 띠고 있다. 베니마루가 하쿠로우를 향해 목도를 휘두르자, 하얀 빛의 참격이 날아갔다. 그러나 그건 하쿠로우의 몸을 **빠져나가** 뒤에 있는 바위를 가른다. 그 직후, 하쿠로우가 베니마루의 등 뒤에 나타나더니 목덜미에 목도를 들이댔다.

승부가 난 모양이다.

……어, 그러니까, 저기…… 쟤들 오거 맞지? 그런 말이 나올 정도로 세련된 동작이었다.

아니, 그 전에 방금 그 하얀 빛은 뭐야…….

왜 목도로 베는 건데 바위가 갈라지는 거지? 그러면 목도를 사용하는 의미가 없잖아…….

"오셨습니까, 리무루 님. 이곳은 조용해서 정말 좋은 장소로 군요."

"오셨습니까, 리무루 님. 부끄러운 모습을 보여드리고 말았습니다."

내가 온 걸 알아차리고 하쿠로우와 베니마루가 인사를 했다.

"음, 수행 중이란 말을 들었거든. 잘 하고 있는지 보러 와봤는데, 어떤가?"

"육체 쪽은 안정이 된 것 같습니다. 하쿠로우는 젊어져서 왕년의 강함을 되찾고 있습니다."

"헛헛헛. 베니마루 님의 말씀대로 제 쇠약했던 육체에 힘이 넘치고 있습니다, 그려."

"모처럼 제가 강해졌는데, 다시 제자리로 돌아온 셈입니다. 힘으로는 제가 이길 거라 생각합니다만……."

베니마루는 벌레를 씹은 듯한 얼굴로 그렇게 중얼거렸다.

확실히 마력요소의 크기만 따지면 베니마루가 상회하고 있는 것처럼 보인다.

"도련님── 아니, 베니마루 님은 힘에 너무 의존하고 계십니다. 저처럼 검이 말하는 소리에 귀를 기울여 검과 일체가 되어야 합니다……. 그때까지는 아직 질 수는 없습지요."

확실히 진화하기 전의 단계에서도 내 뒤를 파고들어 왔을 정도의 달인이었다.

그것도 모자라서 내 '마력감지'의 빈틈을 파고든 데다 '다중결계'와 '신체장갑'으로 보호하고 있던 오른팔을 절단한 일은 지금도 기억에 새롭다.

생각하고 싶지 않지만, 진화한 지금이라면 나보다 더 강해졌을 것 같다.

"그러고 보니 내 오른팔을 베어버린 적이 있었지. 솔직히 말하자면 그때는 정말 당황했었어."

"하하하하하, 무슨 말씀이십니까. 순식간에 재생하는 바람에 당황한 건 오히려 제 쪽이었습니다."

아니, 뭐…… 응. 그렇긴 하지만, 싸우면서 '초속재생'을 획득할 수 있었으니까 그랬던 거지. 일단 그건 비밀로 부쳐두는 게 좋을 것 같다.

"그 기척을 사라지게 만드는 기술은 정말 대단했는데, 그건 어떻게 한 거지?"

"그건 〈기투법(氣鬪法)〉이라는 무술이랍니다. 오라(요기)를 이용하는 전투술로서 마법과는 다른 기술 체계입지요."

하쿠로우의 설명에 의하면 〈투기법〉이라는 독자적인 아츠(기술)라고 하던가.

체내의 마력요소를 모아서 투기로 만든다고 한다. 신체 강화 계통의 기술이라고 했다. 아무 행동을 하지 않아도 밖으로 흘러나오는 게 요기라면, 전투에 이용하는 것이 투기라고 하는데…….

이것에 관해선 상위 마물이라면 아무 행동을 하지 않아도 강력한 요기를 방출하기 때문에 어느 쪽이 더 좋다고 할 수 없는 것 같다.

순간적으로 이동하는 '순동법(瞬動法)'이나 상대의 인식을 차단하는 '은형법(隱形法)' 같은 다양한 기술이 있다고 한다.

무기나 주먹을 강화하는 '기조법(氣操法)'이 초보적인 술식이라고도 했다.

흰색의 빛이 이걸 말하는 것이었다. 그대로 발사하는 것도 가능한 모양이다.

마법과 비슷하면서 다른 것, 그게 바로 아츠(기술)다. 주문 같은 게 존재하지 않으며, 실천에 의존한 것이다.

후천적으로 습득하는 것을 총칭하여 아츠라고 부른다고 한다. 지혜만 있다면 마물이라 해도 습득할 수 있을 것이다…….

슈나도 〈환각마법〉을 쓰고 있었던 것 같으니, 상위 마물은 마법이랑 아츠를 사용할 줄 안다는 것을 전제로 생각해두는 게 좋을 것 같다. 같은 편이라면 대환영할 일이지만 적이라면 너무나도 귀찮아질 것 같다.

마법이나 아츠를 구사하는 상위의 마물, 모험자가 그런 존재와 마주친다면…….

지금까지도 몇 명이나 불행한 모험자가 있었을 것이다.

나는 그런 모험자들을 향해 손을 모아 합장했다.

그러나 〈기투법〉이란 건 꽤 흥미가 동한다. 특히 '마력감지'에도 반응하지 않는 '은형법' 같은 건 반드시 습득해보고 싶다. 인간화 덕분에 시력을 얻긴 했지만, 눈이 없었다면 반응할 수 없었을 테니까 말이다.

소리를 없애는 절음(絶音), 냄새를 없애는 절취(絶臭), 체온을 없애는 절온(絶溫), 기를 없애는 절기(絶氣)라는 단계에 따라 존재를 숨길 수 있게 된다고 한다.

절기까지 도달해야 비로소 마력요소를 흐트러뜨리지 않고 행동할 수 있게 되는 모양이다.

무슨 일이 있어도 반드시 습득하고 싶은 기술이다.

"하쿠로우 님은 저희의 스승 같은 분이었습니다. 그리고 가신들 중에서 최강의 검사이시기도 하지요."

시온이 설명해줬다. 과연, 납득이 간다.

"그럼, 하쿠로우. 나도 〈기투법〉을 배우고 싶은 데다, 홉고블린들도 단련을 시키고 싶은데. 우리의 '스승'이 되어줄 수 있을까?"

"헛헛허. 이 늙은이를 부려먹을 생각이십니까? 기쁘게 받아들이겠습니다. 리무루 님을 위해서라면 이 늙은 몸에 채찍질을 해서라도 열심히 일하도록 하지요!!"

하쿠로우가 무릎을 꿇으면서 내 요청을 받아들여줬다.

그러자——,

"리무루 님, 여기에 나라를 세우겠다고 하셨지요? 리무루 님이 왕으로, 리그루도 님이 재상을 맡고 있다고 들었습니다. 저는 정치는 잘 못하지만 군사 쪽은 자신이 있으므로, 부디 제게도 역할을 주시면 좋겠습니다."

베니마루가 나서서 말했다.

"그건 좋지만…… 오거 마을의 수장 자리는 어떡하고?"

"이제 와서 그런 말씀을……. 저는 당신의 부하로 들어갔습니다. 저희들의 충성을 당신께 바친 것입니다. 당신께 충성을 바치는 가신이 된 이상, 저희 일족 전체는 당신의 휘하에 속한 자들입니다."

어떡한다. 진심이라는 건 충분히 느껴졌다.

확실히 며칠 전에 내 가신이 되고 싶다고 말해서 승낙하긴 했지만, 이 정도의 각오를 갖고 있을 줄이야……

각오가 부족했던 건 내 쪽이었던 모양이다.

"알았다. 네 힘을 날 위해 써다오."

나는 베니마루의 결의에 응해야만 한다. 그렇게 생각하면서 각오를 굳힌다.

베니마루 일행을 내 곁에 두고 같이 걸어가게 할 각오를.

"상의도 없이 먼저 그러시다니, 너무하세요! 리무루 님, 그런 거라면 저도 뭔가 역할을 하고 싶습니다!"

우오, 깜짝이야.

나를 안고 있던 시온이 토라진 표정으로 그런 말을 한 것이다.

어쩔 수 없는 녀석이다. 자기만 빠졌다고 생각한 모양이다. 베니마루는 그렇다 치고 시온에게도 적당한 자리를 만들어줘야겠군.

나는 시온의 품에서 내려와 지면에 섰다.

그와 동시에 인간 모양으로 변신한다. 변신이 완료됨과 동시에 '위장'에서 입을 옷을 꺼내어 착용을 끝낸다. 실은 몰래 연습해둔 것이다.

베니마루와 시온은 내 변신에 놀란 것 같았지만, 아무 말도 없이 그 자리에 무릎을 꿇었다.

"그러면 베니마루는 '사무라이 대장'으로 임명하지. 우리나라의 군사를 맡길 것이니 앞으로 잘 부탁하겠네."

"알겠습니다! 싸움에 관해서라면 제게 맡겨주십시오."

"시온, 너는 내 호위를 맡을 '무사'로 임명하겠다. 그렇다고 해도 내용은 내 비서와 비슷한 것이니까 앞으로 잘 해주길 바라마."

"감사합니다! 리무루 님께 도움이 될 수 있도록 매일 열심히 임하겠습니다!!"

베니마루, 시온, 그리고 하쿠로우.

세 사람은 클래스(직업)를 부여받으면서 감개무량해하고 있었다.

어지간히도 기뻤던 모양이다. 쿠로베도 기뻐하던 반응을 보였던 것을 떠올려보면, 좀 더 빨리 임명해주는 게 좋았을 걸 그랬다. 슈나랑 소우에이에게도 어떤 자리든 임명해주도록 하자.

그렇게 생각한 순간, 갑자기 베니마루의 옆에 누군가의 그림자가 나타났다.

소우에이였다.

베니마루의 그림자에서 솟아나온 것처럼 보였는데, 소우에이가 진화하면서 획득한 엑스트라 스킬 '그림자 이동'의 효과였던 것 같다.

'그림자 이동'이 어쩌다 이렇게 된 거지. 그림자를 통해 최단 거리를 이동할 수 있게 되는 능력이란 것은 알고는 있었지만…….

나도 템페스트 스타 울프가 지닌 능력의 하나로서 일단 쓸 줄은 알지만, 실제로 시험해본 적은 한 번도 없었다. 생각 이상으로 편리해 보이는 능력이다.

유용한 능력이 너무 많아서 아직 실험해볼 여유가 없었다. 이건 빨리 사용할 수 있도록 시험해봐야겠다.

소우에이는 어느샌가 '그림자 이동'을 완벽하게 활용하고 있는 것 같다.

그야말로 정보 수집에 특화된 능력이다.

소우에이는 내게 시선을 돌리자마자 무릎을 꿇으면서 "보고드릴 게 있습니다!" 하고 말했다.

"으, 응."

"실은 무사히 번데기를 회수하여 귀환하던 도중에 리저드맨 일행을 목격했습니다. 습지대에서 떨어진 이런 장소까지 리저드맨이 돌아다니는 건 이상하기에 서둘러 보고를 드리러 왔습니다."

쿨한 표정으로 소우에이는 내게 보고한다. 숨소리 하나 흐트러지지 않았지만, 있는 힘을 다해 달려왔을 것이다.

내 '열원감지'가 소우에이의 체온이 약간 상승했다는 걸 감지하고 있었던 것이다.

"리저드맨이라고? 이해가 안 되는군⋯⋯."

베니마루도 납득이 가지 않는 표정을 지으며 뭔가 생각하기 시작했다.

오크뿐만이 아니라 리저드맨까지 나타났단 말인가⋯⋯.

아무래도 본격적으로 무슨 일이 일어나고 있는 것 같다.

"소우에이. 너에게 첩보활동을 주된 목적으로 하는 역할을 부여하겠다. 오늘부터 나를 위해 '밀정(密偵)'이 되어 정보 수집을 하도록 해라."

"감히 바라지도 않던 일입니다. 제 일족은 예전에 닌자였다고 들은 적이 있습니다. 리무루 님의 '밀정'으로서 최선을 다해 임무를 수행하겠습니다."

조용히, 그리고 결의를 담아서.

소우에이는 내 눈을 보면서 선언했다.

이렇게 베니마루 일행은 모두와 금세 친숙해졌다.

그리고 내 충실한 부하가 된 것이다.

키진(鬼人)족, 또는 오니라고 불리는 상위 종족으로 진화한 그들이었지만, 격세유전에 가까운 방식으로 선조들의 초능력이 각성한 모양이다.

진화했을 당시엔 A랭크의 벽을 대충 돌파한 것 같은 느낌이었지만, 지금은 능력을 획득한 후에 안정된 것인지 각각의 랭크가 변동하고 있었다. 그렇다 해도 눈에 띄게 엄청 강해진 건 틀림없을 것으로 보인다.

특히 각각의 클래스(직업)를 부여받은 것이 계기가 되어, 각자의 자질에 따라 마력요소량이 정착한 것이다. 홉고블린들이 클래스를 부여받았을 때에도 발생했던 변화가 지금도 일어난 것이다.

결국 전투에 있어선 신체 능력보다도 특수 능력의 우열이 중요한 경우가 많다.

내가 이플리트에게 이길 수 있었던 것도 능력의 우열을 통해 이긴 것이니까 말이다.

그들이 어떤 특수 능력을 익히게 될 것인지는 흥미가 느껴지는 점이다.

슈나의 경우는 억지로 인정하게 된 것 같은 기분이 들지만, 그것도 좋지 않을까. 원래 무녀였다고 하니 위화감은 없다. 슈나가 만족하고 있는 것 같으니 그걸로 결정한다.

이렇게 하여———,

베니마루는 '사무라이 대장'.

슈나는 '칸나기'.

하쿠로우는 '스승'.

소우에이는 '밀정'.

시온은 '무사.'

쿠로베는 '칼 대장장이'.

그렇게 각자 나를 위해 일하는 클래스에 임명한 것이다.

●

가비루는 순조롭게 고블린의 마을들로부터 협력을 얻어내고 있었다.

자신들의 힘을 보여줄 필요도 없이 고블린들은 자신을 따랐다.

결국은 약소 부족. 반항할 움직임을 보이면 주저하지 않고 폭력을 휘둘러 따르게 만들 생각이다.

두령의 당부 따위는 이미 가비루의 머릿속에 없다.

각 마을의 전사를 긁어모았고, 창고에 있는 식량을 몽땅 지참하도록 시킨다.

그렇게 자신을 위한 군대를 조직해나갔다.

그 수는 7천.

다 낡은 가죽 갑옷과 부서지기 직전의 돌창 같은 것으로 무장하고 있다.

전력으로 보자면 믿음직스럽지 못하지만 지금은 이 정도면 충분하다.

싸울 의사가 없는 자는 이미 전부 도망친 상태였다.

"족장들이여! 이 부근에 다른 마을은 없는가?"

그 질문에 족장들이 서로를 바라봤다.

한 명이 조심스럽게 대답한다.

"그게…… 마을이라고 해야 할지 모르겠습니다만 집락체가 하나 있긴 합니다."

"집락체라고?"

어중간한 그 말투가 기분에 거슬렸다.

(무슨 소리지? 기껏해야 집락체가 뭐가 어쨌단 말인가?)

캐물어 보니 이상한 이야기를 하기 시작했다.

아랑을 부리는 고블린의 집단이 있다고 한다.

무슨 뜻인지 모르겠다.

아랑족은 상당히 강한 마물이며 집단으로 활동한다. 평원의 지배자라고도 불리며, 리저드맨조차도 평원에서라면 약간 밀릴 정도의 전투력을 가지고 있는 것이다.

그런 종족이 하등한 고블린을 따르다니 있을 수 없는 일이었다.

그것도 모자라서 더 황당한 말을 했다.

그 고블린들을 다스리는 존재가 슬라임이라는 것이다.

날 바보로 생각하는군. 가비루는 그렇게 생각했다.

슬라임 따위는 가장 하등한 생물이지 않은가! 그런 쓰레기에게 고블린이라면 그나마 모를까, 아랑족이 따르고 있다는 건 있을 수 없는 일이다.

확인할 필요가 있었다.

뭔가 까닭이 있을지도 모른다. 잘만 하면 아랑족을 지배하에 둘 수 있을지도 모른다. 그렇게 되면 평원도 가비루의 앞마당으로 삼을 수 있을 것이다.

가비루는 자신의 욕망이 명령하는 대로 행동을 개시한다.

이야기를 들었던 장소에는 마을이 없었다.

그 사실에 화가 났지만 억지로 참는다. 아랑족을 손에 넣기 위해 얼마간의 인내는 필요할 것이다.

가비루는 두령의 지배하에서 벗어나면서 자신의 욕망을 억누를 수 없게 된 것이다.

그래도 목적을 위해서 참아낸다.

지금의 그에겐 두령의 존재 따위는 자신의 군대를 만드는 데 있어 장애물로밖에 느껴지지 않았다.

여기서 아랑족을 지배하에 둘 수 있다면 다른 리저드맨들도 가비루를 새로운 두령으로 인정해줄 것이 틀림없다.

강력한 평원의 지배자와 습지대의 왕자가 손을 잡는다면 하등한 오크들이 아무리 떼를 지어 몰려온다고 해도 두려울 것은 없는 것이다!

가비루는 그렇게 믿어 의심치 않는다.

오크들을 평정하고 자신이 쥬라의 대삼림의 지배자가 될 것이다.

(그렇게 되면 나는 게르뮈드 님의 부하로서 충분한 활약을 할 수 있을 거다.)

그때를 꿈꿔본다면 얼마간의 인내도 힘들지 않다.

군의 본대는 시스호 방면으로 이동시켜서 이미 대기를 하게 해두었다.

식량에 여유가 있는 게 아니므로 재빨리 행동으로 옮길 필요가 있었다. 시간을 오래 들일 수 없는 것이다.

이동한 흔적을 발견했다고 하는 부하의 보고에 호령을 내렸다.

자신을 포함한 열 명의 정예.

이동용 호버 리저드(주행 도마뱀)를 몰아서 목적지로 향한다.

아무런 경계도 하지 않고 목적한 장소에 다가간다.

아랑족은 위협이 되겠지만 고블린을 따르고 있다. 무리에서 낙오된 것들일 게 뻔하다.

(내가 직접 단련시켜서 원래의 강함을 되찾아 주지!)

그렇게 생각하고 있었다.

가비루는 상상하지도 못하고 있다. 그 앞에 무엇이 있는지를……

그의 머릿속은 경애하는 게르뮈드를 위해 활약하겠다는 꿈으로 가득했기 때문에……

제3장

사자와 회의

Regarding Reincarnated to Slime

베니마루 일행이 내 가신이 된 후로 며칠이 지났다.

본인들이 말했던 것처럼 리그루도를 비롯한 홉고블린들과도 사이좋게 지내고 있는 것 같다.

슈나는 소우에이가 가지고 온 재료에서 비단실을 만들어내는 데 성공했다. 그걸 이용하여 비단을 사용한 직물을 제작하여 여성들의 인기를 독차지하고 있었다.

고블린 시대부터 입었던 삼베옷에 비교하면 차원이 다른 수준으로 질이 좋았으니 당연한 반응이었다.

리리나가 이끄는 여성들은——하루나를 필두로 하여 슈나에게 기술을 배우고 있는 것 같다. 그런 연유로 슈나는 옷을 만드는 공방의 리더가 되어 있었다.

방어구 공방의 가름과도 사이좋게 지내고 있는 것 같았으며, 착용감 같은 것에 대한 의견도 서로 나누면서 더욱 좋은 물건을 만들어내려고 하고 있었다.

이제 곧 우리가 입을 정장과 평상복이 완성될 것 같아 보이기에 기대가 된다.

마찬가지로 쿠로베도 무기 공방의 리더가 되어 있었다.

카이진과 서로의 기술을 가르쳐주다가 쿠로베가 모든 것을 흡수한 것이다.

카이진도 슬슬 기운이 떨어질 시기도 되었기 때문에, 자신은 생산관계 라인의 총괄에 전념하겠다고 한다. 그렇다곤 해도 카이진의 지식은 쉬이 얕볼 수 없다. 만드는 일은 쿠로베에게 맡겼다고 해도 자신은 원래 취미인 연구에 전념하고 싶은 것이 본심일 것이다.

그 증거로 지금도 홉고블린들이 람아랑을 탔을 때 쓸 수 있는 무기를 설계하고 쿠로베와 이래저래 즐거운 표정으로 상담하고 있는 중이다. 앞으로도 둘이서 하나가 된 느낌으로 작업을 해나갔으면 좋겠다.

소우에이는 홉고블린 몇 명을 부려 도시 주변의 경계망을 구축하고 있다.

누군가가 접근하면 경보가 울리는 장치를 곳곳에 빙 둘러 설치해두고 있었다.

그와 동시에 정보 수집을 하러 가기도 한다. 수집이 완수되는 대로 내게 정보가 전달되었다. 그걸 가능하게 하는 것이 엑스트라 스킬인 '분신체'이다.

소우에이는 '분신체'를 동시에 여섯 개 만들 수 있다. 게다가 '사념전달'에 의해 상호 연계도 가능했다. 이동 제한도 없는 것 같았고, 각지에 분신을 보내 정보 수집을 시키고 있는 것이다.

내가 소우에이를 '밀정'으로 임명하긴 했지만, 너무나도 지나치게 그 소질이 딱 들어맞았다.

덧붙여서 이 '분신체'는 신체적으로는 본체와 동등한 전투 능력을 가지고 있다. 차이점은 체력이 극도로 약했으며 요술을 사용할 수 있을 정도의 에너지(마력요소)양이 없다는 점이라 할 수 있을 것이다.

하지만 스킬(능력)은 별도인지 엑스트라 스킬인 '그림자 이동'과 '끈끈하고 강한 거미줄' 같은 것은 사용할 수 있다고 한다.

그야말로 만능이다.

소우에이가 지닌 능력은 내 능력을 이은 것으로 보이지만 완벽하게 구사하고 있는 것 같다. 성능은 같을 테니 사용법에 따라서 이렇게나 차이가 생긴다는 얘기가 되는 건가…….

아니, 내가 모자란 게 아니라 소우에이가 천재라서 그럴 것이다.

실은 소우에이에게 부탁하기 전에도 정찰대는 이미 풀어놓았던 것이다.

정보 수집은 기본인 데다 오크나 리저드맨이 수상한 행동을 하고 있다면 이곳이 안전하다고 방심할 수는 없기 때문이다. 그러나 이런 일에 익숙하지 않은 홉고블린들로선 먼 거리에서 집단의 움직임을 파악하는 게 그나마 최선이었다.

너무 가까이 가면 발견되어 체포당할 위험이 크고, 도망치는 데 성공한다고 해도 상대가 경계하게 만들어버린다. 안타깝지만 지나친 무리는 하지 않도록 당부해둔 상태였다.

하지만 소우에이에게 부탁한 것은 정답이었다. 결국은 '분신체'이기 때문에 가령 발견된다고 해도 사라지게 만들면 끝이었다.

게다가 '사념전달'을 쓸 수 있다는 점이 크다. 휴대전화도 없는 세계인데도 정보가 전해지는 속도는 이전보다도 빨라졌을 정도다.

그게 참으로 재미있다.

"제가 정찰을 나갈까요, 리무루 님?"

그렇게 말한 소우에이의 냉철하고 침착한 모습이 떠올랐다.

"부탁해도 되겠나?"

내가 묻는 것과 동시에.

"네, 맡겨주십시오."

그 자리에서 소우에이의 모습이 사라졌다.

본보기로 삼을 정도로 훌륭하게 '그림자 이동'을 사용하고 있었다.

소우에이는 침착한 분위기를 지닌 남자이니 무모한 짓은 하지 않을 것 같은 느낌이 든다. 이런 정찰에는 가장 적임자이기에 그를 '밀정'으로 임명한 것은 옳은 결정이었다.

베니마루는 리그루도 일행과 같이 도시의 경비 체제에 관한 회의를 하고 있다.

군사 부문을 새로이 설립하고 그곳을 베니마루에게 맡긴 것이다.

그렇다고는 해도 아직 소속된 자는 하쿠로우밖에 없는 부문이지만 말이다.

리그루를 비롯한 경비대에 소속된 자들은 식량 조달이랑 자원 채취 같은 임무도 겸하고 있다. 그러므로 군부 소속으로 쉽게 징용할 수는 없었던 것이다.

한번 재편성을 거친 뒤에 지원자를 모을 필요가 있을 것 같았다.

그런 사항들을 리그루도와 상담하고 있는 모양이다.

"소질이 있는 자들을 골라서 전투에 특화된 조직을 만들고 싶습니다만, 괜찮겠습니까?"

"음, 자네에게 맡기지. 편성이 완료되면 보고해주게."

베니마루가 내게 허가를 받으러 왔기에 승낙했다. 전부 맡기겠다고 말하고 싶었지만 아무리 그래도 그건 너무 무책임한 것 같았다. 무슨 일이든 결정만큼은 내가 할 일인 것이다.

지금은 아직 마물이 모인 도시지만 점점 국가 조직의 체계를 갖추어가는 것 같은 느낌이 든다.

그 모든 게 베니마루 일행의 협력이 있었기에 가능했던 것이다.

앞으로도 믿고 맡기고 싶은 심정이다.

그리고 하쿠로우.

지금 내 눈앞에 서서 목도를 들고 있는 초로의 키진.

하쿠로우는 틀림없이 검의 달인이었다.

말도 안 되게 강하다.

나이 든 영감이면서 기백이 달랐다.

나도 인간의 모습으로 변할 수 있으니 검술을 배워볼까 하고 생각했지만, 애초에 그건 큰 착각이었다.

잘하면 아츠(기술)를 습득할 수 있지 않을까 하고 생각했지만 너무나도 어설픈 생각이었던 모양이다.

중학교 시절에 수업에서 검도를 배운 게 다였고, 목도를 들어본 것도 처음이었다. 쉽게 해낼 수 있을 리가 없었다.

내겐 '지각 속도 천배'가 있다. 받아내는 것 정도는 여유 있게 할 수 있겠지! 그렇게 생각한 내 예상은 하쿠로우에겐 통하지 않았다.

아니, 하쿠로우도 '사고가속(思考加速)'을 획득하고 있었던지라, 내 우위는 아예 처음부터 없었던 것이다.

그 결과, 눈앞의 키진에게 무참하게 아픈 꼴을 당하는 고행을 맛보게 되어버렸다…….

스킬은 꽤 쉽게 획득할 수 있었기 때문에 얕보고 있었다.

아츠는 스킬과는 달리 노력과 수련 끝에 얻는 것이다. 그걸 쉽게 획득하려 들다니, 그렇게 마음먹은 대로 일이 잘 풀릴 리가 없었던 것이다.

마법도 아츠의 일종 같이 생각되지만 사실은 다른 것인 듯하다.

아이시클 랜스는 흡수하여 해석하기만 해도 획득할 수 있었는데…….

불평을 해봤자 어쩔 수가 없다.

아츠도 해석만 할 수 있으면 습득할 수 있을지 모르지만 꽤 어려울 것으로 생각된다. 지름길은 없으니 한 걸음씩 착실히 수련할 수밖에 없다고 생각하며 포기하자.

이런, 지금은 생각에 잠겨 있을 때가 아니다.

'변신'한 어른의 모습으로는 반응이 느리다. 그러므로 있는 힘을 다하기 위해 어린아이의 모습으로 변화하여 목도를 들었다.

'마력감지'를 발동하여 전 방위로 의식을 집중한다. '열원감지'에 '초후각'도 발동하고 있다.

나머지 문제는 소리인데…….

《질문. '초음파'를 개량하여 엑스트라 스킬 '음파감지'로 진화시키겠

습니까?

YES / NO》

역시 대현자다. 내 바람에 응해주고 있다.

나는 망설임 없이 YES를 생각했다. 이것으로 마력요소의 움직임, 열, 냄새, 소리, 모든 정보를 얻을 수가 있게 됐다. 내 감지 범위로부터 빠져나가는 일은 그 누구라 해도 불가능할 것이다.

나는 자신을 가지고 하쿠로우와 대치했고 하쿠로우도 별 다른 자세 없이 목도를 잡았다.

그리고 찰나. 하쿠로우가 흐릿해지더니 내 모든 감지로부터 사라진다.

다음 순간 찾아온 것은 정수리로부터 느껴지는 충격.

감탄이 나올 정도로 멋지게 한 방을, 깨끗하게 당한 것이다.

아픔도 없으며 대미지도 없다. 하쿠로우도 힘을 뺀 것이니 당연한 결과다.

그러나 그렇다곤 해도…….

속도가 아니라 기술. 완전히 레벨의 차이가 있다.

"방금 그건 뭔가?"

"헛헛허. 방금 기술은 은형법의 극의인 '오보로(朧)'라고 하지요. 마력요소를 투과시킬 정도로 자신의 존재를 희박하게 만드는 기술입니다. 리무루 님이라면 언젠간 습득하시게 될 겁니다."

기쁜 표정으로 하쿠로우가 해설해줬다. 들은 바로는 아무래도 무리일 것 같다.

적어도 하쿠로우는 습득하는 데에 100년 이상 필요했다고 하니, 내가 해낼 수 있을 거란 생각은 도저히 들지 않는다.

"그렇군. 언젠가는 습득해보고 싶군."

적당히 대답했더니 하쿠로우는 그 말에 고개를 끄덕여줬다.

마음이 조금 아프지만 어쩔 수 없다. 스킬과 달리 아츠의 습득은 웬만한 노력으론 가능할 것 같지도 않으니까.

스킬은 아마 내 쪽이 위일 것이다. 하지만 하쿠로우에겐 전혀 먹히질 않았다.

자만하고 있었다고 말할 생각은 없지만 아무런 방법이 없다.

그야 플레어 서클 같은 것을 쓰면 이길지도 모른지만 지금은 그런 이야기를 하고 있는 게 아니다.

이게 검사란 말인가.

이름도 없는 오거로서 태어나 세상에 나서는 일 없이 조용히 검의 실력을 계속 갈고닦아 온 노인.

가신들 중 최강이란 말에도 고개가 끄덕여진다.

역시 하쿠로우, 납득이 가는 강함을 가지고 있었다.

아직 진심으로 날 상대하고 있다는 생각도 들지 않는 데다, 젊어지기까지 했으니 더욱 위험하게 변해 있을 것이다.

때를 잘 만났다면 '검성'으로서 이름을 떨치고 있었을지 모른다.

나는 내심 그렇게 생각했다.

"자, 그럼 어디 한 번 더——."

하쿠로우가 마음씨 좋은 할아버지처럼 온화한 미소로 내게 수행을 계속할 것을 재촉하던 그때——.

종소리가 크게 울려 퍼졌다.

소우에이가 설치해둔 경보장치에 뭔가가 반응한 모양이다.

다행이다. 정말 다행이다.

솔직히 말해서 하쿠로우에게 이길 것 같지도 않은 데다 이제 슬슬 끝냈으면 좋겠다고 생각하고 있었기 때문이다.

우리는 수행을 끝내고 리그루도가 있는 쪽으로 향했다.

리그루도는 나를 보자마자 달려왔다.

"큰일입니다, 리무루 님. 리저드맨의 사자가 찾아왔습니다!"

초조한 표정을 지으면서 그렇게 전했다.

아니, 사실 리그루도는 늘 초조하게 반응하는 이미지가 있지. 보고 있으면 종일 내내 어딘가를 이리저리 달리고 있는 것 같은 인상을 가지고 있다.

그건 그렇고…… 리저드맨?

아무래도 언젠가는 찾아올 것이라 생각하고 있던 귀찮은 일이 드디어 찾아온 모양이다.

먼저 찾아온 것은 오크가 아니라 리저드맨이었나.

뭐, 어느 쪽이든 대응은 달라지지 않는다. 상대의 얘기를 들을 뿐이다.

＊

우리는 사자를 맞이하기 위해 도시의 입구 쪽으로 이동했다.

사자는 아직 오지 않았다.

먼저 접촉을 하기 위해 한 명이 왔을 뿐이며 다시 돌아갔다고 한다. 일부러 '마을의 모든 자들이 나와서 맞이하라!'는 거창한 명령을 내리고 사라졌다던가.

뭐가 그렇게 잘났냐고 말하고 싶은 심정이지만, 호버 리저드라는 커다란 도마뱀을 타고 다닐 정도의 전사였다고 하니, 리그루도와 다른 홉고블린들의 입장에선 놀랄 일은 아니었던 모양이다.

리저드맨 중에서도 기사 급의 자들로 구성된 일개 부대라면 고블린의 마을을 섬멸하는 것 정도는 쉬운 일이라고 한다. 마을 사람들이 전부 나와 맞이하는 것도 당연한 일이라 여기는 모양이다.

그런 기사가 미리 알리러 올 정도이니 이곳을 찾아올 사자는 거물일 거라는 얘기다.

정중하게 대응할 것을 염두에 두어야 한다.

마을 입구에 모인 것은 나와 리그루도, 베니마루, 하쿠로우, 이렇게 네 명이다.

대응할 때는 신중한 행동을 취할 것을 모두에게 다짐시켜둔다.

"부디 최대한 정중하게 대응하도록."

"잘 알겠습니다."

내 말에 리그루도가 대답했고, 모두가 고개를 끄덕였다.

"어라? 시온은 어디 갔습니까?"

정중이라는 말을 듣고 베니마루가 문득 생각이 난 표정으로 물었다.

"아, 시온은 아침부터 내 방을 청소하고 있을 텐데——."

"뭐, 뭐라고요?!"

베니마루에게 대답하자 무슨 이유인지 하쿠로우가 놀라고 있다.

"왜 그러지? 그렇게 놀랄 일인가?"

"아, 아니오……. 아무것도 아닙니다……."

"그렇, 겠시. 시온노 성장했으니까, 아마 괜찮을 거야……."

왠지 어정쩡한 태도를 보이는 두 사람.

뭔가 불안함이 느껴졌다.

그리고 그 불안은 적중한다.

마을 입구에서 기다리는 우리에게 시온이 차를 준비해서 가져온 것이다.

내 비서로서 열심히 일하고 있는 것 같다. 그렇게 생각하면서 시온에게 칭찬의 말을 해주려고 했다.

──그러나 그 차를 한 번 보자마자 절규한다.

차가, 맞나……?

미역 같은 수상한 풀이 찻잔에서 튀어나와 있다. 이건 절대로 마실 수 있는 게 아니다.

어떻게 된 일이지…… 설명해봐!! 그런 마음을 담아 리그루도를 힐끗 쳐다보니 눈을 슬쩍 돌려버렸다.

약은 녀석.

베니마루는 필사적으로 눈을 감은 채 이쪽을 보려고도 하지 않는다.

하쿠로우는 아예 기척을 끊고 공기로 변해 있다.

이 녀석들…… 미리 알고 있었단 말이지?!

그런 내 망설임은 아랑곳하지 않고 칭찬해주길 바라는 표정으로 내 눈치를 살피는 시온.

잠깐, 이걸 어떻게 칭찬한다지?

본능이 위험을 호소해 오는데, 그렇다면 각오를 할 수 밖에 없는 건가…….

왜 하필 지금 인간의 모습을 하고 있었던 거냐고?! 슬라임 상태였다면 어떻게든 얼버무릴 수 있었을 텐데.

유니크 스킬 '포식자'로 격리하면 최악의 경우 어떻게든 처리할 수 있었을 것을…….

이제 와서 후회해봤자 소용없는 일이다.

나는 각오를 단단히 하고 찻잔에 손을 뻗으려 했다.

그때──.

"아, 그거 차입니까요! 제가 마침 목이 마르던 참입니다요!"

그렇게 말하면서 순찰을 마치고 돌아온 고부타가 찻잔을 집어 들어 마셔버렸다.

구우우────읏!!

잘했다! 진심으로 고부타에게 갈채를 보낸다!!

내 눈앞에서 시온이 완전히 악마의 형상으로 변했지만, 고부타는 그걸 눈치채지 못한다. 아니, 눈치를 챌 수 있는 상태가 아니었다.

커헉! 하고 입에서 거품을 내뿜으면서 고부타가 쓰러졌다.

꿈틀꿈틀 하고 위험해 보이는 경련을 되풀이하고 있다.

위험했다. 자칫했으면 저런 꼴이 되었을 사람은 나였을지도 모른다.

어라? 그런 표정을 하고 고개를 살짝 갸웃거리는 시온.

아름다운 얼굴로 귀여운 몸짓을 보이는 그 갭이 참 모에하게 느껴지지만 나는 속지 않는다.

이 녀석한테는 앞으로 음식 조리 같은 건 일절 금지시키도록 하자.

"아아, 시온. 앞으로 네가 남에게 대접하는 음식이나 음료를 민드는 건 베니마루의 허가를 얻은 뒤에 하도록!"

미리 못을 박아둔다.

베니마루가 눈을 번쩍 뜨면서 나를 바라봤다.

난 몰라. 감독은 너한테 맡기겠다. 그렇게 눈으로 말한다.

고개를 축 늘어뜨리는 시온과 베니마루.

실제로 피해가 생긴 뒤에는 이미 늦게 된다.

──아니, 이미 고부타라는 피해자가 나왔다고 할 수 있으려나. 하지만 뭐, 저 녀석은 괜찮겠지. 이번에는 내 대신 희생이 되어준 것을 감사히 여기도록 하자.

앞으로 조금이라도 더 희생자가 적게 나올 수 있도록 베니마루가 열심히 노력해주길 기대하고 싶은 바이다.

*

경보가 울리고 나서 한 시간 정도 지났을 무렵.

리저드맨의 사자들이 땅을 뒤흔들면서 찾아왔다.

나는 슬라임 형태로 돌아가 시온에게 안겨 있다.

무슨 일이 있을 때를 대비해서입니다! 라고 부하들이 주장을 했기 때문이긴 하지만, 평상시대로 하고 있는 쪽이 안전한 것 같기도 해서 따르기로 했다.

뭐, 시온이 내 호위로서 임무에 열심히 임하고 있으니, 괜한 찬물을 끼얹지 않기로 했다.

차 타기를 실패한 걸 만회하려고 이러는 것도 있을 테니까.

그건 그렇고 청소 쪽은 괜찮은 걸까? 아니, 지금은 신경 쓰지 않기로 하자. 나는 뇌리를 스치는 불안을 떨쳐버리고 찾아온 사자들에게 주의를 기울였다.

열 명 정도 되는 집단 중에서 뭔가 잘난 듯한 태도로 호버 리저드에서 내리는 리저드맨이 있다.

저자가 리더인가?

"맞이하러 나오느라 고생이 많았다! 너희들에게도 내 휘하에 들어올 수 있는 기회를 주마. 영광스럽게 생각하는 게 좋을 것이다!!"

입을 열자마자 웬 잠꼬대 같은 말을 내뱉었다.

대화도 일절 없이 일방적으로 선언을 당하고 보니 망연자실해진다.

말이 잘 나오질 않는다.

무슨 소릴 하는 걸까, 이 바보는. 당황한 건 나뿐만은 아닌 것 같다. 베니마루와 다른 이들도 무슨 반응을 해야 할지 모르는 것 같다.

"송구합니다만, 갑자기 휘하에 들어오란 말을 하셔도——."

"흥. 네놈들도 들었을 텐데? 오크족의 돼지 놈들이 이곳으로도 공격을 해 오려 하고 있다. 빈약한 너희 같은 잔챙이들을 구해줄 수 있는 건 나뿐이란 말이다!!"

대표로서 리그루도가 대답을 하긴 했지만 그 말을 차단하듯이 내뱉는 리저드맨.

이 녀석의 머릿속에선 이미 우리가 휘하에 들어오는 것이 결정되어 있는 모양이다.

확실히 오크가 공격해 온나면 리저느맨의 비호하에 늘어가는 것도 하나의 선택이긴 하다.

소우에이의 조사 결과를 기다리고 있지만 오크의 위협이 사라질 때까지 같이 싸우는 것도 생각할 수 있는 일인 것이다.

그러나…….

"아, 그렇지. 이곳에 아랑족을 길들인 자가 있다고 하더군. 그자는 특별히 간부로서 임명해주겠다. 데리고 와라!"

으음, 그러니까…….

협력해서 싸우는 건 분명 생각해볼 수 있는 일이다.

하지만 그래도 같이 싸우는 아군이 바보라는 건 아무래도 좀 그렇지 않을까?

'진짜 두려워해야 할 건 유능한 적이 아니라 무능한 아군이다'라고 말한 사람이 나폴레옹이었던가? 나도 그 말에 동감하면서, 무능한 아군은 방해가 될 뿐이라는 생각을 했다.

특히 전쟁터라는 특수한 환경에서, 하물며 그 무능한 자가 상사라면…….

생각만 해도 오싹해지는 얘기다.

리그루도를 힐끗 봤다. 입을 벌린 채 멍하니 서 있다.

베니마루는 머리를 긁으면서, 이 녀석 죽여도 됩니까? 라고 말하는 것 같은 표정으로 나를 보고 있다.

물론 당연히 그래선 안 되지만.

반응하기가 난감하군. 방금 시온이 차를 타 왔을 때와는 비교가 안 되게 반응하기 난감하다.

하쿠로우는 팔짱을 낀 채로 눈을 감고 있었다.

조용하긴 한데, 자고 있는 건 아니겠지?

그리고 나를 안고 있는 시온은 너무나도 분노한 나머지 팔에 힘을 주기 시작하는 바람에——.

잠깐! 내 몸이 조이고 있다고.

놀라서 반항하자 내가 있다는 것을 떠올렸는지 팔의 힘을 풀었다.

식은땀을 흘리면서 사과하지만 분노를 제대로 제어하지 못한다는 건 생각을 좀 해봐야겠다.

슬라임 형태로 시온에게 안겨 있으면 기분은 좋지만 위험했다.

실은 시온은 엑스트라 스킬인 '강력(剛力)'과 '신체 강화'을 획득하고 있다.

그렇지 않아도 강력한 키진의 힘이 이중 스킬에 의해 강화되어 있는 것이다.

유능해 보이는 외모에 그만 방심하고 있었다.

보아하니 힘의 제어가 아직 잘 되지 않는 모양이다. 몸이 졸린 채로 죽는 건 절대 바라지 않기 때문에 앞으로는 주의가 필요할 것 같다.

그건 그렇고 정말 난감하다.

설마 사자가 이렇게 바보일 줄은 생각도 못 했다.

"저기…… 아랑족을 길들였다기보다 동료로 삼은 건 저입니다만……."

어쨌든 이야기를 진행시켜보자고 생각하여 잘난 듯이 구는 남자에게 말을 건다.

"뭐라고? 하등한 슬라임이? 농담하지 마라. 증거를 보여봐. 그렇게 하면 믿어주마."

끝까지 사람을 깔보는 시선으로 명령하는 녀석이다.

슬슬 짜증이 나기 시작하는데.

대화를 하기 위한 자리에서 상대의 얘기를 듣지도 않고 일방적으로 제 할 말만 하다니, 이 녀석은 우릴 너무 얕보고 있잖아.

거래처에서도 큰 회사의 사원이나 임원 중에 가끔 이런 사람이 있긴 했지만, 이렇게까지 노골적으로 바보인 인간은 그다지 없었다.

그런 바보는 제대로 상대하지 않아도 된다고 나는 나름대로 정해둔 룰이 있다.

애초에 바보를 같은 편으로 삼아도 좋을 게 없다.

나는 사자에 대한 대응을 바꾸기로 했다.

"란가."

"네, 여기 있습니다."

내 그림자로부터 란가가 출현한다.

최근에는 내 그림자에 숨어 있는 것이 란가의 습성이 되어 있었다.

이것도 일종의 '그림자 이동'의 응용이라 할 수 있을 것이다.

"그래. 저 녀석이 너한테 할 얘기가 있는가 보다. 들어주도록 해라."

얘기를 듣기만 해도 짜증이 나는 바람에 란가에게 통째로 그냥 넘겨버렸다.

결코 귀찮아서 그런 것이 아니다.

란가라면 나보다 효과적으로 상대해줄 것이라 생각했을 뿐이다.

내가 슬라임이라고 해서 속으로 잔챙이 급이라 생각하고 얘기를 듣지 않는 거라면, 처음 만났을 때의 리그루도보다도 못한 녀석이다.

아니, 내 오라를 알아차리지 못하고 있는 시점에서 딱히 대단하지 않은 녀석이 아닐까?

숨기고 있어도 다 들키는데, 알아차리지 못하는 녀석은 일부러 드러내서 보여줘도 알아차리지 못한다.

세상에는 참 신기한 일이 다 있다.

내 뜻을 받들어서 란가가 리저드맨들 쪽으로 시선을 돌렸다.

리저드맨 사자를 호위하는, 철로 만든 가슴 보호판을 장착한 강인해 보이는 전사들이 란가의 눈길 한 번에 위축된다.

그것도 당연하다.

지금의 란가는 소형화하지 않고 본성을 그대로 드러낸 거대한 몸집을 하고 있으니까.

"내 주인으로부터 네 상대를 하라는 명령을 받았다. 들어줄 테니 할 말이 있으면 하도록 하라."

리저드맨을 '위압'하면서 사자를 상대했다.

'위압'을 제대로 받으면서 몸이 경직되는 전사들.

하지만 딱 한 명, 그 경직을 벗어난 자가 있다.

약간 낭패스러운 표정을 짓기는 했지만 그럭저럭 위엄을 유지하는 리저드맨 사자.

생각했던 것보다 근성은 있는 것으로 보인다.

나도 약간은 사자를 다시 봤다.

"어, 그래. 당신이 아랑족의 족장인가? 나는 리저드맨의 전사

153

장인 가비루라고 한다! 앞으로 기억해주면 좋겠군. 방금 말한 대로 나는 '네이드'이다. 거기 있는 슬라임보다 나랑 손을 잡는 게 어떤가?"

유들유들한 태도로 말씀하신다.

한 대 패주고 싶다고 생각했지만 지금은 참도록 하자.

지금은 거물답게 이 녀석을 너그러이 봐주는 게 낫다.

나는 어른이다. 침착하게 굴자. 그리고 나 이상으로 침착하게 굴어줬으면 하는 게 바로 시온이다.

잠깐, 그 이상 힘을 주면 내 슬림한 체형이 일그러지잖아.

내가 이리저리 몸부림치자, 놀라면서 고개를 숙여 사과했다.

분노를 참는 게 서툰 것 같긴 하다만, 정말 좀 조심해주면 좋겠다.

그건 그렇고 이 사자라는 녀석은 도마뱀 주제에 뭘 잘난 듯이…….

가비루라는 이름을 가지고 있는 것 같긴 한데, 그래서 그게 뭐 어쨌다는 건가.

란가 씨, 그냥 확 덮쳐버리세요! 나는 마음속으로 응원했다.

"도마뱀 주제에——내 주인을 우롱하다니——."

이를 갈고 눈을 붉게 빛내면서 란가는 조용히 화를 내고 있는 모습이다.

란가 씨……, 너무 지나친 것 아닐까요……?

그건 그렇고 도마뱀 녀석은 괜찮을까? 사자만 아니라면 이 녀석이 흠씬 두들겨 맞더라도 자업자득이라고 웃으며 그냥 넘길 수 있겠지만…….

"아무래도 당신은 속고 있는 것 같군. 좋아. 내 힘으로 당신을 조종하는 자를 쓰러뜨리면 되겠지? 누가 상대할 텐가? 정 뭣하면 전부 다 덤벼도 난 상관없는데?!"

이봐, 이봐……. 무슨 말을 하고 있는 거야, 이 도마뱀은?

농담이 너무 심하잖아. 이 도마뱀은 정말이지, 때와 장소를 좀 가려가며 행동했으면 좋겠다.

넌 여기 있는 자들 중에서 제일 약하다고.

──이런, 역시 그 말은 좀 지나쳤나. 리그루도보다는 셀 것 같긴 하네.

리그루도도 이래저래 따져보면 B랭크에 해당할 정도로 강하다. 홉고블린들의 왕이면서 홉고블린 최강의 전사가 되어 있다. 홉고블린의 평균이 C+랭크에 해당하는 걸 고려한다면 상당한 진화라고 할 수 있을 것이다. 카이진이 제작한 무기와 방어구의 보조를 받으면 B랭크라고 해도 상위에 위치할 것이라 생각한다.

그렇다곤 하나 무술도 검술도 익히지 않은 만큼, 역시 직업 전사에게는 미치지 못할 것이다.

아츠의 유무에 따라서 전투력이 크게 달라진다는 것을 최근에 막 배웠으니까 말이다.

게다가 이 도마뱀──가비루는 언동이 건방지긴 하지만 몸가짐은 나름대로 숙련된 전사의 것이었다.

스스로 이렇게 말할 수 있을 정도로 실력에는 나름대로 자신이 있다는 뜻이리라.

우리는 서로를 바라봤다.

자, 란가는 누구를 상대로 내세울 생각인 걸까…….

"어라? 뭣들 히고 있는 겁니까요?"

분위기를 파악하지 못하는 것 하나는 최강인 고부타가 여기서도 그 특기를 살려서 딱 맞게 부활한 모양이다.

"너, 무사했었나?"

"그게 말입죠, 제 얘길 좀 들어주셨으면 좋겠습니다요! 강에서 헤엄을 치고 있었더니 자상한 목소리로 누군가가 절 보고 '독내성'을 획득했다고 알려주지 뭡니까요! 그랬더니 몸이 편안해지면서 눈이 떠졌습니다요."

별일 아니라는 듯 말하는 고부타.

그 강은 헤엄쳐 건너선 안 되는 강인 것 같지만……. 말하지 않는 것도 어쩌면 친절이겠지.

"그렇군, '독내성'이란 말이지. 나도 가지고 있지 않은 스킬인데, 대단하구나……."

"그렇습니까요? 헤헷, 기쁩니다요!"

그렇게 기쁜 표정을 짓는 고부타였지만, 분위기를 파악하지 못한 시점에서 운명은 이미 결정되어버렸다.

"크크크, 좋다. 그럼 나도 인정할 정도인 사내를 쓰러뜨린다면 얘기를 들어주마."

그렇게 말하면서 란가가 지명한 것은 바로 고부타였다.

역시 그렇게 나왔군. 고부타는 "잠깐만요! 그게 무슨 말입니까요?!"라고 말하면서 눈을 부릅뜨고 있었지만 이미 일은 다 결정된 상태다.

잘됐다. 자칫하면 누가 상대할 것인가를 놓고 다툼이 일어날 상황이었다.

다들 자신의 손으로 실컷 두들겨 패주고 싶은 분위기를 띠면서, 눈빛이 위험해지고 있었던 것이다.

뭐라고 할까, 그 눈을 보면서 나는 오히려 냉정해질 수 있었다. 누군가가 먼저 화를 내면 주위의 분노는 사그라지는 법이니까.

아니, 란가도 참 터무니없는 걸 생각해낸다. 란가의 눈을 보면 알겠지만, 그건 고부타를 산 제물로 희생시키려는 눈이다.

사자를 혼내주는 건 체면이 상하는 일이지만, 상대가 먼저 손을 댔다고 주장하면 어떻게든 되리라고 생각하는 것이 분명하다. 정말 약은 녀석이다. 대체 누구를 닮은 건지…….

"괜찮겠소? 당신이 직접 상대해줘도 괜찮은데 말이지. 뭐, 실력이 없다는 걸 들키는 것보다도 부하에게 맡기는 게 더 좋을지도 모르겠군."

가비루가 의기양양한 얼굴로 날 보면서 내뱉듯이 말했다.

완전히 놀리고 있다. 내가 란가를 속이고 있다고 완전히 믿고 있는 모양이다.

때려주고 싶다. 이 자식을 있는 힘을 다해서 때려주고 싶다.

겨우 냉정을 되찾았는데 다시 분노가 끓어올랐다.

"고부타, 사양할 필요는 없다. 싸워라! 만약 진다면 시온의 요리를 배가 터지도록 먹이겠다!!"

"잠깐만 기다려주십쇼! 왠지 이미 제가 싸우는 건 결정된 것 같으니 그 점은 포기하겠습니다만…… 적어도 이겼을 때는 뭔가 상을 받고 싶습니다요! 그리고 시온 씨의 요리만은 제발 좀 봐주십쇼…….'"

"뭔가 아주 불쾌하게 들리는 대화로군요……."

시온이 토라져 있지만 무시한다.

으음? 그렇긴 하군. 확실히 뭔가 상은 필요할 것 같다.

시온의 요리의 공포를 맛본 지금이라면 있는 힘을 다해 싸울 것이라 생각하지만 말이지……. 어차피 이기지는 못할 테니까 헛수고일 거라 생각하지만 무슨 상을 줄지도 생각해보기로 할까.

"알았다. 그럼 쿠로베에게 부탁해서 너에게 무기를 만들어주마."

"정말입니까요!"

"이런, 이런, 고부타 군. 내가 거짓말을 한 적이 있었나?"

"아뇨, 거짓말을 하신 적은 없었지만…… 왠지 늘 계속 속고 있는 것 같은뎁쇼……."

"그건 기분 탓이야."

"기분 탓입니까요? 그랬던 것이군요!"

음. 고부타가 상대라면 얘기가 빨라서 참 좋다.

우리의 대화가 끝나는 걸 대충 파악한 뒤에 란가가 내게 신호를 보냈다.

나는 고개를 끄덕이며 답한다.

"내게 힘을 빌려달라고 말한다면 너의 힘을 보여봐라. 그럼 시작!"

란가는 가비루를 향해 그렇게 외친다.

그 목소리를 신호로 전투가 개시되었다.

자세를 잡는 고부타에 비해 가비루는 여유 있게 창을 잡을 뿐이다.

고부타의 무기도 람아랑을 타고 싸우기 위한 창이므로, 둘 다 길이가 긴 무기로 싸우게 되는 건가.

고부타에게 승산은 없어 보인다.

기본적으로 고부타가 잘 쓰는 무기는 나이프 계통이니까.

"흥. 고블린보다는 낫다고 한들 홉고블린도 별 차이가 없지! 위대한 드래곤의 후예인 우리 리저드맨에 비하면——."

시작 신호가 떨어졌음에도 불구하고 잘난 듯이 장황설을 늘어놓으려고 하는 가비루.

고부타를 자신보다 격이 떨어진다고 판단하고 완전히 얕보고 있는 것이다.

그러나 고부타는——.

"공격 안 할 겁니까? 그럼 제가 먼저 공격하겠습니다요!"

가비루의 장황설을 무시하고 자신의 손에 든 창을 가비루를 향해 던졌다.

내 예상과는 반대로 고부타는 진심으로 승리를 노리고 싸우려는 것 같다.

"흥, 그런 잔꾀를!"

가비루는 당황하지 않고 날아오는 창을 쳐서 떨어뜨린다. 그러나 그건 고부타가 노리던 바였던 모양이다.

한순간이긴 하지만 가비루의 의식은 창에 집중되었다. 그 틈을 파고들어 고부타는 그림자 속으로 슥 들어가 버린 것이다.

뭐……야……?!

나는 내 눈을 의심할 뻔했다. 고부타가 '그림자 이동'을 구사하는 모습을 보였기 때문이다.

당연히 대치하고 있던 가비루도 고부타를 놓쳐버리고 만 것 같다…….

"어디로 숨었냐?!"

그렇게 외치면서 당황한 표정으로 주위를 돌아보고 있다.

하지만 그때에는 이미 승부가 결정이 난 것으로 보였다.

고부타가 가비루의 뒤쪽으로 져 있던 그림자에서 튀어나와 그대로 옆으로 회전하면서 뒤돌려 차기를 날린 것이다.

가비루는 무슨 일이 일어난 것인지 이해할 수 없었을 것이다.

등 뒤에서, 완전히 의식하지 못한 곳에서 날아온 기습. 그걸 목덜미에 정통으로 맞으면서 순식간에 의식이 사라져버렸으니까.

투구와 갑옷의 틈을 노린 고부타의 발차기가 멋지게 먹힌 것이다.

강인한 육체를 지닌 리저드맨이라고 해도 신경이 집중되는 연수(延髓) 부분에 충격을 받으면 견뎌내지 못한다. 선천적으로 지니고 있는 비늘 덕분에 보호를 받았으니 죽지는 않았겠지만, 회복하기에는 시간이 꽤 걸릴 것 같다.

그 말은 즉——.

예상 외로 고부타가 승리한 것이다.

"시합 끝. 승자는 고부타!!"

란가의 선언에 베니마루 일행이 힘찬 박수를 보낸다.

찬사를 받고 있는 고부타도 기뻐하는 표정이다.

그렇지만…….

설마 고부타가 리저드맨의 전사장인 가비루를 압도할 거라고는 생각 못 했다.

가비루는 B+랭크 정도는 될 것처럼 강해 보였는데 순식간에 쓰러뜨릴 줄이야.

정말로 고부타의 성장 속도에는 놀랄 따름이다.

아마 모두 다 놀라고 있을 것이다.

"역시 고부타로군. 내가 눈여겨본 보람이 있어."

만족스럽게 고개를 끄덕이는 란가.

"잘했다! 홉고블린의 힘을 잘 보여줬다!"

크게 기뻐하는 리그루도.

"다시 봤다. 내게 했던 방금 그 무례한 발언은 듣지 않은 것으로 쳐주마."

미소를 지으면서 칭찬하는 시온.

"제법 훌륭했다. 우리들과 싸웠을 때보다 강해진 것 같은데."

방금 그 말은 베니마루의 말이다.

"흠, 제법이군요. 저 애송이, 강하게 키워볼 가치가 있을 것 같은 재능이 있는 것 같습니다."

하쿠로우가 눈빛을 날카롭게 빛내면서 고부타를 보고 있다.

하쿠로우가 눈여겨볼 정도라니, 고부타 녀석, 제법인데.

안됐지만 고부타 군, 보아하니 수행의 악마가 눈독을 들인 것 같구나. 내게 몰려올 부담을 줄이기 위해서라도 같이 수행을 해줘야겠다.

그건 그렇고──.

어, 어라? 다들 혹시 고부타가 이길 거라 생각했었어? 그렇게 생각하면서 돌아보니 모두가 고부타의 승리를 믿고 있었던 것 같다.

아무래도 고부타의 승리를 믿지 않았던 건 나뿐인 모양이다.

란가의 생각을 혼자서만 멋대로 너무 깊이 읽은 모양이다.

"과, 과연 대단하구나, 고부타. 멋진 승리였다! 약속대로 쿠로베에게 무기를 만들어달라고 부탁하마."

나도 고부타를 믿고 있었던 것으로 하자.

분위기를 파악할 줄 아는 남자인 나는 그 자리의 분위기에 맞춰서 고부타를 칭찬해줬다.

그리고 패자인 가비루와 그 일행들에 대해 말하자면…….

가비루에게 외상은 없으며 본인은 그저 기절했을 뿐이다.

가비루의 부하들은 가비루를 응원하기 위해서 소리를 지르려던 시점에서 그대로 굳어 있었다.

무슨 일이 일어난 것인지, 전혀 이해하지 못하고 있다.

"이봐, 이미 승부는 났어. 그 녀석의 부하가 되는 건 거절한다. 오크와 싸우는 데 협력하라는 얘기라면 검토는 해보겠지만, 오늘은 일단 그 녀석을 데려가라."

내 말을 듣고 겨우 움직이기 시작하는 리저드맨들.

이리하여 소란스럽게 굴던 사자들은 돌아가 버렸다.

*

자, 바보가 돌아간 건 좋지만 앞으로의 방침을 세워야만 한다.

모두를 모아서 회의를 벌이기로 한다.

이 마을에서 가장 큰 숙박용 건물에 인접한 곳에 회의용 가설 건물이 있다. 그곳에 모여서 앞으로의 방침을 서로 이야기할 것이다.

나는 이 자리에 없는 자를 불러서 보아 오노록 리그루도에게 명령했다.

"즉시 소집해 오도록 하겠습니다."

리그루도는 고개를 끄덕이더니, 고부타를 전령으로 보낸다.

나도 소우에이에게 '사념전달'을 통해 귀환하도록 명령했다.

불러 모은 자들은 주요 직책에 있는 자들이다.

홉고블린인 리그루도와 리그루.

루그루도, 레그루도, 로그루도, 그리고 리리나.

드워프인 카이진.

키진인 베니마루, 슈나, 하쿠로우, 시온, 소우에이.

그리고 나.

나를 제외하고 모두 열두 명.

각 생산 부문의 책임자를 제외하고 이 마을의 운영에 관련된 자들이었다.

건설 및 제작 부문은 카이진이 대표로서 총괄하고 있었다.

관리 부문은 리리나가 담당하고 있다.

정치 부문은 리그루도를 정점으로 루그루도, 레그루도, 로그루도가 사법, 입법, 행정을 맡고 있다. 이 부문에 대해선 아직 정비가 다 된 상황이 아니기에 앞으로 남은 과제가 산적해 있다.

군사 부문은 베니마루와 하쿠로우.

첩보 부문이 소우에이.

경비 부문이 리그루.

지금은 군사와 첩보 부문이 늘어나서 여섯 개의 부문으로 정해져 있다.

아직 조직으로서는 취약하지만, 큰 문제는 없다. 활동이라고 말하기도 부끄럽지만 꾸준히 충실하게 해나가면 되는 것이다. 지금은 일단 모두가 굶지 않고 살아갈 수 있으니까.

수렵 관계까지 경비 부문이 맡고 있는 점이 문제라고 하면 문제일 수도 있지만 말이다.

생각해보면 리그루 녀석은 정말 잘해주고 있다. 그와 같은 자가 숨은 곳에서 남을 위해 활약하는 자라고 할 수 있을 것이다.

군사 부문을 맡긴 베니마루도 누구를 병사로 삼을 것인가로 고민하고 있는 것 같다.

리그루와 상담하여 경비 부대 중에서도 솜씨가 있는 자들을 골라 리스트를 만들고 있는 단계이다.

아직 이제 막 임명한 참이니 이 문제만큼은 어쩔 수가 없다. 하지만 오크나 리저드맨의 움직임이 활발해지고 있는 이상, 느긋한 소리를 하고 있을 수는 없다.

베니마루가 느낄 부담은 크겠지만 모두를 위해 열심히 일해주기를 바란다.

리리나는 눈치가 빠르다. 그리고 아주 일을 잘한다.

관리 부문이라고 이름 짓긴 했지만 하고 있는 일은 실질적으론 농업이다.

야생의 씨앗을 채취해 와서 재배에 성공하고 있다.

수확 사이클이 빠르고 영양가가 높기 때문에 식량 사정의 개선에 공헌하고 있었다.

그 밖에도 마수의 가축화나 물고기 양식 등 폭 넓게 식량 확보에 임하고 있는 것이다.

만들어낸 제품, 채집한 재료, 모아 온 자재, 그 모든 것의 관리도 하고 있었다.

농업, 임업, 수산업, 축산업 모든 부분에 손대고 있다고 할 수 있다.

규모가 작아서 가능한 것이지, 장기적으로는 임기응변으로 변동시킬 필요가 있을 것이다.

앞으로 인간과 거래할 수 있게 된다면 여러 가지 채소류의 씨앗도 들여오고 싶다고 생각한다. 그렇게 되면 리리나만으로는 대응하기 어려울 수도 있기 때문에 그때야말로 책임자를 늘릴 필요가 있을 것 같다.

지금도 슈나에게 직물 기술을 배우는 등, 고블리나들은 정신적으로 많은 노력을 하고 있는 데다 하루나 같은 인재도 있다. 딱히 걱정하지 않아도 어떻게든 해결할 수 있을 거라 생각한다.

건설 및 제작 부문은 카이진에게 완전히 맡기고 있다.

본인은 대장장이 전문이지만 쿠로베라는 협력자가 생겼기 때문에 총감독 같은 입장이 되었다.

실력 면으로 따지면 잘하는 분야가 완전히 분리된 느낌이다. 공방은 쿠로베에게 일임했다고 한다.

그가 말하길, "지금은 여러모로 총괄하는 게 바쁘니까 어쩔 수 없지만 안정이 되면 새로운 것을 제작하는 일에 몰두하고 싶다"고 한다.

그렇게 되면 연구에 완전히 푹 빠질 것 같아서 두렵지만.

쿠로베도 지금 부탁하고 있는 무기 제작을 마친다면 같이 연구에 몰두할 것 같고.

아니, 이참에 아예 나도 같이 연구에 참가하는 것도 좋을지도 모른다. 그러기 위해서라도 빨리 안정을 찾았으면 좋겠다.

*

정찰을 나갔던 소우에이가 돌아왔다.

이걸로 전원 다 모였으니 회의를 시작할까 한다.

"그러면 회의를 시작하지. 우선은 보고를 들을까."

모두가 의자에 앉는 걸 기다린 후 내가 입을 열었다.

그것을 신호로 소우에이가 보고를 시작한다.

내용은 크게 세 가지였다.

1. 고블린의 각 마을의 상황

2. 습지대의 상황

3. 오크의 진군 상황

소우에이는 여섯 개의 '분신체'를 구사하여 정보 수집을 다녀왔다.

각지에 두 개씩 보내어 정보를 수집했다고 한다.

현재도 몇 개가 그 자리에 남아 있으며, 조사를 계속하고 있다고 한다.

일동은 잠자코 얘기를 듣는다.

우선은 고블린 마을들에 대한 것인데, 리저드맨의 전사장인 가비루의 휘하에 가담했다고 한다.

방금 왔던 그 리저드맨 말이군. 그런 바보를 따르다니, 참 호기심도 많은 녀석들이다.

휘하에 들어가지 않은 고블린들은 공황 상태에 빠져서 각지로 도망갔다고 한다.

인간의 나라 쪽으로 도망친 자도 많이 있지만 그자들은 아마도 토벌 대상이 되었을 것이라고 한다.

숲에서 집락촌을 이루고 사는 거라면 인간도 손을 대지는 않지만 자신들의 영역에 들어오려 한다면 이빨을 드러낼 것이다. 누구라도 자신들의 거주지를 지키려고 할 테니, 그건 당연한 일이라 할 수 있다.

인간의 전력은 잘 모르지만 고블린 정도라면 순식간에 토벌될 것으로 생각된다.

그렇게 되면 숨어서 사는 방법밖에 없겠지만, 그들의 미래는 밝지 않을 것 같다.

가비루에 대한 얘기도 듣는 김에 같이 들을 수 있었다.

아무래도 고블린들을 산하에 두면서 총 7천 마리 정도의 군대를 조직한 모양이다.

산악 지대의 기슭에 있는 평원에 집결한 채 야영 중이라고 한다.

상당히 많은 숫자다.

우리에게 제시했던 것처럼 오크들로부터 지켜주는 것을 미끼로 교섭을 맺은 것이리라.

일단, 머리는 쓸 줄 아는 것 같다. 그러나 고블린이 모아두었던 식량을 전부 차출해버렸다고 하니, 만약 오크한테 이긴다고 해도 그 후에 굶주려 죽는 자들이 나올 것이다.

그 부분은 아무 생각도 하지 않고 있다.

그에 대해선 이야기를 받아들인 족장도 같은 죄지만, 오크에게 살해당하는 것보다는 낫다는 판단을 했는지도 모른다.

……아니, 오크와의 전쟁을 통해 입을 줄인 뒤에 남은 자를 살리려는 생각인 걸까? 그렇다면 약소한 종족이 나름대로 최대한 가능성이 높은 생존 방법에 도박을 건 것일지도 모른다.

우리에게도 남의 일로 여겨지지 않는다.

이 도시는 아직 완성되지 않았다. 하지만 이곳을 간단히 포기하는 것도 쉽지 않다.

이곳까지 오크의 군대가 침공하는 걸 허용하면 이 부근 일대도 숲이 망가지면서 식량의 조달도 마음먹은 대로 이뤄지지 않게 된다.

지금의 생활을 지키려면 습지대 주변에서 오크를 격퇴할 필요가 있는 것이다.

습지대의 상황을 듣는다.

이쪽은 리저드맨의 두령이 각 부족의 전사를 모아서 1만에 가까운 군대를 조직하고 있다고 한다.

호수의 물고기를 잡고 있어서 식량은 풍부하게 준비되어 있다고 한다.

자연의 미로에 틀어박혀서 오크를 각개격파 할 준비를 하고 있다.

그 정도로 경계할 필요가 있는 상대란 말인가?

강한 종족인 리저드맨이 모든 부족을 하나로 뭉쳐서 경계하려

는 상대. 게다가 약한 종족인 고블린들까지 싸움에 내보내도록
준비할 정도로…….

마지막으로 오크의 진군 상황을 듣기로 하자.

"오크의 군대, 그 수는──약, 20만입니다──."

한순간 말을 흐린 뒤에 소우에이는 또렷하게 그 숫자를 입에 올
렸다.

"뭐라고? 20만?!"

나도 모르게 소리가 나왔다.

분명, 오거의 마을을 습격한 것은 수천 명 정도였을 텐데…….

"우리 마을을 습격한 부대는 극히 일부였단 말인가?"

"그래. 직접 조사해보고 판명한 결과야. 녀석들의 총수는 20만
은 족히 되리라 생각돼. 남쪽에서 아멜드 대하를 따라 비교적 넓
은 침공 루트를 통해 본대가 이동 중이야. 길의 폭과 부대의 길이
를 가지고 추측했을 뿐이지만, 최소한 15만은 넘어. 숲의 각지로
침공하고 있는 부대도 확인했으니, 적의 수를 과소히 평가하는
건 위험하다고 진언하겠어."

소우에이는 망설이지 않고 단언했다.

넓은 길을 메워버릴 정도의 오크 군대가 수 ㎞에 걸쳐 천천히
침공하고 있다고 한다.

"오크의 목적지는 알아냈나?"

"넷! 오크의 군대는 시스호 주변에 널리 퍼진 습지대를 빠져나
가 리저드맨의 지배 영역을 돌파할 생각인 것으로 보입니다. 그
렇지만──."

"그렇지만?"

"그렇지만 그 앞에 있는 것은 인간들이 사는 영역입니다. 오크들이 어느 곳을 노리고 가는 건지는 확실하지 않지만, 이대로 진군한다면 언젠가는 인간의 나라들과 충돌하는 것을 피할 수는 없을 것으로 보입니다──."

설마, 무슨 생각을 하고 있는 거지? 아니, 잠깐…….

숲의 지배권을 얻는 것뿐이라면 리저드맨을 멸망시킨 단계에서 움직임을 멈출 것인가?

애초에 오크들의 목적은 대체 뭐지?

"소우에이, 네 생각은 어떤가? 오크의 목적은 리저드맨을 멸망시키는 것인가? 그렇지 않으면 그 너머에 있는 인간들의 국가까지 계속 침공할 것으로 생각하나?"

"지금의 단계에선 아무리 저라고 해도 판단을 내릴 수가 없습니다……."

그것도 그런가.

아니, 그 전에 지형을 잘 모르겠다.

"우선은 오크들의 목적을 알고 싶군. 소우에이, 지도 비슷한 게 뭔가 없는가?"

"지도, 라는 게 뭡니까?"

"뭐?"

……………….

………….

…….

놀랍게도 지도가 무엇인지를 거의 모든 자가 몰랐다.

그래도 역시 카이진은 알고 있었다. 알고는 있지만 유통되지는 않는 모양이다.

이 세계에선 지금까지도 지도가 군사기밀 급으로 다루어진다고 한다.

어쩔 수 없이 큰 목판을 테이블 위에 놓고 그곳에 대충 위치 관계를 적어간다.

마물들끼리는 '염화(念話)'가 있으니 어느 정도의 정보 공유가 가능했다. 그 폐해로 인해 기록 매체의 발전을 더디게 하는 현재의 상태가 존재하는지도 모른다.

하쿠로우도 조부에게서 들은 적이 있다면서 오거 마을 주변의 지형도를 목판에 적었다.

종이가 없는 것이 괴롭다.

어찌 됐든 목판을 갖고 와서 그곳에 이 도시 주변의 지형부터 차례로 적었다.

이번엔 반대로 '사념전달'로 링크한 덕분에 상대의 이미지를 직접 읽어 들인 후 작업을 진행한다. 이건 확실히 편리하다. 편리하기 때문에 기록 매체에 의존하지 않고 정보를 주고받을 수 있는 것이니, 이걸 개선된 것이라 부를 수는 없을 것 같다. 어쩔 수 없는 딜레마이다. 어찌 됐든 마물들끼리만 사는 거라면 문제가 없었을 테니까.

하지만 지식의 계승은 인간이 마물보다도 우수한 부분인 것은 틀림없다. 그 어떤 것보다도 발전으로 이끌어주는 원동력이 된 것이다. 지금 당장은 불편함을 느끼겠지만 익숙해졌으면 좋겠다.

나는 모두의 사념을 통해 읽어 들인 정보를 '대현자'에게 편집을 하게 했다. 그리고 일체화된 지형을 가지고 공을 들여 목판에 적어서, 나름대로 볼 수 있는 지도를 만들었다.

축척 같은 다른 부분은 참고 정도밖에는 안 되겠지만 그럭저럭 참고 사용할 수는 있을 것 같다.

회의의 본 주제에 들어가기 전에, 지도를 만드느라 생각도 못 한 시간을 소비하고 말았다.

본 주제에 들어가기로 한다.

"이런 식으로 지형을 쉽게 알 수 있게 표기한 것이 지도다. 이 지도를 보면서 설명을 들어주면 좋겠군."

목판에 내용을 잔뜩 적은 지도를 모두가 둘러쌌다.

그리고 '사념전달'로 모두와 링크해서 이미지의 공유도 꾀한다.

"알겠나? 지금부터 이 지도를 보면서 리저드맨과 오크의 움직임을 예상할 것이다. 오크가 무슨 생각을 하고 있는가를 예상하는 게 목적이다. 그걸 알아내면 우리도 움직이기 쉬워질 테니까 말이지."

내 말에 고개를 끄덕이는 일동.

소우에이를 시켜 오크 군의 현재 위치에 나뭇조각을 놓게 한다.

약간 가공하여 표면에는 장기 말처럼 오크 본대라고 적어놓았다.

오크의 침공 루트.

쥬라의 대삼림 중앙으로부터 세 방향으로 대군이 통과할 만한 루트가 존재한다.

그 어느 것도 카나트 대산맥에서 이어진 아멜드 대하를 따르는 루트였다.

아멜드 대하는 쥬라의 대삼림 중앙 부근에서 둘로 분리되면서 큰 지류가 시스호 쪽으로 흘러들어간다. 대하의 기본이 되는 물줄기는 남북으로 대륙을 종단하고 있다. 그리고 온화한 커브를 그리면서 동쪽 바다에 이른다.

이 대하의 양쪽 가에도 숲이 펼쳐져 있지만 엄밀하게 말하면 그 너머는 인간들의 국가인 동쪽 제국의 영토라고 한다. 그리고 쥬라의 대삼림을 빠져나온 끝에 있는 아멜드 대하가 길러낸 비옥한 대지, 그곳이야말로 마왕들이 지배하는 마왕령으로 불린다던가.

그렇다 마왕은 혼자가 아니라 여러 명이 존재하는 모양이다,

확실히 시즈 씨도 레온을 마왕 중의 한 사람이라고 말했었다. 뭔가 이상하다 싶었는데 이제 겨우 그 의문이 풀렸다. 그 말은 즉, 리그루도의 아들에게 이름을 붙여준 마인이 모시는 마왕과 레온은 전혀 관계가 없을 가능성도 있다는 말인가…….

아니, 지금은 그런 건 관계가 없겠지.

문제는 오크의 침공 루트와 그 목적지이다.

소우에이에게서 받은 보고에 의하면 오크는 마왕령에 있다는 서식지를 나와서 일단 아멜드 대하 쪽으로 와 있다.

이건 대군이 행동하는 루트가 그곳밖에 없기 때문이지만, 동시에 별동대를 숲으로 침공시켜서 오거의 마을을 멸망시킨 것처럼 주변의 강력한 마물을 차례로 섬멸하고 있는 모양이다.

그 목적은 식량의 확보로 생각되지만 아무래도 부자연스러운 느낌이 든다.

"어떻게 생각하나?"

오크 별동대라고 적은 말을 계속 움직임과 동시에 오거라고 적

은 말을 지도에서 덜어낸 뒤에 나는 모두에게 의견을 물어봤다.

"무슨 뜻인지요?"

"아니, 왜 별동대를 나눈 걸까? 숲을 그대로 돌진하면 뭔가 불리한 점이 있는 걸까?"

내 의문에 답한 것은 하쿠로우였다.

"대군이 이동하기에는 대삼림의 나무들이 방해가 되기 때문이겠지요."

그 점은 나도 생각했다. 하지만 그렇다면——.

"녀석들은 왜 우리 마을을 멸망시킨 거지? 본대의 이동과 관계가 없다면 방치해두면 그만이지 않았나?"

"흠…… 듣고 보니 이상하군요…….'

그렇다. 일부러 숲의 상위 종족이었던 오거에게 싸움을 걸 필요 따윈 오크에게 없었던 것처럼 보이는 것이다. 확실히 마을의 식량을 빼앗을 수는 있겠지만 그걸 목적으로 하기엔 손실이 커보인다. 수천이라고는 하나 본대에 비교하면 소수의 부대로 오거의 마을을 습격하다니…….

실제로 오거의 마을을 습격한 오크에겐 대량의 사망자가 나왔다고도 하니까.

오거의 마을을 습격한 목적은 과연 식량뿐이었나?

"우리를 용병으로 고용하겠다는 교섭조차 없었잖아? 그건 처음부터 우릴 몰살시킬 생각이었다고밖에는 생각하기 힘들어."

"확실히 그러네요. 제 엑스트라 스킬인 '해의감지(害意感知)'로도 처음부터 적대감밖에 느껴지지 않았어요."

베니마루의 말에 슈나가 고개를 끄덕였다.

그 말은 즉, 오크의 목적은 오거를 멸망시키는 것이었다는 뜻이 된다.

그리고 그뿐만이 아니라…….

"본대의 침공 루트는 별동대의 움직임을 통해 예상해보건대, 합류 지점은 습지대가 되겠군요."

하쿠로우가 날카로운 눈빛으로 지도를 바라보면서 자신의 생각을 중얼거렸다.

모두가 일제히 지도를 본다.

오크 본대라고 적힌 말과 오크 별동대라고 적힌 말. 그 두 개를 동시에 움직여서 마주치게 되는 지점이 나타내는 곳은——,

리저드맨의 지배 영역인 습지대.

습지대 주변이라면 오크 본대가 전쟁에 대비해 전개할 수 있을 만한 넓이가 있었다.

오크 입장에서 발을 디디기가 불편하다는 지형의 불리함은 무시하면 그만이긴 하다. 하지만.

"이대로 전진한다면 틀림없이 리저드맨과 부딪치게 되겠지? 그럼 녀석들이 노리는 것은 리저드맨을 멸망시키고 쥬라의 대삼림의 정점에 서는 것인가?"

"그렇게 물으신다면 아무래도 그건 아닌 것 같군요……. 확실히 잘 모르겠습니다."

"전에도 말했던 것처럼 마왕과 손을 잡았다거나?"

"누군가의 지원을 받고 있는 건 틀림없지만, 그게 마왕인지 아닌지는 확실하지 않습니다. 확실하지 않은 말은 섣불리 하지 않는 게 좋을 겁니다."

"하지만 가령 어떤 세력과 손을 잡은 거라고 해도, 숲의 유력 종족을 멸망시키려는 목적은 뭐지?"

내 의문을 시작으로 모두가 각자의 의견을 말했다. 그러나 결국 가장 중요한 오크의 목적을 여전히 알아내지 못한 채, 모두가 입을 다물고 말았다.

그때――.

"그리고……. 오크들은 어떻게 20만이나 되는 대군의 식량을 제공해주고 있는 걸까요?"

슈나가 나지막이 중얼거린 말을 듣고 모두의 움직임이 멈춰버렸다.

"어떻게냐니, 그러니까 숲에서 식량을 긁어모아서……."

베니마루가 대답하려고 했지만 곧바로 자신의 말이 이상하다는 걸 알아차린 모양이다.

그렇다, 그건 너무나도 부자연스럽다.

"소우에이, 오크의 별동대에게 보급 부대는 있었나?"

"……아니오, 제가 보기에는 없었습니다. 본대의 후방에는 식량을 운반하는 부대가 조직되어 있는 것 같았지만……. 하지만 수가 부족합니다. 그 수는 2만 정도로, 20만이나 되는 군대를 만족시키는 건 도저히 불가능할 것으로 생각됩니다."

대하를 따라 이동하는 것이라면 물은 충분히 보급할 수 있을 것이다. 그러나 준비해두었을 식량은 계속 줄어들고만 있을 것이다.

별동대에도, 본대에도 그 보급을 해주는 자가 필요할 터인데…….

오크에겐 '필요한 것을', '필요한 때에', '필요한 양을', '필요한 장소에'라는 병참의 개념 같은 건 없는 것처럼 보이지만 아무리 그래도 굶으면서까지 싸우려고 하지는 않을 것이다.

게다가 별동대에 대해 보급을 하지 않고 있다면, 별동대가 식량을 모아서 본대로 보내고 있다는, 있을 수 없는 얘기가 된다. 무엇보다 그들은 자신의 먹을 것을 확보하는 것만으로도 벅찰 테니까.

별동대라고는 해도 그 규모는 수천 명이나 된다. 그자들이 굶지 않을 만큼의 식량을 확보하는 것만도 아주 어려울 것이다.

소우에이는 뭔가를 말하려 하다가 거기서 말을 멈췄다.

"왜 그러지? 뭔가 하고 싶은 말이 있나?"

내가 말할 것을 재촉하자 더듬더듬 말하기 시작한다.

"이건 제 억측입니다만…… 굶어죽었거나 전사한 아군의 시체를…… 먹고 있는 건 아닐까 하는 생각이 듭니다……. 왜냐하면…… 전쟁터의 흔적 같은 것도 조사했는데…… 시체가 하나도…….."

터무니없는 말을 뱉었다.

소우에이의 말에 베니마루가 따지고 든다.

"뭐라고?! 설마 우리 마을도?"

"……응. 아무것도, 남아 있지 않았어……."

소우에이는 말하기 힘든 표정이었지만, 그래도 확실하게 단언했다.

"그럴 수가?!"

"잘도 그런 짓을……."

할 말을 잃어버리는 키진들.

으엑…… 오크는 그런 종족이었단 말인가…….

나도 그 장면을 상상해버리는 바람에 기분이 나빠진다.

"아무리 그래도……."

"그 녀석들은 분명 뭐든지 먹어치우긴 하지만, 아무래도 그건 지나치지 않은가?"

리그루도랑 카이진의 그런 질문에 냉정하게 답하는 소우에이.

"아니, 어디까지나 억측입니다. 그러나 녀석들이 지나간 곳에는 시체가 존재하지 않았습니다. 저희 마을도 아주 깨끗하게 아무것도 남아 있지 않았습니다. 이건 더할 나위 없는 사실입니다. 그리고 또 하나, 짐작이 가는 능력이 있습니다만──."

골똘히 생각하는 표정으로 소우에이가 말을 끊는다.

"설마……?! 오크 로드……말인가?"

하지만 소우에이의 말을 기다리지 못하고, 베니마루가 그 다음 말을 입 밖으로 뱉었다.

"그래. 확인된 건 아니지만, 오크 로드가 출현했을 가능성이 있어. 적어도 고위에 속하는 오크 나이트의 존재는 확인했지. 우리 마을을 습격한 자도 그 녀석들일 거야──."

"확실히 그렇겠군. 그 정도로 강하다면 오크 나이트, 아니── 오크 제너럴이었다고 해도 이상할 건 없겠어──."

"그렇다면 모든 수수께끼가 풀리는군요……."

키진들은 오크 로드라는 존재를 알고 있는 건지, 모두 심각한 표정을 짓고 있었다. 하지만 나랑 카이진에 리그루도를 포함한 홉고블린들은 무슨 말인지 확실히 알아듣지 못하고 있다.

"잠깐, 잠깐, 그 오크 로드라는 건 대체 뭐야? 우리도 알아들을

179

수 있게 설명해달라고."

더는 참지 못하게 된 카이진이 베니마루에게 질문했다.

"그 말이 맞아. 모두에게 알아들을 수 있게 설명해주길 바라네."

나도 그 말에 동의하며, 카이진에 이어 설명을 요구했다.

그리고 내가 알게 된 것은 오크 로드의 무시무시한 성질이었다.

얘기를 종합하자면 오크 로드라는 존재는 강력한 지배 계통 능력을 지닌 유니크 몬스터라고 한다.

수백 년에 한 번, 돌발적으로 태어나는 개체. 세상에 혼란을 가져오는 최악의 마물로 불리고 있다.

그리고 반드시 어떤 스킬을 지니고 태어난다고 한다.

이 스킬의 이름은 바로 유니크 스킬인 '기아자(飢餓者)'라고 한다.

이 스킬은 메뚜기처럼 주위의 것을 먹어치우는 성질을 같은 편에게도 부여한다. 무시무시한 능력이라고 한다. 끝없는 굶주림에 괴로워하는, 저주에 가까운 영향도 존재하지만 이로운 점은 크다. 주위의 유기물을 무엇이든 먹어치워서 자신의 에너지로 변환해 받아들일 수 있다고 한다. 굶주렸다 해도──아니, 굶주려 있기 때문에 더욱더 절대적인 효과를 발휘하는 것이다.

이 능력의 정말로 두려운 점은 먹은 마물의 성질까지 자신의 것으로 만들 수 있다는 부분이다.

받아들일 수 있는 성질에는 마물의 힘이나 신체적 특성, 심지어 스킬까지도 포함된다고 한다…….

반드시 획득할 수 있는 건 아니지만 그래도 많은 수를 먹으면 그럴 가능성은 높아진다.

즉——.

"오크의 목적은 오거나 리저드맨 같은 숲의 상위 종족을 멸망시키는 게 아니라…… 그 힘을 빼앗는 것이란 말인가?!"

내가 외치는 소리에 침묵으로 답하는 키진들.

그 침묵은 말 그대로 자신들도 그런 결론에 도달했음을 나타내고 있었다.

*

회의실이 침묵에 휩싸였다.

무겁고 어두운 분위기가 되어버렸지만, 아직 오크 로드가 태어났다고 확실하게 정해진 건 아니다.

게다가 가령 오크 로드라고 해도 방법이 없는 것은 아니라고 한다.

몇 번인가 재해 급으로 태어나고 있는 마물인 만큼 그에 대한 대처법도 확립되어 있다고 한다.

"그래서 그 대처법은 어떻게 하는 거지?"

내 질문에 어색한 얼굴로 마주 보는 키진들.

그런 그들을 흥미 깊게 바라보는 카이진과 리그루도를 비롯한 홉고블린들.

질문에 답한 사람은 슈나였다.

"말씀드리기 부끄러운 얘기지만 과거에 출현한 오크 로드는 전부 인간에게 토벌당했습니다. 유니크 스킬인 '기아자'는 강력한 능력이긴 하지만 그건 어디까지나 쓰러뜨린 자의 특성을 빼앗는 것으로 자신을 강화시키는 것이 주된 요인이기 때문이죠. 마물이라면 다양한 스킬을 가지고 있는 데다, 마력요소를 환원시켜서 오크 로드의 힘으로 만들 수가 있지만, 인간에게선 빼앗을 수 있는 게 아무것도 없습니다. 인간의 특기인 아츠는 스킬과는 달리 개개인의 노력과 재능에 의해 획득한 것이니까요. 그러므로 인간의 국가가 움직이면 오크 로드의 토벌도 가능해지긴 합니다…….”

과연, 먹이를 주지 않으면 성장하지 못한다는 논리인가. 말하기를 주저한 것은 마물이 인간의 전력에 의존하는 걸 달갑게 생각하지 않기 때문일 것이다.

빼앗을 수 있는 능력도 예상할 수 있는 데다, 대책이 전혀 없는 것도 아니다. 태어난 후 시간이 그리 경과되지 않았으면 그렇게까지 위협이 되지 않는다고 한다…….

그렇게까지 위험하게 볼 상대도 아니라는 건가? 그러나 이번에는 이미 기사단을 조직할 정도로까지 성장한 상태다. 그것도 20만이나 되는 대군을 이끌 정도로…….

거기에 무기와 방어구를 준비해준 것으로 보이는 정체불명의 세력이라.

역시 낙관적으로 생각하는 건 좋지 않을 것 같다.

자칫 지혜까지 생겨나 버리면 ‘마왕’으로 성장할 가능성까지 있다고 하니까.

정말로 성가신 마물이다.

그런 번거로운 녀석은 빨리 토벌해버리면 좋을 텐데.

불평을 늘어놔 봤자 소용없다.

지금이야말로 용사님이 나설 차례인 것 같은데, 어디 있는지도 알 수 없으니까 말이다.

"어쨌든 오크 로드의 존재를 확인하는 게 먼저라고 할 수 있겠군. 정말로 태어난 거라면 모험자인 카발에게도 얘기를 전해두는 게 좋을 것 같아."

"알겠습니다!"

내 결정에 수긍하는 리그루도.

모험자에겐 소속된 조합——길드라고 하는 게 있다고 했다. 카발에게 전달해두면 윗선에도 전해질 것이다.

길드에 의뢰하는 것에 대해 어떤 반대 의견이라도 나오려나 생각했지만, 그건 지나친 생각이었던 모양이다.

이전부터 모험자인 카발 일행과도 친하게 지냈으니 기피감은 없는 모양이다.

길드에 의뢰하는 건은 '마강괴(魔鋼塊)'를 팔면 얼마간의 돈이 만들어질 것이다. 돈만 있다면 마물이라고 해서 거절당하지는 않을 것이다. 정 안 되면 드워프 형제를 시켜서 교섭하게 하면 된다.

무엇보다 이대로 놔두면 인간들에게도 위협이 된다. 잘 교섭하면 괜찮을 것이다.

그건 그렇다 쳐도…….

오크 로드에 대해 인간이 그 대항책이 된다면 먼저 정보를 전해주고 미리 준비를 하게 만드는 게 좋을 것 같다.

적어도 리저드맨이 패배한다면, 그 다음은 인간의 나라들이 오크 로드의 목표가 될 가능성은 충분히 있으니까.

인간이 먹이가 되느냐 아니냐는 관계없이 20만이나 되는 오크 군대의 침공은 그것만으로도 국가의 존망에 관계된 대재해가 되기에도 충분하고 말이다.

어쨌든 지금은 정보 수집을 우선해야 한다.

우리는 오크 로드의 존재를 염두에 두고 회의를 계속하기로 했는데——.

갑자기 소우에이의 표정이 날카로워지면서 몸이 굳었다.

"왜 그러나. 무슨 일이지?"

내 질문에 소우에이가 답한다.

"실은 '분신체' 중의 하나에게 접촉해 온 자가 있어서……. 무슨 일이 있어도 리무루 님에게 전해드리고 싶은 말이 있다고 합니다. 어떻게 할까요?"

"접촉? 그것도 날 지명했다고? 대체 누구지…….'"

내가 아는 사람이라고는 손으로 꼽을 정도밖에 없다. 방금 이야기했던 카발 일행이려나? 하지만 그들은 도시에서 여기까지 오는데 몇 주는 걸린다고 했었다. 그렇다면 왕복할 경우에는 1개월 이상 걸린다는 뜻이니 아무리 생각해도 카발 일행은 아니다.

"직접 지명한 것은 아니고 주인에게 전하고 싶은 말이 있다고 합니다. 그리고 상대는…… 드라이어드(나무의 요정)입니다."

소우에이의 말에 모두가 놀라서 소리를 질렀다.

유명한 마물인 모양이다.

"말도 안 돼! 드라이어드 님이 모습을 보인 건 수십 년 전의 얘기가 아닌가!"

"최근에는 그 모습을 보인 일조차 없었는데 이게 어떻게 된 거지?!"

홉고블린들에게는 마치 구름 위의 존재였던 것 같다. 오거였던 소우에이의 반응을 봐도 상당히 상위에 속한 존재인가 보다.

생각해보니 '분신체'라고는 해도 숨어 있는 것을 특기로 하는 소우에이를 발견하여 접촉했다는 시점에서 상대의 실력이 몇 단계는 더 위에 있음을 증명한다.

그렇게 생각해보면 드라이어드라는 마물을 섣불리 화나게 하는 건 좋지 않아 보인다.

"알았다. 만나도록 하지. 이리로 안내해다오."

내 생각은 옳았던 모양이다.

승낙하고 얼마 되지도 않아서 한 인물이 안내를 받아 가설 건물로 들어왔다.

소우에이의 '분신체'가 쓰는 '그림자 이동'에 뒤지지 않고 완벽하게 따라온 것 같았다.

아름다운 녹색의 머리카락을 가진 미녀이다.

북유럽인 같은 느낌이라고 할까. 흰 피부에, 대비가 또렷한 이목구비를 갖추고 있다. 도톰하고 연한 푸른색의 입술에 푸른 눈동자가 잘 어울린다. 인간으로 따지면 20세 전후로 보이는 외모였다.

단, 그 모습은 살짝 투명하게 보이는지라 육체를 가지고 있지 않다는 것을 한눈에 알 수 있었다.

그렇다. 드라이어드는 그 이름대로 요정의 후예. 정신 생명체에 가까운 존재였던 것이다.

나중에 들은 것이지만 숲의 상위 종족인 트렌트(수인족, 樹人族)의 수호자라고 하던가. 마물의 구분법으로 보면 A랭크 중에서도 상위에 속한다고 한다.

이플리트와 동격인 존재라고 생각하면 리그루도를 필두로 한 홉고블린들이 경외하는 것도 당연하다고 할 수 있다.

과연 그녀의 목적은 무엇일까?

회의실 안이 고요함에 휩싸인다.

오랜 수명을 지닌 그녀들은 웬만한 일이 아니면 성역인 거주지에서 나오지 않는다.

쥬라의 대삼림의 관리자로도 인정받고 있으며, 그 모습을 보는 기회를 가질 수 있는 행운을 누리는 자는 적다고 한다. 사악한 자, 숲에 대해 해를 가하려는 뜻을 가진 자에게 천벌을 내리는 존재라고 하던가.

전에 오거였던 베니마루 일행의 반응도 리그루도 일행과 아주 비슷하다. 그 모습을 보면 역시 이 녹색 머리 미녀의 힘은 상당한 수준인 모양이다.

드라이어드는 모두를 둘러보다가 날 봤을 때 시선을 딱 멈춘다.

"처음 뵙겠습니다, '마물을 다스리는 자'와 그를 따르는 자들인 여러분. 저는 드라이어드인 트레이니라고 합니다. 앞으로도 기억해주시면 감사하겠습니다."

꽃봉오리가 피어나는 것 같은 미소로 우리에게 인사를 했다.

단지 그 행동만으로도 내가 너무 경계심이 심했나? 라는 생각이 저절로 든다.

말 그대로 요정 같은 미녀이기에 나도 모르게 그런 생각이 드는 것도 어쩔 수 없는 일이다.

"아아, 처음 뵙겠소. 내 이름은 리무루. '마물을 다스리는 자'라니, 그렇게 대단한 자는 아니므로 평범하게 대해주시오."

그 전에, 그런 살짝 쑥스러운 별칭이 퍼지는 건 사양하고 싶다.

내가 그런 생각을 하고 있는 동안에 다른 사람들의 자기소개도 끝이 난 모양이다.

"그러고 보니 나랑 만나고 싶다고 했는데, 용건은 무엇이오?"

쑥스러운 감정을 얼버무리기 위해서 용건을 묻는다.

"네. 오늘 찾아뵌 이유는 여러분도 아시다시피 이 숲에서 일어나고 있는 이변에 대해서입니다. 저는 숲의 관리자의 한 사람으로서 이번 사건을 그냥 간과할 수는 없다고 생각하여 이렇게 여러분 앞에 모습을 보인 것입니다. 부디 저도 회의에 참가하게 해주시면 좋겠습니다."

한 번 더 모두를 둘러보듯이 인사를 하고는 다시 내게 시선을 보낸다.

트레이니는 그녀의 이름인 모양이다. 즉, 그녀는 네임드 몬스터라는 뜻인가. 확실히 상위 존재라 할 수 있다.

"왜 이 도시로 온 것이오? 고블린보다도 힘이 있는 종족은 달리 있을 텐데?"

베니마루가 묻는다.

"현재 이 주변에 있는 가장 큰 세력은 이 도시입니다. 다른 세력은 가비루라는 이름을 가진 리저드맨에게 동조했기 때문에 이 일대에는 남아 있지 않지요. 트렌트는 스스로 이동할 수 없는 종족입니다. 그러므로 다른 종족과의 교류는 그렇게 많지 않습니다. 만약 외적에게 습격을 받았을 경우나 자연재해가 일어난 경우에는 자신들의 힘으론 어쩔 도리가 없지요. 우리들 드라이어드는 정신체만 방출하여 일마 동인의 외출은 가능하지만 그 수가 적고 말이죠……. 이번 일의 원흉이 트렌트의 집락체를 노릴 경우, 수가 적은 드라이어드만으로는 대항할 수가 없습니다. 그래서 부디 여러분의 힘을 빌리고 싶은 겁니다."

낭랑한 미소를 지으면서 그렇게 말했다.

외모에 비해 침착한 말투로 말하고 있다.

역시 오랜 수명을 지닌 종족답게 정신연령은 높은 모양이다.

문제는 그녀의 말을 믿을 수 있는가 아닌가 하는 것이다.

이플리트에 필적할 만한 존재인 데다, 적어도 몇 명은 집락체에 남아 있는 것 같으니, 그렇다면 웬만한 위협에는 대항할 수가 있을 텐데…….

당장 떠오르는 것은 우리를 미끼로 쓰려는 계획을 꾸미고 있는 게 아닌가 하는 것이다. 아니면 우리에게 다른 목적이 있는 것일까……?

"이번의 원흉이라고 말하셨는데, 당신은 숲에서 지금 무슨 일이 일어나고 있는지 알고 계시단 말입니까?"

하쿠로우가 끼어들어 물었다.

"네. 오크 로드가 대군을 이끌고 침공 중이죠."

트레이니라고 이름을 밝힌 드라이어드는 주저하지 않고 즉시 대답한다.

숲의 관리자가 너무나도 깔끔하게 인정한 것에 회의실의 일동은 할 말을 잃은 것처럼 침묵에 빠졌다.

"그 말은 즉, 오크 로드의 존재를 이미 확인한 것으로 받아들여도 되는 것이오?"

겨우 정신을 차린 듯한 느낌으로 베니마루가 묻는다.

"네. 그러므로 오크 로드가 트렌트의 집락체를 노린다면 저희는 대항 수단이 없답니다. 기본적으로 트렌트는 이동이 불가능하니까요. 마법으로 응전하려해도 죽음을 두려워하지 않는 오크에겐 〈환각마법〉은 잘 통하지도 않고요. 시체조차 불태우는 화염계의 마법은 트렌트에겐 양날의 검이죠. 다룰 줄 아는 자도 없고요. 군대에 대응할 수 있는 강력한 마법은 자신들까지 멸망시키니까요. 그리고——."

거기서 트레이니는 잠시 말을 끊고 우리를 돌아봤다. 그리고 역시 내게 시선을 고정한 후에 말을 잇는다.

"그리고 이번에 나타난 오크 로드의 동향 뒤에 상위 마인이 암약하고 있다는 걸 확인했습니다. 저희들 드라이어드는 그에 대비하지 않으면 안 됩니다. 어느 마왕의 부하인지까지는 밝혀내지 못했지만, 이 숲에서 멋대로 구는 행위를 용서할 수는 없으니까요."

눈의 광채를 더욱 빛내면서 말한다.

역시 숲의 최상위에 속하는 존재다. 말뿐만이 아니라 그 전신에서 패기가 용솟음치는 것 같았다.

"우리의 힘을 빌리고 싶다고는 하지만 구체적으로는 뭘 시킬 생각이오?"

"오크 로드의 토벌을 의뢰하겠습니다."

망설임 없이 답하는 트레이니 씨.

이 말에는 나도 아연실색했다.

"잠깐, 잠깐, 듣기로는 상당한 괴물인 것 같았는데. 그런 위험한 녀석을 왜 내가 상대할 필요가 있는 거요?"

내 질문에 고개를 살짝 갸웃거리면서 이상하다는 반응을 보이는 트레이니 씨.

"하지만 전에 오거였던 여러분은 오크와 싸울 생각을 갖고 계시죠? 그리고 당신은 그에 협력하실 생각이 아닌가요? 왜소한 고블린을 구원해주신 자상한 당신이라면, 저희들 드라이어드와 트렌트를 구해주실 것이라고, 저는 그리 믿었답니다."

순진한 미소로 그렇게 말했다.

어떤 수단을 가지고 있는지는 모르겠지만, 트레이니 씨는 실로 엄청난 정보 수집력을 가지고 있는 것 같다. 이 숲에서 일어난 일들을 상당히 자세하게 파악하고 있는 모양이다.

그리고 믿고 있는 것 같다. 다른 자에게 손을 내미는 것이 순수한 선의에 의한 것이라고.

내가 다른 목적이나 타산이 있어서 했던 일도, 그녀의 눈에는 호의에서 나온 것으로 보였나 보다.

다른 자들과 교류해본 적이 없어서 의심도 하지 않는 건가? 그렇지 않으면 인간의 추악함을 모르는 걸까…….

우리가, 아니——내가 배신할 거라고는 생각하지 않는 건가?

그녀의 미소에서는 숨겨진 속마음을 읽어낼 수가 없다.

그러나 시선을 마주 대해보고 직감했다. 이 사람은 거짓말을 할 사람은 아니다, 라고.

그렇다면 나는 자신의 직감을 믿고 행동하려고 마음먹는다.

이 사람이 그렇게 말했다면 오크 로드는 틀림없이 태어났을 것이다. 그리고 그걸 뒤에서 조종하는 상위 마인이 있는 것이다. 내가 뭘 할 수 있을지는 모르겠지만 이 사람이 내게 의지한다면 그에 응해줘야 하지 않겠는가.

내가 각오를 굳힌 바로 그때.

"당연합니다! 우리의 주인이신 리무루 님이시라면 오크 로드 따위는 상대가 안 됩니다!!"

무슨 이유인지 멋대로 흐흥! 하고 시온이 자신만만한 표정으로 그렇게 떠벌렸다.

아무리 그래도 내가 할 수 있는 일과 할 수 없는 일이 있을 거 아냐. 갑자기 무슨 소릴 하는 거야, 이 아가씨가…….

아니, 그 녀석을 상대하는 게 나라는 걸로 이미 결정된 거야?!

나는 당황했지만 이미 때는 늦었다.

"어머나! 역시 그랬군요. 그렇다면 오크 로드에 대한 의뢰는 잘 부탁드리겠어요!"

시온과 트레이니 씨의 미소로 모든 이야기가 정리되어버렸다.

*

시온 때문에 내가 오크 로드를 쓰러뜨리는 것이 반쯤은 억지로 결정되어버렸지만 회의는 끝난 게 아니다.

트레이니 씨를 포함한 상태로 회의는 계속 이어졌다.

지도상의 습지대 부분에 리저드맨이라고 적은 말도 배치한다.

그 뒤쪽에는 고블린이라고 적은 말이 있다.

리저드맨의 말 앞에는 오크 별동대와 오크 본대가 협공하는 형 태로 배치되어 있었다.

이렇게 지도 위에 군을 배치해보니 오크 군의 비정상적인 부분이 더 두드러지지만…….

그것보다도 더 눈길을 끄는 건,

"이건 아까 그 바보가 리저드맨의 본거지를 강습하면 단번에 함락시킬 수 있는 포진 아닌가?"

그렇다. 가비루라고 하는 리저드맨의 사자.

녀석이 오크와 리저드맨이 맞붙기 시작했을 때, 그 틈을 타고 리저드맨의 본거지를 덮친다면 방비가 약한 본진은 순식간에 넘어갈 것이다.

그런 절묘한 장소에 고블린 부대가 배치되어 있는 것이다.

"이 위치가 틀림없나, 소우에이?"

"네, 고블린들은 산악 지대의 기슭에 있는 평원에 야영하고 있습니다. 그대로 부대를 전개시킨다면 배치는 이 위치에 있을 것이 틀림없습니다."

소우에이는 자신 있는 얼굴로 고개를 끄덕였다.

그렇다면 틀림이 없겠지만 왜 곧바로 합류하지 않고 대기하고 있는 걸까?

하지만 가비루가 아군인 리저드맨을 공격할 이유가 없다. 묘한 위치에 군을 대기시키고 있는 바람에 괜한 의심이 생긴 모양이다.

내가 그렇게 결론을 내고 이야기를 진행시키려고 했지만,

"내 생각이 지나친 건가. 미안, 잘 모르는 내가 생각한 것이니——."

"흠. 아니, 확실히 묘하군요……."

하쿠로우가 끼어든다.

그 눈은 형형하게 빛나고 있었고 이상한 분위기를 띠고 있었다.

"리저드맨의 본대가 정면으로 전개한 뒤라면 배후에서 본진을 노리는 건 쉬운 일입니다. 오크가 배후로 돌아갈 시간적 여유가 없는 건 명백한 데다, 가령 그런 어리석은 짓을 시도한다 해도 대열이 길게 늘어져 있는 옆 부분을 끊어버리면 됩니다. 이 자리에 부대를 보존해둘 이유는 없군요."

"하지만 이쪽에서 본진을 함락했다고 해도 그 뒤에는 오크에게 유린당할 결과만 남을 텐데, 그럴 의미는 없지 않나?"

역시 지나친 생각인 것 같다.

그렇게 생각했지만 베니마루랑 하쿠로우는 다르게 생각하는 모양이다.

"그 녀석은 자만에 빠져 있는 것 같았으니, 자신이 대신 두령이 되겠다고 생각할 법도 하지."

"있을 수 있는 얘기군요. 그 위치에 머무르는 이유를 달리 생각할 수가 없습니다, 그려."

그렇게 군사 부문의 두 사람이 의견을 말한다.

확실히 자신만만하면서 자만에 빠져 있는 것 같았지만 그렇게까지 바보일까?

"하지만 그런 가능성이 있다면 역시 가비루와 손을 잡는 건 그만두는 게 좋겠군."

그런 결론에 도달했다.

반대 의견은 없는 것 같았지만 트레이니 씨가 질문했다.

"가비루가 배신할 것이라 예상하시는 건가요?"

"음, 이 포진을 본다면 그럴 가능성이 있다는군. 손을 잡자는 제안을 했었지만 가비루와 같이 행동하는 건 그만두는 게 좋을 것 같소."

"……그렇군요. 어쩌면 누군가에게 부추김을 받았을 가능성도 있겠군요. 제 쪽에서도 조사해보도록 하죠."

트레이니 씨가 가비루의 조사를 대신 해줄 모양인가 보다. 가비루 건은 맡겨두기로 하고, 그렇다면 우리는 어떻게 해야 할까?

"리저드맨과의 동맹은 맺고 싶군요. 우리만으로는 수가 적습니다. 아무런 수도 쓰지 않고 그냥 가만히 보고 있을 수는 없지요."

하쿠로우의 의견에 다들 고개를 끄덕인다.

"하지만 우리와 동맹을 맺었다고 한들 우리 수가 너무 적은데. 얕보이다 이용만 당하고 끝나지 않겠나?"

나도 반대는 하지 않지만 마음에 걸리는 점을 물어봤다.

홉고블린들은 그건 문제라고 분개했지만 키진들은 호쾌하게 웃기 시작했다.

"리무루 님, 너무 걱정이 지나치십니다! 우리는 각자 한 명이 일개 군대에 필적하기 때문에 얕보일 일은 절대 없습니다!"

하쿠로우가 대표로 대답했다.

뻥이 너무 지나치잖아. 한 명이 일개 군대에 필적할 리가 있나.

그렇게 자뻥에 빠진 말을 하다간 가비루를 비웃을 수가 없게 될걸.

나는 그렇게 생각했지만 키진들은 진심인 모양이다.

"리무루 님, 제가 교섭을 하러 가보겠습니다. 리저드맨의 두령과 직접 얘기를 하고 와도 되겠습니까?"

소우에이가 물었다.

조용히 내 대답을 기다리는 소우에이를 보니, 굳건한 자신감이 보였다.

뭐지, 이 자신감은? 뭐, 일단 맡겨보도록 할까.

지도로 확인한 바에 의하면 오크와 리저드맨의 격돌이 예상된다. 그러므로 이 도시까지 피해가 미치는 것은 조금 더 이후의 일이 될 것 같다.

어떻게 해야 할 것인지가 보이기 시작하면서 모두의 불안도 약간은 가신 것 같다.

시간적으로도 심리적으로도 여유가 생겼으니 침착하게 행동할 수 있을 것이다.

"좋아, 작전은 2단계로 나누겠다. 나를 포함한 선발대가 리저드맨과 합류하여 오크들을 친다. 이 싸움에서 승리를 노리겠지만 이게 어렵다고 판단했을 경우, 작전은 제2단계로 이행한다. 이 도시를 버리고 트렌트의 집락체와 합류하여 방어에 힘을 쏟도록 하자. 이 경우에는 인간의 협력을 얻을 필요가 있겠지. 모험자인 카발과 연락을 취하고 인간들과 협력하면서 오크 로드의 말살까지 노린다. 어느 쪽이든 인간에게도 위협인 것은 틀림없으니, 어떤 행동이라도 취해야 할 테니까 말이지. 단! 이 2단계 작전은 리저드맨과의 동맹을 전제로 해야 실행할 수 있다. 소우에이, 모든 게 너에게 달렸다. 부탁하마."

"넷!!"

힘차게 고개를 끄덕이는 소우에이.

남은 건 소우에이를 믿고 맡기는 것뿐이다.

"좋아! 그럼 리저드맨의 두령과 얘기를 하고 와라. 아무쪼록 동등한 관계는 유지해라!"

그렇게 말하면서 소우에이를 보낸다.

"맡겨주십시오."

그렇게 대답하고는, 그림자 속으로 스윽 잠기듯이 소우에이는 사라졌다.

움직임이 빠른 녀석이다. 이미 그쪽으로 향한 모양이다.

"소우에이가 실패한다면 그대로 작전은 제2단계로 이동한다. 모두 그걸 염두에 두고 준비를 단단히 해두도록!"

내가 그렇게 말하자, 회의실에 남은 자들이 일제히 고개를 끄덕였다.

그 말을 마지막으로 회의를 마무리했다.

"오늘은 제 무례한 부탁을 들어주셔서 정말 감사합니다. 앞으로도 좋은 관계를 유지할 수 있도록 잘 부탁드리겠습니다."

트레이니 씨가 그렇게 말하면서 내게 깊이 고개를 숙였다.

나는 당황하면서 "나야말로 잘 부탁하오" 하고 대답한다.

내 당황하는 모습이 재미있었는지, 작게 미소를 짓는 트레이니 씨.

"그럼 다시 뵙도록 하지요. '마물을 다스리는 자'——아니, 리무루 님."

트레이니 씨는 그 말을 남기고는 귀환마법으로 돌아갔다.

이걸로 방침은 결정됐다.

동맹이 잘 맺어지면 다행이지만, 안 된다면 안 되는 대로 임기응변으로 대응하면 된다.

"그런데 리무루 님. 카발 님에 대한 연락은 어떻게 할까요?"

"그러게……. 직접 연락하는 건 인간의 협력을 얻기로 결정한 작전의 제2단계로 이행한 후에 해도 되겠지. 그러나 국가가 군을 움직인다 해도 사전에 준비는 필요할 테니, 오크 로드가 탄생했다는 정보만을 슬며시 흘리게 할 수는 없을까?"

"과연, 잘 알겠습니다. 코볼트 상인에게 부탁해서 얘기를 슬쩍 흘리게 하도록 하지요."

"부탁하겠네."

지금은 인간 쪽에 정보를 흘려놓는 정도까지만 해두자. 어느 쪽이든 오크 로드가 탄생했다는 증거가 없다면 협력을 얻는 것도 불가능할 테니까 말이다.

리그루도는 내가 명한 대로 손을 쓰기 위해 발 빠르게 회의실에서 뛰쳐나간다.

고블린 킹이 된 지금도 여전히 분주하게 움직이는 녀석이었다.

내 결정으로 사태는 움직이기 시작했다.

그 사실에 나 자신이 불안을 느끼고 있다.

하지만 어렵게 생각해도 어쩔 수 없다.

그보다도 지금은 할 수 있는 것을 해야 한다.

이렇게 우리는 다음 국면을 향해 준비를 시작한 것이다.

그건 그렇고 오크 로드라.

정말로 성가신 상대이다.

스킬을 빼앗는다니, 그건 반칙이잖아.

그렇게 나는 나 자신에 대해선 애써 못 본 척하고 오크 로드에 대한 불평을 쏟아낸다.

하지만 트레이니 씨의 기대에 응하기 위해서라도 오크 로드는 내가 상대할 수밖에 없다.

이길 수 있을지를 확신할 수 없으니 불안하지만, 약속을 했으니만큼 전력을 다해 박살 낼 뿐이다.

이런 곳에서 망설이고 있다간 시즈 씨와 한 약속을 이뤄주는 것은 도저히 불가능할 테니까 말이다.

나는 나중의 일을 생각하면서 약간은 우울한 기분이 되어버렸다.

●

땅을 밟는 소리를 울리고, 나무를 베어 쓰러뜨리면서, 오크의 군대는 숲을 나아간다.

유린하라! 유린하라! 유린하라! 유린하라!

큰 소리로 외치면서, 노란색으로 탁해진 눈빛을 번득이면서 오크의 군대는 숲을 나아간다.

그들에게 정상적인 사고는 존재하지 않는다.

눈에 비치는 모든 움직이는 것들은 먹잇감이다.

그들은 늘 배가 고프며, 그들의 사고는 그 공복을 채우는 것 하나에 집중된다.

털썩.

또 하나 아군이 쓰러졌다.

그들은 환희한다. 먹을 게 생겼다고.

원래는 같은 편이었던 그 개체.

지금의 그들에겐 단순한 먹이에 지나지 않는 그 물체.

아직 숨이 붙어 있는 것 같았지만 그들에게 있어선 신선하다는 증거가 될 뿐이다.

옆에서 걷고 있었다는 행운을 거머쥔 자들이 즉시 먹잇감의 해체를 시작했다.

간은 그 집단의 리더에게 전해졌고, 다른 부위는 빼앗은 자가 차지한다.

우적우적우적우적.

주위를 역겨운 소리가 가득 채운다.

그들은 언제나 굶주리고 있다.

그리고 굶주리면 굶주릴수록 그 전투 능력이 높아지는 것이다.

그게 유니크 스킬인 '기아자'의 숨겨진 능력.

굶어서 죽은 동료를 먹으면 먹을수록, 자신이 굶주리면 굶주릴수록 그 전투 능력은 상승한다.

그들은 20만이나 되는 오크의 군대.

그건 오크 로드의 지배하에 놓인 지옥과 같은 기아(飢餓)에 괴로워하는 아귀의 무리들.

그들에게 구원은 없다.

그저, 그저 자신들의 굶주림을 채우기 위해 행동한다. 그러나 굶주림이 채워지는 일은 없다…….

그건 무한 지옥.

그들 앞에 오거의 마을이 있었다.

그들은 D랭크의 마물이다.

원래는 B랭크의 오거에게 공포를 느끼는 일은 있어도 적의를 드러내는 일은 있을 수가 없다.

그런데도…….

유린하라! 유린하라! 유린하라! 유린하라!

그들의 발걸음은 멈추지 않는다.

오히려 먹잇감을 찾아 가속한다.

오거가 날뛰고 있다. 그 강력한 힘으로.

동료가 몇 명인가 칼에 베여 죽었고, 도끼로 맞아 죽는다…….

그러나──.

그들에게 있어 그 사실은 신선한 먹이가 양산되고 있다는 것을 의미할 뿐이다.

그들은 환희한다.

자신들의 굶주림이 조금이라도 채워지기를 바라면서.

한 명의 오거가 쓰러졌다.

즉시 오크가 여러 마리 몰려들어 그 오거를 해체한다.

피를 뒤집어쓰고 살점을 탐한다.

아아…… 그래도 채워지는 일은 없을 것이다.

하지만 보라.

오크의 육체가 변화한다. 오거의 힘이 깃들여지면서.

오거들은 자신들보다 아래에 있는 오크의 무리에 집어삼켜지면서 단말마의 비명을 지르기 시작했다.

압도적이었어야 할 자신들의 무력함을 탄식하면서…….

서서히 오크 중에서 돌발적인 힘을 지닌 자들이 나오기 시작한다.

잡아먹은 같은 편의 힘을 내 것으로!

잡아먹은 사냥감의 힘을 내 것으로!!

그리고 계속 잡아먹을 것이다.

그들은 죽음을 겁내지 않는다. 아니, 공포라는 감정조차 먹혀버린 것이다.

언젠가 그들의 힘은 돌고 돌아 왕에게 전해질 것이다.

그들의 왕.

먹이사슬의 정점, 오크 로드의 곁으로.

그들은 계속 진군한다.

다음 사냥감은 바로 그들의 눈앞에 있으니까.

●

리저드맨의 두령은 보고를 들으면서 얼굴이 창백해진다.

두려워하고 있던 일이 현실이 된 것이다.

들려온 보고에 의하면 강력한 오거들의 마을이 하루도 버티지 못하고 궤멸했다고 한다.

오크의 무리에 먹혀버렸다고 한다.

이젠 더 이상 의심할 바가 없었다.

오크 로드가 출현한 것이다.

숫자만 비교한다면 20만이라고 해도 D랭크의 오크들이다. C+ 랭크인 자신들 리저드맨이 1만만 있으면 습지대라는 지형의 이점도 포함하여 호각 이상으로 싸울 수도 있다. 그러나 두려워하고 있던 대로 오크 로드가 출현했다면, 이미 그들은 D랭크가 아닐 것이다.

오거를 잡아먹은 시점에서 그 힘은 벌써 말단까지 퍼졌다고 생각해야 한다.

비록 오거와 동등할 정도로 강화되진 않겠지만 적어도 D+정도로는 성장했다고 봐야 할 것이다.

오크 중에서도 기사 급의 자라면 적어도 C랭크. 자칫하면 자신들 리저드맨과 동등한 C+랭크에 해당할 정도로 강해져 있을 가능성조차 있었다.

수적인 유리함을 살려서 리저드맨의 진지 중에 동료의 힘이 피폐해진 곳을 공격해 오기만 해도 힘든 상황인데, 일개 병졸끼리의 전력에도 차이가 없어진다면 승산은 없다.

오크 로드의 존재가 있다면 식량이 떨어지길 기대하면서 농성을 한다고 해도 의미가 없다.

의지할 원군이 없다면 농성도 유효하지만 출구를 봉쇄당하면 굶어 죽는 건 리저드맨 쪽이다.

치고 나갈 수밖에 없었다.

두령은 고뇌의 결단을 강요당하고 있다.

고블린의 협력을 얻기 위해 보냈던 가비루에게선 아직 보고가 없다.

그러나 현 상태에선 시간을 들이면 들일수록 그만큼 상대를 강화시킬 우려가 있다.

최악의 경우엔 자신이 군을 이끌고 출전해야 할 필요가 있겠다는 생각이 들기 시작했을 때——.

"두령님, 침입자입니다! 종유 동굴 입구에서 두령님을 만나게 해달라고——."

외치는 소리가 들리더니, 당황한 표정으로 달려오는 병사의 모습이 보였다.

"당황하지 마라."

두령은 옆에서 대기하는 친위대가 창을 겨누려 하는 것을 소리쳐서 중지시킨다.

예전에 느낀 적이 없을 정도로 강력한 오라(요기)를 내뿜는 존재의 접근을 감지한 것이다. 두령은 감추려는 생각이 아예 없는 그 오라를 느끼면서 선불리 일을 크게 벌이지 않는 게 좋겠다는 것을 깨닫는다.

싸우면 큰 피해가 나올 것이고, 게다가 상대의 오라에서 적의가 느껴지지 않았던 것이다.

"혼자서 온 용기를 봐서 만나줘야 하지 않겠는가. 데려와라."

여유가 있는 태도를 보이면서 두령은 그렇게 명령했다.

"하지만 위험하지 않겠습니까?"

"이 오라는 거의 마인에 가까운 수준이다. 그렇다면 내쫓으려다간 그에 상응하는 피해를 각오해야만 한다. 지금은 조용히 구는 게 낫다. 일부러 우리가 적대할 필요는 없지."

친위대장이 두령에게 묻지만 일소에 부친다.

"그럼 회합실 주변을 정예 대원으로 포위할까요?"

"음. 단, 내가 명령할 때까지는 결코 움직이지 말라고 단단히 명령해둬라."

"넷!"

두령은 친위대장에게 고개를 끄덕이면서 초대받지 않은 손님이 오기를 기다린다.

이곳은 천연의 미로이기에 숨어들 장소는 많이 있다.

자신들의 안마당이라면 비록 상대가 마인이라고 해도 싸울 방법은 있었다.

그러나 어디까지나 최악의 경우에 대비할 뿐이다. 할 수 있다면 원만하게 얘기를 나누고 끝냈으면 좋겠다고 두령은 생각하고 있다.

(섣불리 손을 댔다간 리저드맨의 정예 100명이 덤빈다 해도 질지 모른다.)

다가오는 오라를 눈앞에 두고 두령은 문득 그렇게 생각했다.

이 오라를 지닌 자는 그걸 가능하게 만들기에 충분한 존재라는 것을 직감한 것이다.

잠시 기다리고 있으니,

부하의 안내를 받아 한 명의 마물이 나타났다.

살짝 검은 피부에 흑청색의 머리카락. 푸른 눈동자의 냉철한 기운을 지닌 마물.

신장은 평균적인 리저드맨과 비슷한 정도다. 마물치고는 큰 체격이라 할 순 없지만 그자가 지니는 분위기는 태연하면서 빈틈이 없다.

압도적인 힘을 느끼게 하는 그런 마물이었다.

그 마물을 연행하려는 듯이 주위를 리저드맨의 전사 몇 명이 포위하고 있었다.

그리고 회합실을 포위하듯이 정예 대원 100명이 대기를 완료하고 있다. 두령의 명령을 받으면 일제히 달려들 수 있도록 자세를 잡은 채로…….

(이건……. 자칫하면 몰살을 당하기만 하고 끝날지도 모르겠군…….)

두령은 그 마물을 보고 체념과 동시에 그렇게 느꼈다. 그 정도로 눈앞에 있는 마물에게서 풍기는 오라가 차원이 달랐던 것이다.

"실례했소. 지금 정신이 없는 상황이라 제대로 된 대접도 못 했구려. 이런 곳에 대체 무슨 일로 온 것이오?"

그런 두령의 말에 아직 젊은 리저드맨의 전사들은 노골적으로 반감을 드러냈다.

이런 정체를 모를 수상한 마물에게 예의를 갖출 필요 따위는 없다, 그렇게 생각했을 것이다.

두령은 그 감정을 달갑게 받아들였지만, 지금은 위험하다고도 느끼고 있나. 이 마물의 기분을 거슬렀다간 몰살당할 우려가 있는 것이다.

젊은 리저드맨 전사들에겐 압도적으로 경험이 부족하다. 상대의 역량을 파악하는 능력이 모자란 것이다.

두령처럼 오래 살면서 그런 위기의식을 발달시키지 못했기 때문에 눈앞의 마물의 실력이 어느 정도인지 파악할 줄 모르는 것이다.

하지만 그런 두령의 생각 따윈 아랑곳하지 않고 그 마물은 입을 열었다.

"내 '이름'은 소우에이. 나는 단순한 사자이므로 그렇게 신경 쓰지 않아도 된다."

두령의 예상과는 달리 그 마물은 거칠게 구는 일 없이 차분하게 이름을 댔다.

날카로운 반응을 보이는 리저드맨 따위는 안중에도 없다는 듯한 태도로 두령을 똑바로 바라보고 있다.

소우에이, 그 마물은 그렇게 자신의 이름을 밝혔다. 즉, 압도적인 강함을 지닌 네임드 몬스터였던 것이다.

그리고 그런 마물을 부리는 존재가 있다. 그 사실에 두령은 등에 식은땀이 흐르는 것 같은 착각에 사로잡혔다.

"용건을 말하지. 이번에 내 주인께서 너희들과 동맹을 맺길 바라고 계신다. 나는 그 중재 역을 맡았다. 기뻐하도록 하라. 내 주인께서는 너희들이 오크들에게 멸망당하는 걸 그냥 보고 넘기기가 힘들다고 말씀하셨다. 그렇기 때문에 동맹을 제안하는 것이다."

무슨 용건을 들이대려는 건가 하는 생각을 속으로 하면서 준비하고 있던 두령의 뜻과는 반대로 소우에이의 입에서 나온 말은 동맹의 제안이었다.

자신들을 하대하는 듯이 일방적으로 말하긴 했지만, 그 내용은 들을 만한 부분이 있었다.

두령은 생각한다. 소우에이라고 이름을 밝힌 마물, 그의 주인의 목적에 대해서.

적어도 그 존재는 오크들과 적대하고 있는 것 같다고.

"그 제안에 대답하기 전에 질문이 있는데, 괜찮겠소?"

"듣도록 하지."

간결한 대답이긴 했지만 상대에겐 두령과 교섭할 의지가 있다는 걸 확인할 수 있었다. 그 사실에 안도하면서 두령은 질문을 던진다.

"그럼 묻겠소. 동맹이라고 말한다면, 그대의 주군은 우리가 오크들과 자웅을 겨루는 데에 협력할 의지가 있다는 걸로 생각해도 된단 뜻이오?"

"아까 말했던 대로다. 너희들을 저버리는 것은 좋은 일이 아니다. 가능하다면 같이 싸우고 싶다고 말씀하셨다."

"한 번 더 묻지. 그대의 주군은 이번 오크의 움직임의 원인을 어떻게 생각하고 있소?"

두령의 질문에 소우에이는 한순간 침묵하더니, 입가에 대담한 웃음을 띠면서 대답한다.

"그 질문은 오크 로드가 출현한 것이 맞느냐 아니냐에 관한 것인가? 그렇다면 한 가지 확실한 정보를 주도록 하마. 내 주인이신 리무루 님은 숲의 관리자인 드라이어드로부터 요청을 받고 오크 로드의 토벌을 확실하게 약속하셨다. 이게 무슨 의미인지를 생각하여 동맹의 제안을 받아들일지 말지를 잘 생각해보도록 하라.”

그 대답에는 두령이 바라던 것 이상의 정보가 포함되어 있었다. 숲의 관리자인 드라이어드가 관여하고 있다는 이야기를 듣고 그 자리에 있던 자들이 동요하기 시작한다.

그리고 방금 막 오크 로드의 존재는 확실한 것이라고 눈앞의 남자가 긍정한 것이다.

이 마물을 부리는 존재.

그런 존재라면 어쩌면 오크 로드를 쓰러뜨릴 수 있지 않을까?

드라이어드라는 숲의 최상위 존재의 이름까지 나왔다면, 이 이야기는 정말이라고 생각해도 좋을 것 같다. 무엇보다 섣불리 거짓말을 하여 숲의 관리자를 화나게 할 멍청이는 없으니까 말이다.

대삼림의 나무들을 통해 드라이어드는 모든 일들을 꿰뚫어 본다고 한다. 그런 존재의 이름을 들먹이는 어리석은 자는 쥬라의 대삼림에 존재하지 않았다.

게다가 동맹을 제안한 것이니만큼 일방적인 예속(隷屬)은 아니라는 뜻이다.

대등한 관계로서 취급해줄 것이다.

이 얘기는 받아들일 수밖에 없다. 두령은 그렇게 판단했다.

그때──.

“두령님! 그런 녀석들의 얘기를 들을 필요는 없습니다!”

“그렇습니다. 정체도 제대로 모르는 놈들에게 긍지 높은 리저드맨이 아양을 떨 이유가 없습니다!”

“그렇고말고요. 이제 곧 가비루 님이 돌아오십니다. 우리만으로도 그 돼지 놈들은 충분히 상대할 수 있습니다!"

"흥. 보나마나 그 녀석의 주인이란 자도 오크들이 두려우니까 우리에게 울면서 매달리는 거겠지? 솔직하게 도와달라고 말하면 될 것을, 뭘 그리 잘난 체를 하는 거냐!"

그런 생각 없는 말을 지껄이면서 몇 명의 리저드맨들이 회합실 안으로 들어왔다.

고블린의 협력을 얻기 위해 보낸 가비루의 부하들 중 이곳에 남아 있는 자들이다.

혈기왕성한 자들은 교섭에 적당하지 않으리라 생각하여 손님을 맞으러 갈 때 일부러 제외시켜놓았는데……. 바라던 바와는 반대의 결과가 나와 버린 것 같다.

두령은 혀를 차고 싶은 기분이다.

아무리 상대의 실력을 모른다고 해도 스스로의 잣대로 동맹의 제안을 멋대로 거절하려 들다니…….

확실히 상대가 무례한 점이 있다는 것은 사실이다. 그러나 상대는 사자인 데다, 아무런 권한도 없는 자들이 무례하게 굴어도 되는 이유는 되지 않는다.

게다가 상대의 무례에 대해서도 큰 문제라고 말할 수는 없었다. 드라이어드조차 협력을 요청했다고 하는 강력한 마물이 보낸 사자이다. 격으로 따지자면 일대 세력을 이루고 있는 리저드맨이 봐도 동격이거나 그 이상이다.

약육강식의 마물의 세계에선 힘이야말로 곧 정의인 것이다.

그렇다면 격이 높은 자가 스스로 나서준 것이니만큼 무례한 태도는 중요한 문제가 아니라고 할 수 있었다.

게다가 싱대는 일개 사자라고 하지만 압도적인 힘을 지닌 마인인 것이다. 섣불리 기분을 상하게 하면 분노를 사서 적으로 단정해버릴 경우도 생각할 수 있다.

오크들과의 결전을 눈앞에 둔 상태에서 이 정도의 마인과 일전을 벌이는 것은 너무나도 어리석은 짓이다.

설마 화를 내게 만든 것은 아닐까?

그렇게 생각하면서 소우에이라고 이름을 밝힌 마물을 본다.

그는 눈을 돌리지도 않고 여전히 두령을 바라보고 있다.

소동을 부리는 자들을 상대할 생각 같은 건 털끝만큼도 없는 것 같다.

두령은 안도했다.

대국을 제대로 보지 못하는 일부의 리저드맨들 때문에 이 이야기가 없었던 것으로 끝나는 일은 절대 있어선 안 된다.

"조용히 하라!"

크게 꾸짖으면서 소동을 부리는 자들을 입 다물게 했다.

친위대에게 눈으로 신호를 보낸다.

"어떻게 할지는 내가 정한다. 너희들이 의견을 뱉을 권리는 없다. 하룻밤 동안 감옥에 들어가 반성하도록 하라!!"

가비루의 휘하에 있는 젊은이들을 체포하여 옥에 들어가도록 연행시켰다.

"두령님, 다시 생각해봐 주십시오!"

"이런 일은 가비루 님이 절대 허용하시지 않을 겁니다!!"

그런 식으로 떠들어대고 있지만, 지금은 그럴 때가 아니다.

두령은 소우에이를 다시 바라보면서 고개를 숙인다.

"동족이 실례를 저질렀소. 이 동맹의 얘기는 받아들일 생각이오. 그러나 지금은 상황이 상황인지라 이 자리를 떠날 수 없소. 원래는 어딘가에 장소를 정해서 그쪽의 주군과 만나고 싶은 바이지만 그럴 여유가 없구려. 그쪽에서 이리로 와주는 형태가 될 것 같은데, 그래도 문제가 없겠소?"

내심 느껴지는 불안을 감추면서 물어봤다.

명백히 격이 더 높은 자를 보고 이쪽으로 오라고 말한 것이다. 사자가 화를 낸다 해도 이상할 것이 없다.

그러나 사자는 그런 두령의 불안에 개의치 않는 반응을 보였다.

"사죄를 받아들이지. 흔쾌한 대답을 받아서 내 주인께서도 기뻐하실 것이라 생각한다. 우리 쪽이야말로 잘 부탁한다. 그러면 우리도 준비를 갖춘 뒤에 이쪽으로 합류하도록 하겠다. 그때야말로 나의 주인이신 리무루 님을 뵐 수 있을 것이다. 그때가 오면 잘 해주길 기대하겠다."

두령의 대답을 당연하다는 듯이 받아들인다.

두령이 거절할 것이라고는 조금도 생각하지 않은 것 같은 태도였다.

어쩌면——거절했다면 그 순간에 리저드맨의 운명은 끝이 난 게 아니었을까? 문득 그런 생각이 두령의 뇌리를 스친다.

(불가능한 얘기는 아닐지도 모르지. 오늘 이 날, 이 동맹에 관한 얘기가 없었더라면 리저드맨의 운명은 끝났을지도 모른다……)

소우에이라고 이름을 밝힌 마물은 오크 로드가 나타났다고 단언하고 있다.

그건 즉, 두령이 상정한 최악의 사태가 진행 중이었다는 뜻이다. 그 최악의 사태에 대항할 수 있는 빛이 보였다는 사실에 두령은 마음속으로 안도하는 중이었다.

"합류는 7일 후가 될 것이다. 그때까지 절대로 먼저 싸움을 거는 일은 없도록 하라. 그리고 등 뒤에도 충분히 주의를 기울이는 게 좋을 것이다."

"음, 잘 알았네. 그러면 그대의 주군을 만날 수 있기를 기대하고 있도록 하지."

두령을 향해 고개를 끄덕이고는, 그 마물은 그 자리에서 사라져버렸다.

소리도 없이, 그림자 속으로 숨어드는 것처럼.

7일——.

그 정도라면 어떻게든 버틸 수 있을 것이다.

오크들을 강화시키지 않도록 농성하면서 원군을 기다리면 된다.

어느 정도의 원군이 될지는 모르지만 적어도 소우에이라는 이름의 마물 하나로도 충분한 도움이 될 것이다. 그 주인이란 자가 오크 로드를 상대해주겠다면 리저드맨은 그걸 전면적으로 지원하면 되는 것이다.

거의 존재하지 않는 가능성에 걸고 죽을 각오로 결전에 임하는 것보다도 원군을 기다리면서 전력을 보존해주는 편이 희망이 있다.

두령은 각오를 굳히고는, 모두에게 선언한다.

"농성이다! 원군이 올 때까지 전력을 보존하라!!"

"""넷!!"""

이렇게 리저드맨들은 다가올 결전에 대비해 깊고 조용히 천연의 미로 속에 잠복한다.

●

가비루는 눈을 떴다.

무슨 일이 일어난 것인지 떠올리느라 한참 동안의 시간을 필요로 했다.

그리고 화를 내면서 벌떡 일어났다.

"눈을 뜨셨습니까?!"

가비루가 눈을 뜬 걸 알아차리고 부하인 리저드맨이 말을 걸었다.

"걱정을 끼치고 말았구나. 아무래도 나는 속임수에 넘어간 모양이다……."

"속임수에, 넘어가셨다고요?"

"음. 정말 건방진 놈들이로군. 교묘한 수를 쓰다니……."

"그 말씀은 즉……?"

"말하자면 간단하다. 나를 쓰러뜨린 자야말로 그 마을의 주인임이 틀림없다는 얘기다."

"뭐라고요?!"

"과연, 듣고 보니 확실히……."

"그렇게 생각하면 앞뒤가 맞는군요."

가비루의 부하들은 하나둘씩 납득하는 투로 말을 한다.

"녀석은 부하를 시켜 주인인 양 굴게 하여 나를 속인 것이다. 그리고 주인은 일빠진 밀단 부하로 연기를 하면서 나랑 싸운 것이시!"

"비겁하게!! 가비루 님의 방심을 유도하는, 그런 비겁한 속임수를 쓰다니."

"아랑족이나 되는 자가 그런 소인배에게 협력하고 있을 줄이야……. 평원의 패자니 뭐니 하지만 결국은 그냥 짐승이로군요."

"겁쟁이에 어울리는 비겁한 방법입니다. 무인이신 가비루 님이 상대하실 만한 자가 아니었단 말이군요."

"그러게 말이다. 내가 정정당당하게 승부하려 했던 게 애초에 잘못이었어!"

"과, 과연…… 그랬던 것입니까. 하기야 그렇지 않으면 가비루 님이 패배하실 리가 없지요."

"그랬단 말인가! 빌어먹을 아랑족에 흡고블린 놈들! 고블린에서 우연히 진화했다고 해서 교만하게 굴다니. 우리 리저드맨과 대적할 생각이라면 그 건방진 생각을 하는 머리를 식혀주고 말테다!!"

그런 반응을 보면서 가비루도 고개를 끄덕인다.

그렇게 생각하지 않으면 가비루가 질 이유가 없다고 생각하고 있다.

(그건 그렇고 아랑족은 긍지 높은 종족이라고 생각했는데, 설마 그런 지저분한 술수를 쓰는 자를 따를 줄은 몰랐군.)

가비루는 아랑족에게 실망했다.

"그런 비겁한 수를 쓰는 자들 따위는 아군으로 끌어들일 가치도 없다!"

그러므로 분개한 감정을 그대로 입 밖으로 뱉는다.

"그렇게 생각한다면 놔두고 오기를 잘했는지도 모르겠군요."

"그렇고 말고요."

"맞습니다. 맞습니다."

가비루의 부하들도 가비루의 말에 쉽게 동조했다.

그리고 크게 웃어젖히는 가비루와 부하들.

이미 가비루가 패배한 사실은 없었던 것으로 치고 있다.

"그건 그렇고…… 제가 생각하기에는 가비루 님이 언제까지고 전사장으로만 계시는 건 이상하다고 생각합니다……."

"뭐라고?"

가비루가 불쾌한 표정으로 방금 그 말을 한 자를 노려본다.

"아니, 결코 전사장의 자리에 부족하다는 뜻이 아니라 그 반대라는 뜻입니다! 언제까지고 가비루 님이 그 늙은 두령 밑에 있는 것이 아깝다는 생각이 들어서……."

당황하면서 변명하는 부하의 말에 가비루는 흥미를 느낀다.

"계속해봐라."

가비루의 허락을 받고 안도한 표정으로 이야기를 이어가는 부하.

"네. 슬슬 그 늙은이는 은거하도록 하고 가비루 님이 새로운 리저드맨의 두령이 되어주시는 게 어떨까 합니다. 그랬다면 오크들에게 얕보이는 일도 없지 않았겠느냐고 저는 생각합니다."

그 말에 다른 부하들도 동조하기 시작했다.

"맞습니다! 가비루 님이 자신의 강함을 보여주시면서 머리가 굳어버린 자들을 일소한 뒤에, 리저드맨의 새로운 시대를 만들어주신다면 그에 비할 기쁨이 또 어디 있겠습니까."

"동감입니다. 슬슬 새로운 바람이 불어도 될 때가 온 것입니다!"

혈기왕성한 가비루의 부하들은 제각각 소리쳤다.

가비루는 고개를 끄덕인다.

드디어 이때가 온 것인가, 그게 가비루의 솔직한 감상이었다.

"너희들도 그렇게 생각하고 있었단 말인가. 실은 나도 슬슬 움직일 때가 온 게 아닌가 하고 생각하고 있었다. 나와 같이 싸워주겠는가?"

가비루는 주위에 있는 자들을 돌아본다. 그리고 뜨거운 시선을 받고 있다는 사실에 만족했다.

그들은 하나같이 눈을 빛내면서 리저드맨의 새로운 시대에 기대를 건다.

그들이 절대적인 권력을 주고 중앙에서 동족들을 다스리는 입장이 되리라는 것을 전혀 의심하지 않으며…….

그리고 한 사람이 입을 연다.

"저희의 대표가 되어주시겠습니까?"

그 말이 계기가 되었다.

가비루는 대범하게 고개를 끄덕이면서 힘이 들어간 목소리로 선언한다.

"드디어 때가 오고 말았단 말인가……. 좋다, 같이 싸우도록 하자!!"

가비루의 선언을 듣고 주위의 리저드맨들의 함성이 메아리쳤다.

이리하여 어리석은 자는 무대 위에 올랐다.

소란의 막이 열린다.

제4장

미쳐 돌아가는 톱니바퀴

Regarding Reincarnated to Slime

리저드맨의 두령은 전황을 듣고 고개를 한 번 끄덕였다.

소우에이와의 회합이 있은 뒤로 4일이 지난 상태다.

약속한 날까지 앞으로 3일 남았지만 현재는 큰 피해 없이 무사하게 내일을 맞을 수 있을 것 같다.

오크의 공격은 가혹하기 그지없었다.

물량에 의존하여, 통로란 통로는 오크로 가득 차 있다. 아무리 천연의 미로라고는 해도 대량의 오크 병사들로 메워진 상태에선 의미가 없다.

특정한 통로에 덫을 설치하고 조금씩 오크의 수를 줄이는 것만으로 벅찼다.

하지만 한 명의 사망자도 나오진 않았다. 희생자를 내지 않도록 철저하게 방어에 임하고 있는 것이 효과를 발휘하고 있었던 것이다.

이것도 미로를 잘 알고 있는 덕분이며, 리저드맨의 사기는 점점 올라가고만 있었다.

미로는 다양하게 갈라져 있기 때문에 탈출용 통로는 물론이고 긴급 연락용 통로까지 아직 건재하다. 오크의 정면에 서는 부대는 교대하여 휴식을 취하면서도 매번 충돌하는 수를 최소한으로 조정할 수 있다.

두령의 뛰어난 지도력의 산물이었다.

하지만 두령은 자만하고 있지 않다.

원군이 올 것이라고 모두가 희망을 가지고 있기 때문에 그럭저럭 통제가 먹히고 있는 것이라고 파악하고 있었던 것이다.

실제로 오크와 싸운 자는 그 전투력에 경악했다고 한다.

일반적인 오크와는 비교가 되지 않을 정도로, 차원이 다른 강함이었던 것이다.

그게 오크 로드의 스킬에 의한 것이라는 건 명백했으며, 만약 결전을 시도했다면 리저드맨은 지금쯤 대실패를 맛봤을 것이라는 건 틀림없었다.

철저하게 방어하고 있기 때문에 희생이 나오지 않았을 뿐이다.

지금까지 리저드맨 정예부대의 방어망은 돌파되지 않았다. 그러나 물량 앞에는 방심할 수 없었다. 이 이상 상대의 능력을 높여주는 것은 피해야만 한다.

누구나가 두령의 판단이 옳았음을 인정할 수밖에 없는 상황이었다.

전사들은 부상을 입으면 즉시 교대하도록 엄명을 받고 있었다. 만약 부상을 입고 전사하는 일이 생기면 그 시체를 먹고 오크들이 점점 강해지는 결과로 이어질 수 있기 때문이다.

신중하게, 그리고 확실하게. 방위선을 사수해야 한다는 것을 모두가 이해하고 있었다.

그것도 이제 3일.

원군과 합류할 수 있게 되면 반격으로 전환할 수 있다.

이번에는 반대로 지형을 이용해서 오크들을 각개격파 할 수 있을 깃이다.

적어도 중요한 곳의 방어에 할애한 인원들도 공격으로 돌릴 수 있게 된다. 그렇게 하면 끝없는 싸움처럼 느껴지는 이 상황도 조금씩 개선이 될 것으로 믿으며 버틴다.

그런 희망적인 관측을 떠올리면서 두령은 아주 약간 안도했다.

그때였다.

두령에게 가비루가 귀환했다는 보고가 들어온 것은…….

●

가비루는 분개했다.

(이게 뭐냐?! 긍지 높은 리저드맨이 겁쟁이처럼 굴속에 숨어서 오크들로부터 피해 있다니…….)

분노에 자신을 잊어버릴 정도가 된다.

(그러나 이제 괜찮다. 내가 돌아왔으니까. 이것으로 원래의 리저드맨에 걸맞은 긍지 있는 싸움을 할 수 있을 것이다.)

그렇게 생각하면서 가비루는 서둘러 두령이 있는 곳으로 향했다.

"수고했다, 가비루. 고블린들의 협력은 잘 얻어낼 수 있었는가?"

"네! 7천 마리 정도이지만 협력을 얻은 뒤에 대기시켜 놓았습니다."

"그런가. 그걸로 어떻게든 도움이 된다면 다행이겠다만."

"그럼 이제 곧바로 출전하시겠군요?!"

두령에게 보고를 끝낸 후 기세 좋게 묻는 가비루.

가비루가 돌아온 이상, 오크들이 멋대로 설치게 놔둘 일은 없다고.

두령도 가비루의 귀환을 기다리고 있었을 것이라고, 그렇게 생각하면서.

그런데 두령의 대답은 가비루가 생각도 못 한 것이었다.

"응? 아니, 출전은 아직 하지 않는다. 네가 여기 없는 동안에 동맹의 제안이 있었다. 그 동맹군이 3일 후에 도착 예정이다. 그 자들과 합류하길 기다렸다가, 동맹 체결과 동시에 작전 회의를 벌일 것이다. 그 후에 일제히 전면 공격으로 나설 예정이다."

아닌 밤중에 홍두깨다. 가비루가 생각도 못 했던 말을 두령이 한 것이다.

(뭐라고? 두령은 날 기다리고 있었던 게 아니란 말인가?!)

그 불만이 가비루를 불쾌하게 만들었다.

오크 같은 놈들을 상대로 어디의 누군지도 모르는 원군에 의지하려 들다니, 그건 가비루가 허용할 수 있는 이야기가 아니었던 것이다.

"두령님, 우리가 나선다면 오크 놈들 따위는 바로 해치울 수 있습니다. 출전 허가를 내려주십시오!"

분개하면서 출전 허가를 요청했다.

하지만 두령의 대답은 차가웠다.

"안 된다. 모든 건 3일 후다. 너도 지쳤을 테니 오늘은 그만 쉬도록 해라."

두령은 가비루의 의견을 전혀 받아들이지 않았다.

가비루의 머리는 분노로 새하얗게 된다.

가비루를 제쳐놓고 원군을 더 중요하게 여긴다니, 도저히 용서할 수 없는 일이다.

"두령님——아니, 아버님! 이제 그만 정신을 차리시죠. 아무래도 당신은 너무 늙은 나머지 현실을 제대로 못 보는 것 같습니다."

"뭐라고?"

"가비루 님, 무슨 생각이십니까?"

두령은 의아한 얼굴로 가비루를 봤으며, 곁에 있던 친위대장이 가비루에게 묻는다.

가비루는 그런 두 사람을 안쓰러운 눈으로 바라본다.

마음은 신기하게도 침착해져 있었다.

지금까지는 아버지라고 생각하여 두령 자리에 그를 세워둔 채로 가비루가 참아왔던 것이다.

확실히 존경할 만한 면이 많은 건 사실이었고, 두령의 지도력은 솔직히 칭찬할 만했다.

가비루는 자신의 아버지인 두령을 결코 싫어하는 건 아니다.

오히려 그 반대이며, 위대한 아버지에게 인정받고 싶은 욕구가 가비루를 이렇게 몰아가고 있었다.

——자신을 인정하지 않는 건 용서할 수 없다. 그렇다면 가비루가 위에 서서 힘을 증명해 보이겠다. 그렇게 하면 아버지인 두령도 가비루를 인정할 수밖에 없을 테니까.

말로 하자면 그렇게 표현할 수 있을 것이다.

그러나 가비루는 프라이드가 강하기 때문에 자신의 본심을 인정할 수 없었다.

가비루는 혼자 고개를 끄덕이면서 부하들에게 신호를 보낸다.

"아버님, 당신의 시대는 이제 끝났습니다. 오늘부터는 내가 리저드맨의 새로운 두령입니다!"

회합실에 울려 퍼질 정도로 커다란 목소리로 높이 소리쳐 선언했다.

그 선언을 신호로 고블린들이 우르르 회합실 안으로 들어온다.

그리고 두령과 그 친위대를 향해 돌창을 겨눴다.

가비루의 휘하에 있는 정예 리저드맨들도 통로를 막으면서 빈틈없이 서 있다.

"가비루, 무슨 생각이냐?!"

상황이 파악이 안 되는지 두령이 상기된 목소리로 소리치고 있다.

그건 너무나도 드문 일이었다.

그리고 그 사실이 가비루의 우월감에 불을 지폈다.

"아버님, 지금까지 수고 많으셨습니다. 뒷일은 내게 맡기고 느긋이 은거 생활을 보내시면 됩니다."

가비루는 부하에게 명하여 친위대와 두령의 무장을 해제시킨다.

"대답해라, 가비루! 이게 어떻게 된 일인지 묻고 있다."

"아버님, 천연의 미로를 이용하여 오크와 싸우는 건 좋은 계책일지도 모릅니다. 하지만 그래선 수많은 통로에 전사를 너무 많이 분산시키는 바람에 전력을 집중한 반격을 할 수가 없게 되잖습니까. 이대로는 점점 상황이 악화될 뿐입니다."

"바보 같은 소리를……. 그건 3일 후에 회의를 연 뒤에 공격으로 전환할 것이라고——."

"그게 어설프단 말입니다!! 리저드맨은 강자입니다. 그 본연의 강함은 습지대에서만 발휘되는 것입니다. 질퍽거리는 토양이야말로 우리의 기동력을 최대한으로 살리면서 적의 움직임을 둔하게 만드는 천연의 무기. 습지대의 왕자인 우리가 이렇게 숨어 있어선 안 됩니다!!"

그렇게 단언하고는 두령의 무기——리저드맨 두령의 상징이기도 한 '창'을 쥔다.

그 창, 매직 웨폰(마법 무기) : 볼텍스 스피어(수와창, 水渦槍)를.

그건 리저드맨 최강의 전사가 지니는 마창이며, 그야말로 자신이 지니기에 어울리는 무기라고 가비루는 생각한다.

가비루는 창에서 엄청난 힘이 밀려들어 오는 것을 느꼈다. 그건 그야말로 창이 가비루가 주인으로 인정한 증거임이 틀림없다.

가비루는 두령과 친위대장을 보면서 창을 들어 보였다.

"창은 나를 인정했다. 리저드맨에게 동맹 따윈 필요 없다! 내가 그걸 증명할 것이다."

"기다려라, 가비루. 네 멋대로의 행동은 허락할 수 없다! 적어도 동맹군이 도착할 때까지 기다려라!"

"나머지 일은 제게 맡기시면 됩니다. 싸움이 끝날 때까지는 좀 답답하시겠지만 참아주시지요."

가비루는 두령의 외침을 한 귀로 흘려들으면서 그렇게 말했다.

"가비루 님——아니, 오라버니!! 우리를 배신하는 것입니까?!"

"여동생이여, 공사 혼동은 바람직하지 않구나. 그리고 배신하는 게 아니다. 보여주겠다고 말하고 있는 것이다. ……리저드맨의 새로운 시대를, 말이지."

"그런 말도 안 되는 소릴?! 오라버니가 뛰어나다는 건 다들 인정하고 있습니다. 왜 하필 지금입니까? 그게 정말 오라버니의 본심이란 말입니까?!"

친위대장——친여동생의 말은 가비루의 기분을 거슬렀다.

"당연히 내 본심이고말고!! 눈에 거슬린다, 구속해서 끌고 가라."

그리고 부하에게 명한다.

여동생이 외치는 소리가 들리지만, 이미 가비루의 마음에는 닿지 않는다.

당연히 죽일 생각은 없다. 그저 방해를 받기 싫었던 것이다.

두령도 애를 먹었던 상대를 가비루가 물리친다.

그건 새로운 영웅으로서 가비루가 리저드맨의 정점에 서기에 어울리는 이벤트였다.

(그렇게 되면 아버지도 날 인정하고 자랑스럽다고 칭찬해줄 것이다.)

가비루의 마음은 고양되고 있었다.

두령의 동조자들은 부하들이 고블린을 이끌고 제압하러 가고 있다. 전방의 오크에 의식을 집중하느라 배후의 경계는 약했다. 애초에 비상 통로를 통해 아군이 습격해 올 것이라고는 생각도 못 했을 것이다.

얼마 되지 않아 장악에 성공했다는 보고가 들려온다.

가비루는 자연스럽게 두령이 앉아 있던 의자에 앉았다.

그걸 기다렸다는 듯이——.

"그 의자에 앉은 느낌은 어떻습니까?"

가비루에게 말을 거는 자가 있었다.

"오오, 라플라스 님이로군. 이번 일을 도와줘서 정말 고맙소. 덕분에 생각보다 쉽게 일이 끝났소."

"그거 다행이군요. 저도 도움이 된 것 같아서 기쁩니다."

사람을 놀리는 것 같은, 좌우 비대칭의 웃는 얼굴을 본떠 만든 가면을 쓴 남자.

입고 있는 복장도 안 좋은 의미로 너무 눈에 띈다. 지나치게 화려하고 선명한 광대 옷이었다.

그런 우스꽝스러운 차림을 하고 있지만, 가비루는 신경 쓰지 않는다.

왜냐하면 라플라스라고 이름을 밝힌 그 남자는 가비루가 경애하는 게르뮈드가 고용한 자이기 때문이다.

"저는 라플라스라고 합니다. '중용(中庸)광대연합'이란 이름을 가진 심부름 회사의 부회장을 맡고 있지만 이번에 게르뮈드 님에게 고용이 되었지요. 가비루 씨의 도움이 되어주라고 말이죠."

고블린을 이끌고 귀환하는 도중이었던 가비루 앞에 홀연히 나타나 그렇게 말을 걸었던 것이다.

그리고 지하 감옥에 갇혀 있다던 가비루의 부하들을 꺼내주고 리저드맨의 동향을 가비루에게 전부 알려주었다.

그리고 가비루를 위해 볼텍스 스피어의 봉인을 해제하여 쿠데타에 도움을 준 것도 이 남자이다.

당초 계획으로는 리저드맨의 본대가 습지대로 나와 공격하는 틈을 타서 두령을 비롯한 수뇌부를 제압할 계획이었다. 그러나 동족들은 방어에 치중하느라 움직일 기미가 없었다. 예상과 달라지면서 가비루가 초조해지기 시작했을 무렵에 라플라스가 도와주겠다고 나서준 것이다.

가비루의 부하와 고블린의 부대를, 두령이 있는 곳까지 비밀리에 옮겨준 것이다.

마치 마법처럼 그 존재를 느낄 수 없도록 하여, 탈출 통로를 통한 침입을 이끌어준 것이다.

소위 이번 쿠데타의 공로자라고 할 수 있는 인물이 라플라스였다.

"무슨 말씀을, 가비루 씨. 저는 그렇게 대단한 자가 아닙니다요."

라플라스는 웃으면서 부정했지만, 가비루의 입장에서는 게르뮈드를 함께 모시는 동료라는 의식이 컸다.

"와하하하하. 겸손이 지나치시오, 라플라스 님. 내가 게르뮈드 님의 부하가 되었을 때는 같이 일할 동료가 될 테니까 앞으로 잘 부탁드리겠소이다."

가비루는 기분 좋은 표정으로 라플라스에게 말을 걸었다.

"가비루 님, 각 부족장의 장악이 완료되었습니다."

가비루가 그렇게나 기다리던 보고가 도착했다.

이제 드디어 전군의 지휘권이 가비루의 것이 된 것이다.

"어이쿠, 방해해서 죄송하군요. 자, 저는 그럼 슬슬 다음 일을 시작하겠습니다."

"아아, 너무 오래 붙잡은 모양이군. 그러면 나도 오크 놈들을 격퇴해서 게르뮈드 님께 내 힘을 보여드리도록 하겠소."

라플라스는 가비루에게 오히려 놀리는 게 아닌가 싶은 생각이 들 만큼 지나치게 공손한 자세로 인사를 하고는 그 자리에서 순식간에 사라지고 말았다.

"라플라스라, 믿음직한 인물이다. 역시 게르뮈드 님, 저런 인물을 아군으로 붙여주시다니……. 자, 나도 지고 있을 수는 없지."

가비루는 마음을 다시 잡고 일어선다.

지금이야말로 출전할 때였다.

가비루의 머리는 자신의 패배 따윈 상상도 할 수 없다.

아버지인 두령의 충고 같은 건 전혀 귀에 들어오지 않았다.

원래부터 가비루에게 동조하던 자들은 이 세대교체의 드라마를 기쁨의 함성과 함께 칭송하고 있다.

젊은 자들은 원래부터 가비루를 열광적으로 지지하고 있었던 것이다.

가비루는 각 부족의 지도자였던 자들을 불러 모아 대공세를 준비할 것을 명령했다.

리저드맨이 용감하다는 것을, 주제넘게 까불고 있는 오크들에게 가르쳐주기 위해서.

신경을 계속 소비하는 방어전에 지쳐 있던 그들은 가비루의 명령에 함성을 지르며 기뻐한다. 두령이 고심 끝에 희생을 내지 않도록 하기 위해 억지로 지키게 한 반격 금지의 명령이 이제 와서 가비루의 지지율을 높여주는 효과를 내고 있는 것은 아이러니한 일이다.

확실히 흐름은 가비루에게 유리하게 흘러가고 있었다.

가비루는 그들의 목소리를 듣고 유쾌한 기분으로 다시 두령의 의자에 털썩 앉았다.

이제 곧 자신의 시대가 올 것이라고, 가비루는 믿어 의심치 않는다.

그러기 전에 오크를 물리치는 것 따위는 가비루에겐 사사로운 문제로밖에 느껴지지 않았던 것이다.

●

이게 무슨 일인가…….

두령은 후회의 감정에 사로잡혀 있었다.

소우에이라는 마물이 마지막에 말했던 등 뒤에도 충분히 주의를 기울이란 말은 이런 사태를 경고했던 것이다.

아군의 통제는 확실하게 자신이 쥐고 있다고 생각했다.

혈기왕성한 자들도 두령의 명령을 잘 지키면서 방어에 치중하고 있었는데…….

설마 자신의 아들에게 배신을 당할 줄이야――. 두령은 절망에 머리를 쥐어뜯고 싶은 심정이었다.

이대로 있으면 안 된다.

이대로 있으면 리저드맨은 3일은커녕 내일까지도 버티지 못하고 파멸하고 만다.

마음을 굳게 먹고 친위대장을 본다.

자신의 또 다른 자식이며 가비루의 여동생.

대장은 두령이 보내는 신호를 알아차리고 고개를 끄덕였다.

"가라!"

그렇게 두령이 소리침과 동시에 친위대장은 자신을 붙잡은 손길을 뿌리치고 달리기 시작했다.

이 사태를 동맹 상대에게 알려야만 한다. 그러지 않으면, 자칫하면 자신들의 분쟁에 휘말리게 될 우려도 있었다. 그것만은 리저드맨의 긍지를 걸고서라도 저지해야만 하는 것이다.

그 사자, 소우에이라고 이름을 밝힌 남자는 오라(요기)를 숨기지 않았다.

그러므로 근거지인 지하 대동굴에서 나가면 사자가 향한 방향 정도는 알 수 있을지도 모른다.

그런 덧없는 가능성에 걸고 친위대장을 보낸다.

다시 붙잡기 위해서 가비루의 부하들이 움직였지만 동료를 공격할 의도는 없는 건지, 주저하는 분위기가 보였다. 그 틈을 놓치지 않고 친위대장은 재빨리 내달린다.

그걸 보고 일단은 안도하는 두령.

두령 자신은 책임을 지기 위해서라도 이 자리에 남아 있어야 한다. 그러므로 친위대장이 무사히 목적을 달성할 수 있기를 빈다.

겨우 7일.

이 7일이라는 약속조차 지키지 못했던 자신의 부족함을 한탄하면서.

그리고──약속을 지키지 못하는 바람에 자신들이 버림을 받지 않도록.

분명 자신들에게 어떤 가치가 있기 때문에 동맹을 제안했을 것이다. 이 일로 인해 그 가치가 없다고 판단하여 자신들을 버리지 않기를 절실하게 빌었다.

(이 전쟁에서 가비루가 이끄는 전사들이 전멸하는 건 어쩔 수 없을 것이다. 자업자득이겠지. 그러나 적어도 피신시킨 여자와

아이들만이라도 보호를 받을 수 있다면…….)

동맹체결조차 아직 되지 않은 상황이다. 자신의 바람이 너무나 이기적이라는 것을 두령은 충분히 이해하고 있었다.

그러나 리저드맨 부족 전체가 멸종당하는 것만은 무슨 일이 있어도 저지하고 싶다고, 절실하게 생각하고 있는 것이다.

그건 오랜 시간 동안 전 부족을 다스려온 두령으로서의 책임감 때문에 나온 생각이니, 그를 책망하는 건 누구도 불가능할 것이다.

두령은 정확하게 앞으로의 전개를 예측하고 있었다.

가비루는 각 부족을 다 장악하게 되면 당장이라도 공격을 하려 들 것이다.

그렇게 되면 각 통로에서 싸우고 있는 방어 부대의 교대 인원조차 없어지게 된다.

교대도 하지 못하면서 점점 더 강해지는 오크들을 상대하다니, 방어 부대가 패배하는 것도 시간문제가 될 것이다.

미로 안쪽 깊숙한 곳에 있는 대공간에 모아둔 각 부족의 여자와 아이들. 비전투원인 그들을 지키는 자가 사라지게 된다…….

이런 일이 벌어질 줄이야……. 그러나 한탄만 하고 있어선 안 된다.

(나 자신이 마지막 방어의 중심에 설 수밖에 없다. 적어도…… 최후의 시간 정도는 벌어야겠지.)

두령은 그렇게 결의했다.

조금이라도 더 시간을 버는 것. 그게 지금 두령이 할 수 있는 최선의 행동이니까.

그날, 습지대를 오크 군이 가득 메웠다.

　상공에서 내려다본다면 동굴의 입구로 오크들이 개미처럼 쇄
도하고 있는 모습을 볼 수 있을 것이다.

　그러나 그 수는 오크 군대의 극히 일부에 지나지 않는다.

　숲을 빠져나와 점점 습지대 방면으로 침공해 오는 오크의 무
리. 그것과는 별도로 큰 강을 따라 북상해 오는 본대가 대기하고
있었다.

　대치하는 자도 없이 그 무리는 습지대를 가득 메우면서—— 동
굴 안으로 눈사태처럼 몰려들고 있다.

　그러나 그때, 그 무리의 일각에서 웅성거림이 발생했다.

　누군가가 오크 무리의 측면을 습격하기 시작한 것이다.

　이게 습지대에서 벌어진 오크 군과 리저드맨 전사단의 전쟁의
시작을 알리는 신호가 되었다.

　습지대의 왕자, 그게 바로 리저드맨이다.

　높은 전투 능력을 보유했고 발을 디디기가 쉽지 않은 진흙 속
에서도 재빠른 고속 이동이 가능한 종족이다.

　무성하게 자라난 풀 속에 숨어서, 오크의 무리에게 들키는 일
없이, 조용하게 전투가 시작되었다.

　모든 것은 가비루의 계획대로다.

　아버지인 전 두령과 그의 동조자들을 지하 대공간에 가둬둔 뒤

에, 군을 재편한가 동시에 여러 분기로 갈라져 있는 연결 통로를 통해 지상으로 나왔다.

방어 부대는 그대로 남겨두었다.

그들이 지치기 전에 가비루는 승부를 낼 생각인 것이다.

가비루는 오크 군의 정확한 수를 파악하고 있지 않다. 하지만 리저드맨과 오크의 개체 전투력의 비율로 생각해볼 때 몇 배 정도의 규모까지는 상대가 안 된다고 생각하고 있었다.

다소 적의 수가 많다고 하더라도 전투력의 차이를 뒤엎을 정도까지는 되지 않을 것이라 여긴 것이다.

만약을 위해 어느 정도의 타격을 받으면 이탈하여 재빠른 움직임으로 오크 군을 혼란시키는 전법을 준비하고 있다.

그리고 다시 돌격 태세를 갖춘 뒤에 오크의 무리에게 다시 타격을 가할 것이다.

이것을 재빠르게 반복해 착실하게 군대의 세력을 줄이면서 오크 군에 결정적인 대미지를 준다. 그렇게 하면 동굴 안에 침입해 있는 부대와의 연계도 끊어지면서 오크 군은 물러날 수밖에 없게 될 것이라고 생각하고 있다.

습지대에서의 고속 이동이 가능한 리저드맨 특유의 전법이었다.

가비루는 무능하지 않다. 큰 형세를 보는 눈은 없지만 전사단을 이끄는 그 수완은 칭찬받을 만한 것이었다.

아버지인 전 두령의 좋은 점도 제대로 물려받았던 것이다.

리저드맨은 강자를 선호하는 일족이다.

그러므로 힘자랑만 하는 남자를 무조건 따르는 것은 아니다.

가비루를 따르는 자가 있다. 그것만 보더라도 가비루가 단순히 용맹하기만 한 무능력자는 아니라는 걸 증명하고 있었다.

그러나──.

대공간의 호위로 남겨둔 최종 방어 부대는 천 명.

공간에는 여자와 아이들 같은 비전투원밖에 없다. 여차하면 여자들도 싸우겠지만 그 전력은 크게 도움이 안 될 것이다.

그러므로 더더욱 대공간으로 이어지는 각 통로에 총 인원수 천명을 배치해놓은 것이다.

그리고 각 방어 라인으로부터는 서서히 후퇴를 하면서 대공간의 최종 방어 부대에 합류하도록 되어 있다.

그런 자들을 제외한 모든 전력이 가비루가 부릴 수 있는 병력이었다.

그 수는 고블린 병사 7천 마리에 리저드맨 전사단 8천 명.

이게 현재 가비루의 병력이었다.

미로 지형을 이용하지 않고 지상전에서 이길 수 있다고 생각한 가비루.

그 결단에 따라 방어에 최소한의 전력을 남겨두고, 남은 모든 전력을 동원해 치고 나온 것이다.

첫 공격은 성공했다.

훌륭한 기습으로 오크의 무리는 분단되었고 크나큰 타격을 받고 있다.

가비루의 지휘를 정확하게 실행하는, 막 편성된 군사들 치고는 훌륭한 움직임이었다.

고블린들도 자신들의 생사가 걸려 있다. 그렇기 때문에 필사적으로 다른 자들의 움직임에 맞춰 행동하고 있는 것이다.

그런 행동이 결과적으로 최선의 연계를 낳았고 순조로운 시작을 알리고 있었다.

봐라!

가비루는 생각한다. 돼지 놈들을 필요 이상으로 겁낼 필요는 없다고 생각한다.

(아버지는 늙었다. 그러니 필요 이상으로 겁을 먹은 것이다.)

그러니까 자신이 안심시켜줘야 한다고 생각한다.

(여기서 내 용맹함을 보여주면 아버지도 나를 두령으로 인정해 주실 것이다. 그러기 위해서라도 어서 돼지 놈들을 처리해야 돼…….)

가비루는 이 기회에 아버지에게 자신의 용맹함을 보여줄 생각이다.

가비루의 생각을 긍정하는 것처럼 그때 함성이 크게 들렸다.

또 부하들이 무훈을 세운 모양이다.

(봐라! 오크 따위는 우리 리저드맨의 적이 아니지 않은가!)

가비루는 흐뭇한 심정으로 습지대의 전황을 지켜보고 있었다.

하지만 가비루의 생각대로 진행된 것은 여기까지였다.

다수의 사망자가 나오면서, 원래는 오크 군의 사기가 내려가야 할 장면이다.

가비루는 모르고 있다. 오크 로드의 공포를.

두령은 알고 있었다. 오크 로드의 공포를.

그 차이가 지금, 결과로 모습을 바꿔서 가비루에게 이빨을 들이댄다.

●

우적우적우적우적.

시체를 짓밟는 오크들.
땅바닥에 엎드려서 네 발로 기는 것처럼.
아니, 그게 아니었다.
짓밟는 게 아니라 먹고 있는 것이다.
그건 온몸의 털이 곤두서는 무시무시한 광경.
역전의 용사인 리저드맨의 전사단에게도 그 광경은 차마 눈을
돌리고 싶은 것이었다.
불길한 오라가 오크들을 감싼다.
한 명의 전사가 그 광경에 겁을 먹고 뒷걸음질 치다가 발이 걸
려 넘어진다. 그 기회를 놓치지 않고 오크 병사들이 떼를 지어 전
사를 덮쳤다.
진흙 속으로 끌려가 사지가 찢기면서 살해당하는 리저드맨의
전사.
이 싸움이 시작된 후 처음으로 리저드맨 측에서 나온 전사자.
그게 시발점이 되었다.
말단의 병사가 잡아먹은 마물의 능력이 돌고 돌아 오크 로드에
게 전해진다.
그건 리무루의 유니크 스킬인 '포식자'처럼 완전한 스킬을 재현

237

하는 힘은 없다. 그러나 더 나은 점이 있었다. 그 점은 바로 스킬뿐만 아니라 잡아먹는 마물의 신체적 특징까지도 계승할 수가 있다는 것이다. 어느 정도의 비율로 상대의 능력을 흡수하고 자신의 휘하에 있는 자들에게 피드백 할 수가 있다.

그게 유니크 스킬 '기아자'의 능력 중의 하나인 '식물연쇄(食物連鎖)'였다.

무리이기도 하면서 하나의 개체이기도 하다.

아랑족의 성질과는 또 다르게 군체화하는 것도 '기아자'의 특징이었다.

그렇기에 리저드맨의 두령은 전사자가 나오는 것을 극단적으로 두려워한 것이다.

개체로서 오크를 상회하는 우위성을 잃어버리지 않도록.

상대의 능력을 완전히 빼앗지 못해도 약간의 특징 정도라면 획득할 수 있다. 그리고 그건 모든 오크에게 계승되는 것이다.

예를 들어 진흙 속에서도 자유롭게 움직일 수 있는 물갈퀴가 생긴다거나.

예를 들면 신체의 급소에 비늘이 생겨서 방어력을 높인다거나 하는 세세한 변화.

그런 변화가 오크 병사들에게 생기고 있었다.

하지만——그런 세세한 변화에 의해 전황은 극적으로 변화하기 시작하는 법이다.

"두려워하지 마라! 긍지 높은 우리 리저드맨의 힘을 보여줘라!!"

가비루의 고무에 힘입어 사기를 높이는 리저드맨의 전사들.

습지대의 왕자로서 유리한 장소에서 싸우고 있다는 안도감도 효력을 발휘하면서 오크 군에게 다시 습격을 가한다.

자신들의 움직임이 오크 병사의 움직임보다 빠르다는 것은 이미 확인한 사항이다.

질척거리는 진흙에 발이 묶이면서 오크 병사들은 리저드맨의 움직임을 따라오지 못하고 있는 것이다.

인원수로 밀리고 있어도 방어가 약한 측면으로 파고들어 공격을 하면 방금처럼 분단된 상태에서 각개격파를 하는 것쯤은 쉬운 일이었다.

그랬을 것이다…….

측면으로 공격을 가하려 하는 리저드맨의 움직임에 맞추듯이 오크 군도 진형을 유지하면서 대응하는 자세를 보였다.

아까보다는 움직임이 훨씬 더 빨라졌다.

(응?! 오크들의 움직임이 바뀌었는데……?!)

가비루가 깨달았을 때는 이미 늦은 뒤였다.

지금까지 보여주지 않았던 재빠른 동작으로 좌우로 진형을 벌리더니 오크 군은 리저드맨 전사단을 포위하고 말았던 것이다.

일사불란한 움직임으로 2만의 병사들이 재빠르게 가비루 부대의 후방을 봉쇄하고 있었다.

가비루 부대가 분위기를 타서 너무 깊게 공격해 들어간 것이 원인이다.

자신들의 기동력을 과신한 나머지, 움직임이 느린 오크 병사들로부터 이탈하는 것은 쉽다고 생각했다. 그 결과, 오크 군의 진형 깊은 곳까지 지나치게 공격해 들어간 것이다.

현재 가비루 부대가 대치하고 있는 오크 군의 수는 별동대였던 1만에 선발 부대 중의 3만을 더한 총 인원수 4만의 규모였다. 그 중의 반수가 후방으로 돌아서 들어왔다는 계산이 된다.

가비루는 한순간 주저했지만 정면 돌파를 선택했다. 여기서 방향을 반대로 돌리면 리저드맨은 몰라도 움직임이 느린 고블린은 따라오지 못한다. 그렇게 되면 오크 군의 한가운데에 남겨진 상태로 전멸하게 될 것이다.

가비루는 고블린을 총알받이 정도로밖에 생각하지 않았지만 아무렇지도 않게 저버릴 정도로 박정하진 않았던 것이다.

"날 따라오도록 해라! 이대로 단숨에 오크의 포위망을 돌파한다!!"

가비루는 소리치면서 기세를 살려 그대로 오크 군의 정면으로 돌격한다.

어쩌면 유니크 스킬 '기아자'의 영향하에 있지 않은 오크들이었다면 가비루의 돌격에 의해 격파할 수 있었을지도 모른다.

그러나 그건 어디까지나 가정했을 때의 이야기다.

현실에선 리저드맨 전사단의 강력한 일격은 정면에서 대비하고 있던 오크 군의 방어 진형 앞에 힘없이 깨지고 만다.

그 순간에 리저드맨 전사단의——즉, 가비루의 패배가 결정된 것이다.

주위의 봉쇄도 이미 완료되어 있었다.

게다가 오크 군은 속속 본대가 합류하고 있는 중이다.

가비루의 부대는 적군의 한가운데에 몰리는 최악의 결과를 맞고 말았다. 마치 군대 개미에 휩쓸리고 만 한 마리의 벌레처럼.

이대로 있다간 필사적으로 저항한다고 해도 힘이 다해 죽는 결말이 찾아올 것이다.

가비루는 무능하진 않다.

순간적으로 현재 자신들이 처한 상황을 정확하게 인식했다.

그러나 왜 이렇게 된 것인지, 그게 가비루로서는 이해가 되지 않는다. 압도적으로 강자였을 자신들의 공격이 갑자기 통하지 않게 되는 건 생각지도 못한 사태였던 것이다.

하지만 그래도 가비루는 포기하지 않고 동원할 수 있는 수단을 전부 시험한다.

필사적으로 아군이 다시 일어설 수 있도록 목소리를 높이면서 주위를 고무시켰다.

고블린들은 공황 상태에 빠져 있으며, 리저드맨들에게도 불안이 전염되려 하고 있다. 어떻게든 그것만은 막아야 할 필요가 있었다.

전장에서 공황 상태에 빠지면 명령조차 제대로 전달되지 않게 된다. 그렇게 되면 패배는 피할 수 없으며 그건 곧 전멸을 의미하게 되는 것이다.

후퇴를 생각했지만 이미 도망갈 길이 없다는 건 가비루도 이해하고 있었다.

이 포위망을 격파할 수 있다고 해도 도망갈 곳이 없는 것이다.

출격했을 때는 통제가 잘 잡혀 있었기 때문에 각 집단이 질서 있게 동굴에서 나올 수 있었다. 그러나 빠르게 질주해서 숨어들어가기에는 동굴은 너무 좁다.

만약 후퇴 명령이 내려지면 앞다투어 도망치려는 고블린 때문에 동굴 입구는 막혀버릴 것이다.

그렇게 되면 퇴로를 차단당한 상태에서 통제도 되지 않는 상태의 자신들은 오크에게 살해당하기만을 기다릴 수밖에 없게 된다.

아니——그 전에 동굴까지 도착하는 것조차 힘들었다.

만약 동굴이 아니라 숲으로 도망친다고 해도 오크의 기동력이 올라간 지금에선 추격당하다가 각개격파당하는 미래밖에 없다.

후퇴는 할 수 없다.

가비루는 그걸 잘 이해하고 있었던 것이다.

왜 용감했던 아버지가 농성과 같은 소극적인 전법을 고집했던 것인가. 지금에서야 이해할 수 있었다.

자신이 얼마나 멍청했던가. 그러나 후회해도 늦었다.

지금 가비루가 할 수 있는 것. 그건 아군의 사기를 올려서 조금이라도 더 불안을 덜어주는 것뿐이다.

"크와하하하! 너희들, 불안한 표정을 짓지 마라! 우리가 같이 있다. 오크 따위에 지다니, 그런 일은 절대 없다!!"

그런 식으로 스스로도 믿지 않는 소리를 외치면서 아군의 사기를 고무시킨다.

지금 그야말로 가비루 부대의 운명은 끝을 맞이하려 하고 있었다.

●

아아…….

두령은 한숨을 쉬었다.

두령은 후회하고 있었다.

가비루에게 옛날이야기가 아니라 실제로 존재하는 오크 로드의 공포를 제대로 이야기해주지 않았던 것을.

정확하게 말하자면 얘기하지 않았던 게 아니라 구체적으로 왜 무서운가를 설명하지 않았던 것이 원통하게 느껴졌다. 두령 자신이 과거의 이야기라고 생각하여 중요시하지 않았기 때문이다.

(모든 건 내 책임이다…….)

두령은 자책에 사로잡힌다.

자세한 오크 로드의 지식이 있었다면, 혹시나 가비루도 조금은 경계했을지도 모르는데.

이제 와서 후회해도 늦었다. 두령은 한숨과 함께 그 생각을 버렸다.

그에게는 아직 해야 할 일이 있는 것이다.

대공간에 모인 동족들. 모두 불안해하고 있다.

습지대 방면으로는 큰 통로가 네 개 있으며, 퇴로가 뒤쪽으로 한 개가 나 있었다.

퇴로 쪽은 안전할 것이다. 산악 지대의 기슭에 있는 작은 언덕과 바로 이어지는 통로이다.

숲으로 나가려면 일단 멀리 돌아야 하지만 습지대로부터도 떨어져 있다. 게다가 여자와 어린아이들도 헤매지 않도록 자신들이 준비한 탈출로이니까.

그러므로 경계해야 할 것은 전방에 있는 네 개의 통로.

각 분기점에서 오크에게 공격을 하고 있던 부대가 신중하게 후퇴하면서 모이기 시작하고 있었다.

243

네 개의 통로에 배치해뒀던 최종 빙어 전력은 현새 1,500명 정도다. 아직 완전히 집결하지 못한 부대도 있다.

오크 병사의 수는 많다. 그 물량이라면 당장이라도 이곳의 위치는 발견되고 말 것이다.

그렇게 되기 전에 적어도 남은 전력을 집중시키고 싶은 바이지만······.

두령은 탈출용 통로를 슬쩍 본다.

동족들 전부가 모여 있기 때문에 대공간이라고 해도 좁았다.

만일 이 집단이 일제히 탈출하려고 해도, 들키기 전에 탈출할 수 있을 거라는 생각은 도저히 들지 않는다.

이 틈에 조금씩이라도 탈출시켜야 할 것이다.

어느 쪽이든 혼란을 초래하게 된다. 그래도 조금이라도 전멸의 가능성은 줄여야 했다.

하지만 숲으로 도망쳤다 해도 오크에게 발견되는 건 시간문제일 것이라고도 생각한다.

게다가 무사히 도망친다고 해도 이후의 생활을 제대로 꾸릴 수 있을 거라는 생각도 들지 않는다.

그렇게 생각하기 때문에 도망치라는 명령을 내리지 못하고 있었던 것이다.

결국은 시간을 벌 수밖에 없다.

올지 안 올지도 모르는 원군을 그저 묵묵히 기다리기 위해.

그러나 그런 두령의 허망한 희망은 박살 나고 말았다.

갑자기 통로에서 전투가 벌어지는 소리가 들리더니 땀과 철이 뒤섞인 듯한 피 냄새가 풍기기 시작한 것이다.

(시작됐나…….)

대공간에 긴장이 감돈다.

두령은 즉시 대공간의 뒤쪽으로 여자와 어린아이들을 피난시키고 그 전방에 싸울 수 있는 자를 배치했다.

봉쇄가 뚫렸을 경우를 대비하고 대처하기 위해서이다.

전사들은 창을 쥐고 당초의 예정대로 호를 그리듯이 진형을 펼쳐 자세를 잡았다.

네 개의 통로 전체를 출구에서 봉쇄할 생각인 것이다.

오크를 자신들보다 약하다고 얕보지 않고, 다수로 소수를 확실하게 죽이는 작전이었다.

통로의 크기가 그렇게 넓지 않기 때문에 한꺼번에 상대할 수 있는 숫자가 적은 것이 그나마 위안이었다.

개체별 전력을 비교하여 생각해본다면 리저드맨의 전력은 아직도 오크 병사를 훨씬 상회하고 있었다.

이 포진이라면 어느 정도는 유리하게 싸울 수 있다고 두령은 생각한 것이다.

처음에는 두령의 예상대로였다.

오크는 통상 때보다 강력했지만 그래도 대응할 수는 있었던 것이다.

전방에 있는 네 개의 통로로 갈라진 부대가 각각 필사적으로 오크 군을 막아내고 있었다.

계속 교대하면서 신중히 대처한다. 그러나 그것도 오래가진 못했다.

출구 부근에는 시체가 쌓여 있었지만, 오크 병사는 그걸 먹어 치우면서 차례로 침입을 시도한다. 그 모습이 너무나도 공포스러운지라 강인한 리저드맨 전사의 마음에도 두려움의 빛이 보이기 시작한다.

그리고 결정적이라 할 만한 시간이 찾아왔다.

오크 병사들이 노란색의 오라에 싸였던 것이다.

(뭐냐, 저건 대체……?)

그렇게 생각했던 두령에게 새로운 악몽이 덮쳐 온다.

지금까지 상회하고 있었던 각 개체별의 전투 능력이 비등해지기 시작한 것이다.

오크 병사들이 극적으로 강해진 건 아니지만 리저드맨에겐 힘의 균형을 무너뜨리기에 충분했다.

이 시점에서 리저드맨이 유지하고 있던 우위성이 완전히 사라지고 말았다.

두령은 전황을 관찰하다가 이대로는 하루도 버티지 못할 것이라는 걸 깨달았다. 가령 원군이 온다고 하더라도 그건 3일 후이다. 도저히 지켜낼 수가 없다.

이미 방어를 하는 전력에서 전사자가 나오기 시작하고 있다.

이대로 전멸하기를 기다리는 것보다는 여자와 어린아이를 도망치게 하는 게 낫다.

"잘 들어라, 너희들에겐 고생을 끼치게 되었구나. 하지만 리저드맨이란 종족을 여기서 끝나게 할 수는 없다. 살아남아라. 너희들이 도망칠 수 있는 시간 정도는 내가 벌도록 하겠다!!"

도망쳐도 소용없을 것이다. 고생만 할 뿐이고 역시 헛수고로 끝날지도 모른다.

그렇게 생각하고 있어도……

두령은 최후의 희망에 모든 것을 건다.

"살아남아서 리무루라고 라는 이름의 마물에게 의탁하도록 하라! 어서 가라!!"

그러나 두령의 희망은 무참하게도 부정당한다.

"쿠후후후후, 이 길은 이미 막혔다."

그렇게 말하면서 몇 마리의 오크가 안전했어야 할 퇴로에서 출현한 것이다.

풀 플레이트 메일을 입은 오크 나이트가.

그리고――네 개의 통로 중 한 군데에서 절규가 들려왔다.

그 목소리를 뒤로하고 나타난 것은 온몸을 피로 물들이고 칠흑의 갑옷을 입은 추악한 오크.

이상한 모습.

그 눈에 깃들어 있는 건 광기의 불꽃.

오크 나이트를 상회하는 거구.

(설마 오크 로드인가?!)

두령은 경악한 나머지 온몸을 떨면서 출현한 거구를 응시했다.

하지만 두령의 예상은 빗나갔다. 현실은 훨씬 더 최악이었던 것이다.

"네놈들은 위대하신 오크 로드 님께 바칠 공물이다. 한 마리도 놓치지 않겠다."

그 오크의 말에 두령은 눈앞의 오크의 정체를 알아차렸다. 그렇다. 오크 로드는커녕 그의 부하 중 하나에 지나지 않은 마물조차도 이 정도나 되는 힘을 지니고 있었을 술이야…….

손에 중후한 할버드(도끼창)를 쥔 오크 제너럴의 등장이었다.

끝없는 절망을 구체화시킨 것 같은 사악한 모습.

(이제…… 여기까지인가……. 하지만 그냥 죽진 않겠다!)

두령은 절망으로 마음이 꺾일 것 같았지만 마지막 기력을 불러 일으켰다.

"후하하하하! 오랜만에 싸워볼 만한 상대가 나타났군. 내가 상대하기에 부족함이 없다!!"

두령은 이곳이 자신이 죽을 자리라는 것을 깨달았다.

그리고 창을 쥐고 의연하게 오크 제너럴 앞에 섰다.

리저드맨을 멸망으로 이끈 최후의 두령으로서 긍지를 품고 죽기 위해…….

●

리저드맨의 친위대장은 두령의 명령을 가슴에 품고 숲 속을 달린다.

그러나 그 목적지는 정확하지 않다. 소우에이라고 이름을 밝힌 사자의 강대한 오라를 느끼려고 했지만 지금은 전혀 감지할 수 없었던 것이다.

하지만 그녀의 양어깨에 리저드맨의 미래가 걸려 있는 이상 멈춰 있을 수는 없었다.

자신의 직감을 믿고 그저 숲 속을 계속 달리는 친위대장.

리저드맨은 습지대에선 높은 기동력을 자랑하지만 숲 속에선 그렇지가 못하다.

숨은 가쁘고 심장 고동은 점점 격해졌으며 그녀의 피로는 점점 쌓이고 있다.

그래도 그녀는 달리기를 멈추지 않았다.

동맹을 제안해준 상대에 대한 최소한의 의리를 다하기 위해서.

그녀가 달리기 시작한 지 이래저래 세 시간이 경과하려 하고 있었다.

가비루의 부하들에게서 탈출한 후로 계속 달리고 있었던 것이다. 기력으로 버티고는 있지만 언제 쓰러진다 해도 이상할 게 없는 상황이었다.

사실은 그녀도 이해하고 있었다.

이 앞에 그 소우에이라는 마물이 있다는 보장 따윈 없다.

만약 있다고 해도 반드시 도와준다고 확신할 수도 없다.

이대로 도망치는 게 더 낫지 않을까?

그런 생각이 뇌리를 스친다.

(멍청하긴! 동족을, 아버지를 배신하겠다는 거냐?!)

그녀는 당황하면서 그 생각을 애써 뿌리친 후 마음을 고쳐먹었다.

오빠인 가비루의 폭주를 막지 못했던 건 자신이다. 그녀는 그렇게 생각하고 있다.

가비루가 두령에게 인정받고 싶어 했다는 걸 알고 있었다.

하지만 그걸 두령에게 알릴 수는 없었다.

리저드맨의 용사, 가비루.

그녀도 또한 가비루를 존경하고 있었던 한 사람이었으니까.

자신이 이상한 참견을 하지 않더라도 오빠라면 언젠가 훌륭한 두령이 될 수 있다고 믿었던 것이다.

그랬는데…….

이번 일은 여러 실수가 겹치면서 뭔가가 어긋난 결과일 뿐인지도 모른다.

그렇지만 그녀는 계속 그런 생각이 드는 걸 어찌할 수가 없다.

좀 더 사이좋은 남매로 서로 얘기를 나눴더라면, 어쩌면 이번 일과 같은 사태는 피할 수 있지 않았을까 하고.

그렇다면 자신이 그 책임을 져야만 했다.

도망친다는 건 말도 안 되는 일이다.

멈추면 두 번 다시는 달릴 수 없게 된다.

그렇기에 더더욱 그녀는 그저 계속 달린다.

그런 그녀를 바라보는 자가 있었다.

필사적으로 달리는 그녀는 그 사실을 알아차리지 못하고 있다.

하지만 그자는 여유 있게 나뭇가지를 타고 건너면서 소리도 없이 그녀를 추적한다.

희미한 웃음을 지으면서 입가에선 침을 흘리고 있었다.

그리고──.

그녀의 피로가 극한까지 도달하여 움직임이 멈췄을 때를 노리고는…….

그녀──친위대장의 앞에 소리도 없이 착지했다.

손은 원숭이처럼 길고 발은 육식동물의 것을 그대로 닮았다.

그러나 그 몸통과 머리는 추악한 오크의 것이었다.

"쿠후후후후, 고생했다. 지금쯤이면 근육이 단단해져서 씹는 맛이 좋아졌겠지."

그녀는 눈앞에 나타난 괴물을 통한의 눈빛으로 바라봤다.

그건 분명히 상위의 오크였다. 그것도 하나가 아니라 수십 명을 배후에 거느리고 있다.

생환은 절망적이다.

"네놈은……."

"쿠하후, 쿠하하하하. 나는 오크 군의 장군 중 하나다. 영광스럽게 생각하면서 내 위장에 들어가도록 해라!!"

"큭, 오크 제너럴이라고?!"

등에 메고 있던 창을 쥐는 친위대장. 그러나 그 승부의 결과는 누가 봐도 명확할 것이다.

이미 지쳐서 움직임이 둔해져 있는 친위대장에겐 오크 제너럴과 그 부하를 물리칠 수 있는 힘 같은 것은 남아 있지 않은 것이다.

하지만 그래도…….

그녀는 헛수고라는 걸 알고 있으면서도 긍지를 잃어버리지 않기 위해 무모한 싸움에 몸을 던진다.

●

"좋아, 좋았어! 바라던 대로 되기 시작했다!"

기쁜 표정으로 소리를 지르면서 수상쩍은 남자는 들떠하고 있었다.

기묘한 복장과 수상쩍은 가면.

아무리 봐도 이상한 사람으로 보인다.

가비루와 얘기를 나누던 남자, 라플라스였다.

라플라스는 공기놀이를 하듯이 세 개의 수정구를 가지고 놀고 있었다.

하나하나가 머리 정도 되는 크기에, 속에는 어떤 영상이 비치고 있다.

잘 관찰해보면 그 영상은 전장의 상황을 비추고 있다는 걸 알아차릴 것이다.

그건 정답이었으며, 그 수정구는 시각을 공유하여 영상을 비추는 고가의 매직 아이템이었다. 이번 의뢰를 받았을 때 의뢰주로부터 건네받은 것이다.

수정구에 누군가를 등록하려면 당사자가 한 번은 손을 대고 만져야 할 필요가 있다. 그렇기 때문에 세 개밖에 시각을 공유할 수 없지만 라플라스에겐 충분했다.

비교적 다루기 쉬운 오크 제너럴 세 명을 수정구에 등록하고 그들의 시선을 통해 전장의 상황을 훔쳐보고 있었던 것이다.

당연히 그건 그의 취향은 아니다. 그의 의뢰주로부터 부탁을 받아 어디까지나 일로서 하는 거였다.

하지만 라플라스는 이왕이면 즐기는 게 좋다고 주장하는 것처럼 전장의 상황을 재미있게 열심히 지켜보고 있었다.

그가 의도한 대로 상황은 의뢰 내용에 따라 움직이고 있다.

"좋았어. 이걸로 의뢰인도 만족해주겠지."

자신 외에는 아무도 없는데 일부러 소리 내어 말하는 라플라스.

그러나 이번에는 평소와 달랐다.

"즐거워 보이는군요."

라는 대꾸가 들린 것이다.

"누구냐?!"

놀라서 묻는 라플라스 앞에 나타난 것은 환영처럼 보이는 한 명의 미녀이다.

녹색의 머리카락이 넝쿨처럼 엉켜서 온몸을 덮고 있었다.

머리카락을 늘어뜨린 반투명한 전신이 모습을 보인다.

"저는 숲의 관리자인 드라이어드 중의 하나인 트레이니라고 합니다. 이곳에서 마족이 멋대로 굴게 내버려 두진 않겠어요. 그러므로 당신을 제거하겠습니다."

그렇게 선언함과 동시에 트레이니는 마법 주문을 읊기 시작했다.

당황하는 라플라스.

"뭐?! 잠깐만! 나는 마족이 아니거든?!"

"입 다무세요. 숲을 어지럽혔다는 점에선 당신의 죄는 명백합니다."

라플라스의 말을 무시하고 트레이니는 마법을 발동시킨다.

"잠깐, 잠깐잠깐잠깐! 그 마법은 뭐야?!"

"정령소환 : 실피드(바람의 처녀). 엑스트라 스킬 '동일화(同一化)' 발동!!"

드라이어드인 트레이니는 자신의 스피리추얼 바디(정신체)를 마력요소로 덮어 신체를 구성하고 있다. 그건 리무루의 엑스트라 스킬인 '분신체'와도 비슷한 능력이며, 진정한 의미로서의 육체를 지니고 있는 건 아니었다. 본체가 깃들어 있는 나무인 정령수가

말하자면 본체라고 할 수 있다.

그런 그녀였기 때문에 더더욱 정령과의 동화가 가능한 것이다.

상위 정령 실피드와 '동일화'한 트레이니는 지금 상위 정령의 힘을 자유롭게 다룰 수 있는 상태가 되어 있다. 그리고 그런 그녀가 내뿜는 것은 실피드의 최강 마법 중의 하나──.

"자, 단죄의 시간이군요. 당신의 죄를 후회하면서 기도하도록 하세요. 에어리얼 블레이드(대기압축단열, 大氣壓縮斷裂))!!"

정령과 동화함으로써 트레이니는 주문 없이 마법을 발동시키는 게 가능하게 된다.

순간적으로 발동한 마법에 의해 라플라스는 도망칠 틈도 없이 대기의 단층에 갇혀버렸다. 그 내부에 거칠게 휘몰아치는 것은 모든 것을 베고 가르는 대기의 칼날이다.

붙잡히면 도망칠 곳이 없는 무시무시한 마법이었다.

그러나 절단할 수 있었던 것은 라플라스의 팔 하나뿐이다.

안티 매직(대항마법)으로 라플라스는 치명상까지는 입지 않고 버텨냈다.

그리고 절단된 팔에서 연기가 발생하더니, 스텔스 모드(존재기만, 存在欺瞞)를 자동적으로 전개했다. 이건 환각마법 : 디셉션(허위정보)과 잠복과 은폐라는 아츠도 동시에 발동시키는, 라플라스의 오리지널 기술이다. 그것도 믿기 어렵게 초감각을 가진 드라이어드의 눈도 속일 수 있는 정밀도로 발동시켰던 것이다.

"인정사정없구먼, 당신……. 대화도 없이 바로 공격인가. 뭐, 목적은 달성했으니 난 이만 물러가도록 하지. 자, 그럼 안녕!"

교묘하게도 다양한 탈출 수단을 준비한 모양인 듯 연기가 사라진 뒤에 라플라스의 모습은 사라지고 없었다.

"……설마 도망칠 줄이야. 그런데 마족이 아니라고? 그럼 저자들은 대체……."

그렇게 중얼거리는 트레이니. 그러나 대답하는 자는 아무도 없다.

트레이니는 의문을 일단 보류하고 전장으로 눈을 돌렸다.

지상을 가득 채운 식물을 통해 드라이어드로 전해지는 정보 속에 의식을 담근다.

"상황은 그리 좋지가 않군요……. 그분은 과연 어디까지 믿을 수 있으려나요……."

그 독백은 바람에 날려 사라져갈 뿐이다.

트레이니의 표정에 걱정이 담겼다.

원래는 그녀가 오크 로드를 처리했어야 했다.

하지만 배후에서 누군가가 암약하고 있는 기운이 느껴졌다. 그 정체를 밝혀낼 때까지는 섣불리 행동할 수가 없는 것이다.

만일의 가능성이지만, 그녀가 오크 로드에게 흡수되어버린다면 이 세상에 새로운 마왕을 탄생시키게 될 것이다. 그렇게 되어버리면 그녀의 자매들로는 대처할 수 없게 된다.

그런 사태를 막기 위해서라도 그녀가 전면에 나서서 행동할 수는 없는 것이다.

죽이지 않을 정도로 힘을 뺀 탓에 라플라스라는 마인이 도망치는 것을 허용하고 만 것은 통한의 미스였다.

전장에선 지금 말 그대로 리저드맨들이 오크의 대군에 잡아먹히려 하고 있다.

아무것도 하지 못하는 것을 분하게 생각하면서도 트레이니는 냉정하게 자신의 역할을 다할 것이다.

그것이야말로 숲의 관리자인 그녀의 사명이니까……

●

가비루는 절망적인 싸움을 계속하고 있었다.

전황은 크게 기울어 있다.

지치지도 않는지 끝없이 계속 공격해오는 오크 병사들.

그에 비해 포위망을 빠져나오지 못한 채 점점 수가 줄어드는 고블린과 리저드맨의 연합군.

포위망을 돌파하려고 해도 부상을 입고 피로에 지친 리저드맨들이 과연 몇 명이나 따라올 수 있을까…….

그리고 그때야말로 기동력이 떨어지는 고블린들을 저버리게 되는 건 확실한 일이었다.

후퇴한다 해도 희망적인 미래는 존재하지 않겠지만, 일이 이렇게까지 이른 상황에선 조금이라도 생존자를 남기는 것을 생각해야 했다.

대개는 승리가 확정된 시점에서 전투는 끝이 나기 마련이지만, 오크들은 가비루의 부대를 근절시킬 심산인 것 같다.

항복 권고 같은 건 전혀 없이 그저 계속 죽여서 잡아먹기만 한다.

가비루 부대를 먹이로만 보고 있다는 건 명백했다.

그건 본능적인 공포를 불러일으킨다.

뱀이 노려보는 개구리처럼 마음이 약한 말단 병사부터 공황 상태에 빠지면서 진형은 무너지기 시작하고 있었다.

원래부터 약자인 고블린들은 완전히 대열이 흐트러져 정신없이 도망 다니고 있지만, 오크 군은 그걸 허락하지 않는다.

도망친 고블린을 몰아붙이면서 죽이고 잡아먹었다.

고블린 부대로서 제대로 기능하고 있는 건 3천도 채 되지 않는 자들뿐이다.

리저드맨 전사단도 남의 일이 아니라서 2할을 넘어선 피해를 입은 상황이다.

이미 조직적으로 행동하는 것은 완전히 힘들어졌다.

그래도 가비루는 계속 사기를 고무시킨다. 거기다 이런 상황에도 불구하고 조금씩이나마 오크 병사들의 포위를 돌파하려고 시도하고 있었다. 원래의 그의 능력을 유감없이 발휘하여 교묘하게 병사를 운용하고 있었던 것이다.

아직 전멸하지 않은 채 불완전한 상태로도 그럭저럭 지휘계통이 기능하고 있는 것은 가비루가 지닌, 장군으로서의 뛰어난 재능의 산물이라 할 수 있을 것이다.

하지만——.

갑자기 검게 물들인 갑옷을 입은 오크 병사들의 한 무리가 나섰다.

평범한 오크 병사들과는 다르게 통솔이 제대로 잡힌 집단.

게다가 한 명 한 명이 풀 플레이트 메일을 입고 있었다.

평범한 오크 병사들과 기본적인 강함은 동등할지도 모르지만, 완전히 군으로서의 통제가 잡혀져 있는 데다 장비의 성능이 차이가 있다.

그러나 그걸 통솔하는 한 마리의 오크. 타인을 제압하는 오라를 풍기는 것이, 그 실력이 차원이 다르다는 걸 바로 보고 알 수 있었다.

오크 제너럴.

한 개체로도 일개 군대와 맞먹는 전력을 가지고 있는 오크 군대의 장군.

그리고 그가 이끄는 병사들은 2천이나 되는 오크 나이트였다.

전부 다섯 명인 오크 제너럴 중의 하나.

그 랭크는 A−랭크에 해당한다.

오크 로드가 이끄는 최고 전력인 직할 부대가 움직인 것이다.

(끝이다…….)

그것은 가비루의 눈에는 결정적인 전력으로 비쳤다.

(탈출도 불가능하게 됐군. 이렇게 된 이상 깨끗하게 싸우다 죽는 길 말고는 없는 건가…….)

가비루는 적어도 무인으로서 죽고 싶다고 생각했다.

"크와하하하하! 겁쟁이 오크 놈들의 장군이여, 나랑 일대일로 붙을 용기는 있는가?!"

결심을 굳히고 큰 소리로 물어본다.

이길 수 있는 상대가 아니다.

가비루의 스케일 메일은 이미 다 망가졌고 온몸에 피로가 축적되어 있었다.

그에 비해 상대의 풀 플레이트 메일은 마법까지 걸려 있는 물건인 데다 오라의 질을 비교해봐도 실력은 가비루보다 위인 것으

259

로 보였다.

이 제안을 받아들여준다면 적어도 화려하게 무인답게 죽을 수 있다.

잘만 하면 상대의 장군 하나를 길동무로 삼을 수 있을 것이다, 가비루는 그렇게 생각했다.

"크크크. 좋다, 상대해주마."

오크 제너럴은 가비루의 교섭에 응했다.

가비루라는 적장을 쓰러뜨리고 적군의 남은 사기까지 완전히 분쇄한다. 그렇게 하면 이후에 적을 유린하는 것이 편해질 것이라고 판단한 모양이다.

가비루도 오크 제너럴이 무슨 생각을 하는지 간파할 수 있었지만, 이제 와서 발버둥 쳐봤자 고통이 더 늘어나게 될 뿐이라는 사실은 명백하다. 두령이 믿고 있었다던 원군 같은 건 가비루의 머리에선 이미 사라져 있었다.

가비루는 자신이 죽을 장소로서 이 장소를 고른 것이다.

주위는 그런 분위기에 영향을 받으면서 고요함에 휩싸이고 있다. 바깥에선 전투가 계속되고 있었지만, 신기하게도 그 소리는 들려오지 않는다.

가비루는 자신의 집중력이 예전에 없었던 만큼 높아지고 있음을 느끼고 있었다.

"고맙다."

그리고 고요함 속에서 두 사람의 결투는 시작되었다.

매직 웨폰 : 볼텍스 스피어를 쥐고 가비루는 오크 제너럴의 빈틈을 살핀다.

"와라!"

오크 제너럴이 외쳤다.

그 목소리와 동시에 가비루가 움직인다.

"받아라아! 볼텍스 크러시(와창수류격, 渦槍水流擊)!"

가비루가 전력을 다해 지금 낼 수 있는 최고의 기술을 썼다.

자신의 창술에 매직 웨폰의 마력을 더한 필살의 일격.

그랬지만——.

"카오스 이터(혼돈식, 混沌喰)!!"

오크 제너럴이 자신의 창을 앞에서 역회전시키면서 가비루의 소용돌이의 위력을 상쇄한다.

그뿐만이 아니라 회전 속도가 올라가면서 오라를 방출하기 시작한다. 불길한 노란색의 오라가 실체화되면서 가비루를 덮친 것이다.

(나를 잡아먹으려고 하는 건가?!)

직감으로 구르듯이 피하는 가비루. 하지만 오라는 가비루를 쫓아간다.

"크크크카! 결국은 도마뱀인 것을. 땅을 구르며 돌아다니는 것이 잘 어울리는구나."

가비루를 비웃는 오크 제너럴.

가비루는 포기하지 않는다. 적어도, 적어도 한 번의 공격만이라도. 그렇게 생각하면서.

흙을 붙잡고 오크 제너럴을 향해 던졌다. 비겁하다고 비난을 받는다고 해도 단 한 번의 공격을 하기 위해서다.

그러나 그 공격도 노란색의 오라에게 먹히면서 허무하게 사라져버린다. 잔혹하기까지 한 실력 차이 때문에 가비루의 공격은 전혀 통하지 않는 것이다.

가비루를 향해 창을 겨누는 오크 제너럴.

노란색의 오라를 피하는 것만으로도 필사적이라 가비루는 그 일격에 주의를 기울일 여유가 없다.

일그러진 웃음을 지으며 오크 제너럴이 가비루를 향해 창을 찌르려고 했을 때——.

"주위가 산만하면 위험합니다요!"

가비루의 귀에 들은 적이 있는 목소리가 들렸다.

그와 공시에 가비루는 뒤로 밀려나가면서 자신의 뜻과는 상관없이 오크 제너럴의 일격을 아슬아슬하게 피하는 데 성공한다.

(무, 무슨 일이 일어난 거지?!)

혼란에 빠진 가비루.

그때 하늘이 떨어지는 것 같은 굉음이 전장을 압도했다.

가비루는 오크 군이 무슨 짓을 한 게 아닌가 하고 의심했지만, 상황을 보고 그건 아니라는 것을 알아차린다.

절대적인 우위에 서 있던 오크 군도 또한 대혼란에 빠져 있었으니까…….

전쟁의 국면은 새로운 전개를 보이면서 사태는 급격히 움직이기 시작했다.

제5장

대격돌

Regarding Reincarnated to Slime

고부타가 가비루를 구출한 바로 그때, 나는 상공에서 전장을 바라보고 있었다.

눈 아래에 펼쳐진 상황은 실로 두려워할 만한 것이었다. 오크 군의 입장에서 보면 완전히 유리하게 돌아가던 전황이 순식간에 뒤집힌 것이다. 그것도 몇 명의 키진들의 손에 의해…….

녀석들이 혼란스러워하는 것도 무리가 아니다.

무엇보다 나 자신도 놀라고 있으니까.

……………….

………….

…….

소우에이를 리저드맨에게 보낸 뒤에 출전할 멤버를 정했다. 모두가 다 출전하는 게 아니라 속도를 중시한 구성으로 가고 싶다. 상대의 능력도 판명되지 않았으므로 여차할 때 바로 후퇴할 수 있기 위해서다.

그걸 전제 조건으로 전쟁 준비를 하도록 명령했다.

도시의 건설은 순조롭지만 방어 시설 같은 건 아직 완성되지 못했다.

건설 작업의 방해가 되기 때문에 외벽조차 없었다. 그렇기 때문에 이곳을 공격당했을 경우에는 방어전은 도저히 무리일 것이다. 이동을 생각하는 쪽이 더 빠르다.

그런 점을 고려한 상황에서 남은 멤버에겐 곧바로 트렌트의 집락체로 옮길 수 있도록 준비시킨다. 상황에 따라선 우리의 귀환을 기다리지 않고 이동할 것이다.

"결전은 습지대에서 벌인다. 여기서 이길 수 있으면 좋다. 만약우리가 패한다면 '사념전달'로 상황을 알릴 수 있으니까 빨리 이곳을 포기하고 트렌트의 집락체로 달아나도록 하라. 동시에 인간에게 도와줄 것을 의뢰하고 그에 협력함과 동시에 오크 군에 대응하여 싸우게 될 것이다. 솔직히 말해서 적의 전력은 적지 않다. 이길 생각으로 싸우는 것이지만 진다고 해서 겁먹을 필요는 없다. 다들 침착하게 정해진 대로 행동하도록 하라!"

회의에서 정한 내용을 도시의 마물들을 모은 장소에서 연설하게 되었다.

이때도 또한 마찬가지로 나는 제사상 위의 떡 같은 모습으로 연설대 위에 놓여 있다. 솔직히 말해서 연설하는 것도 부끄럽지만 이 모습은 상당히 민망한 느낌이 든다.

오크 군 따위는 어찌 되든 상관없으니 두 번 다시 이런 연설 따위는 하고 싶지 않다는 생각이 들 정도로⋯⋯.

그런 생각을 하고 있었던 탓인지 내게 두려움은 전혀 없었다. 마물이란 존재는 민감하기 때문에 감정의 여파가 쉽게 전염되는 모양이다. 이번에는 그게 좋은 쪽으로 작용하여 다른 자들도 공포의 감정을 느끼지 않은 채로 내 이야기를 받아들여줬다.

부끄러운 연설을 한 보람이 있었다. 그렇게 생각하기로 하자.

"중요한 사항인 제1진에 참가할 멤버에 대해서 얘기하겠는데——."

그 발표를 앞에 두고 마물들이 조용하게 흥분하기 시작하고 있다.

누구나 할 것 없이 전부 참가하고 싶어 하는 것처럼 보이는데, 이 녀석들이 이렇게 무투파였던가?

뭐, 좋다. 나는 더 이상 신경 쓰지 않고 빨리 발표하기로 했다.

"이번 싸움은 베니마루를 대장으로 삼아서 고블린 라이더 100명만 데리고 출전한다. 부관은 하쿠로우. 시온은 유격을 맡기겠다. 지금은 여기 없지만 소우에이도 참가한다. 남은 하나는 내가 탈 짐승으로서 란가가 되겠지. 이상이다. 뭔가 질문이 있나?"

내가 결정을 내린 방침을 전하자 여기저기서 술렁거리는 소리가 일어나고 있었다. 100명이라는 적은 수에 불만이 있는 모양이다. 그리고 그걸 대표하는 것처럼 슈나가 앞으로 나와 입을 열었다.

"리무루 님, 출전하는 자가 너무 적지 않습니까? 게다가 제 이름을 부르지 않으셨는데, 이게 어찌 된 일인가요?"

어찌 된 일인가요? 라고 물어봤자…….

공주님 같은 위치에 있는 슈나를 전장으로 데려가고 싶지 않은 것도 이유이긴 하다. 하지만 그 이상으로 확실한 이유도 있었다.

애초에 이번 작전은 기동력을 중시한 것이다.

람아랑은 란가의 의지로 약간은 늘릴 수가 있다지만 그래도 100마리 조금 넘게 있을 뿐이다. 기동력을 살리기 위해 보병은 보류시켰다.

당연하지만 람아랑에 탈 수 없는 슈나를 데리고 갈 수는 없는 것이다.

게다가 홉고블린의 총수는 600명 정도에 그중 반수는 여성이다. 리그루가 이끄는 경비 부대에 소속된 자는 200명 정도였다. 남은 자들 중에서 남녀 합하여 200명이 건설 작업에 종사하고 있으며, 나머지 200명이 힘을 쓰는 작업에 적합하지 않은 여자와 어린아이인 셈이다.

수가 적은 건 확실하지만 이게 차출할 수 있는 최대한의 라인일 것이다.

"아아, 응. 슈나는 그러니까 남은 자들을 맡아주면 좋겠는데. 트렌트랑 드라이어드과 교섭을 할 일이 생기면 리그루도만으론 힘들 거 아냐? 게다가 여자랑 어린아이들도 슈나가 있으면 안심이 되고 말이야."

가장 그럴듯한 이유를 떠올리면서 슈나를 납득시키려고 해봤다. 보아하니 일단은 성공한 것 같은 것이, "그런 거라면 제게 맡겨주세요" 하고 말했기에 안도한다. 여자와 어린아이들이 슈나를 잘 따르는 것은 사실이니까 적임자라고 생각하는 것도 분명하다.

슈나는 시온과 나를 교대로 바라보고는 약간 불만스런 표정을 짓긴 했지만, 납득해준다면 더는 아무 말도 하지 않을 것이다. 굳이 지뢰를 밟을 필요는 없으니까.

"리무루 님, 저는 왜 부르지 않으신 겁니까?"

리그루가 손을 들어서 물어봤지만 그에 대한 대답은 간단하다.

"리그루는 남은 경비 부대를 통솔해서 도시 주변의 경비를 강화해다오. 최근에는 숲이 뒤숭숭하지 않은가? 우리가 전장으로 간 뒤에 무슨 일이 벌어질 경우에는 너에게 모두를 맡기는 셈이 된다. 그렇게 되었으니 잘 부탁하마!"

내 말에 리그루뿐만 아니라 리그루도도 고개를 끄덕이고 있었다.

최근에는 숲 안쪽에 서식하는 강력한 마물까지 모습을 보이는 것이 사실이었으므로, 그들은 쉽게 납득해주는 것 같았다.

이렇게 모두가 납득한 상태에서 각자 준비에 들어가게 되었다.

연설이 끝난 후 모두가 해산했을 때 소우에이로부터 연락이 왔다.

(리무루 님, 지금 괜찮으십니까?)

'사념전달'로 내게 말을 걸어온 것이다.

동맹 계약을 체결하러 보냈는데 무슨 일이 생긴 거지?

설마…… 장소를 모른다거나?

그렇게 멋지게 출발했는데 장소를 모른다고 하면 아무리 온순한 나라고 해도 화를 낼 수밖에 없지만…….

잠깐 걱정이 되긴 했지만, 물론 그런 용건은 아니었다. 나랑은 달리 소우에이는 착실한 녀석이었던 모양이다.

(리저드맨의 두령과 만났습니다. 동맹에 관한 얘기를 받아들이겠다고 합니다. 단, 리무루 님이 자기들 쪽으로 와주길 바란다고 합니다만…….)

그런 놀랄 만한 내용을 보고한 것이다.

회의가 끝난 지 아직 반나절도 안 지났는데 벌써 동맹 약속을 받아냈단 말인가…….

일처리가 확실한 남자는 정말 대단하다. 이런 데다 잘생기기까지 했으니, 정말이지 사람 놀리는 것도 아니고…….

나는 자신의 질투심을 애써 달래면서 대답한다.

(딱히 문제 될 일은 아니군. 어차피 습지대에서 결전을 벌일 예정을 잡아뒀으니까. 그건 그렇고 벌써 도착했나?)

(아, 네. '그림자 이동'으로 습지대 주변까지는 쉽게 올 수 있었습니다. 알고 있는 인물이라면 직통으로 이동할 수 있지만 두령의 위치를 파악하는 데에 시간이 걸리는 바람에──.)

소우에이의 설명에 의하면 '그림자 이동'으로 습지대까지 가서, 거기서 '분신체'로 주위를 탐색했다고 한다. 고부타는 숨을 참을 수 있는 시간에만 '그림자 이동'이 가능하다고 했으니 그 격의 차이가 눈에 훤히 보인다고 할 수 있겠다.

추가로 언급하자면 볼일은 다 끝냈기 때문에 이미 소우에이의 본체는 귀환 중이라고 한다.

리저드맨의 두령을 상대하고 있는 것이 '분신체'라니, 그래도 되는 걸까? 아니, 그 전에 동시에 여러 일을 할 수 있다니, 나 이상으로 능력을 제대로 써먹고 있는 것 같아서 놀랍다.

역시 소우에이였다.

(그러면 회담 일정은 언제쯤으로 잡는 게 좋겠습니까?)

내가 칭찬해줘도 소우에이는 냉정했다. 슈나랑 시온과는 다르게 믿음직한 녀석이다.

(그렇군……. 준비에 시간이 걸리는 데다 고블린 라이더의 이동에도 시간이 걸릴 테니, 7일 후쯤 되려나.)

여기서 습지대까지는 꽤 거리가 먼 것으로 보인다.

도보로 진군한다면 2주는 걸리겠지만 고블린 라이더만으로 이동한다면 5일도 걸리지 않을 것이다. 준비에 이틀쯤 걸릴 테니까

7일 정도면 괜찮을 것으로 생각한다.

가비루는 이동용 마수를 타고 있지만 람아랑에 비하면 속도는 느릴 것이다.

그 녀석이 돌아가기 전에 빨리 합류해버리면 우리도 같이 휩쓸릴 가능성이 있다. 쿠데타가 확정되어 있는 건 아니지만 등 뒤를 당하는 것보다는 조심하는 게 더 좋다. 상황을 살펴보고 주도권을 쥐는 건 우리여야 하는 것이다.

약간 늦게 도착하는 정도가 딱 좋다.

그렇게 생각하여 나는 7일이라고 대답했다.

(잘 알겠습니다. 그럼 그렇게 전하겠습니다.)

회담 일정을 마지막으로 확인한 후에 소우에이로부터의 '사념 전달'은 끝났다.

동맹에 대해 확실한 약속을 바라는 바이지만 만나지도 못한 인물을 신용하기는 어렵다. 그렇다고 해서 회담에서 동맹이 성립된 후에 출전 준비를 하고 있다가는 오크 군의 움직임에는 대응할 수 없을 것이다.

그러므로 미리 준비를 해두는 것이다.

만약 동맹의 이야기가 없었던 것으로 끝나는 경우에는 즉시 후퇴를 할 생각이다.

공동전선을 펼칠 수 없다면 오크가 리저드맨을 상대하고 있는 틈에 트렌트의 집락체로 이동하자는 생각을 하고 있다. 리저드맨에겐 미안하지만, 이건 전쟁이므로 입바른 소리만 할 수 있는 상황이 아니다.

내게는 모두의 주인으로서의 책임이 있으니, 냉정하게 보이겠지만 확실히 구분해서 생각할 수밖에 없다.

동맹에 관한 얘기를 받아들일 수 있다고 했으니, 지나친 걱정이란 생각이 들기는 하지만…….

어쨌든 지금은 리저드맨과의 동맹이 잘 성립되기를 빌 뿐이다.

*

카이진에게는 서둘러서 고블린 라이더용으로 100쌍의 무기와 방어구를 준비하도록 시켰다.

베니마루와 하쿠로우, 그리고 시온에게도 무기와 방어구가 필요하겠지만 잠시 뒤로 미뤘다. 소우에이도 곧 돌아올 것이므로 그때 같이 만들게 하면 된다.

우리 무기는 쿠로베가, 옷과 방어구는 슈나와 가름이 준비해줄 것이므로 서둘러 시킬 필요도 없는 것이다.

소우에이를 기다리는 동안 고블린 라이더의 편성을 시행했다.

우선은 대장을 선별하지 않으면 안 된다.

문득 고부타와 눈이 마주쳤다. 경비 대대의 부대장이니 적임이라 생각한다.

"고부타 군. 자네, 지금 한가하지?"

"윽?! 그런 말씀을 하시면 안 좋은 일이 일어날 것 같은 기분이 듭니다요……."

"기분 탓이야. 자네도 갈 거지?"

내가 미소를 지으면서 질문하자 뭔가를 말하려고 하는 고부타.

히지만 그 표정이 잔뜩 얼어붙더니   .

"당연하지요!"

라고 당황한 표정으로 대답했다.

뭔가 느낌이 이상했지만, 내 뒤에서 느껴지는 불온한 오라가 원인인 것 같다.

음…… 내 슬라임 스마일보다도 내 뒤에 선 시온의 미소 쪽이 효과가 더 컸던 모양이다. 고부타의 대답에 만족스럽게 고개를 끄덕이는 시온을 보면서 나는 그렇게 생각한 것이다.

이렇게 고블린 라이더의 대장은 고부타로 정해졌다.

그 사실에 불만을 말하는 자는 없었다. 이래저래 말은 하지만, 결국 다들 고부타를 인정하고 있는 것 같다.

리그루도 고부타로 정해진 순간, 믿을 수 있다는 표정으로 고개를 끄덕이고 있었다. 딱히 문제는 없는가 보다.

"그건 그렇고 제 무기는 쿠로베 씨에게 부탁하셨습니까요?"

아, 잊어버리고 있었다.

"아, 응. 물론이고말고."

"정말입니까요? 왠지 잊어버린 것 같이 보이는뎁쇼?"

예리하구먼, 이 녀석.

"핫핫하. 걱정도 많구먼, 고부타 군. 아주 멋진 칼을 준비해놓았으니까 기대하고 있게."

"정말입니까?! 기대하고 있겠습니다요!"

그럭저럭 잘 속여 넘긴 것 같다. 고부타가 단순해서 다행이었다.

또 잊어버리기 전에 쿠로베에게 부탁해두기로 하자.

미소를 짓고 있는 고부타를 보면서 나는 그렇게 생각했다.

계속해서 100명의 대원을 선출한다.

이쪽은 간단하게 정했다. 원래부터 콤비를 꾸려놓았기 때문에 교대 요원보다도 초기 멤버 쪽이 람아랑과의 상성이 좋은 것이다. 이렇게 출격할 100명도 결정했다.

뒷일은 카이진에게 넘겨서 무장을 갖출 수 있도록 지시했다.

이걸로 부대의 편성은 종료됐다.

고부타를 대장으로 한 부대 편성이 끝남과 동시에 타이밍 좋게 소우에이가 귀환했다.

"늦었습니다."

베니마루의 등 뒤에 있는 그림자에서 소우에이가 출현한 것이다.

그야말로 닌자. 반해버릴 정도로 훌륭한 움직임이다.

그러면 우리도 슬슬 준비하도록 하자.

그런고로, 곧바로 제작실이 있는 건물로 향했다.

제작 부문의 거점이라고도 할 수 있는 건물.

체육관 같은 커다란 목조건물이다. 나중에 모르타르 같은 걸로 벽을 보강할 예정이지만 지금은 거기까지 손이 가지 못하고 있다.

그래도 세워진 건물 중에선 최대 크기에 속하기 때문에 그럭저럭 훌륭하게 보인다.

안으로 들어가자 수많은 수습 장인들이 시끌벅적하게 작업을 하고 있었다. 준비한 100명의 무기와 방어구를 밖으로 운반하고 있는 것 같다. 경비 부대의 장비는 뒤로 밀리게 됐지만 그건 어쩔 수가 없다.

안쪽으로 더 들어간다.

최근엔 직물(織物) 전용의 작업실도 준비되어 있다. 하지만 이용할 수 있는 건 슈나 한 사람이었다. 너무나 고급 기술이라서 고블리나들이 습득하기에는 시간이 걸리는 것이다. 그러므로 당분간은 슈나 전용 작업실이 될 것 같다.

고블리나들의 의욕은 충분하지만, 지금은 가름 밑에서 삼베 등을 이용한 의복 제작을 하고 있었다. 모두에게 장비가 다 전달되면 솜씨가 좋은 자부터 우선적으로 비단 제품을 다루는 일에도 종사하게 될 것이다.

방어구 이전에 우선은 의복.

우리는 직물 전용 작업실로 향했다.

말을 걸면서 안으로 들어가자 슈나가 미소를 지으며 맞아줬다.

어느샌가 자신이 만든 것으로 보이는 멋진 키모노를 입고 있다.

무녀복을 기본으로 하여 활동성을 중시한 형태로 만들었다.

치하야(일본의 전통 옷. 대개는 신사의 행사 시에 무녀가 무녀복 위에 입는 겉옷)는 순백이지만, 하카마(일본의 전통 하의)는 슈나의 머리카락과 비슷한 연분홍색으로 물들여서 귀여운 느낌이 든다.

한눈에 보기만 해도 슈나의 기술이 얼마나 대단한지를 이해할 수 있는 옷이다. 이건 기대해도 될 것 같다.

슈나는 몇 벌의 옷을 꺼내서 제작용 책상 위에 늘어놓았다.

"기다리고 있었습니다. 리무루 님의 옷은 이미 준비되어 있답니다. 오라버니의 옷도 겸사겸사 만들어뒀고요."

"겸사겸사냐……."

"헛헛허. 어쩔 수 없지 않습니까."

"슈나 님이 짜신 비단은 더할 나위 없이 훌륭하니 준비해주시
는 것만으로도 감사해야죠. 혹시 제 옷도 있는 건가요?"

베니마루와 하쿠로우는 무심함.

소우에이는 무관심.

당연하다면 당연하달까, 가장 흥미진진한 반응을 보이는 건 시
온이었다. 거칠게 보이지만 시온도 여성이라는 뜻이리라.

"자, 여기 있답니다!"

슈나는 다른 사람들의 반응은 신경도 쓰지 않고 내게 옷을 내
밀었다.

그 뒤에도 각각에게 옷을 직접 전해주는 것이 슈나답다.

우리가 받아 든 것을 바라보고 있으려니, 갈아입을 방으로 안
내해주었다.

건네받은 것은 두 종류의 옷. 그리고 가름이 제작한 방어구 한
세트였다.

"가름 님을 통해 미리 받아두었답니다. 착용하는 느낌에 일체
감을 느낄 수 있도록 공을 들였어요."

가름의 모습은 보이지 않았으니, 나중에 감사 인사를 전하도록
하자.

맨 처음은 내가 갈아입기로 했다.

처음 것은 진베이(길이가 짧은 여름용 겉옷)다.

내가 대충 그린 일러스트를 갖고 훌륭하게 재현해주었다.

평상복으로 입기에 딱 좋은 착용감이다. 세탁도 할 수 있도록
다른 무늬로 세 벌이 있었다.

두 번째 것은 전투복이다.

이쪽은 슈나의 디자인에 따라 역작으로 만들어졌다고 할 수 있었다.

나는 어린아이 형태로 변신한 뒤에 재빨리 그 옷을 입어봤다.

맨들맨들한 촉감. 극상의 비단보다도 더 훌륭한 촉감이다.

바지랑 셔츠가 내가 그린 디자인대로 완성되어 있었다.

이 정도면 정말 놀랄 수밖에 없다. 전에 살았던 세계에서 입었던 옷보다도 완성도는 물론이도 옷감도 고급이니까.

내 '끈끈하고 강한 거미줄'도 섞어서 만들어진 것이라 방어력도 높다.

'대현자'에 의한 '해석감정'을 통해 낸 결과이므로 틀림없었다.

그리고 이 옷은——.

옷을 입어보니 내 몸에 딱 맞는 사이즈로 바뀌었다. 매직 아이템의 일종으로 만들어져 있었던 것이다. 너무나 훌륭한 완성도라 전혀 불평할 게 없다.

내 마력요소와 섞이면서 마치 내 신체의 일부처럼 느껴진다.

시험 삼아 어른 형태로도 변해봤지만 예상대로 사이즈가 자동으로 조정되었다.

완벽하게 옷을 만들어주었다.

그 위에 가름에게서 전달받았다는 방어구를 입어본다.

공을 들였다고 말했던 것만큼 내 몸에 딱 맞았다.

무두질한 가죽으로 만들어진 다크 재킷(검은 모피로 만든 갑옷). 버튼은 없고 앞부분을 끈으로 조이는 형태로 만들어져 있다.

보기에는 재킷으로밖에 보이지 않는 방어구라도 매직 아이템으로서 내 오라(요기)와 아주 잘 어우러졌다.

가름에게 모피를 건네기 전에 내 '위장' 안에 넣어둔 탓에 내 마력요소가 스며들어 있었던 모양이다. 그때문인지도 모르지만 색도 검게 변색되어 있었으며, 내 오라와의 상성도 좋은 것으로 보인다.

불만이 전혀 없는 완성도였다.

이제 의복 위에 코트를 입기만 하면 완료된다.

아랑족의 전 보스가 남긴 모피로 만든 칠흑의 롱코트. 이것도 슈나가 직접 만든 것이다.

양팔 부분은 없으며 날개처럼 가볍다. 앞은 열려 있지만 신기하게도 거추장스럽지는 않다.

입어보니 일종의 로브처럼 보이기도 했다.

꼬리 부분이 목도리처럼 만들어져서 목을 보호하게 되어 있다.

이건 벗길 수도 있게 만들어져서 머플러로도 쓸 수 있을 것 같다.

방한 장비로 보이지만 놀랍게도 더위도 막아줄 수 있는 우수한 것이었다.

내겐 '열변동무효'가 있기 때문에 딱히 관계없는 것 아닌가 하는 생각에 감정 결과를 보니, 내 '끈끈하고 강한 거미줄'이 재료로 들어가 있어서 '내한내열' 효과가 부여된 모양이다. 그 밖에도 '자기수복' 같은 기능도 기본적으로 장비되어 있었다. 약간 망가진다 해도 자기 수복을 할 수 있는 것 같고 마력을 주입하면 완전 재생도 하는 것 같다. 옷이 더러워지는 것에 대한 대책도 완벽했다. 이것도 내 '초속재생'의 영향 때문이리라.

과연 대단하군. 나는 그렇게 납득했다.

역시 판타지의 세계. 마법적 산물의 보고라 할 수 있겠다.

장비를 착용하고 밖으로 나왔다.

볼을 붉히면서 멍한 표정으로 나를 바라보는 슈나.

그런 슈나를 힐끗 보면서 차례로 옷을 갈아입는 키진들.

내 옷뿐만이 아니라 슈나가 짠 천으로 만든 의류는 모두 착용자의 오라를 흡수하고 동화하는 성질을 지닌 것 같다.

키진들도 각자 자신의 오라와 일체화하듯이 자연스럽게 옷과 친숙해진다.

베니마루는 벨벳 같은 진홍의 키모노.

카부키 배우 같은 차림이지만 잘생긴 남자라서 그런지 너무나 잘 어울렸다.

하쿠로우는 순백의 일본 수도승 같은 차림.

전투에 방해되지 않도록 지나친 장식은 되어 있지 않다. 날카로운 안광과 잘 어울리는 것이 더할 나위 없이 하쿠로우에게 어울리는 분위기다.

소우에이는 진한 남색의 로브와 바지.

헐렁해 보이는 복장 안에 다양한 암기를 숨길 수 있다고 한다.

시온은 당연히 짙은 자주색의 다크 슈트이다.

내 주문대로 몸에 딱 맞게 만들어져 있다. 외모만 보면 완전히 팔방미인인 여성으로 보였다.

어디까지나 외모만 보면 그렇다는 것이 시온의 아쉬운 점이라 하겠지만.

이렇게 우리는 옷 갈아입기를 끝낸다.

모두가 입은 의상은 각자 자신의 오라와 일체화하여 매직 아이템이 되었다.

실로 훌륭한 완성도이다.

이런 모양이긴 하지만 어느 정도는 마음먹은 대로 변화한다는 걸 듣고 놀랐다.

헬모스의 번데기에서 채집한 실이랑 내 '끈끈하고 강한 거미줄'을 같이 얽어서 만들었기 때문에 그런 마력요소를 받아들이면서 '마력실'의 특성이 부여되었다고 한다. '마강(魔鋼)'으로 만든 무기가 소유자의 의사에 따라 변화하듯이 '마력실'로 만들어진 옷도 또한 변화한다는 설명을 들었다.

성장해도 계속 입을 수 있지만 멋을 부리는 용으로 갈아입는 것도 괜찮을 것 같다.

애초에 이것과 같은 급의 물건은 쉽게 손에 넣기 힘들 테니까.

인간의 도시에 존재하는 매직 아이템이 어떤 성능을 갖고 있는지는 모르겠지만 슈나의 기술은 상당하다고 생각한다. 그런 슈나가 최고의 재료에 자신의 오라를 담아서 짜낸 물건인 만큼 흔히 있는 것보다 몇 단계 성능이 뛰어난 것도 당연할 것이다.

만약 판다면 상당한 고가에 팔릴 것만 같다.

"그리고 이걸 받아주세요."

그렇게 말하면서 슈나가 내민 것은 가죽과 수지(樹脂)로 만들어진 구두였다.

"리무루 님의 귀여운 말에 분명 잘 어울릴 거라 생각해요."

그렇게 말하기에 신어봤다. 짚신과는 달리 발을 포근하게 감싸주는 것 같은 극상의 감촉이 느껴진다.

"오오, 이거 좋은데!"

민족스럽다고 말하자 "만들어주신 분은 도르드 님이세요"라고 슈나가 웃으면서 가르쳐주었다. 가름도 그렇고 도르드도 그렇고, 쑥스러워하면서 슈나에게 대신 전해달라고 부탁했던 모양이다.

슈나에게 부탁하는 건 쑥스럽지 않은 건가? 아니, 슈나랑 얘기를 나눌 구실이 필요했던 건가…….

나는 그걸 알아차렸지만, 굳이 말하지 않는 것도 배려라 할 수 있겠지.

신발은 다른 사람들의 몫까지 전부 준비해둔 모양이다.

나와 소우에이와 시온은 구두, 베니마루와 하쿠로우는 짚신이었다.

짚신이라고 해도 수지까지 사용한 고급 물건이다. 평상시에 신는 용도의 짚신까지 따로 받았으므로 그건 틀림없었다.

이렇게 새로운 옷을 갖춰 입으면서 기분도 새롭게 할 수 있었다.

우리는 슈나의 미소로 배웅을 받으면서 만족스럽게 그 자리를 뒤로했다.

다음에 찾아간 곳은 쿠로베가 있는 대장간이었다.

쿠로베는 최근 신제품의 제작에 몰두하고 있는 중이라 얼굴도 제대로 보지 못했다.

방금 그 출전을 앞두고 연설을 하는 자리에도 얼굴을 보이지 않았던 것이다.

잘 지내고 있다는 건 알고 있지만 좋아하는 일에 몰두하면 주위를 보지 않는 타입인 모양이다. 뭐, 무기 제작을 우선해달라고 내가 부탁한 것도 이유 중의 하나이겠지만.

최근 며칠 동안 자는 시간도 아쉬워하면서 제작에 몰두하고 있다고 한다. 그런 얘기를 카이진을 통해 회의 시간 중에 들었던 적이 있다.

대장간 앞까지 와보니 문은 열려 있었다.

카이진의 공방에서 운반해 온 도구 세트가 설치되어 있다.

대장간 옆에는 창고가 세워져 있었으며, 가져온 재료가 보관되어 있었다.

내가 가지고 있던 '마강괴'도 나름대로 전달해놓았다. 재료만 따지면 일단 제대로 갖춰놓긴 했지만 철광석 양이 부족한 것이 약간 불안했기 때문이다.

주위의 산을 조사해서 어딘가에서 양질의 철광석을 채취할 수 없는가를 확인해볼 필요가 있다. 그렇지만 시간과 사람 수가 부족하기 때문에 뒤로 미뤄두고 있는 것이다.

건설 쪽이 안정되지 않는 한, 작업에 필요한 사람 수가 부족한 것이 현재 상황이다.

대장간 안에선 금속을 두들기는 소리가 울리면서 열기가 새어나오고 있었다.

고온의 노(爐)가 있는 곳은 이곳뿐이다. 점토를 굳혀서 고온으로 구운 뒤에 노를 만들었다. '염열조작'으로 만들긴 했지만 의외로 잘 만들어졌다. 이 노의 사용 소감을 조사한 뒤에 순차적으로 노의 수를 늘릴 예정이다.

예정은 엄청나게 많지만 좀처럼 손이 가질 못한다. 정말 곤란하다.

그거야 어찌 됐든 우리는 안으로 들어가 쿠로베에게 말을 걸었다.

쿠로베는 우리가 온 걸 알아차리고 만면에 웃음을 지으면서 맞아줬다.

"기다리고 있었습니다! 꼭 봐줬으면 하는 게 있거든요."

자신이 만든 걸 자랑하고 싶은 모양이다. 그런 기운이 농후했다.

그리고 두 시간이 지났다.

나는 죽은 물고기처럼 탁해진 눈을 한 채 설명을 듣고 있다.

이제 됐어. 알았어, 알았다고. 정말 대단하네!

몇 번이고 그 말이 목구멍까지 나올 뻔했지만 애써 참는다.

쿠로베의 기뻐하는 표정을 보고 있으면 그 말을 할 수가 없었다.

어떻게 한다…….

이런 때야말로 시온의 분위기를 파악하지 못하는 능력에 기대하고 싶은데, 정작 시온은 쿠로베의 설명을 들으면서 늘어놓은 무기를 푹 빠진 표정으로 바라보고 있을 뿐이다.

시온은 타고난 무기 매니아였던 모양이다.

그리고 그건 시온뿐만이 아니라 키진 전원이 그러했다.

각자가 전해 받은 무기를 잡아먹을 듯이 바라보면서 손에 든 채로 열심히 설명을 듣고 있다.

베니마루에겐 유려한 태도.

하쿠로우에겐 지팡이 칼.

소우에이에겐 두 자루의 닌자도.

시온에겐 크고 중후한 대태도.

모두 각각 무기를 손에 쥐고 만족스러운 표정으로 장비했다.

아주 잘 어울린다.

하지만 딱 하나 걸리는 점이 있었다.

시온의 대태도 말인데…… 너무 지나치게 크지 않은가?

"괜찮습니다. 칼집 대신 마력으로 감싸놓았을 뿐이니까 마음만 먹으면 사라집니다."

내 의문에 시온이 웃는 얼굴로 답해줬다.

아니, 그게 아니라 무기 자체가 큰 건 아닌지……. 그렇게 생각했지만 시온의 웃는 얼굴을 앞에 두고 나는 말을 삼켰다.

시온은 잘 사용할 수 있을 것 같으니 문제는 없을 것 같다.

평범한 인간은 드는 것도 불가능할 정도로 무겁다고 하니, 카이진이라 해도 만드는 건 불가능했을 것이다.

드워프도 제법 괴력을 가지고 있지만 양손으로 들어 올리는 것만으로도 벅찼다고 했다.

그런 쇳덩어리 같은 육중한 대태도를 시온은 별 어려움 없이 한손으로 빼들어 보였던 것이다.

시온을 화나게 하면 안 된다는 것을 깨달은 순간이다.

쿠로베는 그런 시온의 모습을 보고 웃으면서 말한다.

"이건 내가 만든 것 중에서도 최대급의 무기야. 시온이라면 충분히 쓸 수 있을 거라고 생각했지."

자신만만하게 말하면서 그렇게 보충 설명을 했다.

쿠로베의 예상은 정확했는지 너무나 만족스러운 표정이었다.

그리고 마지막으로 내민 것은 내 무기였다.

"리무루 님은 이걸 받으시죠. 이건 아직 기초 단계이며 미완성이긴 해도 리무루 님이 생각하신 마석을 무기에 집어넣은 칼, 그걸 목표로 만든 겁니다. 카이진 님과 같이 계속 연구 중이니 지금

285

은 조금만 더 기다려주시기 바랍니다. 그 동안에는 이 칼을 리무
루 님에 맞게 길들여놓아 주십시오."

그리 말하면서 직도(直刀)를 건넸다.

과연, 내 아이디어에서 시작된 연구를 계속 진행시킬 생각이로
군? 가슴이 두근거리기 시작했다.

말을 해두길 잘했다. 두 시간이나 설명을 듣느라 지친 기분이
상쾌하게 맑아지는 것 같았다.

"알았다."

나는 고개를 끄덕인 후, 칼을 '위장' 안에 넣어서 수납한다. 내
몸에 맞게 길들이려면 몸 안에 넣어두는 게 좋다.

쿠로베는 고개를 한 번 끄덕이더니 또 한 자루의 칼을 꺼내어
건네줬다.

"이쪽은 시제품입니다. 시험 삼아 만든 것이지만 대용품으로 쓰십시오."

아무런 특징도 없는 칼이지만 이건 쿠로베가 만든 것이다. 명품이라고 부를 만한 물건이었다.

고맙게 쓰도록 하자.

모처럼 하쿠로우에게 수련을 받으면서 검술을 배웠다. 나도 칼 정도는 쥐어도 괜찮을 것이다.

그렇지 않아도 바라고 있었던 것이니만큼 기쁜 마음으로 받은 칼을 허리에 찼다.

왠지 모르게 강해진 것 같은 기분이 드는 것이 신기하다.

그리고 마지막으로 "쿠로베, 작은 칼을 하나 준비해주게"라고 부탁하는 것도 잊지 않는다.

내 요청에 쿠로베는 한순긴 뭔가를 생각하는 것 같았지만 웃음을 지으면서 고개를 끄덕였다.

뭘 생각한 건지는 모르겠지만 고부타의 무기이니만큼 크게 신경 쓰지 않아도 괜찮겠지. 그렇게 생각하면서 쿠로베가 기쁜 표정으로 작업장으로 돌아가는 걸 배웅했다.

이렇게 모두에게 각각 무기가 생기게 되었다.

무기를 받아 든 우리 앞에 가름이 찾아왔다.

베니마루의 갑옷이 완성되었다고 한다.

철광석이 없는 현재 상황에서 철은 귀하다. 그렇기 때문에 풀 플레이트 메일 같은 건 준비할 수 없다. 하지만 키진에겐 관계없는 얘기다. 어차피 키모노에는 어울리지도 않고.

쿠로베가 가져온 것은 마물에게서 얻은 재료로 만든 스케일 메일이었다.

예전에 모험자인 카발에게 전해준 것의 완성품이다. 그리고 이것도 착용자의 오라에 감화되는 것이라고 한다.

내가 건네준 '마강괴'가 대활약을 해줬는지 아주 많이 쓰이고 있었다.

강도는 시제품과는 비교가 되지 않는다고 한다.

베니마루의 전용 방어구로서 디자인되었기 때문에 진홍의 키모노와 아주 잘 맞는다.

가슴 보호대와 허리 보호대, 그리고 장갑과 다리 보호대. 투구는 쓰지 않는 주의이니 만들지 않아도 된다고 말했다고 한다. 생김새는 화려하지만 베니마루에겐 잘 어울렸다. 아름다움이 느껴진다.

다른 사람들의 갑옷은 어떻게 된 건지 궁금해서 물어보니 "아아, 슈나 씨에게 맡겨뒀소" 하고 말했다.

보아하니 하나가 완성될 때마다 일일이 전해주러 간 모양이다.

얼마나 얼굴을 보고 싶으면 그러는 건지.

그리고 하쿠로우, 소우에이, 시온, 이 세 사람에겐 미늘로 만든 속옷 모양의 갑옷을 준비했다고 한다.

속옷 위에 착용하는 것이라고 하는데, 그런 것을 착용하고 있으리라고는 알아차리지 못했다.

그에 대해서도 가름은 슈나와 미리 자세하게 얘기를 나눈 모양인지, 의상의 미관을 해치지 않는 생김새로 만들어져 있었다. 슈나와 만날 구실이 생겨서 가름도 만족했을 것이다. 그런 기분이 작품에 드러나 있는 것처럼 느껴질 정도로 아주 훌륭한 완성도를 보이고 있다.

엉큼한 속마음이 없으면 완벽했겠지만, 그건 굳이 언급하지 않는 게 좋겠지.

나는 이미 다크 재킷을 받았기 때문에 이 이상은 필요하지 않다.

잊어버리기 전에 가름에게도 감사 인사를 해뒀다.

이렇게 장비 문제는 정리가 되었다.

다음 날.

고블린 라이더 부대도 모든 준비를 끝낸 모양이다.

일주일분의 식량을 등에 지고 정렬하여 우리를 기다리고 있었다.

이번 전쟁은 단기 결전이다. 최소한의 식량만 가지고 간다.

병참 부대를 준비하면 이동이 늦어지기 때문이다.

기동력이 모든 것이며, 상황에 따라선 재빨리 도망쳐서 귀환할 필요도 있으니까 말이다.

식량은 각자 자신의 몫만 가지고 가지만 그걸로 충분할 것이다.

준비에 이틀은 걸릴 것으로 생각했지만 예상보다 빨리 끝이 났다.

먼저 주위의 상황을 조사해두는 것도 좋을 것 같으니 출발하기로 한다.

"적은 오크 로드다! 길게 끌지 말고 해치우자!"

나는 아주 간결하게 선언했다.

이번에는 아무리 분발하려 해도 어쩔 수가 없다. 흐름을 잘 파악하고 행동해야 한다.

목적은 알기 쉬운 편이 좋은 것이다.

내 선언에 모두 함성을 지르면서 응답했다.

떠나갈 듯한 커다란 소리가 주위를 가득 메운다.

홉고블린 병사들은 아랑과의 결전을 버티면서 살아남은 자들이 메인이다.

신병도 몇 명 있긴 하지만, 고블린 라이더로서 람아랑에게 인정을 받은 자는 엘리트인 것이다.

다들 사기가 드높았다.

그런 자들의 기백을 받으면서 내 안의 불안은 사라진다.

이번에도 이길 수 있다. 최악의 경우에는 도망치면 된다.

너무 지나치게 낙관하는 것은 좋지 않다. 하지만 질 거라 생각하면서 싸울 필요는 없을 것이다.

우리는 결전의 장소인 습지대를 향해 의기양양하게 출진했다.

*

도시를 출발한 지 3일이 지났다.

나무의 수가 점차 줄어드는 걸 보니 조금만 더 가면 습지대가 나올 것이다. 예정보다도 빠른 도착이었다.

짐을 최소한으로 싸고 속도를 중시하여 이동한 성과이다.

게다가 도중에 물을 마실 수 있을 만한 곳이 없었기 때문에 내 '위장'에서 물을 꺼내어 수통에 보급해줬는데, 피로 회복과 체력 향상의 효과가 있었던 모양이다. 그 덕분에 휴식 시간도 줄이면서 계속 달릴 수가 있었던 것이다.

생각해보니 '위장'의 물에는 마력요소가 풍부하게 담겨 있었다. 마물에게 마력요소란 독도 약도 되기 때문에 그런 영향이 있다고 생각한다. 회복약 같은 느낌이라고 할 수 있으리라.

어쨌든 오늘은 이 자리에서 휴식을 취하기로 한다.

야영 준비를 함과 동시에 회담을 대비해 사전 조사를 해두는 게 좋을 것 같다.

리저드맨 두령과의 회담 예정일은 3일 후이다. 여기까지 왔으면 굳이 서두를 것도 없다.

그러므로 모두에게 대기할 것을 명한다. 여기서 진을 치고 휴식할 수 있도록 장소를 확보하게 했다.

자, 그럼 정찰을 맡긴다면……

"리무루 님, 제가 다녀오겠습니다."

곧바로 소우에이가 나서서 말했다.

적임자인 것은 틀림없으므로, 이번에도 자신만만한 그에게 맡겨보자.

"좋다, 소우에이. 주변의 상황을 확인하고 오거라. 가능하다면 오크의 대장이 어디쯤 있는가도 확인해다오."

그렇게 말하면서 그를 보냈다.

분명 그 뛰어난 조사 능력으로 많은 것을 알아 올 것이다.

소우에이를 보낸 뒤에 베니마루가 말을 걸었다.

"리무루 님, 이번에 저희들은 마음 내키는 대로 실컷 싸워도 괜찮겠습니까?"

그런 질문을 받긴 했는데, 베니마루의 의도를 잘 모르겠다.

게다가 상황을 잘 모르면 쉽게 대답하기도 어렵다.

"응? 상관은 없지만 후퇴 명령을 내리면 확실하게 후퇴하도록 해야겠지?"

그렇게 말해뒀다.

내 대답을 듣고 베니마루는 대담한 미소를 짓는다.

"그런 명령은 필요 없을 것 같습니다만? 이왕 명령을 내릴 거라면 섬멸하라! 라고 말하는 게 더 좋지 않겠습니까?"

그런 식으로 말하며 자신만만해한다.

너도 그렇게 나오기냐. 그렇게 생각했다.

멋진 남자다. 이런 자신만만한 태도가 너무나도 잘 어울린다.

이길 수 있다면, 말이지.

이렇게까지 폼을 잡아놓고 져버리면 말이 안 된다. 부끄러워서 참을 수 없을 것 같은데 그 점에 대해선 어떻게 생각하고 있을까?

이 녀석에겐 그런 걱정은 아예 없을 것 같지만…….

뭐, 좋다.

"방심은 하지 말도록. 알겠지?"

나는 어깨를 으쓱거리면서 이야기를 마무리 지었다.

시온은 아예 자신의 대태도를 넋을 잃은 채 바라보면서 "이제 곧 마음껏 날뛰게 해줄게" 하고 미소를 지으면서 중얼거리고 있다.

상당히 위험한 얼굴이었다.

맹한 면만으로도 모자라 위험한 취미까지 갖추고 있는 걸까?

언뜻 보기엔 쿨해 보이는 시온이지만 알면 알수록 위험한 냄새가 나는 여자다.

안 본 걸로 하자.

역시 하쿠로우는 평소와 같이 침착함을 유지하고 있다.

명경지수라고 할까, 역시 숙련자에 어울리는 관록이 있다고 생각했지만──.

"날 즐겁게 해줄 상대는 아마도 없겠지……."

그렇게 중얼거리는 것을 내 귀는 놓치지 않았다.

하쿠로우까지……. 그렇게 생각하면서 절규한다.

정말이지, 키진들은 자신감이 너무 지나친 것 아닐까?

한 번 겼던 상대에게 도전하는 것이니 나름대로 경계심을 가질 필요가 있을 것 같은데.

나는 그런 걱정을 하면서 한숨을 쉬었다.

야영 준비를 시작한 지 한 시간이 지났을 때.

(지금, 괜찮으십니까?)

모두가 작업하는 모습을 바라보면서 쉬고 있던 내게 '사념전달'
이 도착했다.

(뭐냐? 벌써 무슨 정보를 얻은 거냐?)

(아니오, 교전 중인 무리를 발견했습니다.)

(뭐라고?! 가비루 일행인가?)

(아니오, 그렇지 않습니다. 한쪽은 아무래도 한 명. 리저드맨
두령의 측근 같습니다. 그리고 상대는 오크들입니다. 그것도 상
위 개체와 부하들인 것 같습니다. 부하들의 수는 전부 열다섯 정
도──.)

(두령의 측근……? 혼자서 말이냐?)

(네. 전투는 이제 막 시작된 것 같습니다만, 결과는 뻔해 보입
니다. 보아하니 자신의 힘을 과시할 생각으로 상위 개체가 혼자
서 싸우고 있습니다. 어떻게 할까요?)

(그 상위 개체랑 부하들을 상대로 네가 이길 수 있겠나?)

(딱히 어려워 보이지는 않습니다──.)

역시 소우에이. 엄청난 자신이다.

소우에이의 말을 믿는다고 해도 리저드맨을 어떻게 한다…….

죽게 내버려 두는 것은 찜찜하다. 그러나 오크가 자신의 힘을
과시하고 있는 거라면 그 능력을 조사해볼 수 있는 찬스이다.

다행히 '사념전달'이라는 편리한 능력으로 소우에이가 본 영상
을 내게도 전해줄 수 있는 것이다.

하지만 아쉽게도 소우에이는 나랑은 달리 항상 '사념전달'을 연
결시키지는 못한다. 일정 시간마다 휴식이 필요한 것이다.

그건 소우에이뿐만 아니라 모두에게 해당하는 얘기다. 수신은

가능하지만 송신에는 제한이 걸리는 모양이다. 오히려 무제한으로 그렇게 할 수 있는 내가 이상하다고 한다.

거리가 멀지만 않으면 '사념전달'로 링크를 걸 수가 있겠지만…… 그 점은 말해봤자 소용없는 일이다.

(알겠느냐, 가능한 한 길게 관찰해라. 그리고 나중에 그 정보를 내게 가르쳐다오. 그 리저드맨에겐 미안하지만 잠시 동안은 혼자서 분발하도록 놔두어라. 하지만 살해당할 것 같으면 곧바로 구해주도록 하고.)

(알겠습니다!)

나는 그렇게 명령하고는 '사념전달'을 끊었다.

아무래도 무슨 일이 생긴 것 같다. 그렇지 않으면 리저드맨이 혼자 이런 곳에 있을 리가 없다.

모처럼 휴식을 취하면서 상황 조사를 해볼까 했더니 그럴 여유는 없는 것 같다.

나는 모두를 소집해서 상황을 얘기한다.

"잘 들어라, 야영은 중지한다. 아무래도 무슨 일이 생긴 것 같다."

내 말을 듣고 모두 긴장된 표정을 지었다.

"그러면 이대로 곧장 전투를?"

"그렇겠군. 적의 수는 열다섯 정도라고 한다. 너희들은 둘이서 적 하나를 상대하도록. 알고 있겠지? 오크 로드는 말단 병사가 잡아먹은 적의 능력을 흡수할 수 있다고 한다. 결코 무리하지 말고 안 되겠다 싶으면 도망치도록 해라. 알겠나?"

""""넷!!""""

고부타를 필두로 모두가 일제히 대답한다.

"좋다. 그럼 소우에이가 위치를 확인해주면 석을 포위하라. 그게 끝나면 재빨리 섬멸을 시작한다. 한 번 더 말하지만 무모한 짓은 하지 말고."

"리무루 님, 너무 걱정이 지나치신 게 아닌지요? 제가 보기에는 이 녀석들도 실력이 대단합니다. 게다가 저희들도 있으니 안심하십시오."

"그런가? 그럼 안심하고 맡기도록 하지. 그럼 움직여다오."

"넵! 그럼——."

내 걱정을 베니마루가 달래줬다. 그리고 내 명령에 따라 출전한다.

떠나가는 베니마루와 하쿠로우, 그리고 고부타 일행을 배웅한 후에 나와 시온도 행동을 개시한다.

주위의 잔챙이들은 베니마루 일행에게 맡겼지만 상위 개체는 나도 만나보고 싶다. 적을 조금이라도 더 알 수 있다면 앞으로의 싸움에도 도움이 될 테니까.

소우에이도 있고 시온도 있다. 그렇게 쉽게 지지는 않을 것이다.

나는 란가에 올라타고 소우에이가 있는 곳으로 직진했다.

*

우리가 소우에이가 있는 곳에 도착했을 때는 마침 소우에이가 나무 위에서 내려와 오크 제너럴의 검을 받아냈을 때였다. 보기 드물게도 그 녀석은 이도류를 쓰는 것 같았고 양손에 육중한 반월도를 쥐고 있었다. 고기를 가르고 베는 나이프를 대형으로 만든 것 같은 만곡도지만 육중하기 때문에 뼈조차도 잘라버릴 수 있을 것 같다.

손이 특이하게 길어서 공격에 유리한 거리를 선점하기가 어려울 것 같다.

소우에이와 순간적으로 공방을 벌였지만 변화무쌍하게 움직이는 그 동작은 상대하기 번거롭게 보였다.

하지만…… 뭐랄까, 너무나도 약하게 보인다.

생각해보니 직감을 구사해도 피할 수 없을 것 같은 하쿠로우의 검에 비하면 눈으로 쫓을 수 있는 정도의 움직임 따위는 귀엽게 보일 지경이다.

"크크큭, 뭐냐, 네놈들은? 이 오크 제너럴 님에게 잡아먹히기 위해 왔느냐?"

손이 길고, 돼지와 멧돼지와 인간이 뒤섞인 것 같이 생긴 녀석이 날 보면서 말했다. 이게 상위 개체인 오크 제너럴인가 보다.

"네 이놈, 리무루 님께 무례하게 굴다니!"

시온의 눈매가 험악해지면서 쏘아 죽일 것 같은 눈으로 오크 제너럴을 바라봤다.

"다, 당신들은——."

그쪽을 보자, 웅크리고 있던 리저드맨이 날 쳐다보고 있었다.

온몸이 상처투성이에 가쁜 숨을 쉬고 있다. 상당한 양의 피를 흘려서 죽기 직전으로 보였다.

가능한 한 오래 관찰하라고 말한 건 나였지만, 정말로 죽기 직전까지 손대지 않았던 모양이다. 소우에이는 명령을 지켰을 뿐이지만 좀 더 빨리 구해주는 게 좋았을 것 같다.

이래선 내가 완전히 악당인 것처럼 느껴지니까. 그런 감정을 덜어내기 위해서라도 약간은 좋은 면을 보여주기로 한다.

"이걸 마셔라."

그렇게 말하면서 리저드맨에게 회복약을 하나 넘겨줬다.

잠깐 망설이긴 했지만 단숨에 그걸 마시는 리저드맨. 그 효과는 극적이었으며, 순식간에 모든 상처가 회복된다.

"뭐야?!"

"설마——."

오크 제너럴과 리저드맨이 동시에 놀라서 소리를 질렀다.

좋아, 이걸로 내 인상도 어느 정도는 좋아졌겠지. 회담 전에 포인트를 벌어둘 수 있어서 다행이다.

그렇게 생각한 내게 리저드맨이 달려들 듯이 말했다.

"사, 사자 분과 그 주군이신 분께 이렇게 부탁드립니다! 제발 제 아버지인 리저드맨 두령과 오빠인 가비루를 구해주십시오!!"

무릎을 꿇고 머리를 숙이면서, 마치 기도를 드리는 것 같은 자세로 내게 부탁한 것이다.

"무슨 일이——."

무슨 일이 있었나? 그렇게 물으려고 했던 내게 오크 제너럴이 갑자기 칼로 공격을 가해 왔다.

"방해를 하겠다면, 네놈부터 먼저 잡아먹어주마!"

그렇게 외치면서 양손의 반월도를 교차로 휘두른다.

기습을 할 생각으로 덤벼들었겠지만 내게는 '마력감지'를 통해 뻔히 다 보였다.

뒤로 살짝 점프하면서 피하려고 했지만 그럴 필요조차 없을 것 같다. 내 앞으로 시온이 끼어들어 어느샌가 손에 들고 있던 대태도를 한 번 휘둘렀기 때문이다.

오크 제너럴은 재빨리 검을 교차시켜 받아내려 했지만 시온의 괴력에 밀려 날아간다. 엑스트라 스킬인 '강력'을 쓰긴 했지만, 기본적으로 시온은 인간이 아니라고 쳐도 비정상적일 정도의 힘을 가지고 있기 때문에 그건 당연한 결과였다.

"비겁한 놈. 리무루 님이 말하시는 도중이다. 얌전히 기다릴 수 없느냐?"

아름다운 얼굴을 분노로 물들이면서 시온이 오크 제너럴을 노려봤다.

"젠장! 얘들아, 일제히 이놈들을——."

오크 제너럴이 부하들에게 명령하려 하지만 누구 하나 움직이는 자가 없었다.

그도 그럴 만한 것이……

"반응이 없어도 너무 없구먼. 심심풀이도 안 돼."

"리무루 님, 이 녀석들, 어이가 없을 정도로 약합니다요. 2인 1조로 공격했더니 너무 불쌍했습니다요."

베니마루와 고부타가 내가 있는 곳까지 와서 보고했다.

내 명령대로 포위와 섬멸을 끝냈다고 한다. 너무 빠른 그 대응에 멍해질 수밖에 없다.

오크 제너럴의 부하 중에 남아 있던 몇 마리도 방금 막 하쿠로우가 베어버린 참이었다.

과연, 내 걱정이 지나치다는 소리를 들을 만도 하다.

"마, 말도 안 돼—!!"

성악스러운 나머지 절규하는 오크 제너럴.

그런 그를 불행이 덮쳤다.

"잠깐, 그 녀석한테서 정보를——."

소우에이의 말에 그쪽으로 의식이 향했을 때, 모든 것은 이미 끝나 있었다.

"죽어라."

그 말과 동시에 빛을 발하는 한 줄기의 섬광.

그 뒤에 주위에는 굉음이 울린다.

흔적도 없이 사라져버리는 오크 제너럴…….

"뭘 하는 거야……이 바보……."

중얼거리는 나.

소우에이는 내 뜻을 따라 오크 제너럴에게서 정보를 빼내려고 했지만, 시온은 그런 건 아예 생각하지 않는다.

"리무루 님, 어리석은 놈에게 천벌을 내려줬습니다!"

칭찬해주길 바라는 표정으로 내게 미소를 지으면서 보고한다.

보면 다 아는 사실이지만 이걸 칭찬해야 할까, 화를 내야 할까.

"아아, 응. 다음부턴 가능한 한 생포하도록 해줘."

"알겠습니다! 리무루 님께 거역한 어리석음을 반쯤 죽인 채로 깨우쳐줄 필요가 있겠군요!"

아니, 그게 아냐. 그게 아니지만 설명하는 것도 귀찮다. 일단, 생포하라는 명령을 납득해줬으니까 그걸로 됐다고 치자.

부하들은 섬멸한 상태인 데다 오크 제너럴로부터는 정보를 얻기를 바랐지만 뭐, 어쩔 수 없지.

잔챙이들로만 구성된 단순한 정찰 부대였던 것 같으니 그렇게 자세한 정보 같은 건 없었을지도 모르니까.

다 끝난 일을 곱씹어 봐도 소용없다.

나는 곧바로 마음을 고쳐먹고 리저드맨의 이야기를 듣기로 했다.

"회담까지는 아직 날짜가 남았는데, 무슨 일이 있었던 건가?"

분위기가 진정된 후에 다시 물어본다.

이번에는 방해가 없었던지라, 리저드맨은 소우에이와 나를 교대로 바라본 후에 내게 시선을 고정하고 또렷한 말투로 얘기를 시작했다.

"저는 리저드맨 두령의 딸이자 두령의 친위대장을 맡고 있습니다. 이번에 동맹을 체결하기에 앞서 제 오빠인 가비루가 모반을 일으켜 두령을 구속하고 유폐시켰습니다. 오빠는 오크와 정면으로 맞서 싸울 생각입니다. 오빠는 오크들을 만만하게 보고 있으니 이대로 가면 패배하여 리저드맨은 멸망하게 될 것입니다……."

그때 잠깐 말을 멈추는 리저드맨.

몇 번인가 망설인 후에 다시 얘기를 시작했다.

"아버지인 두령께선 동맹 상대이신 당신들께 폐를 끼칠 수는 없다면서 절 전령으로 보내셨습니다. 하지만──하지만 제발 저희들을 구해주십시오!"

그렇게 말하자마자 리저드맨은 날 보면서 엎드려 빈다.

그렇군, 가비루란 자는 리저드맨 두령의 아들이었나. 그리고 두령의 딸이 내 눈앞에 있는 리저드맨이면서 가비루의 여동생이라고 한다. 두령도 그렇고, 이 친위대장도 그렇고, 좋은 인품을 갖춘 인물로 보인다.

가비루만 유일하게 아쉬운 성품을 가진 녀석이었단 말인가. 그건 그렇고 두령에게 무슨 일이 생겼다면 상황이 안 좋다.

그렇다면 이제 어떻게 한다.

"우린 아직 동맹을 맺은 게 아니다. 그런 상황에서 집안싸움에 우리를 끌어들일 수 없다고 두령은 판단했고——너를 전령으로 보냈다, 그 말이지? 그렇다면 왜 너는 우리에게 도움을 청하는 건가?"

나는 그렇게 질문했다. 심술궂게 들리겠지만 우리에게 리저드맨을 도와줄 의무는 없다. 동맹 후라면 또 모를까, 지금은 후퇴하는 게 더 이득이다.

그건 그렇고 이름이 없으니 부르기가 참 곤란하군. 마물들은 서로 미묘한 감정의 파동을 통해 개체 식별을 한다고 하지만, 과거에 인간이었던 나는 혼란스럽기만 할 뿐이다.

리저드맨이란 호칭도, 친위대장이란 호칭도 둘 다 위화감이 있다.

결국 별 관계없는 것에까지 생각이 미쳤지만, 내 속사정과는 관계없이 리저드맨 친위대장은 똑바로 고개를 들어 나를 쳐다보면서 대답을 했다.

"힘이 있는 마물을 모두 부리는 당신이라면 우리를 구할 힘이 있지 않을까 하고 생각했습니다. 숲의 관리자이신 드라이어드 님에게 인정받을 정도의 분이라면, 그 자비심에 의지해보고 싶다고 생각했습니다. 이기적인 생각이라는 건 너무나 잘 알고 있습니다만, 부디——."

"잘 말했습니다! 리무루 님의 위대함을 바로 알아보다니, 당신은 제법 괜찮은 사람인 것 같군요. 당신의 희망대로 리저드맨은 구원받을 것입니다. 어찌 됐든 간에——오크들이 전멸하는 건 이미 정해진 사항이니까요."

또냐. 격렬하게 데자뷔를 느낀다. 시온을 내 비서로 임명은 했지만 멋대로 일을 받아들이는 능력 하나만은 발군이다.

뭐, 상관없어. 어차피 싸울 테니까 가능한 한 도와주기로 하자. 단, 우리에게 손해가 나지 않는 범위 안에서지만.

"소우에이, 두령이 있는 곳으로 '그림자 이동'을 할 수 있겠나?"

"가능합니다."

"그럼 지금부터 리저드맨의 두령을 구출할 것을 명한다. 동맹에 방해가 되는 자가 있다면 그걸 제거하라."

"알겠습니다!!"

"그 말씀은 즉——?! 정말 감사합니다!!"

리저드맨이 감사의 인사를 하지만 어디까지나 무리하지 않는 범위 안에서다.

"미리 말해두지만 무리를 하면서까지 구할 생각은 없다."

"잘 알고 있습니다. 그리고 저도 안내를 위해 동행하고 싶습니다만……."

내가 무리를 할 생각이 없다고 해도 불쾌하게 느끼는 것 같지 않다. 자신이 말도 안 되는 소리를 하고 있다는 자각이 있기 때문이리라. 이 리저드맨이 우리에게 모든 것을 다 맡기려는 나약한 생각을 하지 않아서 다행이었다. 만약 그랬다면 동맹에 관한 얘기를 다시 생각해봐야 할 테니까.

"음, 같이 돌아가고 싶다는 마음은 이해한다만, 소우에이는 혼자서 행동하는 편이 더 빨리 두령이 있는 곳에 도착할 수 있을 텐데......."

나는 말끝을 흐리면서 방해가 될 거라는 생각에 말리려고 했다. 하지만 그때——.

"3분 정도 숨을 참을 수 있겠나?"

소우에이가 리저드맨에게 묻는다.

"네, 괜찮습니다! 5분 정도는 견딜 수 있습니다."

"좋아, 그럼 데리고 가지."

소우에이가 리저드맨과 합의를 본 모양이다.

"리무루 님, 괜찮겠습니까?"

"아아, 문제없다. 가는 김에 이것도 가지고 가라."

소우에이가 괜찮다면 괜찮을 것이다. 방해가 되지 않는다면 내가 반대할 이유는 없다.

그리고 나는 소우에이에게 회복약을 여러 개 건넸다.

"어지간한 중상이 아니라면 10분의 1 정도로 희석시켜도 효과가 있다. 부상자들에게 사용하면 될 것이다. 그리고 무슨 문제가 일어나면 '사념전달'로 보고해다오."

"잘 알겠습니다. 그럼 지금부터 임무를 시작하겠습니다."

소우에이가 고개를 끄덕인 뒤에 내게 예를 올린다.

리저드맨도 내게 깊이 고개를 숙이고는 소우에이 쪽으로 돌아봤다.

소우에이는 자연스러운 동작으로 리저드맨의 허리에 손을 두르고는 그대로 '그림자 이동'을 개시한다. 그리고 눈 깜짝할 사이에 우리의 시야에서 사라져버린 것이다.

"소우에이에게 맡겨두면 두령은 괜찮을 겁니다."

베니마루가 성공을 보장하듯이 그렇게 말한다.

확실히 저 훌륭한 일처리 솜씨를 보면 맡겨도 괜찮을 것 같다.

*

두령은 소우에이에게 맡겼으니, 우리는 원래 예정대로 전장에 대한 조사를 하기로 한다.

단, 상황은 이미 벌어져버린 것 같으니 느긋하게 굴 여유는 없어 보인다.

"어디, 그럼 우리는 가비루 녀석이 어떻게 하고 있는지를 보러 가기로 할까."

"구해주려는 겁니까?"

"글쎄, 그건 가비루가 하기 나름이겠지. 애초에 살아 있는지 아닌지도 명확하지 않고."

시온의 질문에 나는 어깨를 으쓱하면서 대답했다.

내가 받아들인 것은 두령의 구출이지, 가비루를 구해주겠다고는 한마디도 하지 않았다. 그 멍청이를 구해주기 위해 우리가 위험에 빠지는 것은 피하고 싶은 바니까⋯⋯.

일단은 전장의 상황이 어떻게 돌아가고 있는지 확인해보는 것이 우선이다.

"설마 리무루 님께서 직접 전장으로 가시겠단 말입니까?"

베니마루가 물었다.

"응, 이 눈으로 직접 보고 판단하려고 한다."

전장의 상황을 보는 것은 기본인 데다 가비루가 살아 있는가도 확인하고 싶다.

그렇게 생각해서 대답했지만 베니마루는 크게 당황하면서 반대하기 시작했다.

"기다려주십시오. 저와 하쿠로우가 가기만 해도 어떻게든 해결할 수 있을 겁니다. 리무루 님은 시온과 함께 안전한 곳에서 살펴보시기만 해도——."

"그 말이 맞습니다. 리무루 님은 저희들의 왕. 전장에 나서지 않으셔도 저희에게 맡기시면 괜찮으리라 생각합니다……."

그런 의견을 낸 것이다.

아니, 아니, 그럴 수는 없지.

베니마루와 하쿠로우, 게다가 고블린 라이더 100명만으로 싸우는 건 아무리 생각해도 무모한 짓이다.

면밀한 작전은 동맹 후에 회의를 거쳐 세울 예정이었지만, 대강의 내용은 정해져 있다. 리저드맨을 미끼로 세우고, 거기다 베니마루 및 다른 키진들에게 적의 측근을 맡도록 시킬 예정이었다.

쉽게 말해서 내가 오크 로드와 일대일로 싸우기 위한 준비를 맡길 생각이었던 것이다.

20만의 군대를 100명만으로 대적하는 것 같은 자살행위를 시킬 수는 없다.

"잠깐, 잠깐, 너희야말로 진정해라. 너희들, 설마 100명으로 20만이나 되는 군대를 이길 생각이냐?"

"맞습니다요! 좀 더 말해주십쇼!"

내가 어이가 없어서 딴죽을 걸자 그 말을 기다렸다는 듯이 고부타도 불평하기 시작했다.

그야 그렇겠지. 죽으라는 명령을 받고 순순히 따를 필요는 없다.

"기합으로 어떻게든 가능할 것으로 생각됩니다만……."

베니마루가 아쉽다는 듯이 중얼거리지만 그 말에 동의하는 건 하쿠로우와 시온뿐이다.

이 키진들은 아무래도 머리의 회로가 맛이 가버린 거 아냐? 기합으로 어떻게 될 리가 없잖아?!

어느 정도는 알아서 맡기려고 했지만 역시 내가 감독할 필요가 있을 것 같다.

애초에 베니마루와 다른 키진들은 오크에게 한 번 진 적이 있으니까 그 무서움도 잘 알고 있을 텐데 말이다.

그렇게 생각했지만 입 밖으로 뱉지는 않는다. 진화하기 전의 일은 관계없는 것이라고, 그렇게 생각하고 있는 것 같으니까.

"뭐, 어쨌든 나는 상공에서 전쟁의 양상을 관찰하겠다. 그 상황에 따라 지시를 내릴 테니까 세세한 지휘는 베니마루가 맡아다오."

"과연, 그렇다면——."

그렇게 말하자 납득한 것 같았다.

애초에 군의 지휘 같은 건 해본 적이 없다. 시뮬레이션 게임은 많이 해봤지만 실전 경험 따윈 있을 리가 없다.

그런고로 나는 상공에서 내려다보면서 지시를 내리는 데만 치중할 생각이었다.

내 '사념전달'로 모두와 링크하여 즉시 상황의 변화를 알린다. 이걸 받아들여서 베니마루가 지시하는 것이다.

단, 후퇴 같은 중요한 판단만큼은 내가 하는 것으로 이야기가 정리됐다.

"알겠냐? 내가 직접 지시를 내리지 않는 자는 베니마루를 따르도록 해라. 그리고 죽을지도 모르는 행위는 자중하도록! 이 싸움은 마지막 싸움이 아니다. 착각하지 마라."

마지막으로 모두를 모은 자리에서 명령을 내렸다.

""""우오오오오오오오오오오!!!"""""

내 말에 함성을 지르며 응답하는 일동.

마지막 싸움이 아니라고 다짐을 시켰지만 전쟁을 눈앞에 둔 흥분까지는 없앨 수 없었던 모양이다.

"맡겨주십시오, 리무루 님!"

시온이 대답했고, 베니마루도 눈으로 내 말에 동의했다.

하쿠로우는 변함이 없다.

뭐, 어떻게든 되려나…….

키진들의 지나친 자신감에, 고블린 라이더들의 흥분 상태.

아무리 봐도 무모한 짓을 저지를 것 같아서 걱정이다.

여차하면 주저하지 말고 후퇴 명령을 내리자고, 나는 속으로 맹세했다.

＊

나는 등에서 날개를 만들어내려다가 옷이 방해가 된다는 걸 알아차렸다.

날개를 만들어내면 날 수 있다는 건 이미 실험을 통해 확인했지만 이래서는 곤란하다.

어떻게 할지를 생각했을 때, 슈나가 한 말을 떠올린다.

슈나의 설명에 따르면 분명 '마력실'로 짠 옷은 소유자의 뜻에 따라 어느 정도는 변화한다고 했는데…… 이런 걸 말하는 거였나. 그렇게 납득했다.

날개를 만들어내려고 하자, 저절로 옷에 구멍이 생겼다. 그리고 날개가 옷 밖으로 나오자 구멍이 닫힌 것이다.

자신의 뜻대로 옷과 방어구의 구조가 약간이나마 변경된다는 건 참으로 편리하다고 할 수 있었다.

나는 슈나와 가름에게 고마워했다.

숲을 달려서 빠져나가려면 한 시간 정도는 걸릴 것 같았지만, 비행을 하니 순식간이었다.

상공에서 내려다보면서 전황을 살펴본다.

육안으로는 알아보기가 힘들지만 '마력감지'를 응용하여 사용하면 뚜렷하게 눈으로 확인할 수 있었다.

마치 높은 고도에서 위성에 의한 감시를 하고 있는 것 같다.

그러나 이렇게 생각해보니, 비행을 하면서 양쪽 군대의 움직임을 내려다보면서 파악할 수 있다는 건 정말 압도적인 우위에 있다고 할 수 있다.

그리고 내려다보면서 얻은 정보를 '사념전달'로 각 병사에게 전달 가능하다는 건—— 근대전의 정보화 전술을 판타지 세계에서 실현하는 것 같지 않은가.

이 세계의 기본적인 군대전과는 달리 전달할 수 있는 정보량이 압도적으로 다르다. 이런 방식이라면 소수의 부대라도 잘 대처할 수 있을 것이다.

그보다는 소수의 부대를 잘 운용하기에 적합하다고 할까.

그런 식으로 감동하고 있던 내 머리가 정보 분석을 적절하게 마친 모양이다.

상황은 리저드맨에게 아주 좋지 않다.

완전히 포위되어버려서 제대로 움직이지 못하는 상황에 처해 있다.

그나마 버티고 있는 건 지휘관이 필사적으로 사기를 고무시킨 영향을 받았기 때문이리라. 그것도 언제까지 유지될지 모르는 상황이었다.

잘 보니, 지휘관은 가비루였다. 단순한 바보라고 생각했었지만 녀석을 얕보고 있었던 것 같다.

여동생이 오빠를 구해주길 바란다고 말한 것도 이유가 있었다. 본래의 그는 내가 생각하고 있는 것보다는 능력이 있는 인물인가 보다. 첫 대면 때의 인상이 너무 안 좋았던 것이다.

지휘관에게 있어서 대국적으로 전황을 보는 눈을 갖추지 못했다는 건 치명적이다.

그러나 젊은 데다 경험도 부족한 상황에서 모든 걸 꿰뚫어 보는 눈을 가진다는 건 누구라도 할 수 있는 일은 아니다.

만약 이번에 녀석이 살아남아서 그걸 배운다면 우수한 지휘관이 될 가능성은 높을 것이다.

그런 가비루 앞에 오크 하나가 나타났다.

그리고 검게 물든 갑옷을 입은 오크 병사들의 집단이 가비루의 부대를 포위한다.

누가 봐도 오크 중에서도 상위에 속하는 기사들이다.

하나하나가 풀 플레이트 메일을 착용하고 있고 통솔이 잘 잡혀 있다. 그중에서도 가장 눈에 띄는 오크가 가비루와 마주 보고 있었다.

아마도 아까 시온이 날려버린 녀석과 동급인 오크 제너럴로 보인다. 명백하게 주위의 오크들과는 격이 달랐다.

그리고 일대일의 싸움이 시작된다.

가비루는 열심히 싸우고 있었다.

방심하지 않았으면 고부타에게 지는 일은 없지 않았을까? 그런 생각이 들 정도의 기합과 창술로 오크 제너럴과 대치하고 있었던 것이다.

단, 아쉽게도 오크 제너럴과의 기본적인 힘의 차가 너무 컸던 모양이다.

조금씩 가비루의 몸에 상처가 늘어간다…….

죽게 놔두기에는 아깝다.

그렇게 생각한 이상, 답은 이미 나와 있다.

나는 명령을 내린다.

(란가, 가비루가 있는 곳까지 '그림자 이동'이 가능하겠나?)

(가능합니다, 나의 주인이여.)

소우에이의 '그림자 이동'과 마찬가지로 란가도 한 번 본 적이 있는 인물이 있는 곳까지 직통으로 갈 수 있는 것 같다.

그렇다면——.

(고부타, 너도 같이 가라!)

(으엑! 진심입니까?! 저렇게 많은 병사들 한가운데로——.)

고부타의 비명 같은 사념은 도중에 끊어진다.

그리고──.

(쉬운 일이니 명령대로 따르겠다고 합니다. 리무루 님.)

시온의 사념이 끼어들 듯이 대답을 대신했다.

고부타에게 무슨 일이 생긴 건지 나는 모른다. 하지만 알 필요는 없을 것 같다.

(그런가, 그럼 가비루를 구출해라. 너희에게 맡긴다!)

그렇게 명령을 내릴 뿐이다.

란가가 크게 날뛰면서 오크 제너럴의 주의를 끄는 틈에 고부타를 시켜서 가비루를 회수하게 한다. 그리고 리저드맨과 고블린 부대를 거두어서 죽기 직전의 상황에서 활로를 찾아내게 할 것이다.

고부타와 란가가 가비루를 구출하기 위해서 움직였다.

하지만 이대로는 수에 밀려서 고부타 쪽도 위험해지게 된다.

(리무루 님, 그러면 저희는 마음대로 싸우겠습니다.)

내 생각은 아랑곳하지 않고 베니마루가 물었다.

(그 전에 리저드맨들이 위기에 처해 있다. 고부타와 란가를 보냈지만 이대로는 위험해. 우선은 일단 그 녀석들을 구해내라. 그 다음에는 맘대로 해도 된다. 세세한 지휘는 하쿠로우에게 맡기고 내키는 대로 싸워도 상관없다.)

(알겠습니다! 오거──가 아니라 키진의 강함을 보여주겠습니다!)

내 사념을 듣고 기뻐하는 대답이 들려왔다.

그리고 전황은 변하기 시작한다.

지휘를 끝내고 나는 전황을 확인한다.

리저드맨은 방어 진형이 무너지기 직전이라 그렇게 오래는 버티지 못할 것 같다. 이런 상황이라면 두령이 있는 동굴 내부도 밀리고 있을지도 모르겠다.

소우에이를 혼자 보냈는데 괜찮을까?

란가는 그렇다 치고 고부타는 무사할까?

그리고 베니마루 쪽은…….

그런 걱정들도 머릿속을 스쳤지만 이제 와서 언급해봤자 이미 늦었다.

나는 명령을 내렸고 그들은 그걸 받아들였다.

해내지도 못할 일을 받아들이는 녀석은 무능한 것이다.

회사에서 신입이었을 때, 그 당시의 소장에게 꾸중을 들은 적이 있었다. 자신이 소화하지 못할 양의 일을 짊어지지 말라고.

맡은 자가 일을 해내지 못하고 정체하고 있으면 모두에게 폐를 끼치게 된다.

마찬가지로 남의 능력을 잘 파악하지 못하고 일을 억지로 떠넘기는 상사도 또한 무능한 것이다.

중요한 건 자기 능력에 맞는 일을 하는 것. 상사의 역할은 부하의 능력을 꿰뚫어 보고 정확하게 일을 나눠주는 것에 있다.

이번에는 아직 내가 그 녀석들의 능력을 제대로 파악하지 못했다. 내가 나눠준 일이 무모한 것인지 아닌지 판단할 수가 없는 것이다.

그들이 무능하지 않기를 빈다. 그리고 내가 무능한 주군이라는 비난을 받을 일이 없게 되기를 빈다.

무책임하지만 지금은 믿는 것 말고는 할 수 있는 게 없다.

그리고 곤란에 처한 자에게 손을 내밀어주는 것도 상사가 할 역할인 이상, 나는 상황을 계속 지켜볼 책임이 있었다.

만약 어딘가에서 누군가가 고전을 한다고 해도 곧바로 도와줄 수 있도록…….

●

할버드의 일격으로 두령이 쥐고 있던 창이 부러졌다.

그렇다곤 하나 오크 제너럴의 맹공을 몇 차례 막아냈던 참이다. 잘 버텼다고 말하는 게 맞을 것이다.

두령은 스스로가 자랑스러운 표정으로 오크 제너럴을 보면서 외친다.

"후하하하하! 무기 따윈 없어도 나는 아직 더 싸울 수 있다!"

그렇게 큰소리를 친다. 하지만 누가 봐도 그것이 허풍이라는 걸 알 수 있었다.

이미 갑옷은 부서졌고 자랑거리인 비늘도 수많은 금이 생긴 상태다. 몸을 지켜줄 수 있는 것을 잃어버린 지금, 두령의 목숨은 풍전등화나 다름없었다.

"잘 들어라!! 친위대는 앞으로 전진하라. 너희들은 여자와 어린아이들을 한 사람이라도 더 많이 지켜라. 결코 포기는 허락하지 않는다. 조금이라도 오래 시간을 벌어서 구원의 손길이 오는 걸 기다리는 거다!!"

가능한 한 모든 위엄을 모아서 그렇게 큰 소리로 외친다.

"두, 두령님……. 그, 그렇지만 원군 같은 게 있을 리가──."

친위대의 부대장이 그렇게 묻지만 "더 말하지 마라!" 하고 일갈하여 입을 다물게 한다.

"믿는 거다. 결코 희망을 잃어선 안 된다. 마지막까지 우리 리저드맨의 긍지를 지켜라!!"

결코 약한 모습을 보이지 않는다.

그가 바로 리저드맨의 강함의 상징이면서 희망이니까.

그리고 도망갈 곳을 잃은 리저드맨에게는 두령의 말 외엔 의지할 수 있는 게 없으니까.

"그리고 내가 이 녀석을 쓰러뜨리기만 하면 활로도 열릴 것이다."

그렇게 말하며 대담한 웃음을 짓는 것으로 전사단의 사기를 고무시킨다.

퇴로를 막은 수괴를 물리치면 분명히 살아날 길이 보일 것이다.

리저드맨의 전사들에게 절망은 없다.

비록 두령이 쓰러진다고 해도 다음에는 자신들이 도전하겠다고 마음속으로 정한 것이다.

두령이 살아온 모습을, 그 뒷모습을 보고 배웠다. 최후의 병사한 명까지 끝까지 싸워서 하나라도 더 많은 여자와 어린아이를 도망칠 수 있게만 하면 그들의 승리가 되는 것이라고.

미래에 동족들의 운명을 맡길 수만 있다면…… 하지만 그런 그들의 희망은 오크 제너럴 앞에 무참하게 박살 난다.

"어리석은 놈. 가만히 지껄이게 내버려뒀더니 주제도 모르고!"

일섬. 오크 제너럴이 휘두른 할버드가 두령의 가슴을 크게 베어버렸다.

"크헉!!"

피를 토하면서 쓰러지는 두령.

(이제 여기까지인가…….)

동굴 내부에 리저드맨들의 절규가 울려 퍼진다.

두령에게 마지막 공격을 하려는 오크 제너럴 앞을 막아서는 젊은 전사들. 그걸 아무렇지 않게 베어 넘기면서 두령에게 다가가는 오크 제너럴.

그리고 지금.

"너는 리저드맨치고는 잘 싸웠다. 우리의 피와 살이 되기에 어울리는 용사였다. 우리와 하나가 될 수 있다는 걸 영광스럽게 생각하면서 죽도록 해라!!"

두령을 확실하게 겨눈 뒤에 할버드를 찌르려고 했지만──.

"그건 곤란하군. 두령과의 약속이 아직 지켜지지 않았으니."

두령 앞에 나타난 남자의 조용한 목소리에 저지당한다.

지금 그야말로.

그 남자──소우에이의 출현에 의해 리저드맨의 운명은 크게 변동한 것이다.

●

소우에이는 가볍게 미소를 짓는다.

스스로가 주역의 자리에 서 있다는 것을 실감하면서.

소우에이에게 있어서 베니마루는 전 주군의 자식이긴 해도 그가 주인은 아니다.

소우에이 자신도 자신의 일족을 총괄하는 자이면서, 베니마루와는 동년배의 라이벌이다. 베니마루가 아버지의 뒤를 이은 시점에서 소우에이도 부하가 될 예정이었지만, 결국 그런 때는 찾아오지 않았다.

그 대신 얻은 것이 리무루라는 주군이다.

자신은 운이 좋다고 소우에이는 생각한다.

전란 같은 건 존재하지 않는 평화가 계속되고 있었다. 오거라는 강자에게 숲의 마물들은 상대로선 부족한 것들이었다.

최근에는 레서드래곤이 날뛰는 일도 일어나지 않고 있다.

그 사실 자체는 좋은 일이라고 생각한다. 그러나 자신이 단련해온 기술을 써보고 싶다는 것도 숨길 수 없는 본심이었다.

그러던 중에 집락촌이 오크의 군대에게 공격을 받았던 것이다.

그때 아무것도 할 수 없었던 자신을, 소우에이는 분하게 생각했다.

이대로 주군의 원수를 갚지도 못 하고, 동족의 원한도 풀어주지 못한 채로 죽어갈 것이라 생각했었는데…….

소우에이는 자신의 행운에 감사한다.

새로운 주군 밑에서, 동료의 복수를 할 수 있는 기회를 부여받았다.

자만에 의한 방심 같은 건 소우에이에겐 있을 수 없는 것이다. 한 번 겪었던 패배로 소우에이는 많은 것을 배웠다. 소우에이는 굴욕의 기억과 함께 자신의 어리석음을 그 마음에 깊게 새겼던 것이다.

주군을 위해 아츠(기술)를 연마하고 적을 제거한다. 그러기 위해서 그는 자신을 갈고닦는다.

명령을 받는 것이야말로 최상의 쾌락.

그리고──소우에이는 자신에게 주어진 명령을, 충실히 실행으로 옮기는 것이다.

●

조용히 서 있는 남자를 쳐다보면서 두령은 그자가 자신과 만나서 이야기를 나눴던 마물이라는 걸 알아차렸다.

소우에이라고 이름을 밝혔던 상위 마인. 동맹 의뢰에 관한 제안을 들고 온 장본인이다.

(우릴 구해주러 와준 건가? 아니, 아직 동맹은 맺어지지 않았는데. 하지만…….)

갖가지 의심이 소용돌이쳤지만 목숨을 잃기 직전이었던 두령이 할 수 있는 일은 적다.

두령은 피가 섞인 침을 뱉으면서 말한다.

"소우에이 경……. 와주신 거요? 그러나 충고를 해줬는데도 불구하고 우리가 먼저 나서는 바람에……. 내 목숨으로 사죄할 테니 제발 리저드맨을──."

자신의 목숨이 끊어지기 전에 두령은 소우에이에게 앞으로의 일을 부탁하려고 했다. 그러나 그런 두령에게 달려온 자가 있었다. 그자가 두령의 딸인 친위대장이라는 것을 알아차리기도 전에.

"아버님, 이걸!"

자신에게 내민 옅은 푸른색의 덩어리를 입에 억지로 머금는다. 이빨 사이로 타고 내려오는 물방울이 가슴의 상처에 닿은 순간, 보기에도 처참했던 상처가 깨끗하게 낫는다. 그뿐만이 아니라 몸 안에 파고든 액체에 의해 두령의 신체는 순식간에 완전히 회복한 것이다.

"이럴 수가?!"

놀라면서 일어나는 두령.

그런 두령에게 조용한 목소리가 들려왔다.

"충고…… 무슨 말이지? 뭐, 그런 건 아무래도 좋아. 당신들은 여기서 이대로 약속한 날까지 기다려줘야겠다. 그리고 나의 주인과 약속을 다하기 전에 멋대로 죽는 건 곤란하다. 주의해주길 바란다."

지금의 분위기와는 너무나도 어울리지 않는 내용. 그런 말을 마음이 차분하게 가라앉은 것 같은 냉정한 목소리로 뱉은 것이다.

(설마, 동맹의 약속을 지켜달라는 말인가……. 그러나──.)

"그러나 지금은 그럴 때가 아니오. 오크들이……."

그리 말하려 하다가 두령은 위화감을 깨달았다.

오크 제너럴이 할버드를 쥔 채로 가만히 서 있다. 그 얼굴은 왠지 검붉게 물들었으며, 필사적으로 힘을 주고 있는 건지 온몸의 근육이 부풀어 오른 것처럼 보인다.

"뭐, 뭐지?! 대체 무슨 일이……."

"신경 쓰지 마라. 그 녀석을 움직이지 못하게 만들었을 뿐이다."

두령의 의문은 소우에이의 말 한마디로 풀린다. 그러나 그 말이 의미하는 것은…….

두령은 경악하는 표정으로 두 눈을 크게 뜨고 소우에이를 응시했다. 두령을 압도할 정도로 강자인 오크 제너럴이 소우에이 앞에서 아무런 저항도 못 한 채, 제대로 움직이지도 못하고 있다는 사실을 깨달은 것이다.

"다, 당신은 대체——."

"하지만 유감이군, 모처럼 산 채로 붙잡아 리무루 님께 도움이 되도록 고문할 생각이었는데…… 아무래도 정보 공유의 비술이 걸려 있는 것 같군. 죽일 수밖에 없나."

냉정하게 말하면서 오크 제너럴을 바라본다.

정보 수집을 임무로 하는 소우에이에게 있어 적에게 정보를 흘리는 것은 프라이드가 용서하지 않는다. 그렇기 때문에 경계에 경계를 거듭하여 적을 관찰하고 있었다. 그런 소우에이의 눈에는 푸른빛이 감돌았으며, 마력의 희미한 흔들림까지 포착한다. 엑스트라 스킬인 '관찰안(觀察眼)'의 효과였다.

그 눈이 오크 제너럴이 누군가에게 정보를 보내고 있다는 걸 밝혀낸 것이다.

적에게 자신의 정보를 알리는 것보다 죽이는 게 낫다고 소우에이는 판단했다. 하지만 그것만으로는 재미없기 때문에 약간 정보를 흘려서 적의 움직임을 조사해보자고 생각한다.

"그냥 죽이는 건 시시하지. 너는 내 말을 전해주는 역할을 맡아 줘야겠다."

소우에이는 희미하게 웃으면서 오크 제너럴에게 시선을 맞춘다.

"보고 있겠지? 오크들을 조종하는 자여, 다음은 네 차례다. 키진인 우릴 적으로 돌린 것을 두고두고 후회하도록 해라."

그 말만 남긴 뒤에 소우에이는 흥미를 잃은 듯이 오크 제너럴에게서 시선을 거둔다.

볼일은 끝났다. 남은 건 쓰레기 처리뿐.

"죽어라."

그렇게 한마디를 중얼거리는 소우에이.

그 직후, 오크 제너럴은 형체도 없이 잘게 썰려버린다. 소우에이가 감아둔 '끈끈하고 강한 거미줄'로 산산조각으로 절단한 것이다.

리무루가 마음속으로 그리던 '줄을 무기로 쓰는 자'의 완성형이 여기 탄생한 순간이었다.

두령은 놀라서 굳은 채로 그 모습을 지켜보고 있었다.

혼란스러운 사고를 필사적으로 진정시켜서 방금 들은 내용을 속으로 반복한다. 그리고 쏟아져 나오는 땀을 닦는 것도 잊은 채 소우에이를 바라본다.

(키진…… 키진(鬼人)이라고 했나?!)

믿기 어려운 것을 보는 것처럼 소우에이를 바라보다가 그 힘을 떠올리고 납득한다.

(아니, 그렇다면 납득이 되는군. 오크 로드와도 맞먹는 전설. 오거의 상위종이라…….)

숲의 상위 종족인 오거가 진화한 존재, 그게 키진이다. 그렇다면 그 힘이 상위 마인의 영역에 달하는 것도 당연하다 할 수 있다.

A랭크 오버라는 터무니없는 힘.

수많은 마인 중에서도 A랭크의 벽을 넘어서는 자는 적다고 하거늘…….

하지만 그보다도 두령에겐 마음에 걸리는 내사가 있었다. 지금 소우에이는 분명 우리라고 말했던 것이다. 즉, 키진은 혼자가 아니란 말인가. 두령은 그런 자신의 생각에 등골이 오싹해지는 것 같은 떨림을 느꼈다.

그리고 생각한 것이다.

(내 판단은──이 동맹을 받아들이겠다고 생각한 판단은 정답이었군…….)

그리고 두령은 그 자리에 주저앉는다.

키진이 자신들의 편을 들어준다면 리저드맨은 구원받을 수 있다. 그렇게 확신하고 안도하면서.

대장인 오크 제너럴이 순식간에 패배했는데도 오크 병사들에게 공포의 빛은 보이지 않는다.

아직도 격렬한 전투는 계속되고 있으며 친위대장은 소우에이에게 받은 회복약으로 부상자를 치료하고 있다.

귀찮은 듯한 표정으로 오크 병사들을 바라보는 소우에이.

"저 시끄러운 녀석들이 있는 한은 분위기가 진정되긴 어렵겠군. 기왕 온 김에 내가 처리하도록 하지. 잠시 기다리고 있어라."

마치 별것 아닌 것처럼 말하는 표정으로 태연히 선다.

다음 순간, 소우에이의 몸이 흔들리면서 잔상이 겹치는 듯하더니…… 다섯 개의 그림자가 튀쳐나갔다.

소우에이와 똑같이 생겼다. 장비의 모습까지 완전히 똑같다.

하지만 그건 소우에이가 마력요소를 써서 만들어낸 '분신체'인 것이다.

각각의 '분신체'는 말없이 행동을 개시했다.

통로로 달려가더니 수비에 임하고 있던 리저드맨들의 앞에 나타난다. 퇴로를 포함해서 다섯 개의 통로 전체에 '분신체'가 섰다.

놀라면서도 자리를 양보하는 리저드맨들.

"물러나서 쉬도록 해라."

그렇게 말하면서 각각의 통로에서 오크 병사들과 대치하는 '분신체'들.

그리고 그 뒤로 리저드맨들은 믿을 수 없는 광경을 보게 된다.

지금까지 자신들을 괴롭혀온 지옥의 망자 같은 오크 병사들이 아무런 저항도 못 한 채로 소우에이 하나에게 차례로 전멸당하기 시작한 것이다.

각각의 통로에서 같은 광경이 펼쳐지고 있었다.

──조사요참진(操絲妖斬陣)──.

그건 번뜩이는 거미줄의 살육무도(殺戮舞蹈).

순식간에 통로에 펼쳐진 '끈끈하고 강한 거미줄'은 마력을 부여하자 소우에이의 뜻대로 움직인다.

한정된 공간에선 그 기술을 피할 곳이 없다. 통로와 같이 좁은 곳에선 특히 더.

소우에이가 기술을 구사하자마자, 오크 병사들의 몸은 산산조각이 난다.

오크 병사들에게 공포라는 감정이 결여되어 있는 것이 오히려 화가 되었다. 침입해 온 자들부터 순서대로 일체의 저항이 허용되지 않은 채 차례로 살육당한다.

소우에이에게 자비는 존재하지 않는다.

일절 봐주는 것 없이, 덫에 걸린 사냥감을 사냥하듯이, 오크 병사들을 참살해나간다.

펼쳐진 거미줄에 스스로 묶이려고 드는 것처럼 오크 병사들은 산산조각이 난 시체를 탐하면서 통로를 전진하다가 살해당한다.

미로와 같은 구조를 가진 전장은 소우에이의 독무대였다.

펼쳐진 덫의 종류는 풍부하게 존재하며, 상황에 대응하여 변화시키는 것이 가능하다.

이미 소우에이에게 오크 병사들은 제거 대상일 뿐이다. 적으로 보기엔 너무나도 약했던 것이다.

소우에이의 '분신체'는 그저 담담히 명령에 따라 살육을 수행해나가고 있었다.

리저드맨들은 놀라움에 목소리도 제대로 내지 못한다.

끝없이 계속되는 광경에 그저 두려워할 수밖에 없었다.

차원이 다른 강함을 눈앞에서 직접 보면서.

그건 그야말로 공포가 구체화된 모습.

그들의 상상조차 가볍게 능가하는 압도적인 강자의 모습이었다.

남은 건 '분신체'에게 맡겨도 충분하겠지, 소우에이는 그렇게 판단했다.

만약을 위해 여섯 번째의 '분신체'를 연락용으로 남겨두고 소우에이 자신은 누구도 알아차리지 못하게 이동을 시작한다.

소우에이는 새로운 역할을 찾아 자신의 주군인 리무루 곁으로

항했다.

●

　고부타와 란가가 이동한 뒤에 베니마루는 잠시 뭔가를 생각
했다.
　그리고 홉고블린들에게 "물을 게 있는데, 너희들은 '그림자 이
동'을 할 수 있나?"라고 물었다.
　람아랑은 란가의 권속이며, 당연하게도 '그림자 이동'이 가능하
다. 그렇다면 그 파트너인 홉고블린들은 어떨까? 그 대답은…….
　"고부타 씨 같이 혼자서는 못하지만 파트너랑 함께라면 가능합
니다."
　그렇게 대답한 건 한쪽 눈에 안대를 한 홉고블린이다.
　고부타가 이끄는 부대의 대원이었다.
　"여기 있는 자들은 모두 파트너랑 일심동체니까요."
　동의하는 홉고블린들. 즉, 모두 다 할 수 있다는 얘기다.
　"좋아, 그거 잘됐군. 우리는 포위망 밖에서 눈에 띄도록 화려하
게 공격해 들어갈 테니까 너희들은 '그림자 이동'으로 직접 고부
타가 있는 곳으로 가라. 너희를 보내기 쉽도록 리무루 님께서 고
부타를 먼저 보낸 것이니까."
　홉고블린에게 확인을 한 베니마루가 만족스러운 표정으로 고
개를 끄덕이면서 그렇게 명령했다. 그 말을 듣고 홉고블린들도
이해하는 반응을 보인다.
　"과연, 역시 리무루 님이시군요."

"그러게. 란가 님이 적을 유인하고 그 틈에 고부타 씨를 시켜서 리저드맨들의 전세를 회복시킨다는 건가."

"거기에 우리가 돌격하여 고부타 씨랑 합류. 그대로 적을 혼란시켜서 일거에 역전시킨다는 작전이군요……."

베니마루는 고개를 끄덕인다.

모두가 다 리무루의 생각을 알아차린 것이 기쁜 모양인지, 그 표정에는 미소가 떠올라 있었다.

"그렇다고 할 수 있겠지. 이해했다면 빨리 돌격해라!!"

"""넷!!"""

이렇게 고블린 라이더들은 일제히 전장으로 돌입을 개시했다.

홉고블린과 람아랑이 사라진 후 이 자리에 남은 것은 세 명의 키진이다.

베니마루는 아무런 부담도 느끼지 않고 가볍게 준비운동을 시작한다.

원래 오거는 용병 같은 걸 생업으로 삼는 전투 종족이었다.

그렇기 때문에 주군을 얻는 것에 일종의 동경을 가지고 있었다. 평생을 모실 수 있는 주인을 얻는 것이 그들 일족의 비원이라고도 할 수 있었다.

그리고 또한 베니마루는 한 사람의 무인으로서의 마음도 가지고 있다.

베니마루는 자신이 변덕이 심한 성격이라는 걸 잘 알고 있었다. 그렇기에 오거 마을의 수장 자리를 잇는 것을 망설이고 있었다.

이제 와선 어찌 됐든 그것은 이뤄질 수 없는 일이 되었지만······.

　마을의 수장이 되면 스스로 사지로 향하는 것이 허용되지 않는다. 그러나 지금은 다르다.

　마음 내키는 대로 실컷 활약할 수 있다.

　그렇기 때문에 베니마루는 지금의 입장을 마음에 들어 하고 있었다.

　그런 베니마루에게 아무 불평도 없이 어울리는 두 명의 키진.

　"드디어 시작이로구먼."

　"그러게요. 이런 기회를 주신 리무루 님께 감사드려야겠죠."

　하쿠로우와 시온도 가볍게 몸을 두들기거나 풀면서 준비한다.

　그들도 또한 베니마루와 같이 리무루를 주인으로 보고 있었다. 그렇기 때문에 안심하고 등을 맡길 수가 있는 것이다.

　다함께 리무루를 주군으로 모신다.

　그 사실을 기쁘게 여기는 동료로서, 베니마루는 그들 위에 서 있는 것이다.

　"자, 그럼 어디 실력을 보여주도록 할까. 우리의 새로운 출발이자 리무루 님의 화려한 승전의 시작이 될 첫 번째 싸움이니까."

　베니마루의 말에 고개를 끄덕이는 두 사람.

　그리고 세 명은 동시에 질주를 시작한다.

　무성하게 자라난 나무들을 빠져나오자 물 냄새가 강하게 풍기기 시작한다.

　그건 그야말로 날아가는 것 같은 속도다.

　눈 깜짝할 사이에 습지대에 도달하고는, 바깥쪽에서 꿈틀거리는 오크의 무리 속으로 기세를 그대로 살려 돌입한다.

시온의 일격이 포격으로 변해 대태도에서 발사되었다.

전방에 몰려 있던 오크 병사들은 무슨 일이 일어난 건지 이해하지 못한 채로 베여서 쓰러진다.

이 공격을 신호로 전투가 개시되었다.

약하다── 그게 베니마루의 감상이었다.

자신이 활약할 것도 없이 시온과 하쿠로우가 다가오는 자들을 베어버린다.

그러나 그래선 안 된다고 베니마루는 생각하고 있었다.

하쿠로우에 시온, 두 사람은 근접 전투는 비교할 자가 없을 정로 강하다.

시온은 그에 더해 남아도는 투기를 검에 실어서 날리는 '귀도포(鬼刀砲)'라고 하는 아츠까지 구사하고 있다.

전장을 위에서 바라본다면 하쿠로우의 공격은 점이며 시온의 공격은 선이 된다.

그러면 베니마루의 공격은──.

"좋─아, 너희들. 내 앞에 서 있는 돼지 놈들아, 얌전히 꺼져라. 그렇다면 살려서 보내주마."

그런 말을 들어도 그 자리에서 물러나는 오크들은 없다.

"웃기지 마라!"

"우리를 얕보다니…….."

각각 비웃으면서 더욱 가열하게 베니마루 일행을 향해 쇄도해 오는 오크들.

"그럼 죽어라!"

오크 병사들에게 물러날 생각이 없다는 것을 확인한 베니마루는 천천히 오른손을 앞으로 내지른다.

그 오른손에서 검은 불꽃의 구가 나온다.

흑염구는 직경 1m 정도의 사이즈로 커지더니 전방을 향해 날아간다.

위험을 감지하고 회피 행동으로 옮기는 오크 병사들. 그러나 이미 때는 늦었다.

팽창하면서 가속을 계속하는 흑염구. 그 속도는 질풍보다도 빨라서 무겁고 둔한 오크 병사들이 피할 수 있는 속도가 아니다.

그 구에 닿은 자는 순식간에 불타오르면서 재도 남지 않는다. 그러나 흑염구의 진짜 무서움은 그 정도가 아니었다.

몇 초 후에 그대로 전방의 오크 병사들이 밀집되어 있는 지점에 도달하자, 흑염구는 안에 담고 있는 에너지를 해방한다.

흑염구가 도달한 지점을 중심으로 반경 100m나 되는 범위를 검은색의 돔이 덮어버린 것이다.

그 직후, 퍼엉!! 하는 소리가 주위에 울려 퍼졌다.

전장을 압도할 정도로 웅장하며, 들은 자의 등골을 얼어붙게 만들 정도의 한기를 느끼게 하는 소리였다. 그때까지 시끄럽게 일어나고 있던 전장의 소음이 순식간에 지워져버렸으며, 그 주위를 고요함이 지배한다.

광범위 연소 공격——'헬 플레어(흑염옥, 黑炎獄)'——.

베니마루가 획득한 것은 엑스트라 스킬 '염열조작'과 '흑염', 그리고 '범위결계'이다. 거기에 자신의 요염술(妖炎術)을 가미하여 만들어낸 것이 베니마루의 오리지널(자기류 술식)인 '헬 플레어'였다.

몇 초가 지나 검은 돔이 사라진 후에 그곳에 남은 건 불타버린 지면뿐이다.

습지대였던 그 장소는 수분이 증발하여 표면은 유리 상태로 변해 있다.

그 무시무시한 고온에 의해 변질된 것이다.

당연한 일이지만 돔 안에 갇혀 있던 오크 병사들 수천 명은 무슨 일이 일어난 건지 이해하지도 못한 채 불에 타서 사라졌다.

베니마루가 흑염구를 발사한 지 1분도 되지 않아 벌어진 일이었다.

이게 답이었다.

베니마루는 점이나 선이 아니라 면에 해당하는 공격을 가능하게 하는 무시무시한 전술급 마인으로 진화하고 있었던 것이다.

사악한 미소를 보이면서 베니마루는 "길을 비켜라, 돼지 놈들아!"라고 재차 소리쳤다.

오크 병사들은 공황 상태에 빠졌다.

유니크 스킬인 '기아자'의 영향하에 있는 오크 병사들이라면 어느 정도의 공포심은 억눌러진 상태에 있다. 그러나——베니마루가 발사한 공격은 그들의 마음속 깊은 곳에 잠재한 근원적인 공포를 불러일으키기에 충분했다.

오크 병사들로선 어떤 수단을 동원해도 버텨낼 수 없을 것 같은 공격.

본 적도 없는 고출력의 위력.

마법이라면 대항할 수단도 있겠지만 안티 매직 가드(대마법 방어)

저리가 된 풀 플레이트 메일을 입은 자도 살아남지 못했으니 레지스트(저항)는 무의미할 것이라고 오크 병사들은 상상했다.

사실 그건 정답이었으며, 어중간한 마법에 대한 레지스트만으로는 막아내지 못한다. 고위의 금지된 술법에 필적할 만한 무시무시한 대군(對軍) 공격이었던 것이다.

그런 공격에 대항할 수 있는 수단 같은 게 있을 리가 없다…….

시체를 먹고 내성을 얻으려고 해도 그 시체조차 태워버려서 재조차 남아 있지 않으니 의미가 없다.

오크 병사들로선 대적조차 해볼 수 없는 상위 마인.

그 출현에 공포를 느낀 것이다.

공황 상태에 빠진 오크 병사들은 도망치기 시작한다. 이미 통제를 유지하기는 곤란한 상태가 되어버렸다. 그저 자신이 먼저 살아야 한다는 생각만 하고 있다는 걸 한눈에 봐도 알 수 있었으니까.

그리고——.

오크 군을 혼란에 밀어 넣은 이 일격이야말로 리무루 일행이 참전했을 알리는 신호가 된 것이다.

그런 전장의 상황을 곁눈질로 보면서 베니마루는 걷기 시작했다.

전장 속을 유유히, 산책하는 듯이 가볍게.

뒤따르는 키진 두 사람도 마찬가지이다.

그들 앞에 적은 없었으며, 그 시선 끝에는 란가 일행이 싸우는 한 무리가 보이고 있었다.

키진들에겐 이미 오크 병사들 따위는 방해조차 되지 않았다.

●

죽음을 각오했던 가비루지만 그 직전에 구원을 받았음을 깨닫는다.

돌아보면서 감사 인사를 하려고 하는 가비루.

그런 그의 눈에 들어온 것은 멍청해 보이는 얼굴의 홉고블린.

어딘가에서 본 적이 있는 것 같다고 가비루는 생각했지만, 마치 하늘의 계시처럼 확실하게 기억이 났다.

(맞아! 그 아랑족을 길들였다고 하던 그 마을의 주인이 아닌가!)

고부타의 멍청한 얼굴이 자신을 패배하게 만든 홉고블린의 얼굴과 일치했던 것이다.

"오, 오오! 그 마을의 주인인가?! 날 구해주러 온 것인가?"

자신도 모르게 소리를 내어 그렇게 묻고 있었다.

비겁한 녀석이라고 매도했었지만, 원군으로 와준 걸 보고 가비루는 자신이 잘못 생각했었다고 납득한 것이다.

뭐라고 반응해야 할지 몰랐던 건 고부타였다.

(이자가 무슨 말을 하는 겁니까요?)

그렇게 멍해 있을 수밖에 없었다. 무슨 뜻인지 이해가 안 되어서 적당히 흘려듣기로 했다.

전혀 기대하지 않았던 원군이 오면서 가비루는 주위의 상황을 볼 수 있는 여유를 되찾는다.

멀리서 커다랗게 술렁거리는 소리가 들리고 있는 걸 보면 무슨 일이 일어나고 있다는 건 틀림없었다.

방금 들린 굉음이 원인일 것이라고 가비루는 예측했다.

사정을 알고 있는 고부타는 그게 베니마루 일행이 참전했음을 알리는 신호라는 걸 알아차린다.

"이런, 드디어 시작했나 보네요. 어, 그러니까 가비루 씨, 맞죠? 어서 아군을 모아서 방어 진형을 갖춰야 합니다요!"

"음, 알았네."

두 사람은 의사소통이 전혀 되지 않은 상태에서, 그런데도 어째선지 행동 목표를 빈틈없이 일치시키는 유연함을 보이면서 서둘러 행동으로 옮겼다.

●

그런 고부타와 가비루를 방치해둔 채 란가는 오크 제너럴과 대치하고 있었다.

"방해를 하겠다는 건가……. 웬 놈이냐?"

란가에게 창을 겨누면서 오크 제너럴이 묻는다.

오크 제너럴은 약간 동요하긴 했지만 곧바로 냉정함을 되찾고 있었다.

갑자기 나타난 흑랑족은 신경이 쓰이지만, 방금 들린 굉음의 정체가 더 중요했다. 하지만 이대로 흑랑족을 방치할 수는 없기 때문에 그 정체를 물은 것이다.

그 질문에 대해 란가는 뱃속 깊은 곳에서 울리는 듯한 저음의 목소리로 낮게 으르렁거렸다.

"내 이름은 란가! 리무루 님의 충실한 하인이다."

오크 제너럴을 응시하면서 선언했다.

서로를 노려보는 두 사람.

"리무루, 라고? 들은 적이 없는 이름이군. 방해를 하겠다면 없애버릴 수밖에."

오크 제너럴은 란가에 대한 흥미를 잃었다.

이름이 있는 상위 마인이나 마왕에 속한 자가 아니라면 없애버려도 문제는 되지 않을 것이다.

그보다도 굉음이 발생한 원인을 조사해야 한다고 오크 제너럴은 생각했다.

적당히 창으로 찔러서 란가를 죽이려고 한다. 그러나 란가는 경쾌한 동작으로 창의 범위에서 한 발 밖으로 빠졌다.

"크크크카, 잔망스럽구나!"

오크 제너럴은 이때서야 비로소 란가를 진지하게 관찰했다.

그리고 깨닫는다. 보통의 흑랑족과는 약간 분위기가 다르다는 것을.

(뭐냐, 기껏해야 마수인데……. 왜 그게 이렇게 마음에 걸리는 것이지……?)

오크 제너럴은 자신이 느낀 직감을 기분 탓이라고 단정했다.

"짐승 주제에 내게 이빨을 들이대겠단 거냐?!"

그렇게 외치면서 휘하의 정예병들에게 날카롭게 명령을 내렸다.

오크 나이트들은 산개하면서 란가를 포위한다. 일사불란하며 완벽한 연계.

오크 제너럴의 지휘에 맞춰서 란가를 향해 일제히 창을 겨눈다. 짐승을 상대로 일대일로 싸울 생각은 없다. 그런 의도였다.

란가는 웃는다.

오랜만에 느끼는 고양감. 수렵 마수인 자신의 본능을 마음껏 풀어놓는다.

있는 힘을 다해 포효하면서 스스로의 오라를 해방했다.

경애하는 주인인 리무루의 그림자에 숨은 채 그 오라를 계속 뒤집어쓰면서 줄곧 이미지로 상상했던 것은 한 마리의 마물.

이 모습을 자신의 목표로 삼으라고, 그런 말을 들었을 때부터 줄곧 이미지로 상상해왔다.

지금이야말로 란가의 본능은 각성할 때가 왔음을 깨달은 것이다.

힘이 용솟음치는 것을 느낀다. 근육이 부풀어 오르면서 본래의 모습인 5m를 넘어서는 거구로 변했다.

발톱이 강화되었고, 이빨이 날카롭고 단단한 것으로 변한다.

특징적인 것은 그 이마에 돋아난 두 번째의 뿔······.

그 모습은 전에 본 적이 있었던 주인의 모습. 그곳에는 템페스트 스타 울프(흑람성랑, 黑嵐星狼)로 진화한 란가가 있었다.

오크 병사들은 란가의 포효에 몸을 떨었지만 공포를 느끼지는 않았다.

오크 제너럴이 옆에 있는 데다, 유니크 스킬인 '기아자'의 영향에 의해 마음이 강화되었기 때문이다.

그런 오크 병사들을 보며 코웃음을 지은 뒤, 란가는 오크 제너럴을 바라본다.

위협은 전혀 느껴지지 않는다. 스스로의 강함을 실감하면서, 그리고 그것을 증명하기 위해 움직인다.

란가는 힘의 흐름을 느끼고 자신의 마력을 뿔에 집중시킨다.

오크 제너럴은 란가의 변화와 힘의 증가를 느끼면서 위험을 감지했다.

당황하며 부하들에게 흩어질 것을 명령하지만 그건 이미 너무 늦은 명령이었다.

섬광이 휘날리며 스쳐 지나갔고 그 뒤에 소리가 들려온다.

수많은 번개 줄기가 난입하면서 하늘과 땅을 연결했다.

그리고 휘몰아치는 여러 개의 회오리.

란가가 획득한 것은 '검은 번개'이다. 리무루와는 다르게 자유로이 번개를 다룰 수는 없지만 두 개의 뿔로 위력과 거리를 조절할 수 있었다.

그리고 또 하나. 바람을 다루는 능력인 엑스트라 스킬 '풍조작(風操作)'이다.

이건 리무루가 획득한 엑스트라 스킬 '분자조작'의 열화판이라고도 할 수 있는 능력이다. 주위에 기압 차를 발생시켜서 바람을 조작하는 능력이지만 '검은 번개'와 병용함으로써 무시무시한 효과를 발휘한다.

란가는 본능으로 그걸 감지하고는 망설임 없이 적에게 사용했다.

급격한 기압 차를 발생시킨 뒤, 그곳으로 '검은 번개'를 흘려보낸다. 어느 정도의 지향성을 가진 채로 내달리는 전격으로 인해 임의의 공간이 채워졌다. 그리고 격렬한 상승기류와 하강기류가 생겨나 서로 반발하다가, 이윽고 소용돌이가 되어 하나로 뭉치려고 한다.

그 결과로 회오리가 발생한 것이다.

여러 개의 회오리가 방전하면서 전장을 종횡무진으로 누빈다.

그건 마치 죽음을 몰고 오는 폭풍우 같다……

오크 제너럴은 순식간에 재로 변했고, 주위의 오크 병사들도 폭풍우와 번개에 의해 차례로 살육당했다.

회오리가 사라진 뒤 그 자리에 서 있는 오크의 모습은 없다.

란가의 광범위 공격기──'데스 스톰(흑뢰람, 黑雷嵐)'──은 이렇게 이 세상에 탄생을 알리는 울음소리를 내지른 것이다.

란가는 만족한 표정으로 회오리가 휘몰아치는 모습을 관찰한다.

리저드맨에 대한 피해는 없었으며 위력 최대, 범위 최대로 사용한들 자신에게 오는 대미지도 없다.

역시 에너지(마력요소)가 바닥이 나긴 했지만 활동을 못 할 정도는 아니었다.

완전히 구사할 수 있었다는 걸 확인하고는 기쁜 표정으로 꼬리를 흔든다.

"우오────────────오!!"

란가는 기쁨의 감정을 담아 다시 포효했지만, 그 울음소리는 멀리서 보고 있던 오크 병사들을 공황 상태로 빠뜨리고 만 모양이다.

혼비백산하여 곧바로 도망치는 오크 병사들을 보면서 란가는 그 자리에 주저앉아 마력의 회복에 힘쓴다.

싸움은 아직 끝난 게 아니다.

아직 활약할 수 있는 곳이 있으니 서두를 필요는 없다.

고부타도 그럭저럭 잘 싸우고 있는 모양이다.

가비루의 지휘 아래, 부대의 혼란도 수습되고 있는 것 같다.

게다가 고블린 라이더들이 고부타와 합류한 것으로 보이는 데다, 궁지에 몰린 나머지 리저드맨이랑 고블린 쪽을 노리려고 하던 오크 병사들을 쓰러뜨리고 있다.

가비루가 자신의 아군을 다시 일으켜 세우는 것도 시간문제일 것이다.

그리고——.

멀리서 천천히 걸어오는 베니마루 일행의 모습이 보인다.

란가는 자신들의 승리를 확신하고 고개를 한 번 끄덕였다.

●

그 남자——게르뮈드는 수정구를 바라보면서 불쾌한 얼굴로 독설을 뱉었다.

"빌어먹을, 쓸모없는 놈들!"

격정에 사로잡힌 채 수정구를 땅바닥으로 처박아 산산조각으로 만들어버린다.

오크 제너럴의 시선과 동조하여 숲의 현재 상황을 비춰주고 있던 수정구. 게르뮈드는 그걸 보고 전황을 파악하면서 자신의 야망이 성취되기를 기대하고 있었던 것이다.

그러나 지금, 마지막 수정구가 시커멓게 변하면서, 고용한 자로부터 받은 세 개의 수정구 전부가 그 역할을 다하고 말았다.

이번 의식에 앞서 게르뮈드는 몇 년에 걸쳐 신중하게 계획을 진행시켜왔다.

이번에 있을, 새로운 '마왕' 탄생의 의식.

그 기획을 게르뮈드가 맡은 것이었다.

그 직책에 임명되면서 게르뮈드는 미칠 듯이 기뻐했다.

잘만 하면 자신의 명령을 듣게 될 마왕을 만들어낼 수가 있다. 그렇게 생각하면서 준비를 차근차근히 해왔다.

쥬라의 대삼림은 누구도 손을 댈 수 없기 때문에 마왕들 사이에 불가침조약이 체결되어 있다.

하지만 그건 어디까지나 겉보기일 뿐, 실제로는 소규모의 개입이 일상적으로 행해지고 있었다.

게르뮈드도 또한 몰래 몇 가지 책략을 꾀하고 있었다.

그가 숲에 심어둔 것은 분쟁의 씨앗.

숲의 각 종족 중의 유력한 자들에게 게르뮈드 스스로가 '이름을 지어준 것'이다. 이름을 지어주면 마력요소가 대량으로 소비되면서 몇 개월은 힘이 떨어진다. 그 정도로 위험한 행위이긴 하지만 '이름'을 지어준 자는 게르뮈드를 부모처럼 따르면서 무슨 말이든 듣게 되는 것이다.

게르뮈드는 신중하게 숲 속에서 자신의 부하가 될 자들을 어릴

적부터 선발해서 늘려왔다. 싹이 트지 못한 채 뽑히고 만 씨앗도 있었지만 몇 개 정도는 싹이 텄다.

고블린이나 리저드맨. 그 밖에 각 종족에서 태어난 네임드 몬스터가 벌이는 전쟁을 연출한다.

강자를 싸우게 해서 최후의 생존자를 마왕으로 진화시키는 고독(蠱毒)의 사법(邪法). 그게 게르뮈드가 노리는 바였다.

모든 것은 순조로웠다.

원래라면 베루도라가 사라지게 될 300년 후에 일어날 예정이었던 종족 간의 전쟁.

봉인되어 있다고 해도 베루도라가 건재하다면 전쟁을 일으키기에는 위험이 크다. 자칫 실수하면 봉인 그 자체가 풀려버릴 우려가 있었으니까.

그래서 더더욱 신중하게 자신이 부릴 장기말을 늘려서 각 종족의 파워 밸런스를 한창 조정하던 중이었다.

그런데 예상보다 일찍 베루도라가 사라져버린 것 때문에 예정이 뒤틀어져 버렸다.

그런 게르뮈드를 행운은 놓치지 않았다.

오크 로드가 출현했던 것이다. 게다가 예상외이긴 했지만 용케 길들이는 데에 성공한 것이다.

이게 게르뮈드의 비장의 수였다. 대폭적으로 예정이 뒤틀린 지금, 게르뮈드는 비장의 수를 투입할 것을 결의했다.

고독의 사법을 통해 자연스럽게 결과를 내는 것이 이상적이었시만, 이렇게 된 이상 어쩔 수 없다고 게르뮈드는 결론을 냈다. 결과가 정해진 레이스에 가깝지만 오크 로드를 마왕으로 만들기 위해 작전을 변경했다.

시간이 모자란 탓에 계획을 앞당겨 실행할 필요가 있기도 했고, 숲의 상위 종족을 지배하에 두기에는 게르뮈드의 힘은 아직 부족했다.

오거나 트렌트 같은 자들에게도 씨앗을 뿌려두고 싶었지만 아쉽게도 이번에는 그냥 넘어갈 수밖에 없었던 것이다.

정확하게 말하자면 오거에겐 '이름을 지어주는 것'을 거절당했다.

다급하게 교섭해봤지만 매정하게 거절당했다. 전투 종족인 오거는 자신의 주인이 될 자를 쉽게 정하지 않는다. 상위 마인이라고 해도 게르뮈드를 따르지는 않겠다고 판단한 것이다.

그 일이 게르뮈드의 역린을 건드렸고, 오크 로드에게 오거를 맨 처음 공격하도록 시킨 이유이기도 했다.

그 오거를 문제 없이 유린할 수 있었던 것을 보고 게르뮈드는 계획이 성공할 것이라고 확신했다.

만일을 위해 고용한 마인을 한 사람 파견하긴 했지만 그럴 필요도 없었을 정도다.

오크 로드는 순조롭게 성장하고 있으며 그 부하들조차도 지금은 A랭크에 가까운 능력을 보유하고 있었다.

그 사실에 만족하면서 게르뮈드의 마음속에서는 모든 불안이 사라졌다.

방해가 되는 오거는 맨 먼저 전멸시켰다.

이것으로 불안 요소는 아무것도 없다. 트렌트는 그 영역을 침범하지 않는 한 해가 없을 것이니 나중에 천천히 섬멸하면 된다.

모든 것은 계획대로 진행되고 있다.

지금까지는 자신을 지배하는 마왕들을 두려워했지만 이번에는 게르뮈드 자신이 그들을 조종하는 위치에 서는 것이다.

그건 이제 곧 틀림없이 달성될 것이다.

마지막 마무리로서 리저드맨을 멸망시키면 약소한 고블린만 남을 뿐이다.

숲의 패권을 쥔 오크 로드가 그 기세를 살려 인간의 도시를 하나 궤멸시킨다.

그렇게 하면 분명 전 세계에 새로운 '마왕'의 탄생을 선포하는 셈이 될 것이다.

그 뒤에 숲의 관리자인 드라이어드와 그를 수호하는 트렌트들을 물리치면 명실공히 오크 로드가 이 숲의 지배자로서 인정받게 된다.

그리고 자신의 명령에 충실한 '마왕'의 탄생과 함께 게르뮈드도 지배자들 사이에 이름을 올릴 수 있게 될 것이 틀림없었다.

게르뮈드의 머릿속에는 오크 로드를 부리는 자신의 모습이 뚜렷하게 떠오르고 있었지만…….

비싼 금액을 치르고 고용한 자들은 계약 종료 후에 재계약을 하지 않았다.

게르뮈드의 주인에게 소개를 받고 고용한 '중용광대연합'이라는 수상한 집단.

확실히 실력은 우수한 마인들이었지만 계획이 순조롭다 보니 달리 더 도와줄 일도 남아 있지 않았다. 무엇보다도 이 이상 계획에 영향을 줄 수 있는 공적을 빼앗기는 것이 두려웠던 것이다.

드라이어드를 조심하라는 내용의 충고를 받기는 했지만, 그에 대한 대책으로서 마법 방어에 뛰어난 무기와 방어구를 준비해놓았다.

게르뮈드는 문제가 없다고 판단했다.

오크 로드의 군대는 순조롭게 숲을 공략했으며, 이제 한 발만 더 가면 숲의 패권을 손에 쥘 수 있을 것이다.

그랬는데…….

오크 로드가 마왕이 되기 일보 직전까지 왔을 때, 예측하지 못한 사태가 발생했다.

갑자기 수정구의 영상이 하나 사라진 것이다.

그건 즉, 오크 로드의 심복인 다섯 명의 오크 제너럴 중의 하나가 살해당했다는 것을 의미한다.

게르뮈드는 당황한 나머지, 점점 얼굴이 창백해졌다.

이대로는 지배자들 사이에 이름을 올리기는커녕 게르뮈드의 주인에 의해 그 자신이 숙청당하게 되리라는 사실을 깨달은 것이다.

그 사실을 깨달은 것과 세 번째 수정구의 반응이 사라진 것은 거의 동시.

이대로 있다간 게르뮈드의 야망은 박살 나게 된다.

아니, 그 정도로 끝나는 게 아니라 아예 자신의 파멸이 기다리고 있었다.

게르뮈드는 밖으로 뛰쳐나와 그대로 하늘을 나는 마법 주문을 읊으면서 이동을 시작한다.

이미 이런저런 생각을 하고 있을 때가 아니었다.

대책을 생각하는 것도 잊어버리고, 게르뮈드는 습지대를 향해 고속으로 하늘을 날아간다.

제6장

모든 것을 먹어치우는 자

Regarding Reincarnated to Slime

그건 그렇다 쳐도 정말 굉장한 광경이었다.

나는 현실을 받아들일 수 있게 상공에서 습지대의 전황을 관찰한다.

전장 한쪽에서 갑자기 섬광이 번쩍이더니 굉음과 함께 몇 마리의 오크 병사들이 날아가기도 하고.

퍼엉!! 하는 소리가 울려 퍼지더니, 검은 돔이 전장에 출현하기도 하고. 그 돔이 몇 초 있다가 사라진 후에 고온으로 유리 상태가 된 지면만 남기도 하는 등…….

주변에서 북적거리고 있던 오크 병사들이 전부 다 깔끔하게 불타서 사라져버렸다는 뜻이다.

상황은 금방 이해할 수 있었지만 마음이 인정하기를 거부하는 것 같은 느낌이다.

그뿐만이 아니라 갑자기 전장 한쪽에서 회오리가 거칠게 일어났다.

광범위하게 폭풍을 흩뿌리더니, 난립하는 번개로 오크 병사들을 차례로 태워 죽인다.

그쪽에 있었던 검게 물들인 갑옷을 입은 오크 병사들은 재가 되어 사라지거나 날아가 버린 모양이다.

뭐가 어떻게 돌아가고 있는 거지? 그게 내 솔직한 감상이었다.

검격 한 발로 다수의 오크 병사들을 베어서 쓰러뜨리는 시온.

대태도의 날이 엷은 보라색의 빛을 발하고 있다. 오라를 두르고 있는 것 같다.

검을 휘두를 때마다 보라색의 섬광이 휘날리며 스쳐 지나갔고, 참격으로 오크 병사들을 차례로 베어 쓰러트리고 있다.

당연하지만 직접 그 칼날을 맞은 자는 버틸 수가 없다. 두 조각이 나는 게 아니라 아예 폭발하여 가루가 되고 있었다.

일격의 사정거리는 7m 정도. 직선상에 있는 자를 모두 베어버리는 공격.

수려한 미모에 요염한 미소를 지으면서 춤추듯이 참격을 연거푸 퍼붓고 있었다.

체력에 한계가 없는 것인지, 끝없이 퍼붓는 공격으로 주변의 오크 병사들을 가까이 오지 못하게 만들고 있다.

압도적인 강함이었다.

그러나 그런 시온의 존재조차도 별것 아닌 듯 보이게 하는 자가 있다.

베니마루와 란가다.

우선 베니마루 말인데, 방금 그 검은 돔은 대체 무슨 농담이지?

아니, 본 순간에 어떤 식으로 발생하는지는 대강 알 수가 있었다.

그러니까 내가 가지고 있는 '염열조작, 흑염, 범위결계'가 복합되어 나온 기술이겠지.

우선 '범위결계'로 공간을 고정하고 '염열조작'으로 내부의 분자운동을 가속시킨다. 그리고 내부의 마력요소를 '흑염'으로 변환시키면 완료란 말인가.

한정된 공간 내부는 초고열의 불꽃으로 채워지면서 모든 걸 불태워버린다.

이플리트의 플레어 서클에 필적하는 위력을, 더욱 넓은 범위에서 사용하는 것 같은 방식이다. 지속 시간은 짧아서 2초면 사라지지만 이렇게까지 고온이라면 문제 될 게 없다. 무시무시한 살상 능력을 가진 기술이다.

이 스킬은, 핵폭발과는 달리 외부에는 아무런 대미지도 주지 않는다는 것이 특징이다. 그 증거로 결계가 해제되어도 충격파 같은 것이 밖으로 나오지 않는다. 범위를 한정시킴으로써 내부의 열량을 상승작용으로 높이는 것을 목적으로 하고 있는 것 같다.

그런 만큼 내부의 열량은 상상을 초월한다. 결계 내부에 갇혔다면 생존은 절망적일 것이다.

문제는 그런 위험하기 그지없는 기술——나중에 물었더니 스스로 개발한 기술로 '헬 플레어'라는 이름을 붙였다고 한다——을 가볍게 사용하고 있다는 것인데…….

그리고 또 한 사람, 아니 한 마리.

란가 말이다.

갑자기 템페스트 스타 울프로 진화해서 날 놀라게 만들었다.

그러나 문제는 진화한 직후에 날린 기술이다.

'검은 번개'를 아무런 제한도 없이 사용하면 틀림없이 저렇게 되는 거겠지.

그뿐만이 아니라 란가는 바람도 조종하여 회오리를 발생시키고 있었다. 저건 대체…….

《해답. 개체명 : 란가는 '검은 번개'에 엑스트라 스킬 '풍조작'을 병용
하여 기온과 기압의 차를 이용한 상승기류와 하강기류를 만든 뒤에 회
오리를 발생시킨 것으로 추측됩니다.》

그렇구나, 모르겠다.

쉽게 말해서 번개만 쏘는 게 아니라 광범위하게 공격하기 위해
회오리까지 만들어냈다는 뜻인가 보다.

이 공격으로 적군 세력의 일부분을 궤멸시켜버렸다는 것에는
놀랐다. 아무래도 대량의 마력요소를 사용했는지 두 번째 공격을
쏠 마음은 없는 것 같지만…….

이런 걸 연사할 수 있다면 전쟁의 개념을 바꿀 필요가 있을 거
라 생각한다.

이 상황을 보면서 깨달은 것이 있다.

내가 무의식중에 의도적으로 거는 브레이크, 그게 이 녀석들에
겐 없다는 것이다.

위험하니까 쓰지 않는다, 그런 생각이 없다.

적대하는 자에게는 주저하지 않고 사용한다. 약육강식의 세계
에 있어선 그게 당연한 것인지도 모른다.

아니, 확실히 내 쪽이 이상한 건지도 모르지.

사용하기를 주저하다가 아군에게 피해가 나오면 본말전도가
되니까 말이다.

전에 살던 세계──그 세계에선 강력한 병기는 사용할 수 없다는 암묵의 룰이 있었다.

억지력이라는 의미만으로 존재하는 병기.

하지만 정말로 그런 것일까?

사용하지 못하는 병기에 돈을 들이는 건 의미가 없다. 그럼 왜 돈을 들여서 병기를 개발하는 걸까?

그건 여차하면 사용하기 위해서가 아닐까.

적어도 민간인에게 사용하는 게 나쁜 거라면 전쟁터에서 사용하는 건 정의인 것인가?

죽임을 당하는 쪽에겐 사용하는 무기에 따라 죄가 달라진다는 논리 같은 건 통하지 않을 것이다.

그리고…… 억지력으로서의 힘을 지니기 위해서라도 강한 힘이 존재한다는 걸 보여주는 것은 결코 잘못된 일이 아닐지도 모른다.

지금 주저앉은 란가에게 다가가는 자는 없다. 적도 두려운 나머지 공격을 가할 마음이 들지 않는 것이리라.

이것이야말로 진정한 억지력일지도 모르겠다.

나는 멍하니 그런 생각을 하고 있었다.

전투가 시작된 지 두 시간이 지났다.

베니마루는 총 네 발, 검은 돔 모양의 공격을 발사하고 있다.

역시 연사를 할 수 없는 것 같지만, 그렇게 대량의 에너지를 필요로 하는 것은 아닌 듯하다.

란가는 처음에 쏜 한 발뿐.

그건 위력이 너무 지나치다고 생각했는데, 역시 전력을 다해 쏜 일격이었던 모양이다.

기본적으로 그 일격을 통해 상대에게 끝없는 경계심을 안겨주기에는 충분한 역할을 하긴 했지만.

시온에게 쫓기듯이 이리저리 도망치는 오크 병사들의 모습도 볼 수 있다.

나는 정신을 차리고 냉정하게 전황을 움직이고 있었다.

신기할 정도로 마음은 침착해져 있다.

최초의 일격은 베니마루의 판단이었지만 나머지는 내가 지시하여 다른 곳에 날린 공격이다.

확실하게 밀집된 곳을 노려서 적의 전력을 줄인다.

시온을 시켜서 적을 적절하게 유도한 다음, 그렇게 모은 곳을 치는 것이다.

하쿠로우에게는 적의 지휘관이나 장군 클래스를 노려 확실하게 죽이도록 지시하고 있다.

그건 전투라고는 부를 수 없다. 소리도 없이 다가가더니, 순식간에 산산조각으로 베어버리는 것이니까.

유니크 스킬인 '기아자'는 시체를 먹는 것으로 영향하에 있는 자의 힘을 늘린다. 그러므로 산산조각을 낸 시체를 한 번 더 소멸시키는 것으로 후환을 남기지 않으려는 것 같았다.

'기조법'의 기술 중 하나일까? 손바닥에서 오라를 방출하여 시체를 불태운다.

태운다기보다는 녹이는 것에 가까운 이미지다.

지휘관 클래스를 찾아내서는 하쿠로우에게 전달하여 차례로 순살(瞬殺)시켜 나간다.

이렇게 하다 보니 전황은 우리에겐 아무 피해가 없는 채로 오크의 군대를 압도하는 방향으로 흐르고 있다.

걱정을 덜어낸 나는 효율적으로 전투를 진행시키기 위해 냉정하게 그 모습을 관찰하고 있었다.

분위기에 취해서 날뛰던 오크들도 사태가 이렇게까지 진전되자 자신들의 유리함이 사라졌다는 것을 깨달은 모양이다. 아까처럼 무작정 돌격해 오진 않는다. 베니마루랑 란가에게서 거리를 멀리 유지한 채로 한곳에 정체되어 몰리지 않도록 흩어져서 진을 치고 있었다.

현재 오크 병사들의 손실은 2할을 넘었다. 4만 이상의 오크들이 그 목숨을 잃었다는 계산이 된다.

상황이 그렇게까지 몰리자 비로소 적의 본진이 움직였다.

드디어 오크 로드가 움직이기 시작한 것이다.

*

오크 로드가 앞으로 나선다.

추악한 돼지의 모습을 한 괴물.

그를 따르는 것은 두 명의 오크 제너럴이다.

지금까지의 오크들과는 명백히 다르다.

노란색으로 탁해진 눈동자에 적의를 가득 담은 채로 오라를 방출시키고 있다.

그 오라를 받음으로써 오크 병사들에게 힘이 퍼지는 것 같았다.

맞서 싸우기 위해 베니마루, 시온, 하쿠로우, 그리고 란가가 나란히 섰다.

그리고 어느샌가 소우에이까지 베니마루 옆에 서 있다.

우리 쪽의 준비는 완전히 끝난 것으로 보인다.

자, 오크 로드라는 존재는 얼마나 강할까.

녀석의 능력은 미지수. 하지만 보아하니 획득한 힘에 농락당해 자아를 잃고 있는 것처럼 보인다.

반응이 약한 것이 그 증거이며, 생각했던 만큼 위협적이진 않은 것 같다.

그렇다고 해서 이 이상 강해진다 한들 번거롭기만 할 뿐이다.

베니마루를 비롯한 우리 쪽 전사들이 전부 모인 이 참에 당장 처리하는 게 좋을 것 같다.

나는 품에서 가면을 꺼내 썼다.

저 세상으로 보내주마, 내가 그렇게 생각하고 지상으로 내려가려고 한 바로 그때──.

키이─────────잉!!

귀에 거슬리는 소리가 들렸다.

동시에 내 '마력감지'가 멀리서 고속으로 날아오는 누군가를 포착한 것이다.

그자는 습지대의 중앙──양쪽 군이 대치하고 있는 한가운데에 착지했다.

상당히 강한 오라(요기)가 느껴진다.

수상한 모습을 한 이상한 남자. 아마도 상위 마인이란 자인 것 같다.

355

나도 그 뒤를 쫓듯이 지면에 내려선다.

그런 내 곁으로 란가와 베니마루가 다가온다.

그 남자는 이쪽을 바라봤다.

"이게 대체 어떻게 된 일이냐?! 이 게르뮈드 님의 계획을 완전히 망쳐놓다니!!"

감정을 노골적으로 드러내면서 그렇게 큰 소리로 외쳤다.

*

이 남자, 계획이 어쩌고 라면서 소리를 쳤겠다.

나는 곧바로 감이 왔다. 이 녀석이 범인이다. 틀림없다.

캐묻지도 않았는데 자백을 하다니, 어쩌면 멍청한 녀석일지도 모르겠다.

왠지 모르게 느껴지는 소인배의 분위기. 하지만 외모로 판단하는 것은 좋지 않다.

복장은 수상하지만 하나하나가 마법 처리가 된 물건으로 보인다. 방심해선 안 된다, 그렇게 생각했다.

상황을 보고 내린 추측이지만 오크 로드를 부추긴 건 이 녀석인 것 같다.

계획이 제대로 풀리지 않는 바람에 게르뮈드라고 이름을 밝힌 이 마인은 크게 분노하고 있는 것으로 보인다.

"이, 이런, 게르뮈드 님! 절 도우러 여기까지 와주실 줄이야!"

가비루가 게르뮈드를 보고 달려왔다.

그런 말을 들어도 게르뮈드는 가비루에게 쓰레기를 보는 듯한 시선을 보낼 뿐이다. 가비루를 무시하고 왠지 엄청 당황한 듯한 모습으로 마구 소리치기 시작했다.

"쓸모없는 둔탱이 녀석! 네놈이 빨리 도마뱀이랑 쓰레기를 잡아먹고 마왕으로 진화했다면 상위 마인인 나 게르뮈드 님이 일부러 이렇게 나설 일도 없었단 말이다."

듣기에도 심한 말을 내뱉는다.

자신이 무슨 말을 하고 있는지를 모르고 있는 것이 아닐까?

도마뱀에 쓰레기, 즉 리저드맨에 고블린을 오크 로드의 먹이로 삼을 생각이었단 말인가. 뭐, 내가 알 바는 아니지만.

아니, 잠깐. 게르뮈드라는 이름은 어디선가 들은 적이 있는 것 같은데…….

《해답 : 고블린에게 리그루라는 이름을 지어준 마인이 게르뮈드라고 자신의 이름을 밝혔다는 정보가 있습니다.》

아아, 그랬었다.

지금 있는 리그루의 죽은 형에게 리그루라는 이름을 지어준 자가 게르뮈드라는 이름을 가지고 있었지. 그렇다면 가비루에게 이름을 지어준 것도 이 녀석이란 말인가?

내가 그런 의문을 가졌을 때 가비루가 게르뮈드의 말에 반응했다.

"도, 도마뱀을 잡아먹으라고……? 하, 하하하, 이거 농담이 지나치시군요. 가비루는 아직 멀었나 봅니다. 게르뮈드 님에게서 이름을 받은 후로 수련을 게을리 하지는 않았다고 생각하지만······."

역시 그랬었나. 가비루에게 이름을 지어준 것도 이 게르뮈드라는 마인이었던 모양이다.

그러나 모처럼 이름을 지어준 자들을 오크 로드를 시켜 잡아먹게 하다니——아니, 생각해보면 합리적인가. 이름을 지어주어 강력한 개체가 된 자들을 잡아먹으면 오크 로드가 더욱 강력해질 수 있으니까.

하지만 그렇다고 한다면 왜 오크 로드에게는 이름을 지어주지 않은 거지? 역시 이 녀석이 생각하고 있는 건 잘 이해가 안 되는군······.

"응? 뭐냐, 가비루인가. 네놈도 빨리 오크 로드의 먹이가 되었으면 좋았을 것을······. 무능하고 도움도 안 되는 주제에 끝까지 눈에 거슬리는 놈이로구나. 뭐, 좋다. 네놈의 죽음은 내가 지켜봐 주도록 하마. 오크 로드의 힘이 되어라, 가비루여. 내게 도움을 주고 죽는 것이다. 영광으로 생각하도록 해라!!"

내가 게르뮈드의 계획에 대해 추리하고 있으려니, 게르뮈드가 가비루를 처치하라고 오크 로드에게 명령했다.

그러나 오크 로드는 움직이지 않는다.

게르뮈드를 탁한 눈으로 바라보면서 묻는다.

"마왕으로 진화······라니, 그게 무슨 뜻이지······?"

그리고 그대로 움직임을 멈춘 채로 게르뮈드를 똑바로 바라본다.

"칫! 정말 우둔한 녀석이로군······. 힘만 넘치고 뇌에는 영양이 가지 않는 모양이로구나. 시간이 없다. 직접 손을 대는 건 엄히 금지되어 있지만 내가 처리할 수밖에 없나———."

그렇게 중얼대는 게르뮈드. 눈에 핏발이 선 채, 게르뮈드는 가비루를 향해 손바닥을 들이댔다.

그리고 갑자기 "죽어라!"라고 말하면서 마력탄을 쏜다.

"위험합니다, 가비루 님!"

"위험합니다!!"

멍하니 서 있는 가비루를, 부하인 리저드맨들이 감싼다. 차례차례 가비루의 몸을 염려하는 소리를 외치면서 가비루의 방패가 된 것이다.

한 발의 마력탄으로 다섯 명이나 되는 리저드맨이 날아가 버렸다.

여러 명이라 위력이 분산된 것이 운이 좋았던 것인지, 그게 아니면 의외로 터프했기 때문인지는 명확하지 않지만 죽은 자는 없다. 중상이긴 하지만 모두 살아 있었다.

"너, 너희들?! 대, 대체…… 대체 이게 어떻게 된 일입니까, 게르뮈드 님———?!"

혼란스러운 표정으로 게르뮈드에게 소리치는 가비루.

가비루를 이용하고 있었으면서도 자신의 생각대로 움직이지 않으니까 죽인다는 건가. 게르뮈드라는 녀석은 그다지 좋아질 것 같지 않은 타입이로군.

믿고 있었던 자에게 배신당한 절망으로 얼굴이 일그러지는 가비루.

"가, 가비루 님, 위험합니다!! 빨리 피하십시오———."

부상을 입고도 가비루를 걱정하는 부하들.

가비루는 좋은 부하를 둔 것 같다. 아니…… 그게 아니라 가비루가 좋은 상사였기 때문일 것이다.

싸우는 모습을 봐도 고블린을 단순히 쓰고 버리는 말로서 취급하는 낌새는 전혀 보이지 않았다. 전술상 방패 대용으로 쓰는 일은 있었지만 거기에는 제대로 된 이유가 틈틈이 보였던 것이다.

부하가 진심으로 따르는 지휘관이라.

"하등 종족 주제에 건방지게……. 그렇게 죽고 싶다면 전부 다 죽여주마! 그리고 오크 로드의 양분이 되어서 내 계획의 발판이 되어라!!"

그렇게 말하면서 특대 급의 마력탄을 쏘기 위해 머리 위로 오라를 집중시키기 시작하는 게르뮈드.

마법이 아닌 건가? 주문을 읊는 것 같지 않다. 그저 정신을 집중하여 마력을 한곳에 모으고 있을 뿐이다.

뭐, 그런 건 어찌 되든 상관없나.

나는 걷기 시작한다. 리저드맨들의 앞으로.

낭패스러운 표정으로 혼란에 빠져 있어도 부하를 감싸기 위해 주저앉은 가비루 앞에.

가면에 가려져 내 표정은 보이지 않을 것이다.

가비루에겐 내가 어떻게 보일까? 문득 그런 생각을 했다.

왜 가비루 앞으로 나선 걸까? 그야 답은 간단하다.

나는 가비루가 마음에 들었다. 그래서 구해주고 싶다. 단지 이유는 그것뿐이다.

이유 같은 건 그걸로 충분하다.

나는 내가 바라는 대로 사는 것을 주저하지 않을 것이다. 자유롭게 살기로 맹세했으니까.

가비루는 그런 날 멍하니 쳐다보고 있다.

뭐가 뭔지 이해가 되지 않겠지. 녀석의 머리가 처리할 수 있는 범위를 넘어선 사태가 벌어진 모양이다.

하지만 마음에 두지는 마라. 딱히 대가를 바라는 건 아니니까.

내가, 저 망할 자식에게 그저 화가 났을 뿐이다.

"리무루 님, 제가———."

그렇게 말하던 베니마루를 한 손으로 제지하고 나는 한 걸음 앞으로 나섰다.

그런 나 같은 건 안중에 없는지 게르뮈드는 특대 마력탄을 완성해낸다.

"후하하하하! 상위 마인이 얼마나 강한지를 가르쳐주마. 죽어라, 데스 마치 댄스(사자지행진연무, 死者之行進演舞)!!"

모두 한꺼번에 처리하겠다는 속셈인가 보다. 새된 목소리로 웃으면서 유열(愉悅)의 표정을 짓고 있다.

그리고 발사된 특대 마력탄은 공중에서 많은 수로 분열되더니 원을 그리듯이 덮쳐 왔다. 하나하나가 좀 전에 쐈던 마력탄 급의 파괴력을 지니고 있는 것 같다. 그건 흡사 행렬처럼 차례차례 우리에게 쏟아진다.

도망칠 곳이 없는 우리는 흔적도 없이 사라질 수밖에 없다, 게르뮈드는 그렇게 확신했을 것이다.

그러나 아쉽게도 내게는 통하지 않는다.

나는 작은 손을 앞으로 슬쩍 내밀었다.

단지 그 동작만으로 우리에게 덮쳐 오는 마력탄을 내 왼손이 빨아들였다. '포식자'로 마력탄을 전부 흡수한 것이다.

동시에 '해석'을 통해 결과를 바로 알아낸다.

마법이 아니라 아츠. 오라를 모은 뒤에 마력요소와 혼합하여 파괴력을 가지게 만든 것이다.

하쿠로우의 '기조법'과 비슷한 원리인 것 같다. 애초에 보유한 에너지의 양은 게르뮈드 쪽이 더 높지만 분산시킨 탓인지 위력은 동등하거나 그 이하이다. 기를 모으는 게 부족한 것일 수도 있겠다.

지금 이 녀석이 쓴 기술이 전력을 다한 것이라면 내 적수는 못 된다.

"이봐, 이게 전력을 다한 건가? 이 정도의 기술로 나한테 죽으라고 말했단 말인가? 어떻게 죽는 건지 네가 먼저 본보기를 보여주지그래?"

그렇게 말하면서 마력을 끌어모아서 마력탄을 시험 삼아 만들어본다. 그랬지만 앞으로 뻗은 내 오른손 끝에선 아무것도 나오지 않았다. 내 안의 마력과 오라를 느낄 수는 있었지만 그걸 조종하는 것은 얘기가 다르다. 원리를 이해했다고 해서 쉽게 해낼 수 있는 건 아닌가 보다.

마법과는 달리 내가 해석을 한 것만으로는 획득할 수 없는 것인가……. 아니, 연습도 하지 않았는데 해낼 수 있을 리가 없다는 걸 납득했다.

폼을 잡아봤지만 마력탄을 쏘지 못하는 바람에 조금 부끄러워졌다.

나는 창피한 걸 얼버무리기 위해 아이시클 랜스(수빙대마창, 水氷大魔槍)를 쏜다.

딱히 '기조법'에 구애받을 필요도 없었다. 지금의 내가 상위 마인이란 존재에게 어디까지 통하는지 그걸 확인해보기로 하자.

──그리고 질려버리게 되면 널 잡아먹어 주지──.

내가 쏜 아이시클 랜스가 가속하면서 게르뮈드의 몸에 접촉한다. 그러자 몸을 막기 위해 앞으로 내민 게르뮈드의 양팔이 얼어붙었다.

절규하는 게르뮈드. 예상과 달리 마법도 통하는 모양이다.

그러나 상위 마인인 이상 그걸로 끝나지는 않는다. 얼어붙은 양팔의 얼음을 순식간에 부숴버리더니 눈에 핏발을 세우면서 극대 급의 마력탄을 발사했다. 방금 쏜 것처럼 자잘한 잔재주를 부리지 않은, 모든 것을 담아서 쏜 일격이었다.

"죽어라!! 내게 고통을 주다니…… 아예 먼지가 되어버려라!!"

하지만 헛수고다. 나는 아까와 마찬가지로 '포식자'로 먹어버리기만 하면 된다.

아까와 마찬가지로 자신 있는 공격이 힘없이 사라져버리자 게르뮈드는 경악스런 표정을 하면서 소리쳤다.

"말도 안 돼!! 그건 뭐냐. 그건 대체 뭐냔 말이다?!"

그리고 격렬하게 동요하기 시작한다.

그런 게르뮈드를 향해 나는 '수인(水刃)'을 날렸다.

피하려고 했지만 예상외의 속도에 제대로 피하질 못한 것 같다.

내 '수인'이 게르뮈드의 옆구리를 크게 베어버린다.

"키이이!! 이런, 이 자식…… 마법이 아니, 었나……."

피하지 못한 게 아니라 피하지 않은 것이었나. 아무래도 게르뮈드는 내 '수인'을 마법으로 생각한 모양이다.

선불리 움직이다가 자세가 흐트러지는 것보다 대마법 결계로 받아내어 반격하는 쪽을 택했던 것 같다.

방금 그 아이시클 랜스가 큰 대미지를 주지 않았던 건 게르뮈드가 결계를 펼치고 있었기 때문인 것으로 보인다.

게르뮈드는 뭔가 주문을 읊으면서 마법으로 대미지 회복을 하려는 듯이 필사적으로 움직이고 있었다.

헤에, 회복마법도 쓸 줄 아는 건가. 겉보기는 수상해 보이지만 의외로 재주가 많은 것 같다.

겉보기로만 마인이란 이름을 대는 건 아닌가 보다. 그럼 좀 더 여러 가지로 시험해보도록 할까.

내 모습을 본 베니마루랑 란가 일행은 뭔가 납득한 표정으로 지켜보기 시작하고 있다.

시온은 있는 힘을 다해 마구 쏘아대는 내 모습을 기대하고 있었을 거라 생각했지만, 실망하고 있는 것 같지는 않다. 오히려 눈을 반짝반짝 빛내면서 내가 싸우는 모습을 관전하고 있다.

하쿠로우랑 소우에이는 무슨 일이 생겨도 대처할 수 있도록 방심하지 않고 자세를 취하고 있었다. 역시 대단하다.

오크 로드 쪽도 움직일 기미는 없으니 이참에 처리해야겠군.

나는 자연스럽게 걸으면서 날 보며 자세를 잡고 있는 게르뮈드의 근처까지 다가갔다.

"어서 진지하게 공격해봐. 상위 마인이 얼마나 강한지를 가르쳐주겠다며?"

게르뮈드를 발로 차서 날렸다. 하쿠로우라면 가볍게 피했을 그 발차기를 게르뮈드는 정통으로 맞은 것 같다. 내 발에 게르뮈드의 팔뼈가 부러진 감촉이 전해져 왔다.

생각보다 위력이 셌나……. 그게 아니면 게르뮈드가 약할 뿐인가? 아, 어쩌면…… '다중결계'와 '신체장갑'으로 내 몸을 보호하고 있으니, 그 때문일지도 모르겠군.

"네, 네, 네놈이 감히?! 이 상위 마인인 나를——."

내가 나 자신의 발차기 위력에 대해 생각하고 있으려니, 게르뮈드가 격노하면서 억누르고 있던 오라를 발산하기 시작했다.

역시 상위 마인. 그렇다고 해도 시온이나 소우에이 정도의 마력요소량밖에 가지고 있지 않다. 베니마루 만큼도 안 되는 정도인데 그러고도 상위 마인이란 말인가? 역시 내 적은 아닌 것 같다.

일어선 게르뮈드의 품을 향해 땅을 박차면서 단숨에 파고들었다.

명치를 노리고 주먹으로 때렸다.

내 주먹은 별 고통 없이 게르뮈드의 마법장벽을 돌파한다. 물리 공격을 완화시키는 장벽이었던 것 같지만 내 주먹의 위력을 완전히 줄이지는 못했던 모양이다.

고통스러운 표정을 짓는 게르뮈드.

나는 상관하지 않고 물 흐르듯이 부드러운 연속 공격으로 주먹을 날렸다.

게르뮈드는 내 움직임에 따라오지 못하고 있다. 오라의 양은 크지만 신체 능력은 너무나 떨어진다. 보아하니 원거리 공격에 특화된 마인이었나 보다.

방출계의 공격이라면 대부분은 '포식자'를 통해 무효로 만들 수 있다. 생각해보니 나는 원거리 방출형에 대해선 절대적인 우위성을 가지고 있는 것 같다.

그렇다면 나도 원거리 공격으로 상대해보자.

방금 사용한 '수인'을 변화시켜 물 구슬을 만든다. 그 물에 '독무 브레스'와 '마비 브레스'에 들어 있는 독성분과 마비 성분을 혼합할 수 있는지 시험해봤다.

만들어진 물 구슬을 게르뮈드를 향해 던졌다.

주먹 크기의 물 구슬은 생각했던 것보다 속도가 나오질 않는다. '수인'과는 달리, 압력을 가해서 사출한 것이 아닌 만큼 그게 당연하려나.

게르뮈드도 당연히 반응할 수 있는 속도였는지 마력탄으로 응사했다. 방금 날린 '수인'에 질렸는지 나를 얕보는 듯한 자세는 이미 사라져 있다.

하지만 아직 멀었다. 물방울이 안개처럼 퍼지는 바람에 그걸 통째로 뒤집어쓰는 게르뮈드.

"크오오오!!"

게르뮈드는 고통스러운 비명을 지르면서 몸부림치며 뒹굴고 있다.

예상한 대로다. 이렇게 한다면 '수인' 그 자체를 변질시킬 수도 있을 것 같다. 아니──.

지금, 뭔가 머릿속에서 번뜩인 것 같다. 이 감각, 물 구슬을 만들어냈을 때…….

고통을 줄이려고 회복마법을 사용 중인 게르뮈드를 향해 나는 오른손을 내밀었다.

과연 성공할까?

방금 물 구슬을 만들어내는 요령으로 물을 '위장'에서 꺼내지 않고 오라만을 끌어올린다. 그 구슬에 마력요소를 주입하는 느낌으로──내 오른손 앞에 주먹 크기의 기 덩어리가 생겨났다. 여기까지는 성공이다. 자, 이걸 어떻게 쏠 것인가…….

나는 '브레스'를 불어대는 이미지로 그 기 덩어리를 앞으로 민다.

손바닥에 가벼운 충격을 느끼면서 '수인'과 맞먹는 속도로 앞으로 날아가는 기 덩어리. 보아하니 성공한 것 같다.

하쿠로우가 눈을 크게 뜨면서 "설마 '기조술'을 습득하실 줄이야……" 하고 중얼거리는 소리가 들렸다. 그 뒤에 "아직은 많이 조잡하지만──."이라고 이어서 말했지만, 그 부분은 그냥 넘겨버린다.

나는 훌륭하게 마력탄의 습득에 성공한 것이다.

한번 습득해버리면 나머지는 쉽다. 익숙해지면 마력탄에 '흑염'을 혼합할 수도 있을 것 같다. 마력을 연소시켜서 위력을 더욱 강하게 만들 수 있다고 본다.

방금 그 한 발은 빗나가 버렸지만, 다음에는 맞추겠다. 그렇게 생각하면서 게르뮈드를 바라봤다.

"뭐, 뭐냐……너?! 네, 네가!! 이런 짓을, 상위 마인인 날──."

내가 쏜 마력탄이 게르뮈드를 날려버린다. 연습으로 쏜 거라서 그렇게까지 많은 기를 담진 않았다. 하지만 그래도 주먹으로 때리는 것보다는 위력이 높을 것이다.

이번에는 부드럽게 발사할 수 있었다. 완벽하게 마스터하는 것도 시간문제일 것이다.

이제 남은 건 연습뿐, 그렇게 생각하면서 게르뮈드를 표적으로 삼아 여러 발 발사했다.

그 모든 것이 명중한 것을 보고, 내가 쏘고도 참 봐주지 않고 쏜다는 생각을 하면서 냉정해진다.

새로운 기술을 습득하는 바람에 기뻐서 너무 정신없이 쏴버린 모양이다.

그러나 그런 것치곤 너무 약하다.

게르뮈드의 마력요소량은 틀림없이 A랭크 오버일 텐데 베니마루와 비교해도 약하게 느껴진다. 그 이유는 뭘까?

《해답. 인간이 정의하는 랭크 구분은 마력요소량을 기준으로 산출되어 있기 때문에 그걸 기준으로 판정하고 있습니다. 하지만 같은 마력요소량을 가진 자들끼리 싸운다고 해도 효율이 좋은 스킬이나 아츠를 가진 자가 유리하게 됩니다. 또한 레벨에 관해선 산출 기준이 없기 때문에 랭크 구분에는 반영되어 있지 않습니다.》

과연, '대현자'가 내리는 감정에는 레벨이라는 개념이 없었던 것인가.

레벨 같은 건 스스로도 측정할 수 없으니까 말이다. 당연하다면 당연하달까.

게임이 아니니 싸워보지 않으면 알 수 없는 면도 있을 것이다.

그래서인가……. 원래부터 레벨이 높았던 하쿠로우가 강력한 육체를 얻으면서 변한 것은.

큰 힘을 지니고 있어도 제대로 쓸 수 없으면 의미가 없다.

현재 나는 게르뮈드에겐 전혀 질 것 같은 생각이 들지 않으니까.

"상위 마인이니 뭐니 하며 잘난 체하지만 그리 대단하진 않군. 아니면 숨겨둔 비장의 수라도 있나?"

도발해본다.

이 녀석은 어떤 기술을 가지고 있을까?

위기감 같은 건 느껴지지 않기에 가능한 한 정보를 수집하자는 것에 가까운 감각이었다.

가벼운 기분으로 물어본다. 딱히 방심은 하고 있지 않다. 오크 로드의 움직임에는 계속 주의하고 있지만, 움직일 낌새는 전혀 없는 것 같다.

"알았다, 동료로 받아들여 주마. 나는 언젠간――."

때린다.

주어진 질문에도 제대로 대답하지 못하는 건가, 이 녀석은?

"그, 그만! 기, 기다려봐! 내 뒤에는 마왕이 있단 말이다. 네놈이 이런 짓을 하고도――."

뭔가를 말했다.

성가신 놈이구먼, 이 자식.

"그래서? 네가 그 뒤를 봐주는 마왕에게 어떻게 울면서 애원할 거지? 설마 살아서 도망칠 수 있을 거라는 순진한 생각을 하고 있는 건 아니겠지?"

내 질문에 게르뮈드는 굳어진 표정으로 덜덜 떨기 시작했다.

"키에에에에――엑!! 오지 마! 날 죽이면 네놈은 끝이다! 마왕 님이 널 용서하시지 않을 거란 말이다!!"

그런 말을 내뱉으면서 네발로 기듯이 도망치려 한다.

마왕, 이라.

그 전에, 그 마왕이 레온이란 녀석이라면 내 사냥감이 되거든? 지금은 이길 수 있을 거란 생각은 안 들지만 얼마나 강한지에 대한 흥미는 있다.

마왕이 여러 명 있다는 건 알았지만 그 강함은 서로 비슷한 정도이려나?

이 녀석은 여러모로 알고 있는 것 같으니, 자세하게 얘기를 들어보고 싶기는 하다. 하지만 틈을 봐서 도망치는 것도 귀찮다. 그런 일이 일어나지 않도록 심문은 잘 생각해서 해야 한다. 방금 스스로 자신이 흑막이라고 밝힌 것처럼 이번에도 알아서 주절주절 다 말해주면 좋겠는데…….

잡아먹어도 '기억'은 손에 들어오지 않는다.

마법 같은 지식만큼은 무슨 이유인지 획득할 수 있다. 그 부분은 불규칙적이라 말하자면 운에 맡겨야 했다. 스킬이라면 확실하게 습득할 수 있다는 게 반대로 반칙에 가까운 것이다.

나는 도망치려 하고 있던 게르뮈드를 '끈끈하고 강한 거미줄'로 구속했다.

게르뮈드는 뭔가 주문을 읊으면서 공중에 뜬다.

날아서 도망가려는 생각이었겠지만 '끈끈하고 강한 거미줄'의 속박에서는 벗어날 수 없다.

"제기랄, 이게!"

그렇게 소리치며 필사적으로 거미줄을 풀려고 하지만 헛수고이다.

나는 아무 말 없이 게르뮈드에게 다가갔다.

"그만, 오지 마. 뭐하고 있나, 오크 로드! 이리 와서 날 구하란 말이다!!"

방금까지만 해도 둔탱이니 우둔하니 실컷 바보 취급하던 오크로드에게 도움을 요청하기 시작하는 게르뮈드.

정말 대책이 없는 녀석이다.

부하에게 존경을 받는 자는 좋아하지만 그 반대는 싫어한다.

하물며 부하를 쓰고 버리는 장기말 같이 취급하는 놈 따위는 용서할 필요가 없다. 많은 스킬을 보유하고 있는 것 같기도 하니까 당장 처치하고 받아내기로 하자.

그건 그렇고…… 대화가 가능하기 때문일까, 이런 수상쩍은 녀석을 잡아먹는다는 건 솔직히 유쾌한 기분은 들지 않지만 말이지.

●

눈앞에 펼쳐져 있는 시체의 산을 보는 그의 마음은 너무나 고통스럽다.

──배가, 고프다…….

──배가, 고파…….

──뭐야, 하이 오크 꼬맹인가. 아직도 죽지 않았나, 빨리 죽어 버려라.

──다들 굶주리고 있습니다…….

마인 님, 제발 자비를──.

──손대지 마라, 옷이 더러워진다. 응, 잠깐?

너는…….

──이건 먹어도 되는 건가요?

371

——물론이고말고. 사양하지 말고 먹도록 해라. 배부르게 먹고 크고 강하게 자라거라.

——감사합니다, 마인님!!

이 은혜는——.

——됐다. 오늘부터 날 아버지라고 부르도록 해라.

그렇지, 내가 이름을 지어주마.

네 '이름'은——.

떠오르는 것은 과거의 정경.

그의 양부가 된 마인에게 거둬졌을 때의 기억.

그리고 지금 그는 그때 입은 은혜를 갚기 위해서라도 그의 양부의 명령을 따른다.

그건 또한 그의 소원과 일치하기도 했다.

이 풍부한 쥬라의 대삼림을, 오크의 제2의 낙원으로 만드는 것이다.

불모의 땅, 기근과 역병이 발생하여 마왕으로부터도 버림을 받았던, 그들의 고향을 버리고…….

그가 숲에서 패권을 손에 넣는다면 양부는 마왕에게 인정을 받아 대간부가 될 수 있다고 한다. 그렇게 되면 더욱 많은 동족들을 지원해주겠다고 약속했던 것이다.

그러기 위해선 힘이 필요하다.

숲의 상위 종족을 잡아먹고 새로운 힘을——.

그리고 오크가 안주할 땅을, 새로운 낙원을 건설할 것이다.

숲의 은혜만 있다면 동족들이 굶주리는 일은 없게 된다.

지금 숲에서 살고 있는 종족에겐 미안하게 생각하지만, 약육강식이라는 절대적인 룰을 납득하게 만들 수밖에 없을 것이다.

　어찌 됐든 이것은 종족의 생존을 건 전쟁이니까.

　……그랬을 것이다.

　──네놈이 빨리 마왕으로 진화했다면──.

　그게 무슨 뜻이지?

　양부는──게르뮈드 님은 대체 무슨 말을…….

　그──오크 로드라고 불리는 자는 노란색으로 탁해진 눈동자로 양부인 게르뮈드를 계속 바라본다…….

●

　게르뮈드는 공황 상태에 빠진 채로 날 향해 마력탄을 연사하기 시작했다. 손을 묶어두었는데도 마력탄을 공중에서 만들어 쏘아댔던 것이다.

　재주는 많지만 소용없는 짓이었다.

　나는 '다중결계'로 전부 튕겨낸다. 게르뮈드의 마력탄은 물리 공격의 속성을 가지고 있는지라 내 방어를 돌파하는 건 불가능하다. 그건 방금 전의 해석으로 판명된 상태다. '포식자'로 잡아먹어서 무효화할 필요까지도 없었던 것이다.

　절망적인 표정을 짓는 게르뮈드.

　"빌어먹을! 날 구해라, 오크 로드──아니, 게루도!!"

　게르뮈드가 오크 로드의 '이름'을 소리쳐서 불렀다.

그렇군, 오크 로드에게 이름을 지어주지 않은 건 아니었나. 이유는 확실하지 않지만 아무래도 자신이 오크 로드와 관계가 있다는 걸 감추고 싶었던 것처럼 보인다.

방금 직접 손을 대는 건 엄히 금지되어 있다고 했었으니, 역시 어떤 사정이 있는 것 같다.

그때 오크 로드가 움직이기 시작했다.

게르뮈드를 구할 생각인가? 뭐, 좋다. 하고 싶은 대로 하라지.

트레이니 씨와의 약속도 있으니까 오크 로드는 처치할 수밖에 없다.

게르뮈드에게 조종당하고 있을 뿐인 것으로 보였지만 이제 와선 의미가 없다. 흑막만 처리하면 모든 게 끝이라는 식으로 마무리를 지을 수는 없을 테니까.

내게는 아무 원한이 없으니 편안하게 죽여주도록 하마.

거리를 좁히면서 다가오는 오크 로드를 보면서 나는 그렇게 생각했다.

이미 위협감은 느껴지지 않는다. 직접 접촉하지 않았으니 정확하게 에너지(마력요소량)를 측정할 수는 없지만 언뜻 보기에는 베니마루와 비슷한 정도일 것 같다.

이플리트의 절반 정도 되는 것 같으니 진심으로 싸우면 고전은 하지 않을 것이다.

대장이 사라지게 된 후에 오크 병사들이 폭주하지 않을까, 그것만이 유일한 걱정거리다.

"이 굼뜬 자식, 이제야 겨우 움직이는 거냐……. 캬하하! 뭐 하는 놈인지는 모르겠지만, 이 녀석이 얼마나 강한지 뼈저리게 느끼도록 해라! 죽여라, 게루도! 내게 이빨을 들이댄 걸 후회하게——."

좌악! 하는 소리가 게르뮈드의 말을 막았다.

굴러가는 머리.

오크 로드가 게르뮈드의 머리를 베어버린 것이다.

둔탁한 소리를 내면서 갈가리 베어지는 게르뮈드의 몸.

쩝쩝, 으직, 아작, 쩝쩝, 콰직.

으엑……. 먹고 있다.

게르뮈드 근처까지 다가온 오크 로드는 아무 망설임 없이 손에 든 미트 크래셔로 게르뮈드의 목을 베어버렸다. 그리고 그대로 몸을 해체하더니 걸신 들린 듯이 먹는다.

뭐라고 할까, 게르뮈드는 정말로 소인배스러운 최후를 맞았다.

그건 그렇고 나뿐만이 아니라 이 돼지도 노리고 있었던 건가? 그렇지 않으면 본능인 건가?

어느 쪽이든 간에 일이 골치 아프게 되었다.

노란색으로 탁해져 있던 눈에 빛이 감돌면서, 지성의 광택이 돌아오는 것이 느껴진다.

수많은 종족을 잡아먹고 얻은 힘에 침식되면서 폭주하고 있었던 것으로 보이던 오크 로드가 자신의 자아를 되찾은 것이다.

이런 사태는 예상하고 있지 않았다. 설마 흑막을 잡아먹을 줄이야……. 그 힘까지 자신의 것으로 만들어버린 것 같다.

방금까지와는 비교도 되지 않는 강한 오라를 느낀다.

《확인했습니다. 오크 로드인 개체명 : 게루도의 마력요소량이 증가했습니다. 마왕종(魔王種)으로 진화를 시작합니다. ……성공했습니다. 개체명 : 게루도는 오크 디재스터로 진화를 완료했습니다.》

우와아……이게 세계의 언어라는 건가.

아니, 지금은 그럴 때가 아니다. 이건 큰 실수를 한 게 아닐까.

언제든지 쓰러뜨릴 수 있다고 여유를 부리고 있다가 터무니없는 일이 벌어지고 말았다…….

정말 진심으로 바라건대 이건 좀 봐주면 좋겠다.

틀림없이 이건 내 책임이다.

그것 봐, 까불다가 결국 이런 꼴이 됐잖아.

게르뮈드가 생각보다 약했던 데다, 흑막을 쓰러뜨리면 끝낼 수 있다고 안이하게 생각했던 게 실수였다.

빨리 처리했다면 좋았을 거라고 생각해봤자 이미 늦었다.

죽일 수 있을 때 빨리 죽인다. 이게 철칙이다.

앞으로의 과제로 삼자. 반성하지 않으면 의미가 없긴 하지만 말이지.

그건 그렇고…….

이 녀석을 어떻게 한다? 고민하고 있어봤자 소용없는 일이다.

어떻게든 쓰러뜨릴 수밖에 없으니까.

내 속내와는 상관없이 상황은 변동한다.

현실은 기다려주지 않는 법이다.

"크아아아──!! 나는 오크 디재스터, 이 세상의 모든 것을 먹어 치울 자로다!! '이름'은 게루도. 마왕 게루도라고 부르도록 하라!!"

이름을 밝히는 오크 디재스터 게루도──아니, 마왕 게루도인가.

게루도의 입장에선 게르뮈드의 야망을 이뤄준 것, 단지 그뿐이었다.

게르뮈드가 게루도에게 마왕이 되기를 바랐으니까, 가장 빨리 진화할 수 있는 방법을 선택했을 뿐인 것이다.

게르뮈드가 바란 대로.

그게 게루도가 보인 최대한의 충성심이었지만, 내가 그걸 알아차릴 리가 없었기에…….

"어떻게 이런 괴물이……."

그런 말을 하면서 진절머리를 낼 뿐이었다.

찬란하게 지성의 빛을 발하는 눈.

게르뮈드 따위와는 비교가 되지 않을 정도로 강렬한 존재감.

이것이 마왕──.

방금 전과는 압도적으로 다른, 몇 배로 늘어난 에너지.

마왕을 자칭할 만도 하다.

그보다 '세계의 언어'가 말한 대로 '마왕종'이라고 해야 할까. 지금은 자칭이지만 각성하면 정말로 마왕이 될 것이다.

이 녀석은──지금 죽여놓지 않으면 정말로 디재스터(재앙의 마왕)가 될 것이다. 나는 그렇게 확신했다.

베니마루 일행이 전투태세에 들어갔다.

마왕 게루도를 위협적인 존재로 인식했기 때문이리라.

지금까지 짓고 있던 여유 있는 미소는 사라졌으며, 진지한 표정을 짓고 있다.

"리무루 님! 여긴 저희들이!"

베니마루의 말을 기다리지 않고 시온이 움직였다.

일섬.

대태도를 휘두르면서 일격을 가한다.

모든 힘을 쏟아부은 혼신의 일격──엑스트라 스킬 '강력'과 '신체 강화'로 터무니없이 강화된 그 기술을, 한 손으로 들고 있는 미트 크래셔로 받아내려 하는 마왕 게루도.

아무리 그대로 그건 불가능했다. 오른손도 동원하여 시온의 맹공격에 대항한다.

"지저분한 돼지 놈이 마왕이라고? 까불지 마라!"

그렇게 외치면서 자신의 대태도에 오라를 두른 뒤에 위에서부터 칼을 내리치는 시온. 쿠로베가 만들어낸 명품 칼이 요기 어린 둔중한 빛을 발했다.

두 사람은 일단 떨어진 뒤에 틈을 주지 않고 다시 격돌한다.

대태도와 미트 크래셔가 맞부딪히면서 전장에 격렬한 불꽃을 흩뿌렸다.

처음에는 호각으로 보였던 둘의 칼을 맞댄 힘겨루기는 서서히 그 우열 관계가 명확해진다.

마왕 게루도의 온몸의 근육이 부풀어 오르면서 갑옷이 동화한 것처럼 맥박 치기 시작한 것이다.

힘으로 이기고 있는 것은──마왕 게루도.

그렇지 않아도 근력만큼은 최고인 데다, '강력'과 '신체 강화'까지 가지고 있는 시온을 상회하는 근력. 신체 능력도 압도적으로 강화된 것처럼 보이는 것이, 저절로 한숨을 자아내게 만든다.

시온은 힘에 밀려 튕기다시피 날아갔고 그곳으로 게루도의 추격이 쫓아갔다.

위험을 감지하고 대태도로 받아내면서 자신의 후방으로 점프하여 위력을 줄이려 했지만, 방금 그 공격으로 상당한 대미지를 받아버린 것 같다.

분한 표정을 짓고 있지만 움직일 수 있게 되려면 제법 시간이 걸릴 듯하다.

그러나 이 자리에 있는 건 시온뿐만이 아니다.

시온에게 추가타를 날리려고 한 마왕 게루도의 등 뒤에 한 명의 나이 든 사무라이가 선다.

하쿠로우다.

나조차도 겨우 인식할 수 있을 정도의 속도로 지팡이 칼을 이용한 거합베기를 날렸다. 그리고 그 칼날은 잘 연마된 투기로 인해 옅은 빛을 발하고 있다. 그 흔들림 없는 빛이 하쿠로우의 투기가 얼마나 잘 연마된 것인지를 증명하고 있었다.

받아내기는커녕 피하는 것조차 불가능하다.

마왕 게루도의 신체에 검이 베어버린 선이 그려지면서 몸통을 둘로 갈라버린다.

게다가 휘둘렀던 칼의 궤도를 그대로 살려서 머리를 베어버렸다.

아무리 그래도 이 공격을 맞았으면 죽었을 것이다. 그렇게 생각했지만 그건 안일한 생각이었던 것 같다.

마왕 게루도의 위아래로 나눠진 몸이 촉수처럼 얽히는 노란색의 오라에 의해 이어진다. 그리고 아무 일도 없었던 것처럼 몸을 숙여서 떨어진 머리를 주워 올려 원래 있던 곳으로 되돌려놓았던 것이다.

호러 영화 같은 광경에 모두 일제히 할 말을 잃었다.

하쿠로우도 놀란 나머지 눈을 크게 뜨고 있다.

방금 그걸로 확신했다.

마왕 게루도의 가장 두려운 능력은 그 엄청나기 짝이 없는 회복 능력이라고.

지금은 아직 각종 내성을 지니고 있지 않다. 그런데도 이런 회복력이라니. 이 괴물이 각종 내성을 얻기라도 한다면 죽이는 건 아예 불가능하게 될 것이다.

그때──.

"조사요박진(操絲妖縛陣)!"

소우에이가 '끈끈하고 검은 거미줄'로 마왕 게루도를 포박했다.

하쿠로우의 그림자에 숨어서 완벽한 타이밍으로 마왕 게루도의 움직임을 봉한 것이다.

"공격해라, 베니마루!!"

소우에이의 외침을 듣기도 전에 베니마루는 움직인다.

갑자기 헬 플레어를 발사한 것이다.

이미 네 발이나 발사하여 에너지가 부족했기 때문인지, 아니면 개인용으로 설정한 것인지, 작은 크기의 돔이 게루도를 중심으로 형성된다. '끈끈하고 강한 거미줄'에 의해 움직임이 봉인되어 있는 마왕 게루도에겐 그 공격을 피할 방법이 없었다. 완전히 '결계'

에 갇힌 것이다.

결계 내부에서 고온의 폭풍우가 거칠게 일어나더니, 마왕 게루도를 불태워버릴 것처럼 맹렬하게 휘몰아친다. 그 온도는 돔의 크기에 좌우되는 것이 아니라고 하니, 분명 게루도에게 확실한 죽음을 선사할 것이다.

그러나——.

몇 초 후, 돔이 사라진 장소에 의연하게 서 있는 마왕 게루도.

자신의 필살 공격이 통하지 않자 얼굴을 찌푸리는 베니마루.

확실히 헬 플레어는 강력했다. 그러나 어디까지나 에너지 효율을 생각한 기술이지, 이플리트처럼 열량으로 밀어붙일 수는 없는 것이다. 순간적인 고온으로 모든 걸 불태우는 것에 초점을 맞춘 기술이니까.

적은 에너지로 이플리트 급의 고온을 발생시키는 점은 우수하지만 저항력이 높은 상대라면 방어에 집중하는 것으로 버텨낼 수 있는 것 같다.

좀 더 내구력이 있었다면 아마도 레지스트(저항)나 재생을 허용하지 않고 완전히 불태워버릴 수가 있었겠지만…….

어쩌면 더욱더 집중시켜서 모든 것을 불태울 수 있는 초초고온을 만들어내거나——.

효과가 없는 건 아니다. 내열 능력은 지니고 있지 않은지, 피부는 불에 타 짓물러 있다. 그래도 치명상을 입지 않은 것은 오라를 방출하여 레지스트를 시도했기 때문이었다.

그리고 살아남은 이상, 방금 전에 보였던 위협적인 회복력이 있다.

아마도 슬라임 같은 특수한 마물이 가지고 있는 '자기재생'까지 획득한 상태로 보인다. 불에 타서 짓물러 있던 피부가 지켜보는 동안에 재생을 시작하고 있다. 게다가 게루도가 뭔가를 중얼거린 순간, 순식간에 회복 속도가 상승한 것이다.

게르뮈드가 지니고 있던 회복마법까지 계승한 모양이다. 이 두 가지 효과가 서로에게 상승작용을 일으키면서 내 '초속재생'에 가까운 복원력을 발휘하는 것 같다.

내가 분석하고 있는 동안에도 싸움은 계속된다.

베니마루가 준 대미지가 회복되기 전에 란가가 추가타를 날린 것이다.

내가 시험한 것처럼 '검은 번개'를 한곳에 집중시켜서 날린다. 자잘한 잔재주를 부리지 않은 전력을 다한 일격.

추가타를 맞고 마왕 게루도가 굳어버렸다.

검게 탄화되어 그 자리에서 쓰러지는 것을 보고 나는 승리를 확신한다.

그것도 그럴 것이, 나라도 이 공격에는 버텨낼 자신이 없다. '분신체'라면 확실하게 재가 될 것이다.

모두가 힘을 합쳐 쓰러뜨린 것 같이 되었지만 나쁘게 생각하지 말아주면 좋겠다.

아마도 키진 중의 누구라 해도 일대일로는 이길 수 없었을 테니까.

란가는 방금 날린 일격으로 에너지가 완전히 떨어진 모양이다. '검은 번개'의 에너지 소비량이 상당히 많은 데다, 모든 힘을 쏟아부은 결과인 것이다. 몸을 웅크린 채 움직이지 못하고 있다.

원래라면 힘을 좀 남겨두는 게 좋았겠지만, 이번에는 그런 말을 할 수 있는 상황이 아니었으니 넘어가기로 하자.

하지만 이걸로 겨우 이 싸움도 끝이 난 것인가……. 내가 그렇게 생각한 그때.

"——이게 고통이란 건가."

탄화하여 죽었을 거라 생각했는데, 마왕 게루도가 일어난 것이다.

아무래도 싸움은 아직 끝나지 않은 것 같다.

*

"말도 안 돼……."

나는 나도 모르게 중얼거렸다.

터무니없을 정도로 상식 밖의 괴물이라 현실감이 느껴지지 않는다.

보고 있으려니, 자신의 팔을 뜯어내어 먹고 있었다.

그런 게루도 곁으로 달려오는 오크 제너럴.

"왕이여, 제 몸을 당신의 몸으로 삼으십시오——."

서로를 바라보다가 고개를 끄덕이더니, 마왕 게루도는 오크 제너럴에게 손을 뻗었다.

오크 제너럴을 아무렇지도 않게 죽이고 잡아먹는다.

무슨 이런 녀석이 다 있담……. 먹을 때마다 탄화된 피부가 벗겨지면서 새로운 피부가 생겨나고 있다.

그리고 스스로 뜯어낸 팔은 다시 돋아나기 시작했다.

잡아먹는 것으로 잃어버린 세포를 보충하고 '자기재생'과 회복 마법으로 무한히 재생할 수 있는 것 같다.

정말로 엄청난 회복 능력이다.

농담이 아니라 정말로 이건 즉사시키지 않는 한 승리하기는 어려울 것 같다.

그렇지 않으면 가루도 남기지 않고 사라지게 만들거나…….

확실한 건 내 부하 중에서 최강의 다섯 명이 동시에 덤벼도 전혀 이기지 못할 것 같다는 사실이다.

그때 마왕 게루도가 큰 소리로 외쳤다.

"부족하다. 좀 더, 좀 더 대량으로──먹게 해다오!!"

절규하는 것 같은 외침과 함께 그 몸이 노란색의 오라를 띠기 시작했다.

"모두 잡아먹어라, 카오스 이터(혼돈식, 混沌喰)!!"

의지를 가진 촉수처럼 노란색의 오라가 주위의 시체로 쇄도한다.

촉수에 닿은 모든 것을 부식시켜서 잡아먹는다. 그 노란색의 오라 그 자체가 마왕 게루도가 가진 능력의 진수인 것으로 보인다.

사실 그 기술은 유니크 스킬 '기아자'의 능력인 '부식(腐食)'이 만들어낸 것이다. 부식 효과를 동반하여 접촉하는 모든 물질을 썩게 만드는 효과이다. 레지스트에 실패하면 부식되며, 생물이라면 죽음을 맞게 된다. 무시무시한 기술이었다.

나는 그걸 본능적으로 감지하고 모두에게 후퇴 명령을 내렸다.

"모두 흩어져라!"

내 명령을 듣자마자 베니마루 일행도 뒤쪽으로 후퇴한다.

"고부타랑 가비루가 이끄는 리저드맨들에게도 전달해라. 이쪽으로는 오지 못하게 해라."

"리무루 님은?"

내 명령을 듣고 베니마루가 물었다.

그 질문에 대답하려고 입을 열었을 때——.

"너희들도 내 먹이가 되도록 해라. 죽어라, 데스 마치 댄스!!"

방금 게르뮈드가 썼던 것과 같은 기술이다. 하지만 흉악함은 몇 단계나 더 강력하게 바뀌었다. 그렇지 않아도 내재하고 있던 에너지(마력요소)양이 증가한 것도 모자라서 마력탄 하나하나에 '부식' 효과가 부여되어 있었기 때문이다.

제대로 맞았다간 키진들이라 해도 무사하진 못할 것이다.

그러므로 내가——어떻게든 해결할 수밖에 없다.

나는 자신의 몸이 떨리기 시작하는 것을 막을 수가 없게 됐다.

이 떨림은, 본능에서 오는 떨림.

위험한데. 어쩔 수가 없을 정도로 떨리기 시작한다.

——이게 공포인가?

아니, 그렇지 않다.

이것은——환희.

그런가, 나는 기뻐하고 있었던 건가.

그렇다——.

나는 몸 안쪽에서 본능이 미친 듯이 기뻐 날뛰는 것을 막을 수가 없게 됐다.

내 부하들 중에서 최강인 다섯 명이 동시에 덤벼도 이기지 못할 것 같은 상대.

그런데도 내 마음속에 공포는 존재하지 않았다.

처음에 느꼈던 우울함 따위는 이 시점에서 이미 날아가 버린 상태다.

그렇다. 나는 이 녀석을, 적으로 인정한 것이다.

귀찮다고 생각해서 미안했다.

지금이야말로 진지하게 네 상대를 해주마!!

나를 향해 무수하게 분열된 마력탄이 습격해 온다.

그걸 '포식자'로 삼켜버리자 노란색의 촉수가 날 휘감기 시작했다.

마왕 게루도의 데스 마치 댄스의 마력탄은 스스로 의지를 가진 것처럼 미친 듯이 춤추면서 나를 물어뜯으려는 듯이 날아왔다.

노란색의 요기를 두른 채 카오스 이터로서의 본능을 해방하면서.

내 몸에 들러붙는 끈적거리는 감촉.

'다중결계' 너머로 느껴지는 것이라고 해도 불쾌했다.

──그렇군, 날 잡아먹으려는 생각인가? 좋다, 할 수 있으면 어디 해봐라!

점점 더 흥분되는 본능이 시키는 대로 나는 슬쩍 웃음을 지었다.

나를 잡아먹겠다면 그 전에 내가 너를 잡아먹어 주마.

나는 조용히 가면을 벗어서 품에 넣는다.

나와 마왕 게루도는 이렇게 격돌의 순간을 맞은 것이다.

*

평범하게 생각한다면 내가 마왕 게루도에게 이기기는 어렵다.

내 몸에 들러붙은 노란색의 오라를 그대로 놔둔 채 천천히 칼을 뽑았다.

불쾌하긴 하지만 큰 대미지는 입지 않았다. '부식내성'은 가지고 있지 않지만 공격 속성이 물리 공격에 해당하기 때문일 것이다. 적은 대미지는 입었지만 그건 '초속재생'으로 회복할 수 있다.

나는 단번에 기합을 모아서 마왕 게루도를 베었다. 그러나 미트 크래셔로 아주 쉽게 받아내더니 오히려 나를 튕겨내 버린다.

그도 그럴 만했다.

나보다 힘이 센 시온조차도 힘겨루기에서 밀린 상대인 것이다.

무엇보다 검술 실력으로 나를 월등히 능가하는 하쿠로우의 기술조차도 통하지 않았던 상대이다.

나는 재차 고속 이동으로 적을 농락하면서 참격을 시도한다.

여러 각도에서 약점이 없는가를 찾는 것처럼.

헛수고라는 건 알고 있지만 되풀이하기를 멈추지 않는다.

적이 받아내서 튕겨낸다 해도 우직하게 모든 공격을 시도해보고 확신한다.

나는 약하다고.

생각해보면 내 부하 중의 주력인 다섯 명. 거기에 더하자면 슈나랑 쿠로베까지.

다들 내 스킬의 일부분을 이어받았지만 그 능력을 사용하는 면에선 나를 능가하고 있었다.

란가의 '검은 번개, 풍조작'.
베니마루의 '흑염, 염열조작'.
하쿠로우의 '사고가속'.
시온의 '강력, 신체 강화'.
소우에이의 '그림자 이동, 분신체'
슈냐의 '해석자'.
쿠로베의 '연구자'.

대표적인 스킬만 봐도 그 차이는 명백하다.

이어받은 스킬은 내 것의 열화판이거나 일부인 것만 보면 능력이 떨어지는 것은 틀림없다. 하지만 나보다도 효과적으로 스킬을 잘 구사하고 있었다.

한 사람 한 사람과 일대일로 겨루는 경우에는 전력을 다하면 이길 수 있을 거라고 생각한다. 그러나 여러 명과 동시에 겨룬다면 질 것이다. 그 정도로 내 부하가 된 자들은 강하다.

그렇지만 마왕 게루도는 주력인 다섯 명을 동시에 상대할 수 있을 것이다. 그리고 틀림없이 승리할 것이다.

그게 '대현자'로 분석한 전투 결과였다.

결정타가 부족한 다섯 명은 언젠가는 마력요소가 떨어져서 패배하는 것으로 나왔다.

제대로 싸워서 내가 이길 수 있는 상대가 아니다.

그렇다, 제대로 싸운다면 말이지.

베니마루 일행은 나보다 능력을 잘 다룬다.

그 이유는 무엇일까?

하쿠로우는 단순히 연마한 레벨(기량)이 높기 때문이지만 다른 자들은 다르다.

그 답은 자신이 가진 아츠(기술)와 융합하거나 본능에 따라 제한을 두지 않고 본래의 성능을 다 발휘할 수 있기 때문이다.

그들은 능력을 잘 받아들여서 나보다 효율적으로 사용해내고 있다.

그래서 그들은, 강하다.

내가 '대현자'로 몇 번인가 시뮬레이션을 해봐도 여러 명을 동시에 상대하여 승리하기는 힘들었다.

하지만 과연 정말로 그런 것일까?

아니, 애초에…… 정말로 '나'는 약한 것일까?

그 답은——.

우선 전제로서 생각하건대,

내 능력의 대부분은 마물로부터 얻은 것이다.

선천적으로 타고난 능력은 없기 때문에 능력을 정확히 이해하는 것부터 시작할 필요가 있었다.

차에 탈 줄 안다=면허를 가지고 있다는 건 아니다. 하물며 프로 드라이버에게 이길 수 있을 리가 없다.

좀 더 단적으로 말하자면 초보자에게 경주용 차를 준다 해도 운전을 할 수 있을 리가 없는 것이다.

하지만.

내가 이 세계로 전생했을 때 이미 지니고 있었던 능력도 있다.

그건 선천적으로 소유하고 있었던 능력.

내게 익숙하고 내 뜻대로 다룰 수가 있는, 그 능력.

그 스킬이라면 나도 완벽히 사용할 수가 있을 것이다.

그렇기에 한마디로 명령을 내린다.

"네 차례다, '대현자', 어서 적을 쓰러뜨려라!!"

《알겠습니다. 오토 배틀 모드(자동 전투 상태)로 이행하겠습니다.》

──이게 아까 했던 질문에 대한 답이었다.

●

마왕 게루도는 환희했다.

제법 실력이 있는 강력한 마물들이 다섯 마리나 있었다.

게루도에게 고통을 줄 정도의 강자라면 먹이로서 더할 나위가 없다. 더욱 강한 자를 잡아먹고 마왕으로서 더욱더 강하게 진화할 수 있을 거라 생각한 것이다.

적당히 요리하고 잡아먹으려 하던 차에 한 마물이 자신을 막아섰다.

게루도는 배가 고팠다.

엄청난 대미지를 받았기 때문에 재생하려면 고기가 필요했던 것이다.

가면을 쓴 이상한 마물.

시시한 상대다. 그렇게 느꼈다.

오라가 전혀 느껴지지 않는 것이, 인간으로밖에 보이지 않는다. 그러나 날개를 드러내고 날고 있는 걸 보니 마물임은 틀림없었다.

다섯 마리의 먹이에 마무리 공격을 하는 김에 그 마물도 죽일 생각이었다.

하지만 신기하게도 게루도의 공격이 통하지 않았으며, 다섯 마리의 먹이를 놓쳐버리고 말았다.

그 마물은 혼자서 게루도 앞에 선다.

천천히 가면을 벗자, 그 안에서 달빛처럼 아름다운 은발의 귀여운 소녀로 보이는 맨얼굴이 드러난다.

그 표정은 귀여운 외모와는 달리 사악한 미소를 짓고 있었다.

마치──지금부터 싸우게 되는 것이 기대가 되어 참을 수가 없다고 말하기라도 하는 것처럼…….

가면을 벗은 순간, 억눌려 있었던 것으로 보이는 오라가 주위에 퍼지기 시작한다.

게루도는 미묘한 위화감을 느꼈다.

(기분 탓, 인가. 지금 끝도 없이 막대한 오라를 느낀 것 같았는데…….)

그러나 게루도의 경계와는 달리 쓸모없는 공격을 되풀이하는 마물.

역시 기분 탓이었다고 판단하는 게루도.

(먼저 네놈부터 먹어치워 주마!)

자신의 식사를 방해할 셈이라면 게루도가 그걸 용서해줄 필요는 없다.

게다가 생각했던 것보다 마력요소량이 많으니 질 좋은 먹이일 것 같다.

끈질기게 달라붙으면서 칼로 공격을 해 오는 마물을 밀쳐내고 게루도는 마무리를 짓기 위해 미트 크래셔를 쥐고 자세를 잡았다.

하지만 그때——.

그때까지 우직하게 공격을 되풀이하던 상대가 갑자기 멈춰버렸다.

(무슨 속셈이냐?)

소녀 같은 마물의 표정이 사라지면서 일체의 감정이 없는 가면을 쓴 것 같은 얼굴로 변하고 있다.

그리고 이쪽을 보는 그 눈동자.

금색으로 빛나면서 마치 이쪽의 힘이 얼마나 되는지 감정하려는 것 같다——.

게루도가 그렇게 생각한 건 한순간, 눈앞에서 공중에 떠 있는 왼팔을 볼 때까지였다.

(——?!)

무슨 일이 일어난 것인지 이해하면서도 그걸 인정하는 게 망설여진다.

자신의 왼팔의 팔꿈치 아래 부분이 순식간에 잘려서 날아간 것이라는 걸…….

그 잘려나간 왼팔을 '흑염'이 불태워버린다.

마물의 손에 든 칼이, 검은 불꽃을 휘감고 있었던 것이다. 그 불꽃은 전혀 열기가 느껴지지 않았으며, 칼은 처연하게 빛을 발하고 있다. 그러나 베어진 왼팔이 순식간에 재로 변한 걸 봐도 터무니없을 정도로 고온이란 것은 명백했다.

(──적?!)

그렇다, 적이다.

지금까지 먹이로 생각하고 있었던 상대. 그러나 지금은 다르다. 방금 전까지와는 압도적으로 다른 그 존재감.

진화하여 처음으로 맞닥뜨린 적의 존재에 마왕 게루도의 전신에 긴장이 감돌았다.

그리고 느껴지는 위화감.

(이상하다. ──팔이 재생되지 않는다니?!)

당황하면서 팔 끝을 확인해보니 언제까지나 꺼질 것 같지 않은 기세로 '흑염'이 그 자리에서 불타오르고 있었다. 그 열로 팔의 재생을 막아버린 것이다.

오라가 적과 이어져 있다. 즉, 이 기술을 건 상대를 죽이지 않는 한 불이 꺼지는 일은 없다.

게루도의 눈에 분노가 감돈다.

어깨부터 팔을 뜯어내어 먹어버린다. 그런 뒤에 잘려나간 부분부터 팔을 재생시켰다.

그리고 생각한다.

지금까지 부족했던 힘을 능력으로 보충하고 있을 뿐이라고.

속도는 제법이지만 힘은 게루도가 압도하고 있다. 그렇다면 더

더욱 전력을 다해 박살을 낸 다음 그 속도와 능력을 빼앗으면 된다――고.

방금 전보다 훨씬 더 빨라진 속도로 칼을 휘둘러 공격을 해 오는 마물에 맞춰 미트 크래셔로 칼을 받아냈다.

하지만 상대의 칼과 부딪힌 순간, 그 열을 버텨내지 못하고 미트 크래셔가 '흑염'에 삼켜진 채로 녹아서 사라진 것이다.

(말도 안 돼!!)

놀라서 뒤로 물러나는 마왕 게루도.

적? 아니, 아니다. 위협적인 존재다.

이 녀석은 자신이 있는 힘을 다해 죽여서 잡아먹어야 한다. 그렇지 않으면 잡아먹히는 쪽은 자신이 될 것이라는 사실을 게루도는 그제야 깨달았다.

게루도의 오라가 부풀어 오르면서 주위에 충격파를 날렸다.

마물이 충격파를 흘려 넘기는 것을 곁눈질로 보면서, 게루도는 있는 힘을 다해 데스 마치 댄스를 날린다.

공중에서 여덟 개로 분열하여 차례로 적을 덮치는 마력탄.

한 발 한 발이 유니크 스킬인 '기아자'에 의해 강화되었으며 '부식' 효과가 부여되어 있다.

춤추듯이 마력탄을 피하면서 자신을 쫓아오는 그것들을 하나하나 흡수하는 마물.

게루도는 웃는다.

(지금이야말로 널 잡아먹어 주마!!)

이미 방금 싸웠던 다섯 마리에 대한 건 다 잊어버리고 눈앞의 마물을 잡아먹을 것만 생각한다.

마력탄에 정신이 팔려 있는 마물에게 달려들어 붙잡으려는 게루도.

상대도 그 직전에야 알아차렸고, 서로 마주 보는 형태로 상대를 붙잡은 채 힘겨루기를 벌이게 된다.

힘은 게루도가 위다. 이대로 비틀어서 짓누른 뒤에——그렇게 생각했을 때, 밸런스를 잃고 앞으로 주저앉는다.

마물이 게루도의 무릎을 걷어차 부서뜨렸음을 알아차렸다. 가련한 소녀처럼 보이는 외모에서는 상상도 할 수 없는, 재빠르고 묵직한 발차기였다.

하지만 그래도 게루도는 손을 놓지 않는다.

(크와하하핫! 재미있군, 이대로 잡아먹어 주겠다!!)

마물은 손안에 있으니 이제 잡아먹기만 하면 된다.

마물이 무슨 짓을 해도 소용없다. 얼마간의 대미지 따위는 게루도에겐 문제가 되지 않는다. 지금 부서진 무릎조차도 벌써 재생이 끝났으니까.

게루도의 손바닥에서 노란색의 오라가 넘쳐 나오더니 마물을 향해 침식을 시작했다.

유니크 스킬 '기아자'의 능력이면서 상대를 직접 '부식'시킨다. 그리고 상대의 생명 활동을 완전히 정지시켜 자신의 영양분으로 변환하는 것이다.

먹고 싶다는 일념 하나만으로 모든 능력을 '부식' 효과에 쏟아 붓는 게루도.

이윽고—— 상대는 저항도 소용없이, 서서히 그 몸이 녹아서 무너지기 시작한다…….

모든 게 내 생각대로 전개되었다.

유니크 스킬 '대현자'의 서포트를 전면적으로 받은 상태로 능력을 구사하면서 싸웠다.

능력을 제대로 구사하고는 있지만 내 레벨(기량)이 더 높은 건 아니다. 내가 싸우고 있다기보다 '대현자'가 내 몸을 조종하여 싸우게 한다는 게 정확한 표현이다.

최적화된 전투 방법으로 싸울 수 있었던 것은 '대현자'에게 모든 걸 맡겼기 때문이었다. 내가 노리던 대로 '대현자'는 스킬을 완벽히 다뤄냈다.

게루도에게 힘으로 대적할 수 없다고 보자, 칼까지 '다중결계'로 덮은 데다 '흑염'을 휘감아서 공격했다. 칼의 소모를 막는 것뿐만 아니라 공격력도 대폭 상승시키고 있다.

내가 제대로 구사하지 못했던 능력도 '대현자'는 아주 쉽게 다루고 있었다. 모든 정보를 해독하고 적절하게 다음 수를 둔다. 마치 박보장기를 두는 것처럼 '대현자'는 마왕 게루도를 갖고 놀았다.

그래도 방심은 할 수 없다. 마왕 게루도는 조금씩 내 속도에 대응하기 시작하고 있었으며, 이대로 전투가 계속되면 또 진화를 할 가능성이 있었던 것이다. 그야말로 '염열내성'이라도 획득하게 되면 차마 눈뜨고 볼 수 없는 상황이 되어버릴 것이다.

아니, 어쩌면 이미——.

게다가 나와 같은 일이 마왕 게루도에게도 있을 수 있다. 지금은 막 진화했으니 아직 그 스킬을 제대로 쓰지 못하는 거라고 할 수 있는 것이다. 시간이 지나면서 내 우위는 사라질지도 모른다.

내가 그랬던 것처럼 마왕 게루도도 또한 진화하는 도중이니까.

그러므로 더더욱 이 상황으로 몰아넣을 필요가 있었다.

이런 식으로 맞붙어 싸우게 되는 상황도 '대현자'의 예상대로였다.

마왕 게루도를 '흑염'으로 불태워버리는 것은 어렵다. 재생능력이 너무 높아서 완전히 사라지게 만들려면 시간이 걸리기 때문이다. 플레어 서클로 붙잡아서 몇 분간 가둬둘 수 있다면 물리칠 수 있겠지만 그러기 위해선 이렇게 몰아놓아야 할 필요가 있었던 것이다.

순간적으로 상대를 압도하여 상대가 가장 자신 있어 하는 스킬로 싸우도록 유도한다.

마왕 게루도는 멋지게 내 계획에 빠져서 힘겨루기 승부로 밀고 들어왔다.

모든 것은 '대현자'의 예측대로였다.

마왕 게루도는 이대로 나를 '부식'시켜 잡아먹을 생각이다. 하지만 그 전에 플레어 서클을 발동시키기만 하면 내 승리가 된다.

모든 걸 완전히 파악했던 '대현자'는 역시 대단하다고 할 수 있을 것이다.

하지만 내가 잠깐 생각했던 가능성——'대현자'가 확률이 너무 낮다고 포기한 가능성——이 여기서 현실로 바뀐다.

"크와하하핫!! 내게 불은 통하지 않는다!"

'범위결계' 안에 나랑 같이 마왕 게루도를 가둬놓고 플레어 서클을 발동시켰다. 몇천 도의 초고열에 의해 불타야 했던 마왕 게루도가 높은 웃음소리와 함께 내뱉은 게 바로 이 대사였다.

역시 이런 최악의 예상은 늘 맞아떨어지는 법이다.

《――?! 경고. 적 개체의 불꽃에 대한 내성을 확인했습니다. 지급히 계획의 수정을――.》

평소와 변함없는 말투로 '대현자'의 목소리가 경고한다. 하지만 내겐 그 목소리가 동요하고 있는 것처럼 느껴졌다.

최악이다. 최악의 사태가 일어나고 말았다고 할 수 있겠다.

마지막 마무리 단계에서 판이 완전히 뒤집어져 엎어진 기분이었다.

하지만 왜일까. 신기하게도 내 마음에 불안이나 동요는 없었다. 마치 이렇게 되기를 바라고 있었다고 말하듯이.

"그런가? 불에 타서 죽는 게 차라리 나았을 텐데 말이지?"

나는 대담한 미소를 지으면서 대답했다.

마왕 게루도의 오라――카오스 이터――가 내 '다중결계'를 뚫고 침식해 온다. 고통은 느껴지지 않지만 격렬한 불쾌감이 내 피부에 휘감아들고 있었다.

하지만 그래도――나는 여전히 기쁨을 느끼고 있었다.

그래, 그래야지.

내가 적이라고 인정한 이상, 이 정도는 당연한 것일 테니까.

나머지는 내게 맡기라고 '대현자'에게 속으로 명령을 내리면서 내 몸의 주도권을 되찾는다.

나 대신 '대현사'가 싸워주고 있었기 때문에, 나는 느긋하게 마왕 게루도를 관찰할 수 있었다. 그리고 천 배로 사고가속을 시킨 시간을 유효화게 활용하여, 만일의 경우에 대해서도 검토하고 있었던 것이다.

미스가 없는 컴퓨터 같은 사고로는 확률로 모든 것을 판단하고 만다. 효율을 쫓아서 비효율적인 요소를 쳐내버리는 것이다.

그렇기에 내가 있다.

비효율로 뭉쳐진 존재라고 할 수 있는, 과거에 인간이었기에 불완전한 사고를 지닌, 바로 내가.

──그러니까 파트너, 비관하지 말라고. 너는 완벽했어. 그러니까 남은 건 이제 내게 맡겨줘──.

그렇게 마음속으로 중얼거리며 나는 마왕 게루도를 노려봤다.

이 녀석은 나를 잡아먹을 생각이다. 그 예상은 틀리지 않았다.

그렇다면 방법은 있다.

낙관적으로 생각해서 내가 먼저 마왕 게루도를 잡아먹어버리면 되는 것이다.

나는 슬라임이다. 원래 쓸 수 있는 스킬은 '용해, 흡수, 자기재생'뿐이었다.

지금 그 스킬들은 통합되어 남아 있지 않지만 그걸 강화한 '포식자'라는 유니크 스킬이 있다. 슬라임의 능력과 아주 비슷하면서도 최고로 상성이 좋은 스킬이.

진화한 '초속재생'이 마왕 게루도의 회복 능력보다 못할 것이라는 생각은 들지 않는다. 그렇다면 더더욱, 서로가 서로를 잡아먹는 것으로 승부한다면 승리하는 것은 내가 될 것이다.

《——경고. 먼저 '포식'할 수 있는 확률은——.》

확률 따위는 이제 아무 상관 없어.

걱정하지 마, 내게 맡기라고 했잖아?

마왕 게루도가 나를 '부식'시켜 죽이는 게 먼저일까, 내가 마왕 게루도를 잡아먹는 게 먼저일까.

단순하면서도 명쾌.

확률이 제로라고 해도 나는 이 계획을 실행한다.

왜냐하면——.

나도 처음부터 마왕 게루도를 잡아먹을 생각을 하고 있었으니까.

마왕 게루도는 자신의 승리를 확신했는지 한창 열심히 나를 녹이고 있었다.

그걸 이용하여 상대의 부식 공격에 의해 녹는 것처럼 착각하도록 몸이 무너지는 것처럼 보이게 조작한다. 그리고 그대로 상대가 알아차리지 못하게 조금씩 휘감는다.

서서히 상대의 손바닥에서 시작하여 팔을 타고…….

상대가 알아차렸을 때는 이미 내 계획에 빠진 상태였다.

나는 본능이 이끄는 대로 슬라임 종족이 가진 원래의 전투 방법으로 상대를 내 몸 안에 가둬버렸다.

마왕 게루도는 놀라서 날 떼어놓으려 하지만 이미 온몸을 덮고 있기 때문에 그건 불가능하다.

"헛수고일걸? 안됐지만 네 자랑거리인 그 괴력도 이렇게 되면 의미가 없겠지?"

"으윽, 이런 말도 안 되는?! 네놈, 대체 뭘 노리고……."

"훗. 잡아먹는 건 네 녀석의 전매특허가 아니야."

좋았어. 멋진 대사를 뱉었다. 내 말을 듣고 마왕 게루도도 분해하는 것 같다.

그렇다곤 해도 내가 유리하다는 건 아니다.

상황은 교착상태로 진행되었다.

내 '포식' 공격에 대해 회복 능력으로 대항하기 시작한다. 동시에 내게 '부식' 공격을 걸어오지만 그건 내 '초속재생'으로 이길 수 있는 레벨이다.

서로가 서로를 잡아먹는다. 그건 마치 우로보로스(자신의 꼬리를 물고 있는 뱀)와 비슷하면서도 다른 현상이다. 완벽 주의인 '대현자'로선 생각도 하지 못할 일이지만 내가 노린 대로 이뤄진 상황이었다.

상대를 먼저 다 잡아먹는 쪽이 승리한다.

실로 이해하기 쉬운 승리의 판정법이다.

내가 이기기 위해 이 상황으로 끌어간 것 자체가 승리 조건. '대현자'의 계책이 실패했을 때를 대비해 미리 생각해둔 것이 아니라, 그저 내 본능에 따라 머릿속에서 번뜩인 계책이었을 뿐이지만.

제대로 쓰지 못하는 능력에 의존하는 것이 아니라, 근본적으로 본능이 이끄는 대로 구사할 수 있는 능력에 의존한다. 그걸 실행한 것에 지나지 않는 것이다.

내가 가진 능력.

슬라임이 보유한 '용해, 흡수' 능력은 '포식자'로 통합되어 있다. 그렇기에 본능에 따라 '포식자'의 능력이 발동하는 것이다.

그건 내가 프레데터(포식자)이기 때문이다.

마왕 게루도, 네가 지닌 유니크 스킬인 '기아자'는 확실히 강력한 스킬이라 할 수 있을 것이다.

그렇지만 말이지. 네가 가지고 있는 능력은 스케빈저(부식자, 腐食者)거든.

뭐든지 다 먹을 수 있다는 건 대단하지만 쓰러뜨려서 잡아먹는 것에 특화된 내 능력이 이 경우엔 더 우수하단 말이다.

서로가 상대를 계속 먹게 된다면 새로운 능력을 먼저 획득하는 건 내 쪽이니까 말이다.

내 능력, 유니크 스킬 '포식자'에 의해서!

살아 있는 상대로부터 능력을 해석하여 얻을 수 있는 나에 비해 상대가 죽은 뒤에서야 능력을 획득할 수 있는 마왕 게루도.

이런 상황으로 정착된 시점에서 승부는 이미 결정 난 것이다.

*

어느 정도 시간이 지났을까.

우리는 서로 상대를 먹고 있다.

승리를 확신하면서 '포식'에 집중하고 있으려니, 이상한 목소리가 들려왔다.

내가 질 리가 없다.

나는 동족을 먹었다.

내가 질 리가 없다.

나는 마왕이 되어야만 한다.

게르뮈드 님을 먹었으니까.

내가 질 리가 없다.

동족은 굶주리고 있다.

내가 질 리가 없다.

나는 배불리 먹을 것이다!

머릿속으로 흘러들어오는 사념.

이건 아마도 마왕 게루도의 것이리라.

흥. 바보 아냐?

네가 무슨 생각을 하든 간에 이미 내 승리란 말이다.

하지만 내가 질 리가 없다…….

나는 동족을 먹었다.

나는…… 수많은 죄를 지었다…….

그러니까 질 수 없다.

그래봤자 소용없어.

가르쳐주지.

이 세상은 결국 약육강식이야. 너는 졌단 말이다.

그러니까 너는 죽을 거라고.

하지만 내가 질 리가 없다…….

내가 죽으면 동족이 죄를 짊어지게 된다.

나는 죄가 많아도 상관없다.

굶지 않기 위해선 무슨 짓이든 할 각오가 필요하다.

나는 마왕이 될 것이다.

모두가 굶주리는 일이 없도록 내가 이 세상의 모든 굶주림을 받아들일 것이다!!

그렇고말고.

나는 오크 디재스터.

이 세상의 모든 것을 먹어치우는 자.

그래도 너는 죽을 거야.

하지만 안심해.

내가 네 죄까지도 전부 먹어줄 테니까.

뭐……라고?

내 죄를…… 먹는다고?!

그래.

너뿐만이 아니라──.

네 동족 전체의 죄도 먹어주마.

내…… 동족도 포함해서…… 죄를 먹어주겠단 말인가…….

너는 욕심이 지나치군.

그래.
나는 욕심쟁이다.
안심했냐?
안심했다면 너도 나한테 먹혀서 얌전히 잠들도록 해.

아아…….
나는 질 리가 없었다.
하지만…….
졸리군. 여긴…… 따뜻해.
욕심이 많은 자여.
네가 가야 할 길이 절대로 평온할 리가 없을 텐데.
그래도 내 죄를 받아들여 주는 자여——.
고맙다.
내 굶주림은 지금 채워졌다——.

오크 디재스터, 이름은 게루도.
지금 막 내 안에서 녀석의 의식이 사라졌다.

《확인했습니다. 오크 디재스터, 소실. 유니크 스킬 '기아자'는 유니크 스킬 '포식자'에 흡수되어 통합되었습니다.》

내 승리다.
늘 배가 잔뜩 고픈 녀석이 굶주림을 느끼는 일이 없는 내게 이길 리가 없었던 것이다.

그리고 나는 눈을 뜬다.

녀석과 녀석의 동족——오크족의 죄도 이 몸에 짊어진 채로.

*

"내가 이겼다. 편안히 잠들어라, 오크 디재스터 게루도——."

고요함에 감싸인 그 자리에서 나는 승리를 선언했다.

그 순간, 고블린&리저드맨 진영에서는 기쁨의 함성이, 오크 진영에선 비탄의 목소리가 각각 쏟아져 나온다.

오크족의 침공은 이 시점을 기하여 종료됐다.

서로를 먹고 있을 때에 흘러들러온 사념에 의해, 이 전쟁의 원인이 게르뮈드의 야망이었다는 것은 판명되었다.

단, 마음에 걸렸던 것은 게르뮈드를 조종하는 자가 따로 존재하고 있었던 것이 아니었을까 하는 점이다.

싸우는 도중에도 '마왕'이 자신의 뒤에 있다고 입을 놀렸으니까. 그게 단순한 허풍인지 사실인지는 이제 와선 확인할 방법도 없어졌지만.

뭐, 경계를 하려고 해도 아직은 정보가 부족하다.

게다가 오크들도 이대로 방치할 수는 없다.

문제는 아직 해결되지 않은 것이다.

그리고 다음 날.

이후에 쥬라의 숲 대동맹이 성립되는 계기로서 역사에 기록될 중요한 회담이 벌어지게 된다.

ROUGH SKETCH

제7장

쥬라의 숲 대동맹

Regarding Reincarnated to Slime

호화로운 방에 유유자적하게 앉아 있는 한 명의 남자.

그 남자는 웃고 있는 것 같은 가면을 쓰고 있었다.

우아한 몸짓으로 손을 저으면서 하인들을 물리는 남자. 하인들은 세련된 동작으로 말 한마디 없이 인사를 하고는 방에서 물러난다.

그 순간, 지금까지 아무도 없었던 벽 쪽의 긴 의자에서 즐거워 보이는 목소리가 들렸다.

"게르뮈드는 틀렸군. 그렇게까지 도와줬는데 중요한 부분에서 전부 실패하고 말았어."

그 목소리의 주인은 기발한 복장과 수상한 가면의 남자──라플라스였다.

라플라스는 딱히 상대를 크게 신경 쓰지 않는 듯한 말투로 말을 걸면서 느긋하게 앉아 있는 남자 앞까지 걸어간다.

"훗. 나와의 관계를 밝히지 않고 죽었어. 딱히 문제 될 건 없지."

"그건 그렇지. 하지만 모처럼 이렇게 공을 들여 준비했는데 새로운 마왕이 나오지 않은 건 뼈아프지 않은가? 같이 싸우는 것뿐만 아니라 장기말로 부릴 마왕을 만들고 싶다는 게 이번 작전의 취지였잖아?"

그리 말하면서 맞은편 의자에 앉는 라플라스.

그런 라플라스에게 친근한 몸짓으로 고개를 끄덕이는 남자.

"네가 마왕이 되어주었다면 이렇게까지 고생할 필요는 없을 텐데 말이지."

"그건 안 돼. 그런 귀찮은 일까지는 받아들일 수 없다고. 마왕은 죄다 괴물들인 데다 자칫하면 나도 위험하단 말이야. 마지막으로 마왕이 탄생한 건──."

"마왕 레온. 인간인 '마왕', 레온 크롬웰이지."

"──그랬었지."

그 순간, 두 사람 주위의 온도가 낮아진 것처럼 냉기가 감돌기 시작했다.

마왕에게 첫 번째로 요구되는 것, 그건 실력이다.

이 세계에서 마왕을 자칭하는 멍청이는 없다.

멋대로 마왕이라 칭해봤자 지금 있는 마왕들의 역린을 건드려서 살해당할 뿐이기 때문이다.

하지만 역린을 건드리는 바람에 습격해 온 마왕을 오히려 물리친 자도 있다. 그런 자는 자신의 실력으로 마왕의 자리를 인정받기도 한다만…….

최근 수백 년 동안 그렇게 실력이 있는 마왕은 태어나지 않았다. 마지막으로 태어난 마왕이 원래는 인간이었던 레온 크롬웰인 것이다.

그는 그 요상한 매력으로 차례로 마인 부하들을 늘려가더니, 변경의 땅에서 마왕을 자칭했다.

그에 격노한 마왕──커스 로드(주술왕)가 전쟁을 일으켰지만,

레온에 의해 토벌당하고 말았다.

그것도 레온 한 명의 손으로.

그 사태를 받아들여 마왕들은 그를 새로운 마왕으로 인정한 것이다.

하지만 그런 식으로 실력에 기반한 마왕의 탄생 같은 건 그리 쉽게 일어나는 일이 아니다.

원래라면 신참이면서 마왕이라는 이름을 칭하려면 최소한 세 명 이상의 마왕을 후견인으로 얻을 필요가 있었기 때문이다. 신참 마왕에게 손을 대려면 그 뒤에 있는 마왕들도 동시에 상대해야 할 필요가 있다. 그렇게 여기도록 만들기 위해.

이 사실에 눈독을 들인 마왕이 있었다.

마왕끼리 서로의 속내를 살펴보면서 손을 잡는 교섭을 하기보다, 자신의 뜻대로 다룰 수 있는 마왕을 탄생시키는 쪽이 더 쉽고 빠를 것이라고 생각한 마왕이. 그러나 새로운 마왕을 탄생시키려고 하면 다른 마왕들이 잠자코 있지 않는다. 그러므로 자연스럽게 탄생한 것처럼 보이도록 신중하게 계획을 진행시키고 있었던 것이다.

부하인 게르뮈드의 야망을 자극하면서도 자신과의 관계를 숨겨둔 상황에서.

얼어붙으려 하는 공기를 신경 쓰지 않은 채 입을 여는 남자.

"뭐, 레온은 일단 내버려 두지. 문제는 이미 두 명의 마왕에게 미리 얘기를 해놓았다는 거야. 설마…… 그렇게까지 계획이 진행된 상태에서 실패할 줄은 몰랐지."

사실 이 계획은 베루도라가 사라질 300년 후를 상정하고 몇십 년에 걸쳐 신중하게 진행시켜온 것이었다. 그게 실패로 끝났으니 분하지 않다면 거짓말이다.

"그런데 이걸 한번 봐. 꽤 놀라운 게 찍혔거든."

그렇게 말하면서 라플라스가 내민 것은 네 개의 수정구다.

오크 제너럴의 시점 영상을 기록한 것 세 개와 마지막 한 개는 게르뮈드의 시점 영상을 기록한 것이다.

게르뮈드에게 복제품을 전해줄 때 알아차리지 못하게 네 번째의 수정구에 등록해둔 것이었다.

그곳에 비친 광경을 보고 남자도 약하게나마 놀라는 표정을 지었다.

오크 제너럴의 수정구는 그들의 활약을 보여준다. 하지만 마지막에 압도적인 힘을 지닌 것으로 보이는 마인들을 비추면서 끝나고 있었다. 아마도 그 마인에게 살해당한 것이리라.

저건 키진족——.

몇백 년에 한 번, 나이가 많은 오거가 진화한다고 한다는 상위 마인. 오크 로드와 맞먹는 가능성을 지닌 존재였다.

그 능력은 아주 높으며, 하늘을 가르고 땅을 부순다는 말이 전해져온다. 그런 키진이 세 명.

그리고 본 적도 없는 대형 마수.

번개와 바람을 다루는 그 모습은 초(超)상위의 마수임을 증명하고 있었다. 비정상적인 진화를 해버린 아랑족으로 보이지만 영상을 보고 판단한 것이라 확실하지는 않다. 그러나 적어도 A랭크 오버의 실력이 있는 것은 틀림없어 보인다.

A랭크 이상의 마물이 넷. 게르뮈드 따위가 어떻게 해볼 수 있는 전력이 아니었다.

그러나 문제는 마지막 수정구에 비치고 있던 광경이다.

게르뮈드 앞을 한 명의 인간이 막고 서 있었던 것이다.

그 인간은 어린아이의 모습을 하고 있었으며 가면을 쓰고 있었다.

평범한 인간일 리가 없다. 마물이 인간으로 변한 모습이라고 생각하는 게 정답일 것이다.

만약 그게 아니라고 한다면 새로운 '용사'가 탄생했다는 얘기가 된다.

분명 소환자나 이세계인은 높은 능력을 지니는 경우가 많지만, 어린아이는 제대로 다루지 못한다. 정신이 성숙하지 않았는데 능력을 제대로 쓰는 것은 불가능하기 때문이다.

그러나 용사가 마물끼리의 싸움에 개입한 것으로 생각하기는 힘들다. 소거법으로 생각한다면 마물이 변신한 모습으로 생각하는 게 타당하다.

영상에선 그 어린아이를 네 마리의 상위 마인이 따르는 모습이 보이고 있다.

그대로 영상이 전투 장면으로 바뀌었지만 게르뮈드가 이길 수 있는 상대가 아니란 건 명백했다.

마지막에는 화면이 컴컴해지면서 영상이 끊어졌다. 무슨 공격을 받고 게르뮈드가 사망한 것이리라.

영상을 다 본 뒤에 남자는 깊게 한숨을 쉰다.

A랭크의 상위 마인인 게르뮈드를 간단히 제압하는 어린아이. 그리고 그를 따르는 네 명의 상위 마인들.

오크 로드가 어떻게 된 것이지는 신경이 쓰이지만 이 정도나 되는 전력을 상대했으면 승산은 없었을 것이다.

그 정도로 쉽게 무시할 수 없는 전력이었다.

"어때, 굉장하지?"

"그래, 이건 재미있군. 그건 그렇고…… 이제 어떻게 할까?"

즐거워 보이는 미소를 지으면서 남자는 생각에 잠긴다.

그와 동격인 두 명의 마왕. 이번 사건에 대한 이야기──새로운 마왕이 탄생할 것 같다는 정보를 흘린 상대를 떠올리면서.

"잘해봐. 만약 도움이 필요하다면 싼 값에 받아들여 주지. 그럼 잘 있으라고, 클레이만."

라플라스는 그리 말하면서 생각에 잠긴 그 남자를 남겨두고 그 자리에서 사라진다.

그 남자──마왕 클레이만은 그 후로 몇 번이고 영상을 재생하면서 혼자서 생각을 거듭했다.

●

싸움은 끝났다.

너무나도 위험한 상대였다고 생각한다.

만약 완전히 진화를 마쳤다면…… 아마 물리칠 수단이 없었을 지도 모른다.

지금이라서 이길 수 있었던 것이다.

욕심대로 말하자면 진화하기 전이었다면 쉽게 이겼을 텐데, 라는 정도.

그 점은 자업자득이기도 하다. 흥에 겨워 즐기지 않고, 곧바로 죽일 수 있을 때에 죽였으면 되었을 테니까. 그럭저럭 쓰러뜨린 것만으로도 행운이었다고 할 수 있을 것이다.

하지만 그런 반성도 잊어버릴 만큼 큰 보상이 있었다.

그렇다. 새롭게 얻은 유니크 스킬!!

마왕 게루도에게서 네 번째의 유니크 스킬을 획득한 것이다. 그렇다곤 해도 그건 내 '포식자'로 통합되어버린 것 같지만.

《알림. 유니크 스킬 '기아자'가 유니크 스킬 '포식자'로 흡수통합되면서 유니크 스킬 '포식자'가 유니크 스킬 '폭식자(글러트니)'로 진화되었습니다.》

싸움이 끝난 후 '대현자'가 내게 알려왔다.

비슷한 능력이 통합되면서 상위 호환으로 계승된 것 같다.

능력을 해석하기 시작하면서 슬쩍 눈을 감는다.

유니크 스킬 '폭식자'의 능력.

그건——'포식, 위장, 변신, 격리'에 '부식, 수용, 공급'이 더해진 일곱 가지의 능력으로 이뤄져 있다.

부식 : 대상물을 부식시킨다. 부식 효과의 부여. 생물이라면 부패된다. 마물의 시체의

　　　일부를 흡수했을 때 능력의 일부를 습득할 수 있다.

수용 : 영향하에 있는 마물이 얻은 능력을 획득할 수 있다.

공급 : 영향하에 있거나 혹은 혼이 이어진 마물에 대해 능력의 일부를 줄 수 있다.

이상이 새로운 능력의 성능이었다.

가볍게 조사해보니, 대단하다는 말 한마디로 표현할 수 있었다.

'위장'이 통합된 결과로 용량이 배 이상으로 늘어났다는 것이 느껴졌다.

'부식'의 공포는 이미 체험한 바가 있다. 잘 보니 방어구 파괴 같은 효과도 있는 것 같다.

문제인 것은 '수용'과 '공급'의 두 가지이다.

그건 즉, 베니마루랑 란가 쪽 일행이 진화하여 새로운 능력을 획득했을 때 나도 그 능력을 획득할 수 있다는 말인가? 게다가 내 능력을 부하에게 줄 수도 있다고?

《해답. 그렇게 인식해도 문제는 없습니다. 단, 능력을 주는 경우에는 제한이 있습니다. 원래의 능력이 사라지는 일은 없겠지만 부여한 대상이 제대로 쓰지 못하는 경우에는 능력을 획득하지 못합니다.》

정말이야……?

보아하니 내 능력이 강화되면 부하도 강화되며, 그 반대의 현상도 일어날 수 있는 모양이다.

능력 부여에 관해선 내게 디메리트는 없다고 한다. 능력을 받을 상대에게 재능이 없다면 의미가 없다는 얘기가 되겠지. 누구든지 능력을 주기만 하면 다 되는 건 아니라는 것이니, 문제는 없다.

너무나도 무시무시한 능력이 만들어져버렸다.

아무리 그래도 역시 지식의 공유까지는 불가능하고, 마법 같은 것도 전달하지는 못하는 것 같지만.

물론 레벨(기량)은 스스로 올릴 필요가 있다. 나날이 노력하는 것은 중요한 일이다.

그렇지만 뭐, 터무니없는 능력을 습득하긴 했다.

과연 오크 디재스터. 게르뮈드를 먼저 먹어버리는 바람에 뺏겨버린 것은 아쉽게 생각하지만 이쪽이 더 훌륭하다. 계산으로 제하고도 남는 게 있다는 생각이 들 정도로 좋은 능력이었다.

덧붙이자면 원래 '포식자'에 갖춰져 있었어야 할 '해석'은 '대현자'가 약삭빠르게 자신이 흡수해버린 모양이다.

어라? 나는 허가를 내린 기억은커녕, 허가 신청을 받은 기억도 없는데…….

아니, 기분 탓이겠지.

설마 단순한 스킬에 지나지 않는 '대현자'가 그렇게 제멋대로 굴 리가 없으니까.

애초에 '포식자'에게 '해석'이 있었다는 게 내 착각일지도 모르겠다.

그런 걸로 치고 나는 깊이 생각하기를 그만뒀다.

어찌 됐든 싸움은 끝을 고한 것이다.

전장에 가득 찬 기쁨과 슬픔, 그리고 절망의 감정이 소용돌이치고 있다.

자, 그럼 또 움직여볼까.

매번 드는 생각이지만, 싸우는 것 그 자체보다 싸움이 끝난 후의 뒤처리가 더 큰일이다…….

*

마왕 게루도를 토벌한 다음 날.

습지대 중앙에 임시로 설치된 텐트 안에 각 종족의 대표들이 모여 있었다.

우리 쪽은 나와 베니마루. 그리고 시온, 하쿠로우, 소우에이가 참석했다.

란가는 내 그림자 안에 있다. 이것도 평소와 다름없다.

나는 슬라임 상태로 시온의 무릎 위에 놓여 있었다.

애초에 마왕 게루도를 쓰러뜨렸을 때 정체를 다 들켜버렸으니 이제 와서 새삼스레 감출 필요도 없다.

이동이 불가능한 트렌트 대신 트레이니 씨가 와 있다. '사념전달'로 오크 로드를 토벌했다는 걸 알리지도 않았는데 내 앞에 나타난 것이다.

놀랍게도 나와 마왕 게루도가 벌인 싸움의 파동을 느꼈다고 하던데…….

이 사람도 참 어지간하다. 끝을 알 수 없는 힘을 감추고 있는 것 같다.

리저드맨 쪽에선 두령과 친위대장과 부대장이 나와 있다.

가비루는 반역죄로 붙잡혀서 옥에 들어가 있다고 한다. 부자지간이라고는 해도 본보기를 보이지 않으면 곤란하겠지.

바보 같은 녀석이지만 재미있는 점도 있었는데 말이지. 내가 의견을 말할 분위기도 아닌 데다 종족 내부의 문제에 참견을 하는 것이 좋을 리가 없다. 이것만큼은 어쩔 수 없는 일인 것이다.

고블린 쪽에서도 각 족장이 참가하고 있다. 그러나 상위 종족에 압도되어서 구석 자리에 모여 있는 것 같다.

그들에겐 구름 위의 존재 같은 드라이어드까지 참가하고 있으니 당연하다면 당연하달까.

오크 쪽에서는 유일하게 살아남은 오크 제너럴이 참가했다. 그리고 부족 연합 대표인 10대 족장들이 와 있다.

다들 안색이 좋지 않은 데다 침울한 표정으로 고개를 숙이고 있다.

이번 소란의 원인이 된 것이 오크인 데다, 아무리 오크 로드에게 조종당하고 있었다고 해도 그들에게 책임이 없는 것으로 처리되는 것은 아니다.

그걸 알고 있기 때문에 안색이 좋지 않은 것이겠지.

게다가 가지고 온 식량이 바닥을 보이고 있는 것도 원인이라고 생각한다.

소우에이의 보고에 의하면 배급용 식량은 그렇게 많이 준비되어 있지 않았다고 한다. 마왕 게루도의 '위장'에도 식량과 관계된 건 들어 있지 않았다. 즉, 정말로 먹을 것이 없었던 것이다.

단지 같은 동족을 먹는 것으로, 유니크 스킬의 영향을 받아서, 굶주리면서도 진격이 가능했었다는 얘기다. 이젠 능력의 영향에서 벗어났으니 같은 동족을 먹는다는 건 불가능하다. 그러기는커녕 능력에서 해방되면서 영양실조로 쓰러지는 자까지 나오기 시작하고 있는 모양이다.

빼도 박도 못 하는 그들의 현재 상황이 무거운 분위기를 만들고 있기도 했다.

전쟁에 대한 책임을 추궁당한다고 해도 할 수 있는 게 없는 데다 배상 같은 건 해줄 능력도 없다.

그러기는커녕 동료가 굶고 있는 현재 상황을 해결할 수 없었던 것이 이번 전쟁의 원인인 것이다.

어차피 수가 줄었다고 해도 아직 15만 마리나 되는 병사가 남아 있다.

그만큼의 병사가 남아 있어도 전쟁을 계속할 능력이 없다는 것 자체가 오크라는 종족이 극단적으로 몰렸던 상황을 증명하고 있었다.

유니크 스킬 '기아자'의 영향 아래에 있지 않았다면 정말로 속절없이 굶어 죽고 말았을 것이다.

그리고 게루도의 기억을 조금이나마 훔쳐본 나는 더 자세한 사정까지 알고 있었다.

15만이나 되는 병사라고는 하지만, 실제로 살아남은 자들 중엔 여성이랑 노인, 어린아이까지 섞여 있다.

전 부족이 한꺼번에 다 같이 이동하여 여기까지 온 것이라는 사실을——.

원인은 대기근.

마대륙 쪽은 풍요로운 대지가 있으며 마왕의 비호 아래에 있는 안전한 장소이다.

강력한 마수나 마물이 난동을 부리기는 해도 마왕의 부하인 마인에 의해 안전은 보장되어 있다.

하지만 그 대가는 당연히 있었다. 그게 바로 높은 세금이다.

풍요로운 대지에 살 권리를 얻는 대가로 대량의 농작물을 세금
으로 낼 필요가 있었던 것이다.

금세 번식을 하는 오크는 광산이나 농지에서 필요한 노동력으
로 여겨지고 있었다.

그러나 세금을 내지 못하는 자에게 주어지는 것은 죽음이다.

마왕이 직접 손을 쓰는 일은 없다.

마대륙은 위험한 장소이기도 하다. 풍요로운 자원을 노리고 수
많은 마물이 습격해 온다. 그런 마물들로부터 지켜주는 세금을
내지 못하는 자를 마왕이 보호할 일은 없는 것이다.

필연적으로 그 땅은 위험한 장소로 변한다.

번식력이 높은 오크 따위는 반수가 죽는다고 해도 금방 필요한
수만큼 회복된다.

너무 지나치게 늘어나면 솎아낼 필요가 있겠지만 방치해둬도
문제는 없다.

그들은 대기근으로 인해 낼 수 있는 세금이 부족했다.

더구나 상황도 좋지 않았다.

오크들의 자치령은 세 마왕의 영토와 인접해 있었다. 강력한
힘을 지닌 마왕의 영토로 공격해 들어가는 것은 종족의 멸망을
의미한다. 그렇다고 해서 마왕의 보호를 잃은 채 완전히 말라버
린 대지에서 살아남을 수 있는 길은 남아 있지 않았다.

그렇기 때문에 그들은 안주할 수 있는 땅에서 쫓겨나다시피 나
와서 쥬라의 대삼림으로 먹을 것을 찾아 이동했다.

그들은 길을 잃고 헤매듯이 쥬라의 숲 근교까지 도망친다.

자신들을 덮쳐 오는 굶주림 속에서 오크 로드가 태어났지만 아직 힘이 약하여 마물에겐 대항할 수 없었다.

그러던 때에 그들에게 손을 내밀어 준 자가 바로 게르뮈드였다.

게르뮈드의 속셈을 알아차리지 못한 채 그들은 자신들을 향해 내밀어 준 손에 의지했다.

이렇게 게르뮈드의 지원을 받으면서 이번 사건이 시작된 것이다.

굳이 말하자면, 이게 내가 아는 모든 것이다.

자세한 사정까지는 몰랐지만, 게루도가 사라지는 순간에 그의 의식을 통해서는 이 정도의 정보만 읽을 수가 있었다.

이걸 알고 나서 내가 할 수 있는 일이 과연 있을까…….

회의는 무거운 분위기 속에서 시작되었다.

하쿠로우가 진행을 맡았다.

맨 처음에는 리저드맨의 친위대장에게 그 역을 맡아주길 부탁했지만 받아들이지 않았다.

"제게는 너무 과분한 역할입니다!"

그렇게 말하면서 고사한 것이다.

패자 쪽에서 나설 수도 없으니, 이런 역할이 잘 어울릴 것 같은 하쿠로우에게 억지로 떠넘겨──아니, 부탁한 것이다.

하쿠로우가 회의의 시작을 선언한 뒤로 아무도 입을 열지 않는다. 다들 하나같이 날 바라볼 뿐이다.

귀찮네. 솔직히 말해 회의는 정말 싫단 말이지.

회의가 많은 회사는 망한다는 얘기도 늘 듣는 말인 데다, 쓸 만한 내용이 있는 이야기는 그냥 전문가에게 맡기는 게 옳다고 보는데.

어쩔 수 없지.

"우선은 회의를 하기 전에 내가 알아낸 정보를 전하고 싶군. 다들 들어주면 좋겠소."

그렇게 얘기를 꺼냈다. 내가 그리 말하자 모두가 긴장된 표정으로 나를 바라본다.

그 시선들을 마주 보면서 마왕 게루도의 지식과 소우에이가 조사한 정보를 모두에게 밝힌다.

오크가 무력 봉기를 일으키게 된 원인과 현재 상황을.

오크 대표는 내 입에서 그런 이야기가 나올 거라고는 생각하지 못했는지, 놀라서 나를 응시하고 있다.

내 이야기가 진행됨에 따라 눈물을 흘리는 자도 있었다. 변명 한번 제대로 못 해보고 죽임을 당한다 해도 대표는 그에 대한 불만을 말할 수는 없다고까지 생각하고 있었을 것이다.

나는 얘기를 끝낸다.

그리고 하쿠로우에게 눈짓을 보내서 회의를 진행할 것을 재촉했다.

"어험! 그러면 우선은 이번 오크 침공으로 인해 입은 손해에 관한 확인을 해보고 싶습니다."

하쿠로우가 그렇게 말을 꺼냈다.

그렇게 회의는 시작된다.

리저드맨의 두령이 자신들의 피해를 보고한다.

그걸 고개를 숙인 채 들으면서 아무 말도 하지 않는 오크 대표들.

"그럼 두령님, 오크에게 요구 사항이 있습니까?"

피해를 확인한 후 그에 합당한 보상을 요구하는 것으로 회의가 진행되었다.

실제 전쟁 같은 것을 체험해본 적이 없으니 잘 모르겠지만, 이긴 측에게 유리하게 진행되는 건 마찬가지일 것이다.

이런 식의 회의 진행은 내게는 정말 무리다.

"딱히 없소. 이번 승리는 애초에 우리 힘으로 거둔 것이 아니오. 리무루 님의 도움이 있기에 가능했었으니까."

보상을 받지 않겠다는 뜻으로 들릴 수도 있는 말을 하는 두령.

애초에 받겠다고 해도 해줄 수 있는 게 거의 없겠지만.

어디, 그럼 이번에는 오크가 이야기할 차례인가? 그렇게 생각하면서 오크 족장들을 바라봤다.

"발언할 기회를 주기 바라오! 이번 일은 내 목숨으로 갚고 싶소……. 물론, 그것으론 부족하다고 생각하지만 우리가 내놓을 수 있는 건 사실 아무것도 없소!!"

오크 제너럴이 그렇게 소리치면서 땅바닥에 얼굴을 대고 내게 읍소하기 시작했다.

필사적인 모습으로 호소한다.

자신은 A-랭크의 마물이며 상당한 양의 마력요소를 얻을 수 있을 테니 그걸로 용서해주길 바란다! 그런 내용이었다.

그런 짓을 할 마음도 없는 데다 문제는 그게 아니다.

역시 회의는 귀찮군. 수속이나 형식을 따지느라 본질을 서로 이야기할 시간이 줄어든다.

이제 됐다. 내 생각대로 하도록 하자.

"잠깐. 리무루 님이 하실 말씀이 있는 것 같습니다!"

내 분위기를 간파했는지 하쿠로우가 회의장을 조용하게 만든다.

오크 제너럴도 입을 다물고 나를 봤다.

다른 자들도 일제히 나를 바라보기 시작했다.

이런 분위기는 참 거북스럽지만, 그런 말을 할 수 있는 상황은 아니다.

"어, 이런 회의는 처음이라 익숙하질 않군. 그러니까 내가 생각한 것만을 말하겠소. 그 후에 내 말을 다 같이 검토해주면 좋겠소."

그렇게 전제를 깐 뒤에 나는 내 생각을 말하기 시작했다.

"우선 맨 처음에 확실히 밝혀두겠지만 나는 오크에게 죄를 물을 생각은 없소."

그렇게 서론을 꺼낸다. 그리고 그 이유에 대해 설명했다.

선인가 악인가로 따지자면 침략 행위는 악이다. 게르뮈드에게 이용당한 것이라 해도 그런 결단을 내린 시점에서 죄질은 같다.

단, 그들이 숲에서 활로를 찾아내는 것 말고는 살아남을 길이 없었다는 건 확실하며 같은 입장이었다면 다른 종족이라 해도 같은 판단을 내렸을지 모른다.

받아들여 달라고 부탁한 시점에서, 그건 다른 자의 생활권을 넘겨달라고 말하는 것과 다를 게 없다. 순순히 받아들여 줄 종족 따위 없다고 해도 틀리지 않을 것이다.

인간과 달리 약육강식을 따르는 마물이라면 더욱 그렇다.

이제 와서 끝난 일을 토론해봤자 어쩔 수 없다. 서로 얘기를 나눠야 할 사항은 앞으로 어떻게 할 것인가 하는 것이다.

사죄니 배상이니 따지면서 과거만 보고 있어서는 아무 소용이 없는 것이다.

게다가 무엇보다 나는 오크의 죄를 계승하여 짊어져주겠다고 마왕 게루도와 약속한 것이다. 그게 억지든 아니든 내 말을 받아들이도록 해야 한다.

"이상이 내 생각이오. 다들 각자 생각하는 바가 있겠지만 오크에 대한 처벌은 내리지 않을 거요. 왜냐하면 그게 마왕 게루도와 한 약속이기 때문이오. 오크의 죄는 전부 내가 받아들일 테니까 할 말이 있다면 내게 하시오!"

그렇게 선언했다.

놀란 눈으로 나를 바라보는 오크들.

그런 오크를 무시하고 말을 계속한다.

"베니마루, 너희들은 마을이 멸망당했는데 불만이 있나?"

"없습니다. 그리고 죽은 자들에게도 불만은 없을 것입니다. 약육강식이야말로 저희 마물들에게 공통적으로 적용되는 유일하며 보편적인 법률이니까요. 도망치지 않고 맞서 싸운 시점에서 각오는 되어 있었습니다. 그리고——저희는 리무루 님이 정하신 결정에 이론이 없습니다."

베니마루에게 묻자 아주 깔끔하게 대답했다.

다른 키진들도 베니마루의 말에 고개를 끄덕이고 있다. 보아하니 아무도 이론은 없는 것 같다.

다음으로 다른 리저드맨들에게도 시선을 보낸다.

내가 의사를 묻기 전에 두령이 조용히 물었다.

"우리들도 그 일에 대해선 불만은 없습니다. 그러나 묻고 싶은 게 있는데······.”

불만은 없단 말인가? 볼 것도 없이 불만이 나올 거라 생각하고
있었는데.

생각했던 것보다 분별력이 좋은 리저드맨 두령이 그렇게 발언
을 했는데, 묻고 싶다는 건 무엇일까?

“무엇이오?”

“오크의 죄를 묻지 않겠다, 그건 좋습니다. 우리들도 리무루 님
에게 구원을 받은 몸이니, 잘난 듯이 의견을 말할 수 있는 입장은
아니니까요. 하지만 꼭 확인을 해야 할 일이 있습니다——.”

두령은 일단 거기서 말을 한 번 끊은 뒤에 나를 똑바로 바라보
면서 말을 이었다.

“리무루 님은 모든 오크를 이 숲에 받아들이겠다고, 그리 말씀
하시는 것입니까?”

——드디어 나왔나. 이 질문이 나오는 것은 당연한 일이며, 지
금 이 시점이 제일 중요한 장면이었다.

“그 말대로요.”

나는 천천히 고개를 끄덕인다.

내가 인정함과 동시에 회의장은 순식간에 소란스러워졌다.

경악하면서 과연 그런 일이 허용될 수 있겠는가를 서로 중얼거
리는 오크들.

입에서 거품을 내뿜듯이 뭔가를 외치는 고블린.

아무리 그래도 그건 무리라고 소리치는 리저드맨.

눈을 크게 뜬 채 일이 돌아가는 상황을 지켜보는 트레이니 씨.

평소와 다름이 없는 것은 내 동료들인 키진들뿐이다.

"조용히 하십시오!!"

하쿠로우가 일갈하고, 겨우 회의장이 다시 조용해진 것은 잠시 시간이 지난 후의 일이었다.

모두가 각자 자신의 생각을 이야기하면서 어느 정도 분위기가 가라앉기를 기다렸던 것이다.

"당신들의 생각도 잘 알고 있고, 가지고 있는 불안에 대해서도 이해하고 있소. 가능한지 아닌지 확실하지 않은 것도 맞소. 하지만 나는 가능하다고 생각하고 있소. 아까도 말했지만 우선 내 생각을 들어주시오."

그렇게 말한 후에 나는 내 자신의 생각을 설명하기 시작했다.

평범하게 생각한다면 꿈같은 얘기로밖에 들리지 않을 쥬라의 숲 대동맹 계획의 구상을.

*

애초에 이 자리에서 처벌을 하지 않은 채 흩어지게 놔둔다고 해도 살아남은 오크들은 결국 굶어 죽는다.

살아남은 자들은 통솔이 잡히지 않은 채로 각자 리저드맨이나 고블린의 마을을 습격할 것이다.

기본적으로 먹을 것이 없는 데다 살아갈 장소가 없다는 게 원인인 것이다. 근본적 문제를 해결하지 않고서는 의미가 없다.

그래서 생각해낸 것이 이 동맹이다.

리저드맨으로부터는 양질의 수자원과 물고기 등의 식량을.

고블린으로부터는 살 수 있는 장소를.

우리의 도시로부터는 가공품을.

그리고 그 보답으로 오크들로부터는 근면한 노동력을 제공받는 것이다.

사는 장소는 각지에 흩어지는 모양새가 되겠지만, 대신 연락을 전달해주는 일도 해줄 수 있을 거라 생각한다.

어차피 한꺼번에 15만이나 되는 수를 받아들일 수 있는 장소는 없다. 산악 지대, 산기슭, 강가, 숲 내부 등으로 흩어져서 살 수밖에 없는 것이다.

거주용 주택 같은 기술 지원은 우리가 맡기로 한다. 단, 자신들의 몫은 스스로 소화하게 만들 생각이다.

애초에 우리가 만드는 도시도 인구가 너무 적어서 손을 못 대는 부분이 너무 많기 때문에 다른 곳까지 돌봐줄 여유 같은 것은 없다. 오히려 오크들을 일꾼으로 부려서 단번에 노동력을 확보하려는 생각이었다.

오거가 지배하고 있던 지역도 비어 있지만, 여기에는 언젠가 도시를 만들려고 생각한다. 산기슭 쪽으로 펼쳐지는 숲이 있어서 풍부한 자원을 얻을 수 있는 장소로 보이기 때문이다.

그야 우리 도시가 완성된 후의 이야기이긴 하지만.

그때쯤 되면 오크들도 기술을 익혀서 자신들의 힘으로 도시를 만들 수 있게 교육시킬 생각이다. 그렇게 되면 각지에 흩어진 자들도 같이 살 수 있게 될 테니까.

나는 그렇게 생각한 내용을 설명한다.

모두가 하나같이 내 설명을 듣고 있다.

나는 마지막으로,

"이상이 내 생각이오. 쥬라의 대삼림의 각 종족이 대동맹을 맺고 상호 협력 관계를 쌓는 것이오. 여러 종족으로 이뤄진 공생 국가 같은 게 만들어진다면 재미있을 거라는 생각도 하고 있지만 말이지."

그렇게 마무리를 지으면서 이야기를 끝냈다.

아까까지와는 달리 이상한 흥분이 이 자리를 메우고 있었다. 회의에 참가한 자들의 마음이 열기를 띠면서 전해지는 것 같다.

불안이 사라지고 희망의 불빛이 마음속에 붙은 것처럼.

어째선지 나를 끌어안고 있는 시온이 흐흥, 하고 잘난 듯이 가슴을 펴고 뽐내고 있는 것이 납득이 가지는 않지만.

그래도 가슴이 내게 닿으면서 탱글탱글!

뭐, 용서해주자. 나는 관대하니까.

"우, 우리가…… 도시를 만든다고요……?! 그 동맹에 우리가 참가해도 괜찮겠습니까?"

오크 제너럴이 조심스러운 태도로 물었다.

"돌아갈 곳은 물론이고 달리 갈 곳도 없지 않은가. 살 곳을 마련해줄 테니까 열심히 일하도록 하게. 대신 게으름을 피우면 용서하지 않을 거네."

"──넷!! 물론입니다, 물론이고말고요. 목숨을 걸고 열심히 일하도록 하겠습니다!!"

일제히 일어서서 그 자리에 무릎을 꿇는 오크들. 눈물을 흘리면서 감격에 몸을 떨고 있다.

"우리도 이론은 없소. 아니, 오히려 꼭 협력하고 싶소!"

리저드맨 두령도 힘차게 고개를 끄덕였다. 계획에 참가해줄 마음이 있는 것 같다.

그렇게 생각하고 있으려니, 오크들과 마찬가지로 내 앞에 무릎을 꿇는다.

보고 있으니 고블린들까지도 같은 행동을 하기 시작했다.

어라? 동맹을 맺는 데에 이런 절차가 있기라도 한 건가?

"뭘 하시고 계시는 겁니까?"

나도 다른 사람들과 같이 땅에 내려오려고 했을 때 시온이 나를 덥석 들어 올리면서 물었다.

"응? 그런 의식? 같은 게 있는 거 아냐?"

"그런 건 없습니다. 정말이지 리무루 님은……."

그렇게 말하면서 왠지 어이없어하는 표정을 짓는 시온. 이번에는 키진들도 모두 어이없어하는 표정으로 따뜻한 시선을 보내왔다.

그리고 시온도 일어서서 나를 의자 위에 앉혔다. 그리고 베니마루 일행들과 나란히 서서 내 앞에 무릎을 꿇는다.

대체 뭐가 어떻게 돌아가고 있는 거지? 그런 내 의문에 대답한 사람은——.

"좋습니다. 숲의 관리자로서 저 트레이니가 선서하겠습니다. 리무루 님을 쥬라의 대삼림의 새로운 맹주로서 인정하며, 리무루 님의 이름하에 '쥬라의 숲 대동맹'은 성립되었습니다!!"

그렇게 트레이니 씨가 노래하듯이 선언한 것이다.

그리고 망설임 없이 내 앞에 무릎을 꿇었다. 보아하니 트렌트도 동맹에 참가할 마음이 확실한 것으로 보인다.

하지만 잠깐 기다려주면 좋겠다.

왜 내가 리더 같은 대접을 받고 있는 거지? 미리 이야기를 나눈 적도 없는데 언제 결정된 거냐고.

어째서 일이 이렇게 된 건데?! 그렇게 말하려고 했던 내 말은 눈앞에 늘어서 있는 뜨거운 시선에 의해 막혀버렸다.

알았어, 알았다고…….

어차피 오크의 운명도 내가 짊어지고 있다. 숲의 맹주든 뭐든 다 받아들여 주겠습니다요.

"어쩌다 보니 일이 이렇게 됐군. 다들 잘 부탁하오."

내가 어쩔 수 없이 그렇게 말하자, 그 말을 기다렸던 것처럼 모두가 일제히 엎드려 절을 했다.

"""넷!!"""

내가 대충 던진 말과는 대조적으로 모두 열의가 넘치는 모습으로 동의했다.

온몸에서 식은땀이 흘러나와 멈추지 않을 것 같은 기분을 느끼는 나와는 상관없이 쥬라의 숲 대동맹은 성립된 것이다.

하지만 문제가 남아 있단 말이지.

아주 크고 골치 아픈 문제가.

다들 흥분하고 있는 때에 너무나도 미안하지만 그 문제를 거론한다.

"조용히 하시오. 그럼 동맹이 성립된 상황에서 최대의 문제를 해결할 필요가 있소! 그건 식량문제요. 살아남은 오크들 15만의 백성들이 굶지 않도록 해야만 하오. 모두의 지혜를 빌려주면 좋겠소!"

그렇게 말하면서 마지막으로 남은 어려운 문제를 언급한다.

오크가 보유 중인 식량 비축 분량은 2주 분도 되지 않는다. 유니크 스킬 '기아자'의 영향을 벗어난 지금 한정된 식량이 고갈되면 끝인 것이다.

지금부터 농작물을 기른다 해도 시기를 맞출 수 없는 데다 물고기를 잡는다 해도 금방 바닥이 드러나고 말 것이다.

너무나 어려운 문제이다.

리저드맨의 식량 비축 분량은 1만 명이 반년을 살 수 있는 정도의 양이 있었다. 하지만 그걸 다 푼다고 해도 15만 명의 오크를 먹여 살리기에는 2주 분량도 되지 않는다.

즉, 4주간이 타임 리미트가 되는 것이다.

자, 이걸 어떻게 한다⋯⋯.

이 문제가 거론되자 모두가 생각에 잠겼다.

누구 하나 자신과는 상관없는 일로 생각하지 않는 모습을 보이는 것이 나는 약간 기쁘게 느껴졌다.

이런 모습을 보인다면 동맹은 틀림없이 성공할 것이다.

그때——.

"식량이 부족한 건가요? 그렇다면 제가 도움이 될 것으로 생각합니다. 제가 수호하는 종족인 트렌트도 이 동맹에 참가하게 되었으니, 지금 바로 활약할 수 있을 것 같군요."

만면에 미소를 지으면서 트레이니 씨가 자진해서 나섰다.

역시 확실하게 동맹에 참가할 생각이었던 모양이다. 그건 그렇고, 식량문제는 자신에게 맡겨달라며 자신 있는 모습을 보였기에 일단 맡겨보기로 한다.

달리 좋은 계획은 나오지 않을 것이고 거절할 이유도 없다.

이렇게 모든 의제에 대한 토론을 마치면서 길었던 회의도 끝을 맞이하게 되었다.

그리고 이날, 내 이름이 처음으로 역사에 기록된 것이다.

*

대동맹이 성립된 그날, 그날은 마물들에겐 잊을 수도 없으며, 동시에 기념해야 할 날이 되었다.

한 명 한 명이 각각 이름을 받게 된 것이다.

그렇게 멋들어지게 말하긴 했지만, 과연 누가 이름을 지어줄 거라고 생각하냐…….

오크만 해도 15만 명인데…… 무모한 것도 정도가 있어야지. 이전에 고블린 500마리에게 이름을 지어주는 데도 3일이나 걸렸거든?!

15만 명에게 이름을 지어준다면 대체 며칠이 걸린단 얘기냐고.

이번만큼은 진심으로 도망치고 싶다고 생각했지만, 오크의 죄를 먹어치워야 할 필요도 있다.

애초에 원래 D랭크인 오크들이 C+랭크까지 강화되어 있긴 하지만, 이건 1개월도 되지 않아 원래대로 돌아갈 것이다.

이유는 간단하다. 오크 로드의 영향이 사라졌기 때문이다.

그러므로 어차피 사라지게 될 마력요소를 내가 먹고, 동등한 양을 부여한다. 이렇게 하면 내가 지치지 않고 '이름'을 지어줄 수 있게 된다.

하지만 말이지, 정말 문제는 이름을 생각하는 것이거든. 이렇게 되면 알파벳을 총동원해도 무리다.

대종족별로 그룹을 나누거나 세컨드 네임을 넣는다고 해도 관리가 귀찮아진다.

남은 길은 궁극이자 지고(至高). 무한의 가능성을 지닌 최강 시리즈를 쓸 수밖에 없다.

그렇다, 넘버(숫자)다.

주민등록번호 같은 거라 할 수 있겠지만, 솔직히 대놓고 말해서 관리하는 입장에서 보면 숫자는 최고로 편리한 물건이다.

그런 연유로 습지대에 오크들을 정렬시켰다.

멋대로 이름을 지어주면 싫어하지 않을까? 그렇게 생각하긴 했지만 사라지게 될 마력요소의 효과가 사라지면 체력이 저하되어 있는 그들은 죽을 가능성이 있었다. 통솔이 되지 않으면서 폭도로 변할 우려도 있다.

이번 소란의 원인은 개체 수의 증가——즉, 너무 많이 수가 불어난 것이다. 그런 사태가 두 번 다시 일어나지 않게 하기 위해서라도 이름을 붙여주는 게 유효했다.

진화하면 마물로서의 격도 올라가게 되므로 번식률이 떨어진다는 것은 고블린의 경우를 통해 이미 확인했다.

이래저래 따질 상황이 아니다. 아니, 이름을 지어주는 것은 본인이 싫다면 거부할 수 있는 거라고 베니마루도 말했으니, 싫다면 줄을 설 필요는 없다.

그편이 나도 편하다고 미리 말했지만, 누구 하나 줄에서 나오는 자는 없었다.

각오를 할 수밖에 없을 것 같다.

그런고로 고행과 같은 이름 짓기가 시작됐다.

대부족에게 산, 계곡, 언덕, 동굴, 바다, 강, 호수, 숲, 풀, 모래 같은 식으로 부족 명을 준다.

산의 부족이라면 '산—1M'이 이름이 된다. 여성이라면 '산—1F'가 되는 것이다. 거기서부터 발생되는 파생은 알아서 하도록 넘겼다.

솔직히 말해서 거기까지 관리하는 건 무리다. 너무 번거롭다.

태어난 아이는 '산—1—1M' 같은 식으로 파생하면 되겠지. 적당히 미들네임이나 알파벳에 대응되는 말을 넣는 방법도 있을 것이다.

서로 다른 부족 사이에서 애가 생긴다면 귀찮게 될지도 모르지만 그건 본인들이 생각해야 할 문제다. 그런 부분까지 내가 관여할 일은 아니라고 본다.

이렇게 나는 오크들로부터 마력요소를 받아먹은 뒤에 그 대가로 이름을 차례차례 지어주었다.

부족에 따라 구별한 뒤에 남녀별로 정렬시켰기 때문에 이름 짓기는 꽤 수월하게 진행할 수는 있었지만, 시간이 걸린다. 하지만 이름을 일일이 고민하지 않고 바로바로 말하기만 하는 것으로 끝낼 수 있다는 게 그나마 도움이 되었다.

줄을 선 순서대로 이름도 정해지는 식이다. 부모 자식이 같이 줄을 선 경우도 있는 것 같았지만, 그건 내 알 바가 아니다.

나중에 자신들끼리 납득해주면 그걸로 됐다.

그런 느낌으로 헤매는 일 없이 이름을 차례로 지어주었다.

명부에 기록하는 것은 각 부족의 대표에게 맡겼다. 종이가 없기 때문에 틀림이 없는지 확인만 하는 것이지만.

실제로는 딱히 걱정할 것도 없는 것이, 이름을 부여받은 본인이 잊질 않는다. 그 정도로 자신의 이름이라는 게 특별한 것이기 때문이다.

인간과는 달리 혼에 새겨진 이름은 서로 알아볼 수 있는 것이라 한다.

이렇게 이름 짓기는 끝없이 계속된다.

한 사람에 5초가 걸리지 않는다.

그래도 약간의 시간 손실이 생기기 때문에, 결국 이름을 지어주는 일에 열흘이나 소비하고 말았다.

자는 시간도 없이 강행할 수 있었던 것은 '대현자' 덕분이라 할 수 있다. 한동안은 숫자를 듣는 것만으로도 진절머리가 날 것 같다.

물론 내가 쉴 틈도 없이 이름을 붙이고 있는 동안 베니마루 일행을 그냥 놀리고만 있던 것은 아니다.

트레이니 씨의 안내를 받아서 트렌트의 집락체를 찾아가게 했다.

식량 운반을 맡긴 것이다.

지원해주겠다는 식량의 양이 정말로 충분한가 걱정이 되었는데…….

트렌트는 물과 빛과 공기와 마력요소로 살아가는 마물이라서 기본적으로 식사를 필요로 하지 않는다. 자신의 마력요소의 여분을 담아서 열매를 맺고는 있지만, 그걸 먹는 자는 없는 것이다.

성역 내에서만 이동할 수 있는 종족이기 때문에 맺은 열매를 모아서 보관만 해두고 있다고 한다.

열매는 마법 식물이며, 건조시키면 썩을 일은 없다.

그리고 나중에 알게 된 사실이지만 그런 상태가 된 것은 드라이드 트렌트(건마실, 乾魔實)라는 희귀한 과실로서 시장에서 거래되고 있다고 한다. 돌아다니는 양이 적기 때문에 고가에 거래되는 기호품이라고 하던가. 애초에 다른 종족과 교류가 없는 트렌트의 특산품이니 쉽게 유통되지 않는다는 말에도 고개가 끄덕여진다.

고가인 이유는 또 하나 있다. 드라이드 트렌트에는 농후한 마력요소가 담겨 있는 것이다. 한 알로 7일은 활동할 수 있을 정도다. 공복도 느껴지지 않으니 훌륭하다.

그야말로 자연의 은혜를 함축해놓은 것 같은 열매였다.

그런 열매를 이번에는 아낌없이 제공받았다. 이것으로 오크들이 굶주리는 일은 피할 수 있을 것이다.

운반에 대해선 걱정이 되지 않는다.

전쟁에 있어서 가장 골치를 아프게 하는 문제가 병참 문제이다. 전선에서 싸우는 병사들을 굶주리게 하는 것은 패배를 의미하기 때문이다. 대량의 식량을 운반하는 것은 힘든 일인 것이다.

하지만 이번에 옮길 열매는 그렇게 부피가 크지는 않다.

문제가 되는 것은 이동 시간이지만…….

그 점에 대해선 람아랑족이 활약해줬다.

정확하게 말하자면 람아랑족에서 진화한 스타 울프(성랑족, 星狼

族)들이.

란가가 템페스트 스타 울프로 진화하면서 그 권속인 람아랑족도 스타 울프로 진화한 것이다.

랭크로 따져보면 개체가 B랭크. 상위 마수에 필적한다.

최대수는 여전히 100이지만 나중에 점점 늘어날 것 같은 분위기다.

게다가 란가의 대리로서 스타 리더(성랑장, 星狼長)라는 A-랭크의 지휘 개체가 소환된 상태다. 이건 '분신체' 같은 것이라 할 수 있다. 란가의 뜻에 따라 만들어낼 수도 없앨 수도 있는 모양이다.

그건 그렇고, 그렇게까지 내 그림자에서 나오고 싶지 않은 거냐, 란가⋯⋯.

그건 일단 제쳐두고.

스타 울프의 특필할 점은 모든 개체가 '그림자 이동'이 가능하다는 것이다.

소우에이와 란가처럼 순간 이동으로 여겨질 정도로 빠르게 이동할 수는 없는 것 같지만, 그래도 압도적인 속도로 목적지에 갈 수 있다. '그림자 이동'을 쓰면 아무런 저항 없이 직선으로 목적지까지 직통하게 된다.

점과 점을 이어주는 최단 거리를 통상 속도의 두 배로 이동할 수 있다고 생각하면 된다.

근력도 나름대로 갖추고 있는 스타 울프에게 트렌트 집락체에서 식량을 싣고 운반시킨다.

마차로 운반하는 거라면 멀리 돌아가는 이동을 해야 하기 때문에 편도로만 2개월 이상이 걸릴 거리를, 하루 만에 왕복 가능하다고 하니까 정말 대단하다.

언젠가는 마차가 다닐 수 있는 도로의 정비도 필요하겠지만 지금은 큰 문제가 되지 않아서 다행이었다.

단, 기수인 고블린은 같이 이동할 수 없는 모양이다. 숨을 멈추고 있는 동안에만 '그림자 이동'에 따라갈 수 있으니 어쩔 수 없는 일이다.

이후의 연습에 따라선 달라질 수 있을지 모르겠지만, 가능하다면 같이 이동할 수 있게 되기를 바란다.

같이 가지 못하는 고블린들은 날 보조하기 위해 오크를 정렬시키는 것을 도와주고 있다.

내가 일하고 있는데 이 녀석들을 놀게 내버려 두는 것은 결코 허락할 수 없었던 것이다.

이렇게 가장 큰 난관으로 여겨졌던 식량문제도 무사히 정리되었다.

*

열흘 후.

지쳐서 녹초가 되어가면서도 나는 결국 달성했다.

머릿속을 숫자들이 마구 돌아다니고 있다. 힘들다.

그래도 나는 드디어 해냈다는 만족감에 싸여 있었다.

자그마치 15만이거든? 세는 것만으로도 진절머리가 날 지경이란 말이다.

그때쯤에는 식량의 분배도 끝난 상태였다.

한 사람당 열매 50개씩. 잃어버리면 굶게 되기 때문에 모두 진지한 표정으로 받고 있었다.

이름을 지어주면서 오크족은 하이 오크족으로 진화했다. 애초에 이번은 내 마력을 이용하지 않았기 때문에 지배니 피지배니 하는 관계는 없다.

그들이 순수하게 자신들의 의사로 동맹에 참가하고 협력해주기를 바랄 뿐이다.

마물의 강함을 따지는 기준으로 보면 C+랭크에 가까운 상태였지만 C랭크까지 내려가면서 진정되었다. 하지만 원래는 D랭크였으므로 그 정도가 딱 적당할 것으로 생각한다.

거기에 지성이 상승하면서 얻은 특질도 그대로 남아 있다. 어떤 상황에도 적응하는, 응용력이 있는 종족으로 진화했다고 할 수 있을 것이다.

그들은 내게 감사의 뜻을 전한 후에 각지로 흩어지게 되었다. 그들과 동행하는 형식으로 고블린 라이더가 10명씩 따라간다.

정착하게 될 장소가 확인되면 텐트 같은 것을 지원해줄 예정이다. 그리고 기술을 가르쳐준 뒤에 각자 집락촌을 만들어가게 될 것이다.

앞날은 멀지만 그들도 언젠가는 정착하면서 삶의 질도 향상되겠지.

이주 예정지 주변의 종족에겐 트레이니 씨가 사전에 통지를 해주고 있다. 그 사람도 마법으로 이동할 수 있는 것 같아서 눈 깜짝할 사이에 사전 통지는 완료했다고 한다.

숲의 관리자로부터 통지를 받으면서 드러내놓고 불만을 말하는 자는 없었다고 했으니, 큰 문제는 일어나지 않을 거라 생각하고 싶다. 지혜가 있는 종족이 살고 있지 않은 장소를 골랐으니 괜찮을 거라고는 생각하지만 말이다.

이렇게 하이 오크는 각자의 이주지를 향해 여행을 떠난 것이다.

하지만 이걸로 끝이 아니다.

나는 마지막에 남은 자들을 향해 눈을 돌렸다.

오크 제너럴과 그 부하들이 무슨 일이 있어도 내 곁에서 일하고 싶다고 말한 것이다.

하지만 말이지……. 그렇게 속으로 고민해봤지만 역시 받아들이기로 했다.

생각해보니 노동력이 필요한 건 사실인 것이다. 도시를 건설하는 데도 사람 수가 부족한 상황인 데다 식량 사정을 압박할 정도로 많은 수가 아니라면 문제가 되진 않을 것이다.

그렇게 생각하여 부담 없이 받아들이기로 했다.

검게 물들인 풀 플레이트 메일을 입은 약 2천여 명의 집단. 오크 나이트의 생존자들이었다. 체력이 있는 덕분에 마지막까지 살아남은 것이었다.

우리와 같이 가겠다면 그들에게 지형 시리즈로 구별한 숫자를 나눠줄 순 없다.

그럼 어떻게 한다…….

노란색의 오라를 띠고 있으니 색에 따라서 숫자를 나눠주기로 했다.

곧바로 '해석감정'――슈나와 마찬가지로 보기만 해도 어느 정도는 구별할 수 있게 됐다――으로 오크 엘리트들을 관찰한다. 그리고 내 지시대로 줄을 서게 했다.

남녀 구별 없이 강한 자부터 순서대로 숫자를 부여했다.

이게 나중에 옐로우 멤버즈(황색 군단)로 불리는 군대가 탄생하는 순간이었다.

그리고 마지막으로 오크 제너럴이 남았다.

이자에겐 내 마력요소를 나눠줄 것 같은 예감이 든다.

이름은 이미 정해두었다.

오크 로드――마왕 게루도――의 뜻을 이어가 줄 것을 기대하면서――.

"네 이름은 오크 디재스터, 마왕 게루도의 유지를 이어가라는 뜻으로 '게루도'라고 짓겠다!!"

"넷!!"

서로 마주치는 시선, 그리고 방울져 떨어지는 뜨거운 눈물.

내가 이름을 지어준 순간, 오크 제너럴의 몸이 노란색의 오라에 휩싸이면서 진화가 시작됐다. 그와 동시에 빼앗기는 대량의 마력요소. 위험하다, 역시 이렇게 되는 건가.

늘 그랬던 것처럼 나는 슬립 모드로 들어가게 되었다.

――나는 길을 잘못 들었다. 하지만 만족하고 있다. 마지막에는 모든 것이 채워졌으니까.

――게루도 님, 제가――바로 제가 당신의 의지와 '이름'을 이어받겠습니다. 부디 편안히 주무십시오.

――음. 너도 이젠 마음 아파하지 말거라. 아버지께 간언하여

말리지 못한 것을 아무도 탓하지 않는다. 그때 살아남았기 때문에 내가 있을 수 있었다. 그리고…… 네 죄도 또한 사라진 것이다.

──네. 저는 이 이름을 걸고, 모든 죄를 짊어져주신 그분을 지키겠습니다.

──그래…… 너에게 맡기겠다.

역시 대량의 마력요소가 흘러나갔는지 이번에도 깊게 잠이 들어버렸다.

소비한 마력요소에 따라 의식이 깨어 있는 정도가 달라지는 건지도 모르겠다.

이상한 꿈을 꾼 것 같은 기분도 들지만 내용은 기억나지 않는다. 잠을 자는 일이 없어졌기 때문에 꿈을 꾸는 일은 귀중한 경험이긴 하지만. 떠올릴 수가 없으니 그만 포기하자.

일어나 보니 역시라고 할까.

약 2천 명의 오크들은 진화하여 하이 오크가 되었다. 그것도 모두 C+랭크를 유지하고 있었다. 각 방면으로 흩어진 자들보다 강력한 자들이라 그런 것 같다.

그건 그렇고 게루도는──.

"저의 충성을 당신께!!"

이제 막 일어난 내게 무릎을 꿇으면서 왕에게 보고하는 것처럼 충성을 맹세했다.

엄청 딱딱하게 굴 것 같은 녀석이라고 생각한 건 비밀로 해두자.

그리고 어떻게 진화를 했는지 살펴보니…….

놀랍게도 게루도는 오크 로드와 동격인 오크 킹으로 진화한 상태였다.

응. 그럴 거라는 예감은 들긴 했지.

불길한 기운이 사라졌을 뿐, 거의 같은 존재라고 할까.

게다가 유니크 스킬 '미식자(美食者)'를 획득하고 있었다. '위장, 수용, 공급'이라는 효과를 지닌 것 같다. 어디까지나 동족 한정으로 작용하는 '수용'과 '공급'인 것 같지만, 부하인 2천 명이 '위장'을 공유할 수 있게 되었다고 한다.

거리가 먼 곳으로 물자를 수송할 수도 있는 걸까? 병참은 물론이고 물류 이동의 상식을 뒤엎어버리는 사기 능력이 아닌가 하는 생각이 든다. 단, 질량이 아니라 부피에 의존한다고 한다. 수납 용량은 나와 비슷하지만 커다란 물건을 수납하는 것은 불가능한 모양이다. 대충 기준을 잡자면 자신의 체격과 비슷한 물건까지만 가능하다. 갑옷을 넣는 것 정도가 한계인 것 같다. 덧붙이자면 내 '위장'에는 그런 제한은 없지만 말이지.

역시 동족에게 시체를 먹게 만드는 능력은 사라졌다. 그럴 필요성이 없어졌기 때문일 것이다. 스킬은 바라는 자의 마음에 영향을 받는 것이니까.

마력요소도 상당히 증대하여 베니마루와 비슷한 정도인 A랭크까지 상승했다.

이렇게 오크 제너럴이었던 자는 마왕 게루도가 미치지만 않았다면 이런 모습이 되지 않았을까 싶은, 이성과 위엄을 겸비한 마인으로 다시 태어난 것이다.

강력한 부하가 늘어난 것을 기뻐해야 하겠지만, 과연 나 같은 녀석을 모셔도 괜찮은 걸까?

걱정이 되어서 급료 같은 건 따로 주지 못한다는 것을 미리 확실하게 전했다. 하지만 게루도는 온화한 웃음을 지은 채로 아무런 문제가 없다면서 받아들였다.

본인이 좋다고 하니 괜찮겠지. 일단 의식주는 보장해줄 테니까.

그러다가 독립을 하겠다면 그건 그 나름대로 좋은 일일 것이다.

게루도는 그럴 마음이 별로 없어 보이긴 하지만.

뭐, 이렇게 처절한 이름 짓기 작업은 끝났다.

돌아가기 전에 리저드맨의 두령에게 인사를 한다.

"어수선한 일이 많다 보니 제대로 인사를 드리지 못했지만 앞으로도 잘 부탁드리겠습니다, 두령님."

"이런, 이런, 리무루 님! 두령님이라는 딱딱한 호칭은 접어주십시오. 도리어 제가 긴장이 됩니다."

내 인사에 잔뜩 긴장하는 두령.

사실 마물은 미묘한 사념파 같은 것으로 개체 식별을 할 수 있다고 하지만, 나는 그런 식으로 요령 있게 굴 수가 없다. 이름이 없으면 정말 불편한 것이다.

"그렇게 말씀을 하셔도 말이죠……. 그렇지, 두령은 가비루의 아버지라고 들었으니 '아비루'라는 이름을 써보시지 않겠습니까?"

나도 모르게 그만 생각난 걸 바로 입 밖으로 내뱉는 나쁜 버릇이 나왔다.

"뭐라고요?!"

경악과 기쁨.

이렇게 인사를 하는 김에 리저드맨의 두령에게도 이름을 지어주게 된 것이다.

아무리 그래도 리저드맨 전체에게 이름을 지어줄 수는 없으니 두령까지만 적당히 지어주는 선으로 마무리한다. 명망 있는 전사에 대한 칭송의 의미로 앞으로는 조금씩 이름을 보급시키게 될 것 같다.

나중에 리저드맨 중에서 드라고뉴트(용인족, 龍人族)가 탄생하게 되겠지만, 그것도 또한 내 알 바가 아닌 것이다.

이렇게 모든 문제가 정리되었다.

실제로는 3주 정도밖에 지나지 않았지만 정말로 오랫동안 싸운 것 같은 기분이 든다.

나 혼자만은 정말 진지하게 싸우고 있었던 것 같지만 말이지. 데스 마치와도 같은 가혹한 노동은 정말로 힘들고 험난한 것이었다.

빨리 돌아가서 느긋하게 쉬도록 하자.

숲의 소란은 이렇게 종식되었다.

●

가비루는 아버지인 두령——아비루 앞에 끌려와 서 있다.

가비루는 싸움이 끝남과 동시에 옥에 들어가 있었다.

아침과 저녁, 두 번의 식사를 제공받았을 뿐, 아무도 아무 말도 하지 않는다. 그런 생활이 2주 동안 계속되었다.

가비루가 모반을 일으킨 것은 사실이기 때문에 아무런 불평도 없이 받아들이고 있었다. 좋은 일이라 생각하여 저지른 일이었지만, 그 결과 리저드맨이라는 종족이 멸망할 뻔했던 것이다.

모든 것이 자신의 책임이라는 것을 가비루는 인정하고 있었다.

변명은 할 수 없으며 할 생각도 없다. 가비루는 사형을 받을 거라 생각하고 있었지만 그것에 불만도 없었다.

단, 눈을 감으면 계속 떠올랐다.

마지막에 당한 게르뮈드의 배신. 지금까지 믿고 있었던 자로부터 배신당한 것이 아무렇지 않은 사사로운 일이라는 생각이 들정도로 충격적인 사실.

그것은 인간의 모습을 한 마인이 게르뮈드를 압도하는 모습과 마왕에게 도전하는 모습이었다.

지금도 떠오르는 것은 은발을 나부끼는 가련한 마인의 뒷모습이다. 가비루를 감싸듯이 선 그 모습은 감동적이었으며, 게르뮈드에게 배신당한 슬픔과 분함 같은 감정을 전부 날려버렸다.

가비루에게 남은 것은 숭배와도 가까운 감정뿐이다. 하지만 무엇보다도 놀란 것은 그 마인이 슬라임으로 변한 것이었다.

그 마인이야말로 가비루가 하등한 존재로 얕보고 있었던 슬라임이었던 것이다.

하등한 마물. 그렇게 생각하고 있었다.

그것이 틀린 것은 아니었지만 정답도 아니었다.

그 슬라임은 특별했던 것이다. 유니크니, 네임드니 하는 그런 차원의 이야기가 아니라 좀 더 특별한 마물.

할 수만 있다면 가비루는 마지막으로 물어보고 싶었다.

왜 자신을 구해주었냐고.

속고만 있었던, 아무런 가치도 없는 가비루를 구해줄 이유 같은 건, 리무루라는 이름을 가진 그 슬라임에겐 있지 않았을 것이다.

이런 멍청하기 짝이 없는 나 같은 놈을…….

이 2주 동안 가비루는 줄곧 그에 대한 것을 생각하고 있었다.

가비루는 두령 앞에 섰다.

무거운 분위기 속에서 가비루는 천천히 얼굴을 들었다.

그 눈에 비치는 것은 바위와 같은 아버지의 모습이다.

젊디젊게 맥박 치는 듯한 기운을 느끼게 하는 그 체구에 가비루는 눈을 크게 떴다.

이렇게나 강인한 기운이 느껴지는 아버지에게, 자신이 이름을 가지고 있다는 이유만으로 반항을 했다니……. 가비루는 자신의 눈이 흐려져 있었음을 깨닫고 그 사실을 후회하는 마음이 솟아올랐다.

하지만 가비루의 기억보다도 약간 강해진 것 같은데……. 아니, 기분 탓일 거라며 그 생각을 애써 지우는 가비루. 그리고 눈앞에 서 있는 아버지에게 똑바로 시선을 맞췄다.

감정을 드러내지 않는 위엄 있는 아버지.

(아아──역시 난 사형을 당하는 건가…….)

냉철한 지도자의 자리에 있는 아버지의 눈을 보고 가비루는 납득했다.

무리를 이끄는 자가 약한 면을 보여서는 절대로 안 된다. 규율은 반드시 지켜야 본보기를 보일 수 있는 것이다.

원망은 없다. 그게 율법이며 엄연한 룰이니까.

잠자코 처벌을 받자고 각오를 굳힌다.

두령의 입이 열렸다.

"판결을 내리겠다! 가비루여, 너는 파문이다. 두 번 다시 자신이 리저드맨임을 자칭하는 걸 허용하지 않는다. 또한 이곳으로 돌아오는 것도 허락하지 않는다. 이곳을 떠나도록 하라!!"

응?

뭐……라고?

아버지의 친위대에게 양팔을 잡힌 채로 동굴 밖까지 연행되었다.

그대로 밖으로 내던져진다.

멍하니 서 있는 가비루에게 "잊은 물건이다. 그걸 가지고 가거라!!"라고 말하면서 뭔가를 내던졌다.

짐과 함께 묶여 있던 길고 가는 꾸러미.

손에 느껴지는 무게로 알 수 있었다. 이건 리저드맨의 보물이라고도 할 수 있는 매직 웨폰(마법 무기) : 볼텍스 스피어(수와창, 水渦槍)라는 걸.

가비루의 눈에서 눈물이 흘러나왔고, 그는 뭔가를 말하려고 아버지를 본다.

그러나 말을 할 수는 없다. 자신은 파문된 것이다.

만감의 심정을 가슴에 품고 아버지에게 인사를 한다.

——가비루, 나 '아비루'가 건재한 동안에는 리저드맨은 평안할 것이다. 너는 네가 바라는 대로 살아가도록 하거라. 단, 이도저도 아닌 어중간한 삶을 사는 건 용서하지 않겠다. 깊이 명심해

라──.

머리를 숙인 가비루에게 들릴 리가 없는 아버지의 목소리가 들려온 것 같았다.

──넷! 당신께 인정을 받을 수 있을 만한 훌륭한 전사가 되어 보이겠습니다. 그분 밑에서──.

소리 없는 대답을 한 뒤에 가비루는 발길을 돌려 걷기 시작한다.

그리고 돌아보지 않고 걸어간다.

그 마음에 양보할 수 없는 결의를 담은 채 가비루는 망설임 끝에 자신의 갈 길을 정했으니까.

잠시 걷다 보니, 낯익은 집단이 가비루의 앞을 막고 선다.

"기다리고 있었습니다, 가비루 님!"

가비루의 부하인 100명의 전사들이다.

"뭐, 뭘 하고 있는 거야, 너희들?! 나는 파문당한 몸인데?"

"관계없습니다. 저희는 가비루 님을 모시는 자들이니, 가비루 님이 파문이라면 저희들도 파문당했다는 뜻입니다."

"""맞습니다, 맞습니다!!"""

그렇게 말하면서 서로 웃어 보이는 부하들.

정말로 멍청한 녀석들이라고 가비루는 생각했다.

가비루의 눈에서 눈물이 흘러나올 뻔했지만 그걸 애써 기합으로 참아낸다.

지금은 울 때가 아니니까.

아버지인 아비루와 비슷한 위엄을 담아 가비루는 호쾌하게 웃었다.

"정말이지, 어쩔 수가 없는 녀석들이로군! 알았다. 날 따라와 라!!"

이렇게 가비루는 동료들과 함께 걷기 시작한다.

그 걸음은 아까와는 달리 자신에 가득 찬 것이었다.

가비루 일행이 리무루와 합류하는 것은 이로부터 한 달 뒤의 일이 된다.

종장

편안히 쉴 수 있는 장소

Regarding Reincarnated to Slime

나는 내 방에서 편하게 늘어져 있었다.

내가 돌아온 뒤로 3개월 이상이 지났다.

그 뒤로 여러 일이 있었던 것이다.

나는 이번 소동에 대해 이런저런 생각을 했다.

*

리저드맨의 두령인 아비루에게 인사를 마친 뒤에 연습 겸 해서 '그림자 이동'으로 먼저 도시까지 돌아왔다. 확실히 편리한 능력이었고 생각보다 빨리 이동할 수 있었다.

내 귀환을 기뻐하는 자들이 날 에워싸기에 일단은 모두가 무사하다는 걸 알렸다.

그리고 걱정하고 있던 자들에게 사건의 전말을 들려줬다.

앞으로 이 도시에 주민이 늘어나게 될 것이라는 사실을 알고 모두가 다급하게 일하기 시작했다.

불안이 일소되면서 활기차게 일하기 시작하는 홉고블린들. 그리고 이제 이곳으로 찾아오게 될 새로운 동료들을 위한 잘 곳이 준비된 것이다.

누구도 불만을 말하는 일 없이, 도시에 그들을 받아들일 준비

태세는 착착 갖춰지고 있었다.

그러는 동안에 베니마루 일행이 귀환했다. 하이 오크를 각 지역으로 보내는 임무를 맡았던 고블린 라이더들도 차례로 이 도시에 돌아왔다.

그리고 각자 자신의 일자리로 돌아가 평상시대로의 차분함을 되찾아가고 있었다.

도시는 급속히 그 모습을 갖춰가고 있었다.

1개월도 채 걸리지 않아 도착한 하이 오크들은 드워프와 숙련된 고블린의 지도하에 눈 깜짝할 사이에 일을 배워가고 있었다.

카이진이 말하길, "잘 키우면 드워프의 공작병에도 뒤지지 않을 기술을 지니게 될지도 모르네!"라고 했다.

도시는 노동력을 얻게 되면서 지금까지 정체되어 있던 부분에도 인력이 투입됨과 동시에 단번에 건설 속도가 빨라지게 된 것이다.

그와 병행하여 물자의 운반도 순차적으로 진행되고 있다.

자신들이 쓰지 않게 된 텐트를 해체하여 오크의 각 집락촌에 전해주고 있는 것이다.

각지에 흩어진 고블린 라이더들도 적절히 지도를 해주고 있는 것인지, 순조롭게 뿌리를 내리고 생활 기반을 갖춰가고 있다고 한다. 도시와 이주지를 왕복하면서 연락을 주고받거나 물자의 운반을 도와주고 있었다.

각 집락촌의 특산품을 서로 유통하는 시스템도 생성되고 있는 모양이다.

먼 옛날에 있었던 물물교환의 첫 시작 같은 형태이긴 하지만 스스로 생각하여 행동으로 옮기고 있다는 건 훌륭한 일이다.

뭐, 아직 대규모의 농경을 할 수 있는 단계는 아니지만, 그것도 조금씩 뿌리를 내리면서 정착될 것이다.

아직 종류는 적지만 제법 근성이 있는 뿌리 작물의 모종이 만들어졌다. 이건 가혹한 환경에서도 자라는 것이다. 영양가도 제법 높기 때문에 분에 넘치는 짓만 하지 않는다면 어느 정도의 생활은 유지할 수 있게 될 것이다.

그런 뒤에 조금씩 모종을 배분하고 기르는 법을 가르쳤다.

내후년쯤부터는 어느 정도의 자급자족이 가능해지지 않을까? 그렇게 기대하고 있다.

텐트랑 모종 운반에는 게루도가 큰 몫을 해줬다.

유니크 스킬 '미식자'의 '위장'으로 작은 물자를 운반할 수가 있다. 그건 운반이라기보다는 운송에 가까웠으며, 그 덕분에 하이오크의 이주지를 이어주는 운반 경로가 확립된 것이다.

여러 가지 제한이 있다고는 하지만 반칙에 가까운 능력이었다.

그리고 게루도 본인은 '위장'으로 전송할 수 없을 것 같은 큰 물자의 운반을 맡고 있다. 스스로 주장했던 것도 있으니, 텐트나 자재를 해체한 것을 '위장'에 수납하여 각지로 배달하면서 돌아다니고 있었다.

이 운반에 한몫을 해주는 것이 스타 울프들이다. '그림자 이동'이라는 편리한 스킬을 구사하여 각지를 전전하고 있다. 그것에 눈독을 들인 것이 게루도였으며, '그림자 이동'을 버틸 수 있도록 연습한 것이다.

게루도는 진지하게 임하여 맨 먼저 '그림자 이동'을 버틸 수 있게 되었다. 자기 스스로는 스킬을 다루지 못하지만 스타 울프에게 편승할 수는 있게 된 것이다.

그 뒤로 일의 진행이 빨라졌다.

기본적으로 산악 지대로 향하는 배달을 도보로 간다면 몇 개월이나 걸리게 된다. 그걸 하루에 왕복할 수 있게 되었기 때문에 각 집락촌과의 연락망 정비도 순조롭게 진행되었다.

우편 사업의 첫 단계 같은 것이다.

목판에 얼마간의 내용을 기입한 뒤에 회람판처럼 각 집락촌마다 돌려보게 하는 것이다.

글자를 쓸 줄 아는 사람이 없기 때문에 말을 전하는 게 다라는 것이 두렵긴 하지만……

나중에 글자 같은 전달 수단을 생각할 필요가 있을 것 같다. '사념전달'도 역시 거리가 너무 멀어서 무리니까 말이다.

앞으로의 과제라 할 수 있었다.

각각의 부족이나 집락촌 사이의 유대 관계도 확실하게 모양이 잡히면서 생활도 점차 안정되기 시작했다.

그리고 시간은 흘러간다.

이리저리 지내던 중에 고블린들이 일족의 무리를 데리고 왔다.

기왕이면 이 녀석들한테도 이름을 지어주는 게 좋겠지.

다른 종족을 업신여기지 말라고 스스로 말했으니 그 책임은 완수해야만 한다. 여기서 그냥 받아들이기만 해서는 능력이 낮다는 이유로 깔보는 분위기의 토양이 만들어질 수도 있으니까 말이다.

녹색에 가까운 피부를 갖고 있으니 녹색과 숫자를 할당하여 이름을 지어주기로 한다.

그건 그렇고 지어준 지 얼마 되지도 않았는데 또 이름을 지어야 한다니…….

게르뮈드 녀석이 걸었던 데스 마치의 진짜 효과가 뒤늦게 찾아온 것일지도 모르겠다. 사실은 진짜 무시무시한 쪽은 그 녀석이었을지도 모른다('데스 마치'는 '가혹한 노동'을 의미하기도 한다. 게르뮈드의 기술명인 '데스 마치 댄스'와 발음이 같다는 점을 이용한 말장난).

그런 생각을 슬쩍 하곤 했다.

한마디 더 언급하자면 이때의 고블린들이 나중에 그린 멤버즈(녹색 군단)가 된다. 나중에 하이 오크들로 이루어진 옐로 멤버즈와 쌍벽을 이루는 주력 군단이 되지만, 그것도 또한 내가 알 바는 아니었다.

내가 모든 걸 불태우다시피 하면서 이름을 다 지어주었을 때쯤에, 드디어 도시에 사는 마물들 모두에게 집이 생겼다.

고블린들을 전부 모아서 기숙사 같은 건물에 살도록 만들었지만, 그래도 텐트보다는 나을 것이다.

상하수도도 먼저 정비해두었지만, 역시 아직은 각 집에 수도를 설치할 여유가 없었다. 여러 곳에 물을 길어 올릴 수 있는 우물도 설치하면서 상당히 문화적인 도시로 완성되었다.

화장실이 수세식인 것도 훌륭하다.

길어 온 물을 수동으로 화장실에 설치된 통에 보급할 필요가 있긴 했지만 힘이 넘치는 마물에게는 사사로운 문제다.

배뇨를 할 필요가 없는 녀석들도 있긴 하지만 말이다. 나도 그렇고.

하지만 도시의 곳곳에서 냄새가 난다는 건 있을 수 없는 일이다. 이것만은 양보할 수 없는 점이라고 생각했기 때문에 일부러 공을 많이 들인 것이다.

아직은 성과가 나오지 않은 분야도 많기 때문에 앞으로도 이 도시를 더욱 부흥하도록 만들어가고 싶다.

*

이렇게 아직 제대로 다듬어지지 않았지만 겉모습이 얼추 만들어졌다.

지금도 이 땅에서 날 의지하고 모여든 1만을 넘는 마물들이 살고 있다. 그리고 이 땅이 더욱 살기 좋은 장소가 될 수 있도록 다같이 서로 도우면서 노력하고 있었다.

우리가——안주할 땅으로서.

드디어 마물의 도시가 만들어진 것이다.

게루도
Gerudo

종족
Race
— 오크 디재스터

가호
Protection
— 마왕종

칭호
Title
— 임시 마왕

마법
Magic
— 회복마법

유니크 스킬
Unique Skill
— 기아자

엑스트라 스킬
Extra Skill
— 마력감지 외장동일화 강력(剛力)

통상 스킬
Common Skill
— 위압 강화 비늘장갑 자기재생

내성
Tolerance
— 염열공격내성 전류내성 물리공격내성 마비내성

PRESENT STATUS

리무루
템페스트

Rimuru Tempest

종족
Race
— 슬라임(인간으로 변신 가능)

가호
Protection
— 폭풍의 문장

칭호
Title
— 마물을 다스리는 자

마법
Magic
— (수빙대마창, 永氷大魔槍)
원소마법…아이시클 랜스

유니크 스킬
Unique Skill
— 대현자 · 변질자 · 폭식자

엑스트라 스킬
Extra Skill
— 음파감지 · 그림자 이동 · 흑뢰 · 흑염 · 강력(剛力) · 신체 강화 · 다중결계 · 초후각 · 초속재생 · 열원감지 · 끈끈하고 강한 거미줄 · 만능변화 · 분자조작 · 분신체 · 마력감지

통상 스킬
Common Skill
— 위압 · 사념전달 · 신체장갑 · 독무 브레스 · 마비 브레스

내성
Tolerance
— 통각무효 · 열변동무효 · 부식무효 · 전류내성 · 물리공격내성 · 마비내성

변신
Mimicry
— 이플리트 · 흑랑 · 검은 뱀 · 지네 · 거미 · 박쥐 · 도마뱀 · 고블린 · 오크

후기

오랜만이거나 혹은 처음 뵙겠습니다. 후세라고 합니다.
이번에도 후기를 쓰게 되었기에 뭘 쓸까를 고민했습니다.
저는 후기를 먼저 읽는 쪽으로, 후기만 보고 그 작품을 살지 말지를 정하는 일도 있습니다. 아니, 사지 말자고 생각하는 일은 거의 없지만, 이건 사자! 라고 생각한 적이 몇 번인가 있긴 하거든요…….
그런고로 이게 두 번째인데도 긴장하곤 합니다.

자, 2권이 나오게 되었습니다만 웹 버전에서 묘사가 부족한 부분 등을 보충하여 고쳐 쓴 것들이 들어 있습니다.
이번에도 번외편을 넣을 예정이었지만, 양이 너무 많이 늘어나서 페이지 수가 가득 차버리는 바람에 번외편을 단념할 정도로 원고 내용이 추가되었습니다.
큰 흐름은 웹 버전을 답습하면서도 이야기의 전개는 달라지게 만들었습니다만, 감상은 어떠하셨는지요? 웹 버전을 읽은 분께서 훨씬 더 깊이 있는 이야기가 되었다고 느껴주신다면 정말 기쁘겠습니다.

웹 버전의 《전생했더니 슬라임이었던 건에 대하여》는 무사히 완결할 수가 있었습니다. 번외편이랑 외전을 쓸 예정은 있습니다만, 그건 일단 제쳐두고…….
다음에는 서적판의 완결을 목표로 삼고 싶으므로, 앞으로도 계속 응원해주시길 부탁드립니다!

TENSEI SITARA SURAIMU DATTA KEN Vol. 2
©2014 by Fuse
First published in Japan in 2014 by Fuse.
Korean translation rights reserved by Somy Media, Inc.
Under the license from Micro Magazine Co., Ltd., Tokyo JAPAN

전생했더니 슬라임이었던 건에 대하여 2

2015년 7월 15일 1판 1쇄 발행
2023년 7월 15일 1판 22쇄 발행

저   자 후세
일러스트 밋츠바
옮 긴 이 도영명
발 행 인 유재옥
본 부 장 조병권
편집 1팀 김준균, 김혜연
편집 2팀 정영길, 조찬희, 박치우, 정지원
편집 3팀 오준영, 이해빈, 이소의
미   술 김보라 박민솔
라이츠담당 김정미, 맹미영, 이윤서
디 지 털 박상섭, 김지연, 윤희진
물   류 허석용
발 행 처 ㈜소미미디어
등   록 제2015-000008호
제 작 처 코리아피앤피
주   소 서울시 마포구 토정로222, 403호(신수동, 한국출판콘텐츠센터)
판   매 ㈜소미미디어
경영지원 한민지, 최정연, 박종욱, 최원석
전   화 편집부 (070)4164-3962, 3963 기획실 (02)567-3388
                판매 및 마케팅 (02)567-3388   Fax (02)322-7665

ISBN 979-11-5710-168-9 04830
ISBN 979-11-5710-126-9 (세트)